FOLIO SCIENCE-FICTION

Ray Bradbury

LÉVIATHAN 99

Traduit de l'américain par Florence Dolisi

Denoël

Cet ouvrage a été précédemment publié dans la collection
Lunes d'encre aux Éditions Denoël.

Titres originaux :

THE CAT'S PAJAMA, CHRYSALIS
et NOW AND FOREVER

Né en 1920 dans l'Illinois, Ray Bradbury se destine très rapidement à une carrière littéraire, fondant dès l'âge de quatorze ans un magazine amateur pour publier ses textes. Malgré quelques nouvelles fantastiques parues dans des supports spécialisés, son style poétique ne rencontre le succès qu'à la fin des années 1940, avec la parution d'une série de nouvelles oniriques et mélancoliques, plus tard réunies sous le titre de *Chroniques martiennes*. Publié en 1953, *Fahrenheit 451* assoit la réputation mondiale de l'auteur, et sera adapté au cinéma par François Truffaut.

Développant des thèmes volontiers antiscientifiques, Bradbury s'est attiré les éloges d'une critique et d'un public non spécialisés, sensibles à ses visions nostalgiques et à sa prose accessible.

Il s'est éteint en 2012 à l'âge de quatre-vingt-onze ans.

AVANT-PROPOS À L'ÉDITION FRANÇAISE

Léviathan 99 *est un recueil de nouvelles sans équivalent anglais, composé de deux recueils américains,* The Cat's Pajama *et* Now and Forever, *auxquels a été ajoutée la nouvelle « La chrysalide », récemment adaptée en long métrage par Tony Báez Milan. Ray Bradbury a écrit deux nouvelles portant le titre original « Chrysalis », les deux se trouvent au sommaire de ce recueil sous des titres différents : « Le jeune homme et la mer », dans la première partie, « La chrysalide », en intermède.*

Gilles Dumay

PREMIÈRE PARTIE

LE PYJAMA DU CHAT

Pour Maggie
Pour toujours et à jamais le pyjama du chat

En souvenir de Skip
Frère génial et ami très cher
Avec qui j'ai partagé des premières années fabuleuses à Green Town, Illinois

Merci à Donn Albright qui, à force de rôder au sous-sol, a mis le nez sur des histoires que j'avais oublié avoir écrites.

Donn, tu es mon golden retriever.

PRÉFACE

Débordant de vie et d'inspiration

Que vous raconter sur mon moi secret, mon subconscient, mon démon créatif, celui qui écrit ces histoires en mon nom ?

Je vais tenter de vous décrire sommairement le processus qui, depuis soixante-dix ans, me garde débordant de vie et d'inspiration.

Voici deux exemples explicites de ma façon de travailler depuis les années quarante : mes récits « Le jeune homme et la mer [1] » et « Le collectionneur fou ».

« Le jeune homme et la mer », d'abord. Pendant les longs étés des années quarante, j'ai passé tout mon temps libre à la plage, comme mon frère. Lui, c'était un surfeur classique, moi un bodysurfeur [2]. Entre deux séances dans les vagues, je traînais sur la jetée de Santa Monica, et j'en suis venu à connaître tous les joueurs de volley et les haltérophiles du coin. Mes

1. Mes deux « Chrysalis » sont au sommaire de ce recueil, *Leviathan 99*, le premier sous le titre « Le jeune homme et la mer », le second sous le titre « La chrysalide ». Publiée pour la première fois en 1946 dans *Amazing Stories*, c'est cette seconde nouvelle qui vient d'être adaptée au cinéma par Tony Báez Milan. *(N.d.A.)*

2. Le bodysurf est une discipline consistant à surfer sur les vagues sans aucun autre équipement qu'une paire de palmes. *(N.d.T.)*

amitiés de l'époque comptaient quelques personnes de couleur. En ce temps-là, tout le monde employait l'expression « de couleur ». Les termes « Noir » et « Afro-Américain » ne sont apparus que quelques années plus tard.

Le fait que les « gens de couleur » puissent attraper des coups de soleil m'a intrigué, parce que cela ne m'avait jamais traversé l'esprit jusqu'alors. J'avais trouvé une excellente métaphore ; j'ai écrit « Le jeune homme et la mer », et ce texte est aujourd'hui publié pour la première fois. Après avoir rédigé cette nouvelle, je l'ai remisée pendant de longues années, notamment celles qui ont précédé l'apparition du mouvement pour les droits civiques. Ce texte est le produit de cette époque, mais je crois qu'il a résisté à l'épreuve du temps.

Le texte « Nous ferons comme si de rien n'était » évoque mon enfance dans la maison de ma grand-mère. J'ai été en partie élevé par une domestique noire nommée Susan, une dame merveilleuse dont j'ai attendu l'arrivée avec impatience, une fois par semaine, pendant toute mon enfance.

Lorsque ma famille est partie dans l'Ouest en 1934, j'ai perdu tout contact avec la plupart de mes amis de Waukegan, y compris Susan. Un jour, elle m'a écrit une lettre où elle me demandait si nous pouvions la reprendre comme bonne dans notre nouvelle maison. Hélas, nous étions en pleine Dépression, mon père n'avait pas de travail et mon frère s'était engagé dans le corps civil de protection de l'environnement pour éviter d'être à la charge de notre famille. Salement fauchés, nous parvenions tout juste à garder nos têtes hors de l'eau. Dans ma réponse, j'ai donc remercié

Susan pour sa gentillesse, en lui souhaitant le meilleur avenir possible. Mais du coup, j'ai commencé à envisager de retourner un jour à Waukegan pour rendre visite à mes amis et pour revoir Susan. Je ne l'ai jamais fait, mais j'ai écrit cette histoire dans laquelle j'imagine un futur où je ne suis pas exactement l'être humain que j'aimerais être. Bien des années plus tard, j'ai eu des nouvelles de Susan, qui s'était bien débrouillée pendant la dernière partie de la Dépression.

« Le collectionneur fou » relève d'une autre catégorie de textes. Il y a des années, au cours d'une traversée de l'Atlantique, ma femme Maggie et moi avons croisé la route d'un incroyable collectionneur de livres et fondateur de bibliothèques. Après avoir passé des heures en sa compagnie, les récits de son existence fabuleuse ont fini par nous intriguer.

À la fin de cette rencontre, un incident s'est produit qui nous a tous les deux énormément secoués. Vous découvrirez de quoi je parle dans ce récit.

Pendant vingt ans, j'ai gardé en mémoire ce voyage et ce gentleman sans jamais rien faire de l'image qu'il m'avait fournie.

Puis, en six semaines, un événement étrange et surprenant s'est produit. Ma femme, tombée malade début novembre, s'est retrouvée à l'hôpital. Elle est morte juste avant Thanksgiving. Pendant toute sa maladie et les semaines qui ont suivi, mon démon intime m'a laissé tranquille pour la première fois en soixante-dix ans. Ma muse, ma Maggie était partie, et mon petit démon ne savait plus quoi faire.

Les jours passant, puis les semaines, j'ai commencé à envisager de ne plus pouvoir écrire à nouveau. Je me réveillais la tête vide, alors que jusque-là une pièce de théâtre se jouait chaque matin sur la scène intime de mon imagination.

Il y a quelques jours, je me suis réveillé avec le gentleman du « Collectionneur fou » assis au bord de mon lit. Et il m'a dit : *Allez-vous enfin écrire mon histoire ?*

Hâtivement, et pour la première fois depuis plus d'un mois, j'ai appelé ma fille Victoria pour lui dicter ce récit.

J'espère qu'à la lecture du « Jeune homme et la mer » et du « Collectionneur fou », vous découvrirez que ma capacité à reconnaître une métaphore quand j'en vois passer une est toujours intacte, malgré le temps qui passe.

Bien entendu, ma technique d'écriture était beaucoup plus maladroite quand j'ai rédigé « Le jeune homme et la mer », mais l'idée se suffit à elle-même et mérite votre attention.

La nouvelle « Des goûts et des couleurs » est née de mes rencontres avec les araignées, que ce soit à Tucson dans un tas de bois ou sur la route de Mexico City, où nous avons aperçu un spécimen si gros que nous sommes descendus de voiture pour aller l'examiner : une araignée vraiment belle et velue, plus grande que ma main. Et plus tard, quand je suis revenu vivre en Californie, j'ai pu constater à nouveau que tous les garages de Los Angeles contiennent plusieurs douzaines de veuves noires. Il faut s'y montrer prudent pour éviter les morsures de ces créatures venimeuses. Parallèlement, je me demandais souvent ce que cela faisait de disposer d'un squelette à l'extérieur de son corps plutôt qu'à l'intérieur. « Des goûts et des couleurs » élargit le concept : j'y décris un univers d'araignées sur une lointaine planète, des araignées bien plus intelligentes que les intrus qui s'y posent et sont confrontés à ces êtres. À cette époque, je me suis également lancé dans l'écriture d'un scénario intitulé *It Came from Outer Space* (« C'est arrivé du fond de l'espace »), que j'ai soumis aux studios Universal quelques mois plus tard. Une histoire née de mon imagination m'a donc permis de travailler pour le cinéma en participant à la fabrication d'un film plutôt chouette[1].

En ce qui concerne les autres récits de ce recueil, la plupart ont surgi d'un seul coup ou presque, et je me suis empressé de les coucher sur le papier.

Par exemple, il y a six mois, un jour où je signais des livres avec un jeune ami, nous nous sommes mis à parler des casinos indiens qui sont en quelque sorte en « marge » des États-Unis. Soudain, j'ai dit à mon ami : « Imagine une bande de sénateurs saouls qui misent et perdent les États-Unis au profit du dirigeant d'un casino indien ! »

Ces mots venaient à peine de franchir mes lèvres que je me suis écrié : « Un stylo ! Du papier ! » J'ai noté cette idée et, quelques heures plus tard, l'histoire était terminée.

Il y a six mois toujours, en feuilletant un numéro du *New Yorker*, je suis tombé sur une série de photos d'Okies censées avoir été prises au cours des années trente, quand ces gens sont partis vers l'ouest en empruntant la Route 66. Mais en lisant les commentaires, j'ai compris que je n'avais pas affaire à de véritables Okies, mais à des mannequins new-yorkais

1. *It Came from Outer Space*, 1953, réalisateur : Jack Arnold. Titre français : *Le Météore de la nuit. (N.d.T.)*

portant des vêtements anciens. Cette séance de photos avait eu lieu l'année précédente à New York. Cette révélation m'a abasourdi, provoquant ma colère : comment ce chapitre tragique de notre histoire pouvait-il donner lieu à une séance de photos de mode !? Mû par cette colère, j'ai rédigé la nouvelle « Route 66 ».

Ce livre déborde également de l'amour que je porte à mes écrivains préférés. Jamais je n'ai éprouvé la moindre jalousie envers F. Scott Fitzgerald, Melville, Poe, Wilde et les autres, jamais je ne les ai enviés. Je n'ai rêvé que d'une chose : les rejoindre sur les étagères des bibliothèques.

Par exemple, depuis toujours, l'esprit et la créativité de Fitzgerald m'intriguent tant qu'il m'arrive d'inventer des machines à voyager dans le temps pour retourner dans le passé et le sauver de lui-même. Une tâche impossible, bien entendu, mais mon admiration pour lui l'exige.

Dans ce recueil, vous me découvrirez porteur de certaines convictions fortes : j'aide Scotty à terminer un travail qu'il aurait dû finir lui-même, en lui conseillant de ne pas vénérer l'argent et de se garder des studios de cinéma.

Il y a quelques années, j'ai aperçu des graffitis fabuleux sur les murs de béton et les ponts aériens de l'autoroute de Pasadena. Des artistes anonymes s'étaient suspendus tête en bas pour créer ces fresques miraculeuses. Cette idée m'a travaillé au point qu'une fois ce trajet terminé, j'ai écrit « *Olé*, Orozco ! Siqueiros, *si* ! ».

La nouvelle abordant le thème du train funéraire de Lincoln, « Le convoi funéraire de John Wilkes Booth et des studios d'Hollywood », n'a pas vraiment besoin d'explication, en cette époque où la publicité semble être un mode de vie, où l'on préfère ignorer les réalités de l'Histoire et célébrer les méchants plutôt que les héros.

« Tous mes ennemis sont morts » me semble être également un texte assez évident. En vieillissant, nous laissons nos amis derrière nous, mais également tous les ennemis qui nous ont malmenés à l'école primaire, au lycée, etc. Nos ennemis aussi finissent par s'évanouir dans le passé, et nous finissons toujours par découvrir que nous n'en conservons aucun souvenir hostile ! J'ai développé cette idée jusqu'au bout.

« L'Orient-Express de l'Éternité » n'est pas vraiment un récit, mais plutôt une sorte de poème décrivant l'amour absolu que je ressens depuis mes huit ans pour les bibliothèques et leurs auteurs. J'ai quitté l'école avant le lycée, et les bibliothèques sont devenues le lieu de ma rencontre avec des gens comme G. K. Chesterton, Shaw et tous les membres de cette fabuleuse confrérie qui hante les étagères. Mon rêve, quand je me rendais à la bibliothèque, c'était d'y apercevoir un jour l'un de mes livres côtoyant l'un des leurs. Jamais je n'ai jalousé mes héros, jamais je ne les ai enviés, j'ai seulement voulu trotter près d'eux comme un petit toutou aux pieds de ces hommes illustres. Le jour où ce poème a jailli (en un seul jet continu), j'ai pu, telle une petite souris discrète et presque invisible, assister à leurs éblouissants échanges. S'il y a bien un texte qui décrit mon but dans l'existence pendant une période donnée, c'est ce poème. J'ai donc décidé de l'inclure ici.

En résumé, la plupart de ces histoires se sont emparées de moi à différents moments de ma vie et ne m'ont lâché qu'une fois clouées sur le papier.

Mon démon vous parle. J'espère que vous l'écouterez.

Le jeune homme et la mer

(1946-1947)

Il se réveilla longtemps après minuit et contempla les flacons qu'il avait sortis des cartons. Levant les mains, il les effleura puis frotta doucement une allumette pour déchiffrer les étiquettes blanches. Ses proches, qui dormaient dans la pièce d'à côté, ne savaient rien de son projet. Au pied de la colline où se dressait leur maison, la mer roulait sur le rivage. Tout en chuchotant les noms magiques de ces lotions, il entendait le ressac laver les rochers et le sable. Des noms agréables en bouche (*HUILE BLANCHE DE MEMPHIS*, *Effet garanti, lotion pommade du Tennessee*... *SAVON DE HIGGEN À L'OS BLANCHI*), des noms qui sonnaient comme le soleil consumant les ténèbres, comme l'eau blanchissant le linge. Il déboucha un flacon, le renifla, versa un peu de liquide sur ses mains, qu'il frotta l'une contre l'autre avant d'en lever une à la lueur d'une allumette. Il espérait que ses mains ressembleraient très vite à des gants de coton blanc. Comme rien ne se passait, il se consola en se disant que le résultat serait visible le lendemain, peut-être, ou le jour suivant. De retour dans son lit, il s'allongea les yeux fixés sur les flacons au-dessus de lui, coléoptères géants en verre émeraude luisant dans la faible lumière des réverbères.

Pourquoi est-ce que je fais ça ? se demanda-t-il. *Pourquoi ?*

« Walter ? » Au loin, sa mère l'appelait doucement.

« Oui, m'man ?

— Tu es réveillé, Walter ?

— Oui, m'man.

— Tu devrais dormir. »

Au matin, il descendit contempler de près, pour la première fois, la mer infatigable. Cette nouveauté l'émerveillait. Ils arrivaient d'une petite ville de l'Alabama profond, poussière et chaleur, ruisseaux asséchés, trous de boue dans le sol, et pas de fleuve, pas de lac aux environs, pas grand-chose, vraiment, il fallait voyager pour voir de l'eau, et c'était leur tout premier voyage, cette arrivée en Californie dans une Ford cabossée où, pendant tout le trajet, ils avaient chanté tranquillement. Peu avant le voyage, Walter avait commandé, moyennant toute une année d'économies, douze flacons de cette lotion magique, qui n'était arrivée que la veille de leur départ. Il avait donc dû les mettre en cartons pour leur traversée des champs et des États désertiques. En route, dans les cabanes, dans les toilettes, il avait testé discrètement tel flacon ou tel autre. Il avait voyagé à l'avant pour prendre le soleil, les yeux clos, de la lotion sur le visage, attendant une décoloration censée le rendre blanc comme craie. Et toutes les nuits, il se disait : *ça se voit. Un tout petit peu.*

« Walter, c'est quoi, cette odeur ? Qu'est-ce que tu t'es mis ? lui demandait sa mère.

— Rien, m'man, rien du tout. »

Rien du tout ? Il s'engagea sur le sable, s'arrêta près de l'eau verte, sortit un flacon de sa poche et laissa une mince ficelle de fluide blanchâtre se lover dans sa paume avant de s'en enduire le visage et les bras. Il avait prévu de rester là toute la journée, comme un corbeau posé en bord de mer, pour laisser le soleil brûlant consumer sa noirceur. Il s'enfoncerait peut-être dans les vagues qui le battraient comme une machine à laver bat un chiffon noirci, puis se laisserait recracher sur le sable, haletant, et resterait à sécher et cuire jusqu'à ressembler au maigre squelette d'une vieille bête, blanc comme la craie, propre comme un sou neuf.

EFFET GARANTI, affirmaient les lettres rouges sur le flacon. Les mots flamboyaient dans son esprit : *EFFET GARANTI* !

« Walter, que t'est-il arrivé ? s'exclamerait sa mère, abasourdie. C'est bien toi, mon fils ? Te voilà comme le lait, mon fils, te voilà comme la neige ! »

Il faisait chaud. Walter s'adossa à la promenade et se laissa glisser pour ôter ses chaussures. Derrière lui, un stand de hot-dogs exhalait des chatoiements d'air chaud imprégné d'une odeur de friture et d'oignons, de petits pains chauds, de saucisses de Francfort. Un homme au visage ingrat et grêlé lui jeta un coup d'œil, et Walter hocha timidement la tête en détournant le regard. Quelques instants plus tard, un portillon claqua. Walter entendit des pas décidés se diriger vers lui. Armé d'une spatule métallique, coiffé d'une toque grise et graisseuse, le type baissa les yeux vers le jeune homme.

« Tu ferais mieux de te tirer, lui dit-il.

— Je vous demande pardon, monsieur ?

— Je te dis que la plage des négros est là-bas. » L'homme inclina la tête dans la direction en question sans quitter Walter des yeux. « Je ne veux pas que tu traînes devant ma baraque. »

Surpris, Walter cilla en dévisageant l'homme. « Mais nous sommes en Californie…

— Tu veux jouer au dur avec moi ?

— Non, monsieur, je dis seulement que nous ne sommes pas dans le Sud, monsieur.

— Partout où je me trouve, c'est le Sud », assena l'homme, qui retourna à son stand de hot-dogs et jeta quelques burgers sur la plaque chauffante, les aplatissant d'un coup de spatule. Il lançait des regards furibonds à Walter.

Ce dernier fit faire demi-tour à sa grande carcasse souple et partit vers le nord. L'émerveillement, la curiosité que suscitait en lui ce lieu étonnant, la plage, l'envahirent à nouveau dans un reflux d'eau et de sable tamisé. Tout au bout de la promenade, il jeta un coup d'œil en contrebas.

Sur le sable blanc, un jeune Blanc se prélassait, tout à sa détente.

Une lueur perplexe s'alluma dans les grands yeux de Walter. Les Blancs étaient bizarres, mais celui-ci, c'était toute leur bizarrerie incarnée. Walter mit un de ses pieds bruns sur l'autre et l'observa. Là-bas, sur le sable, le jeune Blanc semblait attendre quelque chose.

Il fronça les sourcils en examinant ses bras, les caressa, regarda par-dessus son épaule, braqua les yeux sur l'inclinaison de son dos, contempla son ventre et ses belles jambes robustes.

Walter se laissa glisser sur la plage, mal à l'aise. Il progressa très prudemment dans le sable, puis, avec optimisme mais aussi une certaine nervosité, se redressa au-dessus du jeune Blanc en s'humectant les lèvres. Il projetait une ombre allongée.

Ainsi étalé, ce Blanc décontracté ressemblait à

une marionnette sans fil. L'ombre de Walter lui couvrit les mains, et sans se presser, il leva les yeux vers lui, détourna le regard, le contempla de nouveau.

Walter s'approcha avec un sourire un peu forcé, tout en regardant ailleurs, comme si ce n'était pas lui que le jeune Blanc regardait.

Le garçon lui lança un grand sourire. « Salut ! »

Très calmement, Walter répondit : « Bonjour.

— Fait beau, hein ?

— Pas de doute », approuva Walter, toujours souriant.

Il ne fit aucun geste. Ses longs doigts délicats plaqués contre ses flancs, il laissait le vent courir dans les rangs clairsemés de ses cheveux noirs. Finalement, le jeune Blanc s'exclama : « Vas-y, pose-toi près de moi !

— Merci », dit Walter, qui s'exécuta immédiatement.

Le garçon balaya les alentours du regard. « C'est pas la foule, aujourd'hui.

— C'est la fin de la saison, fit remarquer Walter, prudemment.

— Ouais. L'école a repris il y a une semaine. »

Une pause. Walter se lança : « Tu as eu ton diplôme ?

— En juin dernier. J'ai travaillé tout l'été, alors j'ai pas eu le temps de descendre à la plage.

— T'essayes de rattraper le temps perdu ?

— Ouais, mais à mon avis, je ne vais pas beaucoup bronzer en deux semaines. Je dois être à Chicago le premier octobre.

— Ah, dit Walter en hochant la tête. Sans mentir, je te vois ici tous les jours. Je me demandais pourquoi. »

L'autre garçon poussa un soupir, sa tête indolente

posée sur ses bras croisés. « La plage, il n'y a que ça de vrai. Comment tu t'appelles ? Moi, c'est Bill.

— Moi, c'est Walter. Salut, Bill.

— Salut, Walt. »

Une vague étincelante roula doucement sur le rivage.

« Tu aimes ça, la plage ? lui demanda Walter.

— Bien sûr ! Tu m'aurais vu l'été dernier !

— T'étais tout brûlé, je parie.

— Sapristi, je ne brûle *jamais*. Je noircis de plus en plus, c'est tout. Je fonce comme un nèg… » — le jeune Blanc hésita, s'interrompit. La couleur lui monta au visage, et il s'empourpra. « Je deviens très noir », conclut-il sans conviction, gêné, sans oser regarder Walter.

Pour montrer qu'il s'en moquait, ce dernier éclata d'un rire doux, presque triste, en secouant la tête.

Bill le dévisagea, intrigué. « Pourquoi tu ris ?

— Pour rien », dit Walter en contemplant les longs bras pâles, les jambes bicolores et le ventre du jeune Blanc. « Pour rien. »

Bill s'étira comme un chat blanc qui s'abandonne au soleil et le laisse l'imprégner jusqu'aux os. « Ôte ton tee-shirt, Walt. Tu devrais prendre le soleil, toi aussi.

— Non, je ne peux pas, dit Walter.

— Pourquoi pas ?

— Moi, je crame au soleil.

— Sans blague ! » s'exclama Bill, qui roula brusquement sur lui-même et plaqua une main sur sa bouche. Il baissa les yeux, les releva. « Désolé. Je croyais que tu plaisantais. »

Walter pencha la tête dans un battement de ses longs cils superbes.

« Je sais. C'est pas grave », dit-il.

Bill semblait voir Walt pour la première fois. Affreusement gêné, ce dernier fourra ses pieds nus sous ses cuisses. Il se rendait soudain compte qu'ils ressemblaient beaucoup à des bottes en caoutchouc brun. Des bottes portées pour se protéger d'une tempête carrément improbable.

Bill était confus. « Je n'en avais aucune idée. Je ne savais pas.

— Eh bien, nous, on le sait. Je n'ai qu'à ôter ma chemise, et *boum*, je me retrouve couvert d'ampoules ! Bien sûr que nous bronzons !

— Ben ça alors, je suis scié. Je devrais savoir ce genre de choses. Je suppose que c'est parce que cette pensée ne nous traverse jamais vraiment l'esprit. »

Walter tamisa du sable dans la paume de sa main. « Je ne vois pas pourquoi vous y penseriez », dit-il doucement. Il se leva. « Bon, je ferais mieux de remonter à l'hôtel. Je dois aider ma mère en cuisine.

— À bientôt, Walt.

— Ouais, ça marche. À demain, et au jour suivant.

— D'accord. Salut ! »

Walter lui fit un signe de la main et remonta en hâte la colline. Au sommet, il jeta un coup d'œil en arrière : Bill, toujours allongé sur le sable, attendait.

Walter secoua la main en se mordillant les lèvres. « Mince alors, ce type est *fou* ! »

Lorsqu'il était tout petit, il avait voulu inverser le cours des choses. Un jour, à l'école, l'instituteur leur avait montré l'image d'un poisson.

« Vous voyez comme ce poisson est décoloré ? Cette espèce blanchit depuis des générations dans les eaux profondes de la grotte du Mammouth. Il est aveugle parce qu'il n'a pas besoin des organes de la vue, et… »

Cet après-midi-là, après l'école, bien des années auparavant, Walter s'était précipité chez lui pour se cacher en haut de l'escalier, dans le grenier de M. Hampton, le gardien. Dehors cognait le soleil brûlant de l'Alabama. Dans la pénombre où flottait une odeur de naphtaline, Walter s'était accroupi, le cœur battant. Une souris s'affairait sur les planches crasseuses.

Il avait tout compris. Un Blanc qui travaillait au soleil devenait noir. Un garçon noir, s'il se cachait dans l'obscurité, deviendrait blanc. C'était évident ! Et logique, pas vrai ? Si une chose se produisait dans un sens, alors l'inverse devait également être vrai, n'est-ce pas ?

Il était resté dans ce grenier jusqu'à ce que la faim l'attire en bas de l'escalier.

Il faisait nuit. Les étoiles brillaient.

Il avait examiné ses mains.

Elles étaient toujours brunes.

Mais au matin, ce serait autre chose ! Là, ça ne comptait pas ! De nuit, impossible de se rendre compte du changement, non monsieur ! Il suffisait d'attendre, voilà tout ! Il avait descendu en courant les dernières marches de la vieille maison et s'était hâté, le souffle coupé, vers la cabane de sa maman, en bas, dans le bosquet. Les mains toujours enfoncées dans ses poches, les yeux fermés, il s'était glissé dans son lit. Il réfléchissait de toutes ses forces lorsqu'il s'était endormi.

Le lendemain matin, au réveil, il était enfermé dans une cage de lumière qui tombait de l'unique petite fenêtre.

Ses bras et ses mains si sombres reposaient sur la couverture élimée, inchangés.

Il avait poussé un gros soupir avant d'enfouir son visage dans l'oreiller.

Tous les après-midi, Walter se sentait attiré vers la promenade, mais il prenait toujours la précaution de contourner de loin la baraque de hot-dogs et son gril, pour éviter le propriétaire.

Il se passait quelque chose de grandiose, se disait le garçon. Un grand changement, un progrès. Observer en détail cet été mourant lui donnait vraiment matière à réfléchir. Tout au long de ces quelques mois, il chercha à comprendre ce qu'il ressentait, jusqu'à ce que l'automne le défie telle une vague énorme figée en équilibre au-dessus de lui, toute prête à retomber, suspendue.

Bill et Walter discutaient tous les jours. Les après-midi se succédant, leurs deux bras étendus l'un près de l'autre commencèrent à se ressembler d'une façon étrangement plaisante pour Walter, qui contemplait, fasciné, le phénomène que Bill avait prévu et auquel il consacrait si patiemment son temps.

La main pâle qui traçait des motifs dans le sable devenait chaque jour plus sombre. Chaque doigt se teintait de soleil.

Le samedi et le dimanche, d'autres jeunes Blancs se montrèrent. D'abord, Walter s'éloigna, mais Bill lui cria de rester, enfin quoi, voyons ! Et Walter se joignit à la partie de volley-ball.

En les plongeant dans le brasier du sable et de l'eau brûlante, l'été les avait rincés et revêtus d'une laque sombre. Pour la première fois de sa vie, Walter avait vraiment l'impression d'appartenir à un groupe. Ses amis portaient délibérément sa peau, et ils dansaient de chaque côté du haut filet, de plus en plus foncés, lançant aux quatre vents leur balle et leurs rires. Ils luttaient amicalement avec Walter, blaguaient avec lui, le balançaient dans la mer.

Finalement, un jour, Bill s'écria, avec une tape sur le poignet de son ami : « Regarde ça, Walter ! »

Et Walter regarda.

« Ça y est, je suis plus foncé que toi ! s'exclama Bill, étonné.

— Mince alors ! Nom d'une pipe, murmura Walter, dont le regard passait d'un poignet à l'autre. Hum hum. Oui, monsieur. Effectivement, Bill. Aucun doute, tu es plus foncé que moi. »

L'air soudain stupéfait, bouche bée, sourcils un peu froncés, Bill laissa quelques instants ses doigts sur le poignet de Walter. Des pensées défilaient dans ses yeux. Il retira brutalement sa main avec un rire perçant et déclara, en regardant la mer :

« Ce soir, je vais mettre mon polo blanc. La classe ! La chemise blanche et mon bronzage… Oh la la !

— Ce doit être très joli, dit Walter en suivant le regard de Bill. Tu savais que beaucoup de gens de couleur portent des vêtements noirs et des chemises lie-de-vin pour que leurs visages paraissent plus blancs ?

— Ah bon ? Je l'ignorais. »

Bill semblait mal à l'aise, comme si quelque chose lui échappait. Soudain, une idée géniale sembla lui traverser l'esprit : « Tiens, prends ce fric. Va nous acheter deux hot-dogs, d'accord ? »

Walter lui sourit d'un air entendu. « Le type des hot-dogs ne m'aime pas.

— Prends le fric et vas-y quand même. Qu'il aille au diable !

— Bon, d'accord, dit Walter à contrecœur. Tu veux quoi, sur le tien ?

— La totale ! »

Walter sautilla sur le sable chaud, bondit sur la promenade et passa dans l'ombre odorante du stand où il se redressa de toute sa taille, très digne, la bouche en cul de poule. « Deux hot-dogs à emporter, je vous prie, avec la garniture complète. »

Derrière le comptoir, sa spatule à la main, l'homme examina Walter centimètre par centimètre, des pieds à la tête, avec cet instrument qu'il tournait entre ses doigts maigres. Sans prononcer un mot.

Au bout d'un moment, lassé d'attendre, Walter se détourna et partit.

Il marchait comme s'il se moquait de cet incident. L'argent tintait dans sa grande paume. Bill l'attrapa, interrompant le tintement.

« Que s'est-il passé, Walt ?

— Cet homme m'a regardé sans rien faire, et c'est tout. »

Bill le força à se retourner. « Viens ! Nous aurons ces hot-dogs ! Sinon, il a intérêt à me dire pourquoi il refuse de nous en servir ! »

Walter se dégagea. « Je ne veux pas avoir d'ennuis.

— D'accord. Merde alors ! Je vais les chercher. Attends-moi ici. »

Bill courut vers le comptoir ombragé, auquel il s'accouda.

Walter vit et entendit très bien tout ce qui se produisit pendant les dix secondes qui suivirent.

L'homme des hot-dogs tourna vivement la tête et

lança un regard furibond à Bill. « Sale petit négro ! T'es revenu ! »

Il y eut un grand silence.

Bill se pencha au-dessus du comptoir et attendit.

L'homme des hot-dogs éclata d'un rire nerveux. « Ben ça alors ! Salut, Bill ! J'ai été ébloui par un reflet sur l'eau… Tu ressemblais tout à fait à… Bon, qu'est-ce que tu veux ? »

Bill attrapa l'homme par le coude. « Je ne comprends pas ! Je suis plus foncé que lui ! Pourquoi vous me léchez le cul ? »

Le propriétaire lui répondit avec hésitation : « Eh, Bill, t'étais dans la lumière, alors bon…

— Allez vous faire voir ! »

Tout pâle sous son bronzage, Bill émergea dans la lumière aveuglante et prit Walter par le bras.

« Viens, Walt. Je n'ai pas faim.

— C'est drôle, moi non plus. »

Les deux semaines arrivèrent à leur terme. L'automne s'installa. Un brouillard froid et salé régna pendant deux jours, et Walter pensa ne plus jamais revoir Bill. Parfois, il descendait la promenade, seul. L'endroit était très calme. Pas le moindre coup de klaxon. Les façades de bois de la dernière baraque de hot-dogs avaient été baissées, clouées, et un grand vent solitaire courait sur la plage grise et glacée.

Le mardi, il y eut une courte éclaircie. Comme il fallait s'y attendre, Bill était là, étendu de tout son long, seul sur la plage déserte.

« J'ai eu envie de venir une dernière fois, expliqua-t-il à Walt qui s'asseyait à côté de lui. Et c'est la dernière fois qu'on se voit, je crois.

— Tu pars à Chicago ?

— Ouais. De toute façon, il n'y a plus de soleil ici. Du moins pas le soleil que j'aime. Autant aller dans l'Est.

— Tu as sûrement raison, dit Walter.

— J'ai passé deux bonnes semaines », dit Bill.

Walter hocha la tête. « Deux excellentes semaines.

— On peut dire que j'ai bien bronzé.

— On peut le dire !

— Mais ça commence déjà à partir, constata Bill avec regret. Si seulement j'avais le temps d'attraper un bronzage permanent ! » Il contempla son dos par-dessus son épaule puis, les coudes pliés, il se gratta, les doigts en serre. « Regarde, Walt, ça pèle, ce maudit truc, et ça démange. Tu veux bien m'en ôter un peu ?

— Pas de problème. Tourne-toi. »

Bill s'exécuta en silence, et Walter tira doucement sur un lambeau de peau, les yeux brillants.

Un bout après l'autre, écaille par écaille, lambeau par lambeau, il pela la peau sombre sur le dos musclé de Bill, ses omoplates, son cou, son épine dorsale, révélant ainsi la nudité rosée de la chair qu'elle cachait.

Lorsqu'il eut terminé, Bill avait l'air tout nu, perdu, minuscule. Walter avait fait quelque chose à son ami, mais celui-ci l'acceptait avec philosophie, sans s'en inquiéter. Tout à coup, une grande lumière jaillit en Walter : il était là, le dénouement de la saison !

Ce qu'il avait fait à Bill, c'était juste et naturel. On ne pouvait y échapper, on ne pouvait l'éviter. C'était dans l'ordre des choses. Bill avait attendu tout l'été, parce qu'il avait cru en la permanence d'une chose qui n'avait jamais été réelle. Une illusion.

Le vent emporta les lambeaux de peau.

« Tu es resté allongé tout juillet et août, et pourquoi ? Pour ça », dit lentement Walter en laissant tomber un fragment. « Ça part. Moi, j'ai attendu toute ma vie et ça reste. » Il montra fièrement son dos à Bill. À la fois triste et heureux, mais en paix avec lui-même, il lui dit :

« Vas-y, pèle-moi, c'est mon tour ! »

L'île

(1952)

Les petits fragments blancs de cette nuit d'hiver flottaient devant les fenêtres éclairées. Par moments, ils défilaient en procession régulière, à d'autres ils voletaient et tourbillonnaient. Mais le saupoudrage et le dépôt permanents entretenaient un silence abyssal.

Dans la demeure fermée à clé dont tous les interstices, fenêtres, portes et trappes étaient verrouillés, des lampes s'épanouissaient dans chaque pièce. La maison retenait son souffle, assoupie et chaude. Les radiateurs soupiraient. Un réfrigérateur fredonnait doucement. Dans la bibliothèque, sous la lampe-tempête verte, une main blanche s'activait, un stylo grattait le papier, un visage se penchait vers l'encre qui séchait dans l'air faussement estival.

À l'étage, une vieille femme lisait au lit. De l'autre côté du couloir de l'étage, sa fille s'affairait dans la lingerie. Au-dessus, dans le grenier, le fils, la trentaine bien entamée, tapait délicatement sur une machine à écrire. Il ajouta une boule de papier au tas qui grossissait sur le tapis.

En bas, la domestique s'occupait des verres à vin du souper. Elle les déposa sur les étagères dans un tintement limpide de clochettes, s'essuya les mains, s'arrangea les cheveux et tendit la main vers l'interrupteur.

À cet instant, les cinq habitants de la maison nichée dans cette nuit d'hiver enneigée entendirent un bruit inhabituel.

Le bruit d'une vitre qui se brisait.

Semblable au craquement de la glace aux nuances lunaires sur un étang à minuit.

La vieille femme s'assit dans son lit. Sa cadette cessa de trier le linge. Alors qu'il s'apprêtait à froisser une page couverte de caractères, le fils se figea, le poing refermé sur sa feuille.

Dans la bibliothèque, la deuxième fille, qui venait d'écrire jusqu'à mi-page, retint son souffle, laissant sécher l'encre noire dans un sifflement presque perceptible.

La cuisinière s'immobilisa, les doigts posés sur l'interrupteur.

Pas un bruit.

Le silence.

Et, errant dans les couloirs, le chuchotement du vent froid qui entrait par une vitre brisée.

Toutes les têtes se tournèrent dans leurs pièces respectives vers le duvet à peine agité des tapis, là où le vent les caressait en passant sous les portes haletantes. Ensuite, tous les regards se braquèrent sur les verrous de cuivre.

Chaque porte, munie d'une combinaison de serrures à ressort, de chaînes, de cadenas, de barres et de clés, était un véritable rempart. Au fil des ans, la mère avait supervisé ces installations comme si chacune était une œuvre d'art, précieuse et merveilleuse. À la longue, les excentricités de cette femme avaient fait tourner en bourrique les habitants de la maison, si bien que leur bon sens avait fini par s'envoler.

Avant que la maladie ne la cloue au lit sans cérémonie, la mère leur avait appris à se méfier de toutes pièces ne pouvant se transformer sur-le-champ en forteresse ! Une maisonnée de femmes (le fils, Robert, quittait rarement sa tanière) exigeait un système de défense efficace, contre la cupidité aveugle, les jalousies et les viols d'un monde qui, en hiver, semblait à peine moins enfiévré par la débauche.

Telle était sa théorie.

« Nous n'aurons jamais besoin de *tous* ces verrous ! avait protesté Alice, des années auparavant.

— Un jour viendra où tu remercieras Dieu pour une seule de ces serrures Yale, avait répliqué la mère.

— Mais un voleur n'aurait qu'à fracasser une vitre, débloquer la fenêtre et…

— Fracasser une vitre ? ça nous alerterait ! C'est absurde !

— Les choses seraient tellement plus simples si nous mettions notre argent à la banque.

— Encore une fois, c'est absurde ! En 1929, j'ai appris qu'il fallait prendre garde aux mains trop bien soignées des banquiers ! J'ai un pistolet sous mon oreiller et notre argent est caché sous mon lit ! La Banque nationale d'Oak Green Island, c'est moi !

— Une banque de quarante mille dollars ?!

— Tais-toi ! Pourquoi tu ne vas pas sur les quais le crier à tous les pêcheurs, tant que tu y es ? En outre, ce n'est pas seulement l'argent qui intéresse ces monstres, ma chère. Toi-même, Madeline… et *moi* !

— Mais mère, enfin… Nous sommes des vieilles filles, admettez-le !

— Des femmes, ne l'oublie jamais, des *femmes*. Où sont les autres pistolets ?

— Il y en a un dans chaque pièce, mère. »

Ainsi, l'artillerie de la maison était installée et amorcée, et tous les accès cloués et décloués d'une saison à l'autre, d'une année sur l'autre. Un système de communication téléphonique interne sur batteries avait été branché dans toute la maison. Les filles avaient accepté ces téléphones de bonne grâce, parce qu'au moins, on arrêterait de s'appeler en criant dans l'escalier.

« Tant qu'on y est, pourquoi ne pas débrancher notre ligne extérieure ? Cela fait longtemps que personne en ville, de l'autre côté du lac, ne nous a appelées, Madeline ou moi.

— Supprimons le téléphone ! s'exclama Madeline. Ça coûte un prix terrifiant tous les mois ! Et de toute façon, qui pourrions-nous désirer joindre là-bas ?

— Tous des rustres », approuva Robert en montant au grenier.

Et maintenant, en cette insondable nuit d'hiver, ce son isolé, unique. Le bris d'une vitre, comme l'éclatement infime d'un verre à vin, comme un long rêve d'hiver qui se fracasse.

Les cinq habitants de cette demeure insulaire se muèrent en statues de sel.

Un passant regardant par les fenêtres se serait cru devant les vitrines d'un musée exposant des animaux saisis dans leur dernier instant de conscience, de compréhension, et empaillés de terreur. Une lueur dans chaque œil de verre, comme dans ceux du cerf surpris et figé qui tourne la tête pour suivre du regard le long canon froid d'un fusil d'acier, dans une clairière à midi : une lueur dont on se souvient toute sa vie.

L'attention des cinq se porta sur les portes.

Chacun d'eux se figura le continent entier séparant son lit ou sa chaise de ces portes qui attendaient d'être verrouillées. Une distance insignifiante pour le corps, mais une immensité infranchissable pour l'esprit. Qui sait si la chose dans le couloir n'allait pas franchir d'un bond un espace similaire et démolir la porte pendant qu'ils se ruaient sur cette courte mais gigantesque distance pour faire glisser les verrous et donner un tour de clé ?

Avec la rapidité d'une pression sur la détente, cette pensée traversa chaque esprit comme l'éclair. Elle les tenait. Elle ne les lâcherait pas.

Une seconde pensée les réconforta.

Ce n'est rien, leur susurrait-elle. Le vent a fracassé la vitre. Une branche d'arbre est tombée, voilà tout ! Ou alors, c'est une simple boule de neige, lancée sans bruit dans la nuit par un enfant possédé par l'hiver, en route vers nulle part…

Les cinq membres de la maisonnée se levèrent d'un seul bond.

Le vent hantait les couloirs. La pâleur s'écaillait sur les visages des membres de cette famille et neigeait dans leurs yeux affolés. Chacun se prépara à empoigner sa porte, à l'ouvrir et à regarder dehors, chacun se prépara à crier : « C'était bien la chute d'une branche, oui ! »

Ils entendirent un autre bruit.

Un raclement de métal.

Ensuite, une fenêtre, quelque part, se souleva comme le tranchant cruel d'une guillotine géante.

Coulissant dans ses glissières mal entretenues, elle

ouvrit grand la bouche pour laisser le passage à l'hiver.

Toutes les portes de la maison chancelèrent sous le coup et geignirent dans leurs charnières.

La bourrasque éteignit les lampes dans toutes les pièces.

« Pas d'électricité ! s'était exclamée Mère des années auparavant. Rien qui vienne de la ville ! Nous devons être autosuffisants ! Ne rien donner, ne rien prendre. »

Sa voix s'évanouit dans le passé.

Dans chaque pièce, les lampes à peine soufflées, la peur s'embrasa et flamboya plus violemment que des charbons ardents ou des bûches dans une cheminée.

Alice la sentit brûler sur ses joues, dégager une lueur blême. Elle aurait pu lire un livre à la lueur de la terreur qui consumait son front.

Il semblait n'y avoir qu'une seule chose à faire.

Dans toutes les pièces, chacune identique à celle du dessus ou du dessous, quatre personnes se jetèrent sur leur porte, se précipitant comme un seul homme pour empoigner les serrures, fermer les verrous, attacher les chaînes, tourner les clés !

« Sauvés ! Nous sommes enfermés et sauvés ! » s'écrièrent les habitants de la maison.

Tous, sauf une : la bonne. Indifférente aux paniques et aux peurs dévorantes de la mère, elle ne fréquentait que quelques heures par jour cette maison scandaleuse. Après des années de vie citadine de l'autre côté des vastes douves de pelouse, de haies et de murs, c'était une personne pleine de bon sens, et elle n'hésita qu'un court instant. Elle effectua ce qui aurait dû être un geste salvateur, mais qui se mua en acte désespéré.

Ouvrant d'un coup sec la porte de la cuisine, elle se rua dans le couloir principal, au rez-de-chaussée. Au loin, dans le noir, le vent soufflait de la bouche d'un dragon glacé.

Les autres ont dû sortir ! pensa la bonne.

Elle les appela sur un ton d'urgence :

« Mademoiselle Madeline, mademoiselle Alice, madame Benton, monsieur Robert ! »

Puis elle plongea dans le couloir vers les ténèbres agitées de la fenêtre ouverte.

« Mademoiselle Madeline ! »

Madeline, clouée comme Jésus à la porte de sa lingerie, empoigna de nouveau les serrures.

« Mademoiselle Alice ! »

Dans la bibliothèque, où les feuillets blafards gambadaient dans le noir comme des papillons ivres, Alice abandonna sa porte condamnée. Elle dénicha des allumettes, ralluma les doubles lampes-tempête. Sa tête pulsait comme un cœur engorgé, ses yeux sortaient de ses orbites, ses lèvres tremblaient, secouées de spasmes, ses oreilles se bouchaient. Elle n'entendait rien sauf un martèlement déchaîné et la succion creuse de sa respiration.

« Madame Benton ! »

La vieille se tortillait dans son lit en se frottant le visage, remodelant sa chair fondue pour lui donner l'expression choquée qui convenait. Elle tendit les doigts vers sa porte. « Idiote ! Maudite idiote ! Que quelqu'un verrouille ma porte ! Alice ! Robert ! Madeline ! »

« Alice ! Robert ! Madeline ! » souffla l'écho dans les couloirs plongés dans la pénombre.

« Monsieur Robert ! »

D'une voix tremblante, la bonne le suppliait depuis le rez-de-chaussée.

Puis tous entendirent la femme crier. Un unique petit cri épouvanté et accusateur.

Ensuite, la neige effleura doucement le toit de la maison.

Chacun savait ce que ce silence signifiait. D'autres bruits allaient suivre.

S'avançant lentement dans une douceur cauchemardesque, comme pieds nus, quelqu'un flottait dans les couloirs. Ils sentirent la maison réagir à sa présence, ici et là, puis plus loin.

À l'autre bout de la bibliothèque, deux téléphones reposaient sur un comptoir. Alice s'empara de l'un d'eux et tenta d'obtenir la tonalité. Elle cria : « Opératrice ! La police ! »

Mais la mémoire lui revint : *Personne ne nous appellera plus, Madeline et moi. Dites à la compagnie Bell de retirer le téléphone. Nous ne connaissons personne en ville.*

Soyons pragmatiques, avait répliqué Mère. Gardons tout de même le téléphone, au cas où nous déciderions de nous reconnecter.

« Opératrice ! »

Elle reposa brusquement l'appareil et le contempla en battant des paupières, comme confrontée à un animal borné qui refusait d'exécuter le plus facile des tours. Elle lança un regard vers la fenêtre. Lève-la, penche-toi à l'extérieur, *hurle* ! Oui, mais les voisins étaient cloîtrés chez eux, bien au chaud, à l'écart, isolés et perdus, et le vent hurlait lui aussi, avec l'hiver alentour, et la nuit. Autant crier dans un cimetière.

« Robert ! Alice ! Madeline ! Robert ! Alice ! Madeline ! »

La mère s'époumonait, aveuglée par la bêtise.

« Venez fermer ma porte à clé ! Robert ! Alice ! Madeline ! »

Je vous entends, Mère, pensa Madeline. Nous vous entendons tous. Et *lui aussi* va vous entendre.

Elle se saisit du second téléphone et enfonça trois fois son bouton.

« Madeline ! Alice ! Robert ! » soufflait la voix dans les couloirs.

« Mère ! Ne hurlez pas ! s'écria Alice au-dessus du téléphone. Ne lui indiquez pas où vous êtes, ne lui dites pas ce qu'il ignore ! » Alice enfonça encore une fois le bouton.

« Robert ! Alice ! Madeline !

— Décrochez le téléphone, Mère, je vous en supplie, décrochez… »

Clic.

« Opératrice ! Sauvez-moi ! Les verrous ! » C'était la voix perçante et irritée de sa mère.

« Mère, c'est moi, Alice ! Calmez-vous, il va vous entendre !

— Oh mon Dieu, Alice ! Oh mon Dieu, la porte ! Je ne peux pas sortir du lit ! Quelle idiote ! C'est affreux, tous ces verrous et aucun moyen de les atteindre !

— Éteignez votre lampe !

— Aide-moi, Alice !

— C'est ce que je fais ! Écoutez-moi ! Prenez votre pistolet. Éteignez la lumière. Cachez-vous sous votre lit ! *Faites-le !*

— Oh mon Dieu ! Alice, viens fermer ma porte à clé !

— Mère, écoutez-moi !

— Alice, Alice ! » La voix de Madeline. « Que s'est-il passé ? J'ai peur ! »

Une autre voix : « Alice !

— Robert ! »

Ils criaient, ils hurlaient.

« Arrêtez, dit Alice. Calmez-vous, ne parlez pas en même temps ! Écoutez-moi, avant qu'il ne soit trop tard ! Nous devons agir tous ensemble. Vous m'entendez ? Prendre nos armes, ouvrir les portes et sortir dans le couloir. C'est nous tous, *tous ensemble*, contre lui. D'accord ?! »

Robert sanglotait.

Madeline se lamentait.

« Alice ! Madeline ! Mes enfants, sauvez votre mère !

— Mère, taisez-vous ! » Alice, enjôleuse, psalmodiait. « Ouvrons les portes. Tous ensemble. Nous pouvons le faire ! Maintenant !

— Il va m'avoir ! hurla Madeline.

— Non, non, c'est inutile, inutile, gémit Robert.

— La porte, ma porte, elle n'est pas fermée à clé ! cria la mère.

— Écoutez-moi, vous tous !

— Ma porte ! dit la mère. Oh mon Dieu ! Elle s'ouvre, *elle s'ouvre* ! »

Dans les couloirs, il y eut un hurlement, et le même au téléphone.

Les enfants fixèrent les combinés qu'ils tenaient dans des mains où ne battaient que leurs cœurs.

« Mère ! »

Une porte claqua à l'étage.

Le hurlement cessa brutalement.

« Mère ! »

Si seulement elle n'avait pas crié, pensa Alice. Si seulement elle ne lui avait pas indiqué le chemin.

« Madeline, Robert ! Prenez vos armes ! Je vais compter jusqu'à cinq ! À cinq, nous sortons tous ! Un, deux, trois… »

Robert poussa un gémissement.

« Robert ! »

Il tomba par terre en agrippant le téléphone. Sa porte était toujours fermée à clé, mais son cœur avait cessé de battre. Dans son poing, le téléphone hurla : « Robert ! » Il ne bougeait plus.

« Il est à ma porte ! » dit Madeline, là-haut, dans cette maison submergée par l'hiver.

« Tire dans la porte ! Tire !

— Il ne m'aura pas ! Il ne parviendra pas jusqu'à moi !

— Madeline, écoute-moi ! Tire dans la porte !

— Il tripote les verrous, il va entrer !

— Madeline ! »

Un coup de feu.

Un unique coup de feu.

Seule dans la bibliothèque, Alice fixa le combiné glacé et définitivement muet, désormais.

Soudain, elle visualisa cet étranger dans le noir, devant une porte, la grattant doucement, souriant au lambris, là-haut, dans le couloir.

Le coup de feu !

L'étranger dans le noir baissa les yeux. Sous la porte verrouillée, lentement, coulait un petit filet de sang. Du sang s'écoulant paisiblement, très coloré, en un filet minuscule. Alice le vit en esprit. Elle comprit tout. Elle perçut un sombre déplacement dans le couloir, à l'étage : quelqu'un essayait toutes les portes, ne découvrant que le silence.

« Madeline, dit-elle mollement au téléphone. Robert ! » Elle cria leurs noms, en vain. « Mère ! » Elle ferma les yeux. « Pourquoi ne m'avez-vous pas écoutée ? Si nous étions sortis *tous ensemble* dès le tout *premier…* »

Silence.

La neige semblait tomber d'une corne d'abondance en tourbillons silencieux, s'amoncelant sur la pelouse dans une somptueuse quiétude. Désormais, Alice était seule.

Chancelante, elle s'approcha de la fenêtre, la déverrouilla, la souleva avec difficulté. Elle décrocha le pare-tempête, le poussa vers l'extérieur, puis enfourcha le rebord de la fenêtre. Une moitié d'elle se trouvait encore dans le monde chaud et silencieux de la maison, l'autre était déjà dehors dans la nuit neigeuse. Alice resta assise là un long moment, les yeux braqués sur la porte de la bibliothèque verrouillée. La poignée de cuivre se mit à tourner.

Fascinée, elle observa ce manège. C'était comme un œil étincelant braqué sur elle.

L'envie lui vint de s'en approcher, de défaire le loquet, d'accueillir d'une courbette dans la nuit la terreur incarnée. De connaître le visage de l'être qui avait démantelé une forteresse insulaire en ne portant qu'un coup. Secouée de frissons, elle réalisa qu'elle tenait son arme, la leva, la pointa vers la porte.

La poignée de cuivre tournait dans les deux sens. Vers la droite, puis vers la gauche, puis vers la droite… De l'autre côté se dressait la chose obscure qui soufflait dans les ténèbres. Avec un sourire invisible.

Les yeux fermés, Alice fit feu trois fois !

Lorsqu'elle les rouvrit, elle constata que ses tirs s'étaient éparpillés : le premier tir avait frappé le mur, le deuxième le bas de la porte, le troisième le haut. Elle fixa quelques instants sa main de couarde puis jeta le pistolet.

La poignée tournait toujours dans les deux sens. C'est la dernière chose qu'elle vit. La poignée brillante qui luisait comme un œil.

Elle se pencha à l'extérieur et tomba dans la neige.

Quelques heures plus tard, quand elle revint avec la police, elle vit dans la neige ses traces de pas qui fuyaient le silence.

Sous les arbres dégarnis, avec le shérif et ses hommes, elle regardait fixement la maison.

De nouveau brillamment éclairé, l'édifice semblait chaud et douillet, tout un monde rayonnant et gai dans un paysage lugubre.

« Mon Dieu, il a dû ouvrir la porte d'entrée, tout simplement, et sortir tranquillement, sans se préoccuper des témoins éventuels ! s'exclama le shérif. Seigneur, quel aplomb ! »

Alice s'approcha. Un millier de mites blanches voletaient dans ses yeux. Elle cilla et son regard se figea. Puis lentement, doucement, sa gorge se mit à trembler.

Elle éclata d'un rire qui se transforma en sanglots étouffés.

« Regardez ! s'écria-t-elle. Oh mon Dieu, *regardez* ! »

Ils s'exécutèrent et virent alors les autres empreintes de pas qui descendaient distinctement les marches du porche pour fouler ensuite le doux velours de la neige. Régulièrement espacées, dégageant une certaine sérénité, ces traces s'éloignaient dans la cour, confiantes et profondes, et s'évanouissaient dans la nuit froide vers la ville enneigée.

« Ses empreintes ! » Alice se pencha, les mesura de la main, tenta d'en recouvrir une de ses doigts gourds. « Ses empreintes ! Oh mon Dieu, comme cet homme est petit ! Vous voyez comme elles sont minuscules, vous voyez ? Mon Dieu, il est si petit ! »

Prostrée sur ses mains et ses genoux, elle sanglotait, mais le vent, l'hiver et la nuit lui firent une petite gentillesse. Sous les yeux d'Alice, la neige tomba dans les traces, les cerna et les recouvrit, les aplanissant, les comblant, les effaçant. Et enfin, il n'en resta plus rien, plus aucun souvenir de leur petite taille.

C'est alors, et seulement alors, que cessèrent les sanglots d'Alice.

Un peu avant l'aube

(1950)

C'était peut-être les pleurs tard dans la nuit, puis la crise d'hystérie et les sanglots violents, qui finissaient par se muer en soupirs. J'entendais alors le mari de l'autre côté du mur. « Là, là, tout doux », lui disait-il.

Allongé dans mon lit, je les écoutais en m'interrogeant à leur sujet. Le calendrier sur mon mur indiquait août 2002. Cet homme et son épouse, cheveux blonds et yeux bleus, tous les deux jeunes, la trentaine, semblaient pleins de vigueur, malgré le contour marqué de leur bouche. Ils venaient de s'installer dans la pension où je prenais aussi mes repas. Moi, je travaillais comme concierge à la bibliothèque municipale.

Toutes les nuits, toutes, c'était la même chose : la femme pleurait, et le mari l'apaisait de l'autre côté de mon mur. Je tendais l'oreille, car j'espérais comprendre, sans jamais y parvenir, ce qui provoquait ces crises. Elles n'avaient rien à voir avec ce que disait l'homme, j'en étais persuadé, ni avec ce qu'il faisait. En fait, j'étais quasiment certain qu'elles se déclenchaient sans raison, tard dans la nuit, vers deux heures du matin. La femme se réveillait, pensais-je, puis j'entendais un premier hurlement terrorisé, puis ces sanglots interminables qui m'attristaient. Je suis vieux maintenant, mais je déteste toujours entendre pleurer une femme.

Je me rappelle la nuit où ils sont arrivés dans notre ville de l'Illinois profond. C'était un mois auparavant, par une chaude soirée d'août. Toutes les maisons étaient plongées dans l'obscurité, et leurs habitants suçaient des glaces sous les vérandas. Je me souviens avoir traversé la cuisine, au rez-de-chaussée, et y avoir marqué un temps d'arrêt, dans les vieilles odeurs de cuisson. J'entendais sans le voir le chien qui lapait de l'eau dans la casserole posée sous le fourneau, un son nocturne, comme dans une grotte. Puis je suis arrivé au salon. Dans le noir, le visage rendu cramoisi par l'effort, M. Fiske, le propriétaire, s'énervait sur le climatiseur. Ce maudit machin refusait de fonctionner. En fin de compte, il s'est décidé à sortir dans la nuit torride, sous la véranda des moustiques — car uniquement prévue pour les moustiques, affirmait-il. Il y est tout de même allé.

Je suis sorti à mon tour sous la véranda, je me suis assis et j'ai déballé un cigare pour éloigner en l'allumant mes moustiques personnels. Mamie Fiske était là, ainsi qu'Alice Fiske, Henri Fiske, Joseph Fiske, Bill Fiske, et six autres pensionnaires ou locataires. Tous déballaient des bâtonnets glacés.

À cet instant, l'homme et sa femme sont apparus en bas des marches aussi soudainement que s'ils avaient jailli de l'herbe humide et sombre, les yeux levés vers nous comme au spectacle nocturne d'un cirque estival. Ils n'avaient pas de bagage. Je m'en souviens encore. Ils n'avaient pas de bagage. Et leurs vêtements étaient bizarres.

« Nous cherchons un endroit où manger et dormir », expliqua l'homme d'un ton saccadé.

Tout le monde sursauta. Je suis le premier à les avoir vus, je crois, puis Mme Fiske leur a souri. Ensuite, elle a quitté son fauteuil en osier et s'est avancée vers eux. « Ici même, c'en est un. Nous avons des chambres.

— C'est combien ? dit l'homme dans les ténèbres brûlantes.

— Vingt dollars par jour, repas compris. »

Ils ont semblé ne pas comprendre. Ils se sont dévisagés.

« Vingt dollars, a répété l'aïeule.

— D'accord, nous prenons une chambre, a dit l'homme.

— Vous ne voulez pas visiter d'abord ? » a proposé Mme Fiske.

Ils ont monté les marches en jetant un coup d'œil derrière eux, comme si quelqu'un les suivait.

La première nuit des sanglots.

Le petit déjeuner était servi tous les matins à sept heures trente : grandes piles effondrées de pancakes, énormes pots de mélasse, îlots de beurre, toasts, beaucoup de café et céréales pour ceux qui le souhaitaient. Je me servais des céréales quand les nouveaux ont descendu l'escalier, lentement. Ils ne sont pas venus tout de suite dans la salle à manger. J'ai eu l'impression qu'ils voulaient d'abord tout examiner en détail. Mme Fiske étant occupée, je suis allé les chercher. Tous deux contemplaient, par la fenêtre de devant, l'herbe verte, le grand orme, le ciel bleu, sans paraître se lasser de cette vision. Presque comme si c'était la première fois.

« Bonjour », ai-je dit.

Ils ont caressé les napperons, le rideau de perles suspendu sur le seuil de la salle à manger… J'ai cru les voir sourire de toutes leurs dents à quelque pensée secrète. Quand je leur ai demandé comment ils s'appelaient, ils ont d'abord semblé perplexes, puis m'ont répondu :

« M. et Mme Smith. »

Je les ai présentés aux convives présents, puis ils se sont assis en regardant la nourriture. Finalement, ils ont commencé à manger.

Ils parlaient très peu, et seulement quand on s'adressait à eux. La beauté de leurs visages m'a frappé ce matin-là : nez droits et yeux limpides, ossature harmonieuse des mentons, des joues et du front. Mais toujours avec cette lassitude de la bouche.

Au milieu du petit déjeuner, un incident s'est produit sur lequel je me sens tenu de revenir. M. Britz, le mécanicien du garage, a déclaré : « Tiens, dans le journal d'aujourd'hui, on dit que le président repart à la recherche de fonds. »

L'étranger, M. Smith, a reniflé, furieux. « Cet homme abominable ! J'ai toujours détesté Westercott ! »

Tout le monde l'a regardé. J'ai arrêté de manger.

Mme Smith l'a dévisagé en fronçant les sourcils, puis nous avons tous terminé notre petit déjeuner. Je m'en souviens à présent. C'est bien ce que M. Smith a dit : « Cet homme abominable ! J'ai toujours détesté Westercott ! »

Je n'ai jamais oublié ces paroles.

Cette nuit-là, la femme a pleuré de nouveau, comme une enfant perdue dans les bois. Moi, je suis resté éveillé une heure ; je réfléchissais.

Soudain, l'envie me prenait de les inonder de questions. Hélas, il était presque impossible de les voir : ils restaient en permanence enfermés dans leur chambre.

Toujours est-il que, le lendemain (un samedi), je les ai coincés par hasard dans le jardin. Ils regardaient les roses épanouies. Ils se contentaient de les contempler, sans les toucher. Je me suis exclamé : « Quelle belle journée !

— Une journée merveilleuse, vraiment merveilleuse ! » se sont-ils écriés tous les deux, presque à l'unisson. Embarrassés, ils ont éclaté de rire.

« Oh, elle n'est quand même pas si merveilleuse que cela ! » J'ai souri.

« Vous ne pouvez pas savoir à quel point elle est bonne, à quel point elle est merveilleuse — vous ne pouvez même pas vous l'imaginer », a répliqué la femme, soudain au bord des larmes.

J'étais abasourdi. « Je suis désolé. Ça va ?

— Oui, oui. » Elle s'est mouchée puis s'est éloignée pour cueillir quelques fleurs. Tout en contemplant le pommier chargé de fruits rouges, j'ai enfin trouvé le courage de poser une question : « Puis-je vous demander d'où vous venez, monsieur Smith ?

— Des États-Unis, m'a-t-il répondu lentement, comme s'il reconstituait ce nom.

— Oh, mais j'avais l'impression que…

— Que nous venions d'ailleurs.

— Oui.

— Nous sommes américains.

— Quel métier exercez-vous, monsieur Smith ?

— Je suis un penseur.

— Je vois », ai-je répliqué. Ces réponses me

laissaient carrément sur ma faim. « Tiens, au fait, ai-je ajouté, quel est le prénom de M. Westercott ?

— Lionel », m'a répondu M. Smith, avant de me dévisager. Il est devenu livide. Pris de panique, il a tourné la tête. « Je vous en prie, pourquoi me posez-vous toutes ces questions ? » Il pleurait doucement. Le couple est rentré en hâte sans me laisser le temps de leur faire des excuses. Ils m'ont lancé un regard par la fenêtre de la cage d'escalier comme si j'étais un espion redoutable. Je me suis senti méprisable et honteux.

Le dimanche matin, j'ai participé au ménage de la maison. J'ai frappé à la porte des Smith, et comme je n'obtenais pas de réponse, j'ai tendu l'oreille. J'ai alors remarqué pour la première fois le tic-tac, les petits clics, les murmures de plusieurs réveils ronronnant paisiblement dans la chambre. J'étais fasciné. Tic-tac-tic-tac-tic-tac ! Deux, non, trois réveils au moins ! Quand j'ai ouvert la porte pour prendre la corbeille à papier, je les ai vus, alignés sur le bureau, le rebord de la fenêtre et la table de chevet, des réveils, petits et grands, tous réglés sur cette heure de fin de matinée, tictaquant comme un congrès d'insectes.

Tous ces réveils. Mais pourquoi ? M. Smith avait affirmé être un *penseur* !

J'ai emporté la corbeille jusqu'à l'incinérateur. En la vidant, j'y ai trouvé un des mouchoirs de la femme. Je l'ai caressé un moment, reniflant son parfum floral, puis je l'ai jeté au feu.

Il n'a pas brûlé.

Je l'ai poussé plus loin dans les flammes.

Ce mouchoir ne brûlait pas.

Dans ma chambre, j'ai passé la flamme de mon briquet sous le mouchoir. Il ne brûlait décidément pas, et je n'ai pas réussi à le déchirer.

C'est alors que j'ai repensé à leurs vêtements. J'ai compris pourquoi ils me paraissaient singuliers à ce point. La coupe était normale en cette saison, que ce soit pour l'homme ou pour la femme, mais ces manteaux, ces chemises, ces robes et ces chaussures étaient dépourvus de la moindre couture !

Plus tard cet après-midi-là, ils sont ressortis se promener dans le jardin. De ma fenêtre en hauteur, je les ai vus qui se parlaient gravement en se tenant les mains.

C'est alors que s'est produit un incident terrifiant.

Un rugissement a envahi le ciel. La femme a levé les yeux, hurlé, posé ses mains sur son visage… puis elle s'est effondrée. L'homme a blêmi. Il fixait le soleil comme un aveugle et il est tombé à genoux en criant à sa femme de se relever, *Relève-toi ! Relève-toi !*, mais elle restait étendue là, hystérique.

Le temps que je leur vienne en aide, ils avaient disparu. Manifestement, ils avaient contourné la maison d'un côté alors que j'arrivais de l'autre. Dans le ciel vide, le rugissement s'était évanoui.

Pourquoi le bruit ordinaire d'un avion invisible leur avait-il causé une telle frayeur ?

L'avion est revenu une minute plus tard, et sur ses ailes on pouvait lire : FOIRE DU COMTÉ ! VENEZ TOUS ! DES COURSES ! DES ATTRACTIONS !

Vraiment pas de quoi avoir peur, ai-je pensé.

Je suis passé devant leur chambre à neuf heures et demie. La porte était ouverte. Sur les murs, j'ai aperçu trois calendriers alignés. La date du 18 août 2035 y était entourée à gros traits.

« Bonsoir, leur ai-je dit aimablement. Eh bien, vous en avez, de beaux calendriers ! Ce doit être drôlement pratique.

— Effectivement », m'ont-ils répondu.

J'ai continué vers ma chambre. Je suis resté quelques instants dans le noir avant d'allumer la lumière. Je me demandais pour quelle raison il leur fallait trois calendriers, tous affichant l'année 2035. C'était dingue, mais *eux* ne l'étaient pas. Tout ce qui les concernait était dingue sauf eux-mêmes. Ces gens aux beaux visages étaient francs et sensés, mais quelque chose commençait à s'agiter dans ma tête. Les calendriers, les réveils, les montres qu'ils portaient et qui valaient chacune un millier de dollars pour le peu que j'en savais sur les montres, et eux, eux deux qui vérifiaient constamment l'heure. J'ai repensé au mouchoir qui ne brûlait pas, aux vêtements sans couture et à la phrase « J'ai toujours détesté Westercott ».

J'ai toujours détesté Westercott.

Lionel Westercott. Il ne devait pas y avoir dans le monde deux personnes portant un nom aussi peu répandu. Lionel Westercott. Je me suis répété ce nom à voix basse au cours de cette nuit d'été. Il faisait chaud ce soir-là. Les papillons de nuit dansaient doucement, motifs veloutés sur ma moustiquaire. J'ai dormi d'un sommeil agité. Je pensais à mon agréable travail, à cette bonne petite ville où tout était si paisible, où tout le monde était heureux, et aux deux personnes dans la chambre d'à côté, les seules en ville, au monde même, aurait-on dit, à n'être pas heureuses. Leurs bouches fatiguées me hantaient. Et leurs yeux las, trop las pour des gens aussi jeunes.

J'ai sans doute dormi un peu, car vers deux heures

du matin, comme d'habitude, les pleurs de la femme m'ont réveillé. Cette fois-ci, je l'ai aussi entendue crier : « Où sommes-nous ? Où sommes-nous ? Comment sommes-nous arrivés ici ? Où sommes-nous ? » Et la voix apaisante de l'homme : « Chut, chut, calme-toi, je t'en prie…

— Sommes-nous en sécurité ? Dis-le-moi ! Dis-le-moi !

— Oui, oui, ma chérie, oui. »

Et ensuite, les sanglots.

J'aurais pu m'imaginer plein de choses, sans doute. La plupart des gens auraient soupçonné un meurtre : des criminels fuyant la justice. Je ne l'ai même pas envisagé. Allongé dans le noir, j'écoutais pleurer cette femme qui me fendait le cœur, et le chagrin s'est répandu dans mes veines et dans ma tête. J'étais tellement affecté par sa tristesse et sa solitude que c'est devenu insupportable. Je me suis levé et habillé, puis j'ai quitté la maison. Après avoir descendu la rue, je me suis retrouvé sans même m'en rendre compte sur la colline surplombant le lac, là où se dresse la bibliothèque sombre et immense. Et j'avais ma clé de fonction à la main. Il était deux heures du matin, mais sans me poser de questions, je suis entré dans ce grand lieu silencieux. J'ai traversé les salles vides, j'ai longé les allées en allumant quelques lampes au passage, et j'ai sorti deux gros livres. Je me suis mis à parcourir du doigt quelques paragraphes, puis quelques lignes encore, et plus bas, toujours plus bas, page après page, pendant environ une heure, aux toutes petites heures noires de cette matinée-là. J'ai tiré une chaise pour m'asseoir. J'ai rapporté d'autres livres, que j'ai survolés rapidement. La fatigue commençait à me peser.

Et puis, enfin, ma main s'est arrêtée sur un nom : « William Westercott, homme politique, ville de New York. A épousé Aimee Ralph en janvier 1998. Un enfant, Lionel, né en février 2000. »

J'ai refermé le livre et j'ai quitté la bibliothèque, que j'ai refermée à clé derrière moi. Glacé, je suis rentré chez moi dans le petit matin. Les étoiles brillaient dans le ciel obscur.

Je suis resté un moment devant la maison endormie, sa véranda vide et ses rideaux qui voletaient dans chaque pièce, agités par une chaude brise d'août. J'avais mon cigare à la main, mais je ne l'ai pas allumé. J'ai écouté. Au-dessus de moi, j'ai entendu les sanglots de la femme solitaire, semblables aux plaintes d'un oiseau de nuit. Encore un cauchemar. Les cauchemars sont des souvenirs, me suis-je dit. Ils naissent des choses horribles qu'on a vécues et qui nous ont marqués, avec trop de détails. La femme avait fait un nouveau cauchemar, et elle avait peur.

J'ai contemplé la ville autour de moi, les petites maisons avec des gens à l'intérieur, et la campagne par-delà les maisons, quinze mille kilomètres de prairies et de fermes, de fleuves et de lacs, d'autoroutes, de collines, de montagnes et de villes assoupies, petites et grandes, dans la quiétude de ces heures précédant l'aube, et les réverbères qui s'éteignaient, inutiles à cette heure de la nuit. J'ai pensé aux habitants de ce pays, et aux années à venir. J'ai pensé à tous ces gens avec un bon travail, des gens heureux, cette année-là.

Puis j'ai gravi l'escalier et je suis passé devant leur porte pour aller me coucher. J'ai écouté, derrière le mur, la femme qui répétait sans cesse, faiblement, en pleurant : « J'ai peur, j'ai peur… »

J'étais aussi gelé qu'un vieux morceau de glace entre les couvertures, et je tremblais. Je ne savais rien et pourtant je savais tout, car je savais désormais d'où venaient ces voyageurs et pourquoi la femme avait peur. Je savais ce qu'ils fuyaient.

Je l'ai compris juste avant de m'endormir, avec ces pleurs qui résonnaient faiblement à mes oreilles. Lionel Westercott, me suis-je dit, sera assez vieux pour être président des États-Unis en 2035.

Pour une raison ou une autre, je ne voulais pas que le soleil se lève à l'aube.

Gloire à notre chef

(2003-2004)

« Qu'est-ce que vous dites ? »

Silence.

« Ça vous embêterait de me répéter tout ça ? »

Silence, puis un murmure qui enfle et s'apaise au téléphone.

« C'est une mauvaise blague ! Je n'arrive pas à croire ce que j'entends ! Répétez-le-moi encore une fois ! »

Le fonctionnaire du gouvernement se leva lentement, le combiné collé à l'oreille. Il jeta un coup d'œil par la fenêtre, contempla le plafond, puis les murs. Et lentement, se rassit.

« Redites-moi ça. »

Le téléphone émit des bruits.

« Le sénateur Hamfritt, vous dites ? Un instant. Je vous rappelle tout de suite. »

Le fonctionnaire raccrocha. Il se retourna sur sa chaise pour regarder fixement la Maison-Blanche, de l'autre côté de la pelouse.

Puis il tendit la main vers l'interphone et appuya sur un bouton.

Lorsque sa secrétaire apparut à la porte, il déclara : « Asseyez-vous. Vous devez entendre ça. »

Il souleva le combiné, tapa un numéro et brancha le haut-parleur.

Une voix s'en éleva. Le fonctionnaire répondit : « Eliot à l'appareil. Vous avez passé un coup de fil, à l'instant ? Vous l'avez fait. Bon, répétez-moi tout en détail. Le sénateur Hamfritt, vous dites ? D'accord. Combien de sénateurs ? Treize ? Ils y étaient la nuit dernière ? Vous êtes sûr de ces faits ? Il n'était pas ivre, quand même ? Il *était* ivre ? Bon, il est tard, mais je vais devoir appeler le président. »

Le fonctionnaire reposa le téléphone et se tourna lentement vers sa secrétaire.

« Vous connaissez cet Hamfritt, là, cet imbécile ? »

Elle opina du chef.

« Vous savez ce qu'il a fait, ce fieffé crétin ?

— Je piaffe d'impatience de le savoir.

— Il y a quelques heures, il est parti dans une réserve indienne, dans le Dakota du Nord, avec douze autres sénateurs. Soi-disant pour enquêter sur des affaires. »

La secrétaire attendit.

« Il s'est lancé dans une série de paris à la roulette avec Nuage de Fer, le chef de la plus grande des tribus. Les sénateurs ont parié New York et l'ont perdue. »

La secrétaire se pencha vers lui.

« Ensuite, ils ont commencé à miser les États — et ils les ont perdus ! À deux heures du matin, tout en picolant avec le chef indien, ils s'étaient arrangés pour perdre la totalité des États-Unis d'Amérique !

— Mince alors !

— Je peux mettre fin à mes jours, mais avant, qui c'est qui va appeler la Maison-Blanche pour mettre le président au courant ?

— Pas moi », dit la secrétaire.

Le président des États-Unis courait sur le tarmac de l'aéroport.

« Monsieur le Président ! Vous n'êtes pas habillé ! » s'écria un attaché.

Le président jeta un coup d'œil à son pyjama sous son pardessus.

« Je me changerai dans l'avion. Où allons-nous, bon sang ? »

L'attaché se tourna vers le pilote. « Où allons-nous, bon sang ? »

Le pilote lança un coup d'œil à une transcription. « Au Grand Casino indien de Pocahontas, à Ojibway, Dakota du Nord.

— Bon Dieu, où est-ce ?

— Sur la frontière canadienne, précisa l'attaché. C'est sans danger. Il n'y a que les caribous qui votent là-bas. L'année dernière, vous avez obtenu une victoire écrasante.

— L'aéroport est assez grand pour Air Force One ?

— Tout juste.

— Quelle heure est-il ?

— Trois heures du matin.

— Mon Dieu, les trucs qu'on doit faire quand on dirige un pays… », se lamenta le président.

Une fois à bord, pendant qu'il s'installait et qu'on remplissait leurs verres, il dit : « Racontez-moi tout en détail.

— Eh bien, voilà ce qui se passe, monsieur le Président. Les sénateurs démocrates se sont réunis en Dakota du Nord. Bon. Et treize d'entre eux sont allés au Grand Casino indien de Pocahontas pour une nuit de fiesta.

— Vous pouvez répéter ça ? dit le président des États-Unis.

— Bref, une chose en entraînant une autre, ils ont fini par céder tout notre maudit pays.

— En un seul coup de dés ?

— Non. Pas d'après ce que j'ai entendu. Un État à la fois.

— Mon Dieu.

— Pour être précis, monsieur, ils ont d'abord perdu la *ville* de New York, pas l'État. Le premier État à partir, ce fut la Floride.

— Cela va de soi.

— Ensuite, la plupart des États du Sud. Un truc en rapport avec la guerre de Sécession.

— Comment ça ?

— Je ne sais pas. C'est encore un peu flou. Mais ils n'ont jamais vraiment oublié la guerre de Sécession. Et puis ce serait bien le genre des démocrates du Sud de rendre la région aux Peaux-Rouges.

— Et ensuite ?

— Eh bien, ils ont continué État par État, en finissant par l'Arizona. En moins de temps qu'il n'en faut pour le dire, après un dernier jet de dés, la Belle Amérique[1], d'un océan brillant à l'autre[2], appartenait à Nuage de Fer.

— Le chef indien ?

— Oui. Il dirige le casino. »

Le président médita quelques instants, puis : « S'ils

1. *America the Beautiful*, célèbre chant patriotique américain. *(N.d.T.)*

2. « From sea to shining sea », extrait des paroles d'*America the Beautiful*. *(N.d.T.)*

ont le droit de boire, alors moi aussi. Servez-moi un autre verre. »

Le président des États-Unis s'engouffra dans le Grand Casino indien de Pocahontas en balayant les lieux du regard.

« Où se trouve le fumoir ? »

L'attaché le lui indiqua.

« Et où sont ces pourritures de sénateurs ?

— Au fumoir, naturellement. »

Le président ouvrit la porte à la volée pour surprendre les treize sénateurs, qui tous examinaient leurs pieds.

« Asseyez-vous ! Non, restez debout pendant que je vous trucide ! leur cria le président. Vous allez m'écouter ! D'abord, avez-vous dessaoulé ? »

Ils opinèrent du chef.

« Donc, nous avons *tous* besoin d'un verre ! »

Smith, l'attaché, sortit en hâte de la pièce. Quelques instants plus tard, on leur apporta de la vodka.

« Très bien, buvons un coup et mettons fin à tout ce bordel », dit le président.

Il les dévisagea d'un air menaçant. « Bon Dieu, à côté de vous, un repas avec les Rolling Stones, c'est la cène. »

Il y eut un long silence.

« Où est le responsable ? Le sénateur Hamfat ?

— Hamfritt, murmura l'un des sénateurs.

— Hamfritt. Une seconde. Smith, les médias sont-ils au courant ?

— Pas encore, monsieur.

— Bon Dieu, si les journalistes découvrent ça, ça va être notre fête.

— CNN a appelé il y a une heure environ. Ils se demandent ce qui se passe…

— Envoyez un agent les descendre.

— Nous ne pouvons pas faire ça, monsieur le Président.

— Tentez le coup. »

Le président se tourna vers les treize sénateurs. « Très bien, racontez-moi ! Comment au juste vous y êtes-vous pris pour vous délester de “nos majestueuses montagnes pourpres et nos plaines chargées de fruits[1]” ?

— Nous n'avons pas perdu tout le bazar en une seule fois. Ça s'est passé au coup par coup, précisa un sénateur.

— Au coup par coup ! hurla le président.

— Nous avons commencé en douceur, puis accéléré. D'abord au poker, mais comme nous devenions nerveux, nous sommes passés au black-jack, puis à la roulette. C'est ce qui nous semblait le mieux.

— La roulette, bien sûr. Comme ça vous avez pu tout perdre très vite.

— Oui, très vite, approuvèrent les sénateurs en hochant la tête. Et vous savez bien comment c'est quand on perd : on double les mises. Bref, nous avons donc commencé à doubler les nôtres. Nous avons proposé aux Indiens la Caroline du Nord et celle du Sud, mais hélas, nous les avons perdues aussi. Nous avons bu un peu plus car nous commencions à stresser. Nous avons parié les Dakotas du Nord et du Sud. Et nous avons perdu !

— Continuez, dit le président.

1. Encore une référence aux paroles d'*America the Beautiful*. *(N.d.T.)*

— C'est là que nous avons misé la Californie.

— Comme double mise ?

— Oui, monsieur. En fait, la Californie, c'est quatre États à elle toute seule : le Nord, le Sud, Hollywood et Los Angeles.

— Allons bon, dit le président.

— Bref, en quelques heures, nous avons à peu près tout perdu et quelqu'un s'est dit que nous ferions peut-être mieux d'appeler Washington DC.

— Content que ce quelqu'un y ait pensé, dit le président. Smith, sommes-nous légalement tenus de respecter quoi que ce soit de tout ce micmac ?

— Seulement si nous tenons compte des réactions de la France, de l'Allemagne, de la Russie, du Japon et de la Chine, monsieur le Président.

— D'accord. Y a-t-il des juristes dans ce foutu casino ?

— Bien sûr, répondit l'attaché. Il y en a deux cents qui jouent au poker à l'étage. Dois-je en ramener un ?

— Vous êtes malade ? En quelques heures, nous nous retrouverions plongés jusqu'au menton dans la mouise ! »

Le président resta assis un long moment, les yeux clos, les mains crispées sur ses genoux, les articulations exsangues. On aurait dit qu'il fonçait droit dans un mur à l'aveuglette. Il s'humecta les lèvres une demi-douzaine de fois, mais il fallut attendre le moment où il serra ses genoux encore plus fort pour que de la vapeur et une gerbe de postillons jaillissent enfin de sa bouche, dans un grand sifflement. « De tous les cinglés, les ânes bâtés, les mous du bulbe, les débiles…

— Oui, monsieur, dit l'un des sénateurs.

— Je n'ai pas terminé ! hurla le président.

— Oui, monsieur.

— De tous les fieffés couillons… »

Le président s'interrompit.

« Abrutis, arriérés mentaux, suggéra quelqu'un.

— Bande de crétins, bande d'idiots imbibés ! »

Tout le monde hocha la tête.

« Tarés, cinglés, faibles d'esprit, andouilles stupides ! Mon Dieu, Dieu tout-puissant ! »

Le président ouvrit les yeux. « Vous vous rendez compte que, comparées à vous, les Nations unies, c'est les Petits Chanteurs à la croix de bois ? Un congrès d'Einstein ? Une baraque grouillant de Pères, de Fils et de Saints-Esprits ? »

Silence.

« Monsieur le Président, monsieur, vous êtes tout rouge.

— Ah bon ? Je me serais cru cramoisi, plutôt. Y a-t-il quoi que ce soit dans la Constitution qui autorise le président des États-Unis à frapper, étriper, massacrer, pendre, électrocuter ou écarteler ces sénateurs à la con ?

— Rien de tel dans la Constitution, monsieur le Président, dit Smith.

— Mettez donc cette question à l'ordre du jour pour la prochaine séance du Congrès. »

Il s'interrompit enfin et laissa retomber ses mains. Il fixait ses paumes vides comme s'il espérait y trouver une réponse. Des larmes tombèrent de ses cils.

« Mais qu'allons-nous faire ? Qu'allons-nous faire ? bêla-t-il.

— Monsieur le Président…

— Qu'allons-nous faire ? geignit-il de nouveau, à voix basse.

— Monsieur ? »

Le président leva les yeux.

Un gentleman indien portant un haut-de-forme se tenait devant lui. Très petit, l'homme ressemblait à une squaw.

Le petit gentleman indien s'adressa à lui. « Puis-je vous faire une suggestion, monsieur ? Le chef du Conseil des Iroquois Waukesha Chippewa, propriétaire de ce casino et désormais propriétaire des États-Unis d'Amérique, se demande si vous accepteriez de le recevoir en audience. »

Le président des États-Unis voulut se lever.

« Restez assis. » Le petit homme en haut-de-forme se retourna pour ouvrir la porte et une grande ombre solennelle au regard d'acier s'introduisit dans la pièce.

Opaque dans l'obscurité, la haute silhouette glissait doucement avec l'allure d'un chat sauvage. Ce chef indien faisait bien deux mètres de haut et arborait un air d'Éternité : le regard fixe des présidents morts et des guerriers peaux-rouges oubliés, tous ressuscités dans son visage abrupt.

Quelqu'un, peut-être le petit éclaireur qui ressemblait à une squaw, fredonnait tout bas ce qui semblait être un air de cérémonie. Une histoire de chef, de gloire.

Telle une tempête assourdie, une voix puissante tomba de ce propriétaire d'innombrables casinos.

En bas, le petit serviteur semblable à une squaw se mit à traduire ses propos.

« Il voudrait savoir quel est le problème. »

À ces mots, il y eut l'impulsion collective des sénateurs mus par le besoin pressant de se ruer vers la sortie, mais quelque chose les figea sur place : les petites pulsations des veines sur le front du président des États-Unis.

Il se massa la tête pour apaiser ses artères déchaînées et haleta.

« Vous nous avez volé notre pays. »

La voix d'en haut fut traduite en bas.

« Mais seulement un État à la fois. »

De ce sommet en altitude, un murmure tomba sur le petit Indien, qui hocha plusieurs fois la tête, avant de reprendre :

« Il vous propose un dernier pari. Le chef souhaite faire preuve d'esprit sportif, au risque de perdre le pays. »

Les sénateurs s'agitèrent, comme sous l'effet d'un violent séisme. Des sourires vacillaient sur les lèvres. Le président fut tenté de s'évanouir, mais s'abstint.

« Un dernier pari ? Et si nous perdons encore ? Que nous reste-t-il à vous offrir ? » rumina-t-il.

Les propos du petit Indien escaladèrent le séquoia humain et le verdict tomba :

« Donnez-nous la France et l'Allemagne.

— Impossible ! s'écria le président.

— Ah oui ? » dit la grosse voix orageuse.

Dans son costume, le président rapetissa de deux tailles.

« En outre… » Là-haut, l'ombre s'agitait comme l'hiver.

« En outre ? répéta d'une voix flûtée l'ancien président des États-Unis.

— Voici les règles, récita le petit interprète, en bas. Si vous perdez, nous gardons les États-Unis et vous construisez des casinos dans les cinquante États, ainsi que des écoles primaires, des collèges et des lycées dans tous les territoires indiens. D'accord ? »

Le président des États-Unis hocha la tête.

« Et si vous gagnez, continua le petit homme, nous vous rendons les États, mais vous aurez les mêmes obligations : construire des écoles et des casinos dans tous les territoires. Même si vous avez gagné.

— Incroyable ! s'exclama le président. Vous ne pouvez imposer les mêmes règles selon que nous perdions ou que nous gagnions ! »

L'ombre chuchota.

« C'est la vie. »

Le président déglutit, et finalement céda. « Très bien, commençons la partie. »

Le propriétaire des Grands Casinos indiens des cinquante États remua ses doigts larges comme des pelles mécaniques. Il manipulait un jeu de cartes.

« À vous de donner », tonna la grosse voix des sommets.

Le président sentit tous ses membres s'amollir.

« Black-jack, chuchota le petit assistant indien. Deux cartes par personne. »

Finalement, le président des États-Unis se décida à distribuer les cartes, lentement, côté face vers le bas.

Une voix gronda dans les hauteurs.

Le petit homme dit : « Vous d'abord. »

Le président ramassa ses cartes. Un grand sourire s'étala sur son visage et il tenta en vain de contrôler son expression, sans y parvenir.

Il leva les yeux vers l'immense chef indien. « À vous. »

Le tonnerre roula en altitude.

« D'abord, examinons votre main », dit l'interprète.

Le président des États-Unis retourna ses cartes. Dix-neuf points.

« À votre tour », chuchota le président.

Le tonnerre frappa de nouveau et le petit Indien déclara : « Vous avez gagné.

— Comment le savez-vous sans retourner vos cartes ? s'exclama le président. Vous avez peut-être vingt points, ou vingt et un ! »

Le climat changea dans les hauteurs de la pièce et le petit Indien répéta : « Vous avez gagné. Le pays vous appartient. Mais d'abord, nous avons un dernier petit point à régler. »

Il remit un bout de papier au président.

Sur ce papier était écrit : *Vingt-six dollars et neuf cents.*

« Ceci, c'est la somme que vous a coûtée Manhattan il y a bien des lunes », précisa le petit Indien.

Le président sortit son portefeuille.

Une voix tonna dans les hauteurs.

« En petites coupures uniquement, s'il vous plaît », traduisit l'interprète.

Le président tendit l'argent et l'énorme main du séquoia s'abaissa pour s'en emparer.

Là-haut, du côté du plafond, la voix retentit de nouveau.

« Quoi, encore ? » demanda le président.

L'interprète : « Il espère que vous allez construire des tas de bateaux. Il viendra vous faire ses adieux au port lorsque vous repartirez là d'où vous êtes venus.

— Il a dit ça, vraiment ? »

Le président des États-Unis fixa les cartes non retournées, toujours posées sur la table.

« Je ne peux pas les voir, pour m'assurer que je ne vous ai pas escroqué ? »

Le petit Indien secoua la tête.

Le président se dirigea vers la porte, se retourna et dit : « C'est quoi, cette histoire de bateaux ? Je ne vais nulle part. »

Dans les hauteurs, la voix chuchota :

« Ah non ? »

Le président des États-Unis quitta furtivement les lieux, ses sénateurs sur les talons.

Nous ferons comme si de rien n'était

(1948-1949)

Il était environ sept heures du soir. Postée à la fenêtre de la véranda, Susan se levait sans arrêt pour contempler les rails au pied de la colline, les trains qui filaient, les panaches de fumée. Les lumières rouges et vertes se reflétaient dans ses grands yeux bruns. Il faisait sombre, mais la carnation de sa main dodue était d'un noir encore plus profond. Une main qu'elle posait toujours sur sa bouche quand elle regardait le réveil. « Ce vieux réveil doit avancer. Ce vieux réveil déréglé, ce bout de ferraille… »

Dans le coin, une pile de disques entre ses mains noires, Linda protesta : « Ce réveil marche très bien. » Elle parcourut son tas de disques, en choisit un et l'examina avant de le poser sur le Grafonola, puis fit tourner la manivelle pour lancer l'appareil. « Arrête de t'inquiéter, maman. Tu devrais t'asseoir.

— Mes pieds peuvent encore me porter. Je ne suis pas vieille à ce point !

— D'accord, il vient, mais pas de quoi en faire un plat ! Et s'il ne vient pas, il ne vient pas, et puis c'est tout ! Tu ne peux pas pousser ce train pour qu'il arrive plus vite et tu ne peux pas actionner les signaux ! À quelle heure doit-il arriver ?

— À sept heures et quart, qu'il a dit. Un arrêt d'une demi-heure sur sa route pour New York. Il prendra un taxi pour venir me voir. Il ne veut pas qu'on l'attende à la gare.

— Il a honte, voilà pourquoi, ricana Susan.

— Tu la fermes ou tu rentres chez toi ! C'est un homme bien. J'ai travaillé pour sa famille quand il était haut comme trois pommes ! En ville, je le portais sur mes épaules. Il n'a pas honte !

— C'était il y a longtemps. Quinze ans ! Il est *grand* maintenant.

— Mais il m'a envoyé son livre ! » s'écria Susan d'un ton indigné. Elle ramassa le livre en question sur la chaise fatiguée, l'ouvrit et lut la dédicace sur la page de garde : « *Pour ma chère Mamie Susan, avec tout mon amour, Richard Borden.* Et voilà ! » Elle referma le livre d'un coup sec.

« Ça ne veut rien dire, ce ne sont que des mots, et n'importe qui a pu écrire ça.

— Tu ne m'écoutes pas !

— Maintenant, il se fait cent mille dollars par an, alors pourquoi il s'embêterait avec toi, pourquoi il s'arrêterait en chemin ?

— Parce que je lui rappelle sa mère, son père, sa grand-mère et son grand-père, parce que j'ai travaillé pour eux, pendant trente ans j'ai travaillé pour eux, voilà, et même si c'est un écrivain, pourquoi il n'aurait pas envie de me voir, pour reparler de tout ça ?

— Je n'en sais rien. Ne me le demande pas. » Linda secouait la tête.

« Il viendra par le train de sept heures et quart, tu verras. »

Le Knickerbocker Quartette chantant *Pretty Baby* s'éleva du Grafanola.

« Éteins ce truc, dit Susan.

— Ça ne gêne personne !

— Je n'entends plus rien.

— Tu n'as pas besoin de tes oreilles, tu as tes yeux ! Tu le verras arriver. »

Susan s'approcha de l'appareil et bascula l'interrupteur. Les voix s'éteignirent. Le silence était cinglant, oppressant. « Voilà ! Maintenant, je peux penser, approuva la vieille femme qui regardait sa fille.

— Et qu'est-ce que tu vas faire avec lui quand il arrivera ? lui demanda Linda en levant vers elle de grands yeux moqueurs.

— Que veux-tu dire ? » Susan parlait d'un ton prudent.

« Tu vas l'embrasser, le serrer dans tes bras ?

— Je n'en sais rien, je n'y ai pas réfléchi. »

Linda éclata de rire. « Tu ferais bien de commencer à y réfléchir. C'est un grand garçon maintenant. Ce n'est plus un gamin. Ça ne lui plairait peut-être pas que tu l'embrasses et que tu le serres dans tes bras.

— Le moment venu, je ferai ce que j'ai à faire », répliqua Susan, qui se détourna. Un petit pli se creusa sur son front. Elle avait envie de gifler Linda. « Arrête de me mettre ces idées en tête. Nous ferons comme si de rien n'était. Nous ferons comme nous faisions toujours.

— Je te parie qu'il va te serrer la main et s'asseoir au bord de sa chaise.

— Il ne le fera pas. Il était toujours partant pour une bonne rigolade.

— À mon avis, quand il te verra pour de vrai, il ne

va pas t'appeler Mamie. Il va t'appeler madame Jones.

— Il me surnommait Tante Jemima [1], il disait que je lui ressemblais, il voulait tout le temps que je lui prépare des pancakes. C'était le petit garçon le plus mignon du monde.

— Il n'est toujours pas mal, d'après les photos que j'ai vues. »

Susan ferma les yeux pendant un long moment, en silence, puis finit par tancer Linda. « Je devrais te nettoyer la bouche au savon ! » Elle effleura les rideaux, balaya encore une fois le paysage du regard. Elle guettait la fumée à l'horizon. Soudain, elle poussa un cri : « Le voilà ! Il arrive ! Je le savais, je le savais ! » Elle regarda le réveil, enthousiaste. « Pile à l'heure ! Viens voir !

— J'ai déjà vu un train.

— Le voilà, regarde la fumée !

— J'ai déjà vu assez de fumée pour tout le reste de ma vie. »

En contrebas, dans un grand fracas de métal et de combustion, le train rugissant pénétra dans la gare.

« Il ne devrait plus tarder, dit Susan, qui souriait à pleines dents, dont une en or.

— N'oublie pas de respirer.

— Tu peux dire tout ce que tu veux, je suis trop contente ! Je me sens bien ! »

Une fois le train arrêté, des gens en descendirent. Susan les distinguait, petits, tout petits au pied de la

1. Aunt Jemima est une marque de farine pour pancakes dont l'étiquette représentait une Noire, équivalent féminin de l'oncle Tom dans l'imaginaire des Américains. *(N.d.T.)*

colline, qui se déplaçaient et se bousculaient dans la gare en béton. Elle pensait à Richard, au petit garçon qu'il était avant. De quoi avait-il l'air aujourd'hui ? Elle se rappelait la fois où, à sept ans, il était revenu de l'école parce qu'il ne lui avait pas dit au revoir. Elle vivait en périphérie de la ville et prenait un trolley chaque soir à quatre heures. Ce jour-là, il avait oublié de l'accompagner jusqu'à l'arrêt du trolley. En larmes, il avait couru dans la rue derrière elle. Et l'avait rejointe juste à temps pour lui faire un bisou, en sanglotant contre ses jambes. Elle s'était baissée pour le cajoler et roucouler au-dessus de lui.

« Ça, tu ne l'as jamais fait, toi, dit Susan, courroucée.

— De quoi tu parles ? lui demanda Linda d'un ton surpris.

— Peu importe. » Susan se replongea dans ses souvenirs. Cette fois-ci, il avait treize ans, il revenait d'un séjour de deux ans en Californie. Il l'avait retrouvée dans la cuisine de sa grand-mère et avait couru en rond autour d'elle en riant et en l'embrassant. Cette pensée la fit sourire. Quel bon moment ! Depuis, quinze ans s'étaient écoulés. C'était un grand écrivain d'Hollywood qui venait la voir, en route pour la première de sa pièce à New York. Six mois auparavant, elle avait trouvé son premier livre dans le courrier, et hier la lettre où il lui disait qu'il ferait un arrêt pour passer la voir. Elle n'avait pas très bien dormi la nuit dernière.

« Aucun Blanc ne mérite notre attention à ce point, déclara Linda. Je rentre chez moi.

— Tu t'assois, lui ordonna Susan.

— Je ne veux pas être là s'il ne vient pas. Je te

téléphonerai plus tard. » Elle se dirigea vers la porte et l'ouvrit.

« Reviens, assieds-toi, insista Susan. Il va arriver d'une minute à l'autre. »

Linda resta quelques instants près de la porte entrouverte, qu'elle finit par refermer. Elle s'y adossa et attendit une minute, silencieuse. Elle secouait la tête.

« Il y a un taxi jaune qui monte la colline ! Je te parie qu'il est dedans ! s'écria Susan, penchée contre la vitre froide.

— Pour ce que ça va t'apporter ! »

Elles attendirent.

« Mince, dit Susan en clignant des yeux. Le taxi est reparti dans l'autre sens.

— Quoi ?

— Cet imbécile de taxi est reparti dans l'autre sens.

— Je te parie que ton écrivain est en train de boire un verre avec des types dans le wagon-restaurant. Il ne se lèvera pas parce qu'il a peur de leur dire ce qu'il veut faire dans cette petite ville : prendre un taxi pour rendre visite à une amie de couleur.

— Ce n'est pas vrai. Il a pris un taxi, je le sais. »

Dix minutes s'écoulèrent, puis quinze.

« Il devrait déjà être là, dit Susan.

— Il n'est pas là.

— Ce n'est peut-être pas le bon train. Peut-être que le réveil est déréglé.

— Tu veux que j'appelle l'horloge parlante pour toi ?

— Ne touche pas à ce téléphone !

— D'accord, d'accord, c'était juste une idée.

— Une idée, quelle idée ? N'y touche pas ! » Elle leva la main, les traits tordus.

Elles attendirent encore. Tic tac, tic tac, disait le réveil.

« Tu sais ce que je ferais si j'étais toi ? s'exclama Linda. Je foncerais dans ce train et je demanderais partout : "Où est M. Borden ?" Je le chercherais jusqu'à ce que je le trouve, et je te parie que ce serait dans le wagon-restaurant avec tous ses amis, en train de picoler, alors j'irais le voir et je lui dirais : "Regardez-moi, Richard Borden, je vous ai connu quand vous faisiez pipi au lit ! Vous m'avez dit que vous viendriez me voir ! Pourquoi ne l'avez-vous pas fait ?" Oui, je lui dirais ça, devant tous ses amis ! »

Susan restait muette. Il était sept heures trente-cinq. Dans dix minutes, le train repartait. Il a été retardé, se dit-elle. Il viendra forcément. Ce n'était pas le genre à se comporter comme le prétendait sa fille.

« Bon, maman, je rentre chez moi. Je te téléphonerai plus tard. »

Cette fois-ci Susan ne fit rien pour arrêter Linda. La porte se referma. Les pas de sa fille s'évanouirent dans le couloir.

Susan se sentit mieux après son départ. Elle avait l'impression que, sans l'influence néfaste de sa fille, Richard Borden arriverait forcément. Il avait attendu que Linda s'en aille pour être seul avec Susan, c'était évident !

Il est là-bas, quelque part dans ce train, se dit-elle. Son cœur flancha. Et s'il était bien dans le wagon-restaurant, en train de boire un verre, comme l'avait raconté Linda ? Impossible ! Il avait peut-être oublié ? Ou alors il ne savait même pas qu'il était dans sa ville natale ! Une erreur ! Le contrôleur avait pu oublier de signaler l'arrêt, par exemple ! Elle se tordit les mains. Assis là-bas dans le wagon-bar bien chauffé, en train de siroter un verre. Assis là-bas, dans la nuit, après quinze ans d'absence. Et dehors, toutes ces lumières jaunes et brillantes, la vapeur qui s'élevait paresseusement. Allons, Richard ! Si tu ne viens pas, je le dirai à ta maman ! Elle respira à fond, oppressée. Elle se sentait très vieille. Si tu n'es pas arrivé dans une minute, je ferai ce qu'a suggéré Linda, je descendrai te parler en face.

Non. Elle ne pouvait pas agir ainsi. L'embarrasser devant ses amis ? Pas ça. Qu'il reste assis dans son train, alors. Il y avait un problème, de toute façon. Le réveil : il était déréglé.

Le train poussa un avertissement aigu.

Non, pensa-t-elle. Ils ne peuvent pas partir, pas maintenant !

Elle vit les passagers remonter dans le train. Il est sûrement malade, il n'est même pas à bord. Si ça se trouve, il est alité à Chicago. Et s'il a pris ce train, en est-il sorti ? A-t-il seulement essayé d'attraper un taxi ? Il n'y avait peut-être pas assez de taxis ! A-t-il contourné la gare ou la ville, a-t-il levé les yeux vers la colline, vers la maison où elle se trouvait ? Lui enverrait-il demain des nouvelles de lui, depuis New York ? Ou un autre jour, tant qu'on y était ? Non, plus jamais. En tout cas, s'il était vraiment dans ce train en ce moment. Après ce qui s'était passé, il ne lui écrirait plus jamais.

La locomotive poussa un nouveau sifflement. Un grand panache de vapeur s'éleva dans la nuit.

Le train quitta la gare avec une secousse, puis gagna de la vitesse et disparut.

Debout près de la fenêtre, dans la maison silencieuse, Susan contemplait l'horizon, à l'ouest. Sans doute pas le bon train. Le bon allait arriver d'une minute à l'autre. Elle souleva le réveil minable qui émettait son minuscule cliquetis. « Ce vieux réveil déréglé qui ne donne pas la bonne heure ! » s'écria-t-elle en le laissant tomber dans la corbeille à papier.

Elle revint à la fenêtre.

Le téléphone sonna une fois. Elle ne se retourna pas. Le téléphone sonnait toujours, avec insistance. Elle observait l'horizon. Le téléphone sonna six autres fois, sans interruption.

Finalement, Susan alla le décrocher. Elle garda quelques instants le combiné entre ses mains, puis le mit contre son oreille.

« Allô, maman ? »

C'était Linda.

« Maman, viens dormir chez moi cette nuit. Je sais ce que tu ressens.

— Que veux-tu dire ? Il vient juste de partir ! s'exclama Susan, furieuse.

— Quoi ?

— Oui ! Et il est grand et beau, et il est venu dans un taxi jaune juste pour une minute, et tu sais ce que j'ai fait ? Je l'ai serré dans mes bras, je l'ai embrassé et je l'ai fait danser !

— Ça alors !

— Et il a discuté et il a ri ! Il a été gentil avec moi et il m'a donné un billet de dix dollars ! On a évoqué le bon vieux temps, tout le monde, et tout ce qui s'est passé, et puis il est reparti dans son taxi jaune, et il a sauté dans le train, et voilà, c'est fini. Un vrai gentleman !

— Maman, je suis si heureuse.

— Ça oui, dit Susan en regardant par la fenêtre, le téléphone entre ses mains tremblantes. Un vrai *gentleman* ! »

Olé, *Orozco ! Siqueiros,* si !

(2003-2004)

Sam Walter entra en coup de vent dans mon bureau, examina les affiches de collection exposées sur le mur et me demanda : « Cite-moi des artistes mexicains importants !

— Rivera, répondis-je. Martinez. Delgado.

— Et que penses-tu de ça ? »

Sam balança sur mon bureau un prospectus bigarré.

« Lis-le ! »

Je déchiffrai les grosses lettres rouges.

« Siqueiros, *si*, Orozco, *olé.* » Je lus plus avant : « Galerie Gambit, Hauts de Boyle. Ils exposent Orozco et Siqueiros sur l'autre rive ?

— Lis plutôt ce qui est écrit en petit. » Sam tapota la brochure.

« Exposition commémorative des œuvres de Sebastian Rodriguez, héritier de Siqueiros et Orozco..., lus-je.

— Ça t'intéresse, hein ? Regarde la date.

— Le 20 avril. Mince, c'est aujourd'hui, à quatorze heures ! Dans une heure ! Je ne peux pas...

— Mais si, tu peux ! Tu es expert en art, pas vrai ? Ce n'est pas un début, c'est une fin. Des funérailles.

— Des funérailles ?!

— Sebastian Rodriguez, l'artiste, il sera là, mais mort.

— Tu veux dire que… ?

— Que c'est une veillée funèbre. Son père et sa mère seront présents. Ses frères et ses sœurs vont venir. Le cardinal Mahoney fera un saut.

— Mon Dieu, il était bon à ce point ? Tous ces gens !

— C'était censé être une fête, mais il a fait une chute mortelle. Alors au lieu d'annuler, ils ont ramené le corps. C'est un peu devenu une messe, avec bougies, chœurs et tout le tintouin.

— Seigneur !

— Je ne te le fais pas dire.

— Mon Dieu ! Une messe de funérailles pour un artiste inconnu dans une galerie de quatrième catégorie sur les Hauts de Boyle, dans le quartier hispano-chicano-juif ?

— Va voir les pages suivantes. Les fantômes d'Orozco et de Siqueiros sont bien là. »

J'ai tourné les pages et j'ai hoqueté :

« Caramba !

— Je ne te le fais pas dire », approuva Sam.

Sur l'autoroute qui nous conduisait aux Hauts de Boyle, dans le secteur hispano-juif, je bafouillai :

« Ce type est un génie ! Comment l'as-tu découvert ?

— La police, répondit Sam, qui conduisait.

— La *quoi* ?

— Les flics. Il a commis un délit. Et passé quelques heures en prison.

— En prison ? Et de quoi s'est-il rendu coupable ?

— D'un truc sérieux. Ahurissant. Mais pas de quoi

se faire foutre en taule. Grave dans un certain sens, anodin dans un autre. Lève les yeux ! »

Je m'exécutai.

« Tu vois cette bretelle ?

— Le pont ? Il est derrière nous. Pourquoi… ?

— C'est de là-haut qu'il est tombé.

— Il a sauté ?

— Non, il est tombé. » Sam accéléra. « Tu ne remarques rien d'autre ?

— De quoi tu parles ?

— De la bretelle. Du pont.

— Qu'est-ce que je suis censé remarquer ? Tu es passé trop vite !

— Nous reviendrons plus tard. Tu verras.

— C'est l'endroit où il est mort ?

— Celui où il a pris son plus grand pied. *Et ensuite* le lieu de son décès.

— Tu veux dire là où il a rejoint les fantômes d'Orozco et de Siqueiros ?

— T'as tout compris ! »

Sam quitta l'autoroute.

« Nous y sommes ! »

Ce n'était pas une galerie d'art.

C'était une église.

Sur les murs étaient accrochées des images éclatantes, toutes stupéfiantes, toutes d'un brio remarquable, si bien qu'elles semblaient jaillir dans les airs, incandescentes. Mais d'autres flammes s'interposaient. Deux ou trois cents bougies flamboyaient en un grand cercle autour de la vaste galerie. Allumées depuis des heures, elles plongeaient ce lieu au plus fort de l'été. On en oubliait qu'on arrivait du mois d'avril.

L'artiste était présent mais ne s'inquiétait que de sa nouvelle occupation : une éternité à combler de silence.

Il n'était pas installé dans un cercueil, mais étendu sur un nuage de tissu blanc comme neige qui semblait l'entraîner dans des constellations de bougies. Les flammes vacillèrent soudain : un membre du clergé venait d'apparaître par une porte latérale, provoquant un gros courant d'air.

Je reconnus immédiatement ce visage. Carlos Jésus Montoya en personne, berger d'un grand troupeau de Latinos chevauchant le lit asséché du fleuve Los Angeles. Prêtre, poète, aventurier des forêts tropicales, *latin lover* de dix mille femmes éplorées, star, mystique et désormais critique dans la *Revue des arts*. Dressé comme à la proue d'un bateau en train de sombrer dans les flammes, il contemplait les rêves perdus de Sebastian Rodriguez accrochés aux murs.

Je suivis son regard et pris une grande inspiration.

« Quoi ? me chuchota Sam.

— Ces peintures n'en sont pas ! lui expliquai-je en grimpant dans les aigus. Ce sont des photos couleurs !

— Chut, souffla quelqu'un.

— Mets-la en veilleuse, murmura Sam.

— Mais…

— Tout est prévu. » Sam balaya la salle du regard, nerveux. « D'abord, des photos pour titiller la curiosité des spectateurs. Puis les vraies peintures. Un double vernissage.

— Et alors ? Même pour des photos, c'est remarquable !

— Chut ! » répéta quelqu'un, plus fort.

Le grand Montoya me fixait du regard de l'autre côté d'une mer de feu estivale.

« Ces photos sont époustouflantes », chuchotai-je.

Montoya lut sur mes lèvres et hocha majestueusement la tête, comme un torero au cours d'un après-midi sévillan.

« Attends un peu ! » m'exclamai-je, à deux doigts de comprendre quelque chose. « Ces images ! Je les ai déjà vues ! »

Carlos Montoya braqua de nouveau le regard vers l'un des murs.

« Viens, me siffla Sam, tout en me tirant vers la porte.

— Attends ! Laisse-moi réfléchir. »

Sam faillit crier mais se contint. « Idiot ! Tu veux te faire descendre ? »

Montoya déchiffra ces mots sur les lèvres de mon ami et acquiesça presque imperceptiblement.

« Pourquoi vouloir me tuer ?

— Parce que tu en sais trop !

— Je ne sais rien du tout !

— Si ! *Andale*[1] *!* On s'en va ! »

Et nous passâmes d'un été torride à un avril glacé. Un torrent de pleurs nous repoussa, bientôt suivi des pleureuses, masse sombre de femmes enveloppées dans des châles noirs, véritables fontaines de larmes.

« Ses anciennes petites amies. Les familles ne pleurent jamais autant », déclara Sam.

Je tendis l'oreille.

« Effectivement », approuvai-je.

D'autres sanglots déboulèrent. D'autres femmes, plus grosses, plus potelées, précédant des gens bien élevés aussi calmes et dignes que des porte-drapeaux.

« La famille, conclut Sam.

1. *Andale* : « allons-y » en espagnol. *(N.d.T.)*

— Nous ne partons pas déjà, j'espère ?

— Il y a urgence. Je tenais à ce que tu voies ça en tant qu'observateur impartial, avant de te révéler toute la vérité.

— On te paie combien pour faire la sale besogne ?

— Il ne s'agit pas de cela. Je te parle du sang des artistes, de leurs rêves et de l'avis des critiques, gagnant ou perdant.

— Laisse-moi faire. Je vais m'en occuper pour toi.

— Non. Retourne à l'intérieur et jette un dernier coup d'œil au génie massacré, à la vérité bientôt foulée aux pieds.

— En général, quand tu parles comme ça, c'est le samedi soir, avec une bouteille vide à la main et tous tes habits sur le dos.

— Nous ne sommes pas samedi soir. Et tiens, prends ma flasque. Bois un coup. Une dernière gorgée, un dernier coup d'œil. »

Je m'exécutai et repartis sur le seuil où le climat de moisson exhalait l'odeur de cire des bougies fondues.

Au loin, Sebastian dérivait paisiblement sur son bateau de tissu blanc. Au loin, un chœur de petits garçons gazouillait.

Sur l'autoroute, tandis que nous prenions de la vitesse, j'avançai quelques hypothèses :

« Je sais où on va !

— Chut, me dit Sam.

— On va à l'endroit où Sebastian Rodriguez a sauté.

— Il est *tombé* !

— D'accord. Où il est *tombé* dans les bras de la mort.

— Regarde bien. Nous y sommes presque.

— Nous y sommes ! Ralentis. Oh mon Dieu, elles sont là ! »

Sam décéléra.

« Gare-toi sur le bas-côté, lui dis-je. Seigneur, je dois avoir perdu la boule ! Mais regarde-moi ça !

— Je regarde ! »

Elles y étaient, effectivement, sur le pont supérieur de l'autoroute. « Les peintures de Sebastian, sur les murs de la galerie !

— Là-bas, c'était juste les photos. Ici, tu vois les originaux. »

Effectivement, c'étaient bien elles, plus brillantes, plus grandes, phénoménales, ahurissantes, cataclysmiques.

« Des graffitis, soufflai-je finalement.

— Mais *quels* graffitis, approuva Sam les yeux levés, comme en adoration devant les vitraux d'une cathédrale.

— Pourquoi ne me les as-tu pas montrés d'abord ?

— Tu les as aperçus, mais du coin de l'œil, à cent dix kilomètres heure. Là, tu les reçois cinq sur cinq.

— Mais pourquoi maintenant ?

— Je ne voulais pas que le réel interfère avec ce mystère insensé. Je voulais t'apporter les réponses pour que tu te poses les questions insensées qui correspondent.

— Les photos dans la galerie, les graffitis, là-haut, sur la corniche… Lesquels sont arrivés les premiers ? C'est la poule ou l'œuf ?

— Fifty-fifty. Il y a un mois, Montoya le prêtre est passé en voiture sous ces miracles. Il a réagi avec un temps de retard et il a failli provoquer un carambolage monstre en freinant. Il était scié.

— Et j'imagine qu'il a été le premier collectionneur des annonciations et des saintes révélations de Sebastian sur l'autoroute ?

— Exactement ! Après avoir contemplé ces beautés latinos, il est revenu en vitesse avec un appareil photo. Les clichés obtenus étaient si renversants, si fascinants pour les yeux et l'âme que Montoya a monté un plan grandiose. La plupart des gens ayant tendance à snober l'art du graffiti sur autoroute, pourquoi ne pas clouer sur les murs d'une galerie les bouquets incandescents de Sebastian pour incendier les yeux et exciter les investisseurs ? Ensuite, une fois qu'il est trop tard pour reculer, changer d'avis ou demander à être remboursé, c'est l'étape "grande révélation" : "Si vous pensez que ces petites œillades sont des dons de Dieu, allez donc examiner la bretelle 89 de l'autoroute 101", se serait ensuite écrié notre prêtre. Montoya a donc exposé ces photos, ces fenêtres donnant sur une vie brûlante, tout en se préparant à révéler la vérité aux critiques une fois ces derniers embarqués dans l'histoire. Le problème, c'est que…

— Sebastian a chuté sur l'autoroute avant la première du spectacle ?

— Il est tombé en mettant en péril sa réputation.

— Je croyais que, pour un artiste, la mort augmentait les chances de devenir célèbre.

— Pour certains oui, pour d'autres non. Le cas de Sebastian est un peu spécial. Compliqué. Quand il est tombé…

— Comment est-ce arrivé ?

— Il était pendu tête en bas par-dessus le parapet de l'autoroute. Un pote lui tenait les jambes et il peignait, mais quand son pote a éternué, eh oui, hélas, il a éternué, il a également lâché prise.

— Jésus Marie Joseph !

— Personne n'a voulu apprendre la vérité à sa famille ou à quiconque. Seigneur ! T'es tête en bas en train de peindre des graffitis illégaux et tu t'écrases dans la circulation. On a déclaré que c'était un accident de vélo, malgré l'absence de bicyclette. Ils ont nettoyé ses mains pour en faire disparaître la coupable peinture avant la venue du coroner. Mais du coup, Montoya s'est retrouvé…

— Avec une galerie truffée de photos d'art inutiles.

— Non ! Une galerie truffée des reliques sans prix de la vie d'un artiste tire-au-flanc mort bien trop tôt. Grâce à Dieu, il était encore possible de vendre aux enchères ces photos inspirées, à des prix atteignant des sommes inimaginables ! Le cardinal Mahoney a accordé son autorisation, et elles ont crevé le plafond.

— Donc, personne n'a jamais révélé où se trouvaient les œuvres originales ?

— Personne ne le fera jamais. Les parents ont interdit à leur fils d'aller jouer sur l'autoroute, et regarde ce qui s'est passé ! Ils auraient pu survivre à une fête en l'honneur de Sebastian dans cette exposition de photos, “Mon Dieu, regarde, c'est le surplomb 89 sur l'autoroute 101 !”, mais après le décès de l'artiste, ça devenait à la fois trop mélancolique et trop commercial. C'est alors que Montoya a eu l'idée d'allumer un millier de bougies et de créer l'église de saint Sebastian.

— Combien de gens connaissent cette histoire ?

— Montoya et le propriétaire de la galerie, et peut-être un ou deux oncles ou tantes. Et maintenant, toi et moi. Et personne ne veut que le pot aux roses soit découvert. Motus et bouche cousue. Tâtonne un peu au pied des sièges arrière. Qu'est-ce que tu sens ? »

Je tendis le bras à l'aveuglette.

« Trois seaux, on dirait.

— Et quoi d'autre ? »

J'ai cherché. « Un gros pinceau !

— Et ?

— Trois seaux de peinture !

— Exactement !

— Pour quoi faire ?

— Recouvrir les graffitis de Sebastian Rodriguez, le chef-d'œuvre de l'autoroute.

— Recouvrir ces fresques inestimables ? Mais pourquoi ?

— Si nous les laissons là, quelqu'un finira par comprendre, par les comparer aux photos de la galerie, et alors, finie la fiesta !

— Le monde découvrira que ce n'était qu'un casse-cou qui peignait des graffitis sur l'autoroute, c'est ça ?

— Oui, ou alors, les gens espionneront son génie. Des curieux provoqueront des collisions, bloqueront la circulation. Dans les deux cas, c'est inacceptable. »

Je levai les yeux vers le surplomb éclatant.

« Et qui va peindre par-dessus ces fresques ?

— Moi ! dit Sam.

— Comment vas-tu faire ?

— Tu me tiendras par les genoux pendant que je blanchirai tout, tête en bas. Mais d'abord, mouche-toi. Pas question que tu éternues.

— *Siqueiros, nada, Orozco, no ?*

— Tu peux le dire. »

Je répétai ces quelques mots. Doucement.

La maison

(1947)

C'était une vieille demeure incroyable et démente qui, du haut de la colline, contemplait la ville de ses yeux perçants au regard fou. Des oiseaux ayant choisi ses coupoles élevées pour y nicher, l'endroit évoquait une aïeule échevelée et décharnée possédée par les ténèbres.

Au cours d'une nuit d'automne venteuse, Maggie et William escaladèrent la colline. Lorsque Maggie vit la maison, elle ressentit le besoin de poser sa valise de chez Saks 5e Avenue. « Oh mon Dieu, c'est pas vrai ! s'exclama-t-elle.

— Mais si. » Lui, il portait avec entrain ses vieux bagages fatigués. « N'est-elle pas superbe ? Regarde-moi ça ! Elle est renversante, n'est-ce pas ?

— Tu as dépensé deux mille dollars pour *ce truc* ?

— Il y a cinquante ans, elle coûtait trente mille dollars. Et maintenant, elle est à nous, dis donc ! » fanfaronna-t-il.

Elle attendit que son cœur redémarre. Elle en était malade. Elle le dévisagea, puis regarda la maison. « On dirait… on dirait un peu un manoir à la Charles Addams, tu ne trouves pas ? Tu sais, l'homme qui dessine des histoires de vampires dans le *New Yorker* ? »

Il était déjà reparti, et à sa suite, elle monta prudemment les marches gémissantes. La demeure se dressait sur trois étages rococo, ciselés, mansardés, décorés de colonnes, de tours, d'arêtes et de bow-windows, enceintes aux vitres brisées sur lesquelles s'était déposée au fil des ans une jolie patine de nicotine. À l'intérieur régnait un silence de papillons de nuit, de stores, de meubles drapés évoquant des petites pierres tombales blanches.

Encore une fois, elle se sentit sombrer. Quand on avait vécu toute sa vie dans une grande maison impeccable au cœur d'une grande rue isolée, avec des domestiques invisibles qui rangeaient tout, des téléphones partout à portée de main, une baignoire grande comme une piscine, et pour unique dépense d'énergie celle qui s'avère nécessaire pour soulever le poids énorme d'un Martini sec, que devait-on penser le jour où l'on se retrouvait devant une montagne de poussière, des catacombes hantées, une chose grisâtre, un chaos absolu ? Mon Dieu, la vie des Américains se réduisait-elle donc désormais à cela, des maisons se raréfiant à des prix hallucinants ? Et d'abord, pourquoi les gens éprouvaient-ils le besoin de se marier ?

Elle avait du mal à garder bonne figure, à conserver une expression positive. William montait et descendait l'escalier en poussant des exclamations. Torse bombé, aussi fier que s'il avait construit lui-même cette demeure, il courait dans toutes les pièces.

« Je suis le fantôme du père d'Hamlet ! cria-t-il en dévalant les marches plongées dans la pénombre.

— « … père d'Hamlet…… », répéta l'écho dans l'escalier, tout en haut de la maison.

William sourit, index pointé en l'air. « Tu entends ça ? C'est Celui-qui-écoute-tout-en-haut-de-la-maison. Un vieil ami à moi. Il entend tout ce qu'on raconte. Pas plus tard qu'hier je lui ai dit : *J'aime Maggie !*

— … *J'aime Maggie*, susurra Celui-qui-écoute-tout-en-haut-de-la-maison.

— Quel homme de goût ! » approuva Bill. Il s'approcha de la jeune femme, la prit par les épaules. « Cette maison est *épatante*, tu ne trouves pas ?

— Elle est grande, je te l'accorde. Et sale, je te l'accorde également. Et assurément très vieille. »

Elle l'observa qui l'observait. En voyant son mari changer lentement d'expression, elle comprit qu'elle ne faisait pas du très bon boulot en prétendant admirer ce vaste endroit. Elle avait déchiré ses bas nylon sur un clou en arrivant devant la porte, il y avait des saletés sur la jupe en tweed coûteuse qu'elle avait déjà ramenée de San Francisco, et…

Il ôta ses mains des épaules de Maggie et regarda sa bouche. « Elle ne te plaît pas vraiment, n'est-ce pas ?

— Oh, ce n'est pas ça…

— Nous aurions peut-être mieux fait d'acheter cette caravane…

— Mais non, ne sois pas bête ! Il faut que je m'habitue, c'est tout ! Qui pourrait vouloir vivre dans une caravane en forme de boîte à pain ? Ici, c'est bien plus grand.

— … ou d'attendre un an de plus pour nous marier, avec un peu plus d'argent.

— Nous ne resterons peut-être pas longtemps, de toute façon », lui fit-elle remarquer en mimant la gaieté. Hélas, ce n'était pas la bonne chose à dire. Il ne voulait pas partir, il voulait rester ici pour toujours. Il aimait cet endroit et souhaitait s'y fixer. Dans la façon dont il examinait cette demeure, Maggie percevait chez son mari le sentiment d'une permanence.

— Ici en haut, c'est notre chambre. » Sur le premier palier, il ouvrit une porte, à la lueur d'une faible ampoule. Un lit à colonnes se dressait dans cette pièce. Pour faire la surprise à Maggie, Bill avait nettoyé et balayé la chambre, puis préparé le lit. Les murs, couverts d'un papier peint tout neuf à motifs jaunes, étaient décorés de reproductions aux couleurs vives.

« C'est joli », reconnut Maggie, toujours en se forçant.

Sans la regarder, d'une voix atone, il lui dit : « Je suis content que ça te plaise. »

Le matin suivant, il courait dans toute la maison, montait et descendait les marches, sifflait et chantait, débordant de vigueur après son petit déjeuner, débordant d'idées. Elle l'entendait arracher les vieux stores, balayer l'entrée, casser dans la cuisine les éclats de verre d'une vitre brisée. Elle, elle était restée au lit. Le soleil jaune s'écoulait à flots tièdes de la fenêtre sud, caressant sa main désœuvrée posée sur la couverture. Elle n'avait pas envie de bouger. Incrédule, elle écoutait son mari qui rebondissait de pièce en pièce comme une balle en caoutchouc, en se laissant porter par l'inspiration du moment. En *caoutchouc*, c'était bien le mot. Si on le blessait, si on le décevait, c'était oublié dès le lendemain. Il rebondissait. Elle ne pouvait pas en dire autant en ce qui la concernait. Bill lui faisait penser à une série de pétards qui explosaient les uns après les autres dans la maison remplie d'échos.

Elle se glissa hors du lit. Essayons de prendre les choses positivement, se dit-elle. Faisons bonne figure. Elle se regarda dans le miroir. Existe-t-il un moyen de se *peindre* un sourire sur le visage ?

Après un petit déjeuner brûlé, il lui tendit un balai et lui colla un baiser.

« En avant, moussaillon ! s'écria-t-il. Te rends-tu compte que la principale préoccupation de l'homme n'est ni l'amour, ni le sexe, ni le succès, ni les relations avec ses pairs ? Je ne te parle même pas de la célébrité ou de l'argent ! Non, le plus grand combat de l'homme, madame, c'est celui qu'il mène contre la poussière. Il y en a dans tous les coins et recoins de la maison ! Mettons que, pendant un an, nous ne fassions que nous balancer dans nos rocking-chairs ; eh bien, nous nous retrouverions ensevelis sous la poussière ! Les villes disparaîtraient, les jardins redeviendraient sauvages, les salons se transformeraient en poubelles ! Ah, si seulement nous pouvions soulever la maison pour la secouer ! »

Ils s'activèrent.

Maggie se fatigua très vite. D'abord ce fut son dos, puis : « J'ai mal à la tête. » Bill lui apporta de l'aspirine. Ensuite, elle sentit l'épuisement s'abattre sur elle à la simple vue des innombrables pièces. Elle en avait perdu le compte. Quant aux particules de poussière… Seigneur, il y en avait probablement des milliards dans chaque pièce ! Confuse, rougissante et amère, elle éternuait dans toute la maison, son petit nez enfoui dans un mouchoir.

« Tu devrais t'asseoir, lui suggéra Bill.

— Non, ça va.

— Va te reposer. » Il ne souriait pas.

« Je vais bien. Ce n'est pas encore l'heure du déjeuner. »

C'était bien là le problème : déjà fatiguée le premier matin. Elle sentit soudain le rouge de la culpabilité lui envahir les joues. Car cette fatigue, faite d'efforts inutiles, de gestes et de tensions superflus, pouvait paraître étrange. On ne se trompe jamais longtemps soi-même. Elle se sentait épuisée, certes, mais elle ne pouvait en incriminer les tâches effectuées. C'était ce lieu. Après même pas vingt heures de présence, cet endroit la fatiguait déjà, la rendait malade. Et Bill percevait son malaise, car quelque chose le dénonçait dans l'expression de sa femme. Quoi, elle l'ignorait. Comme avec un pneu perforé : on ne pouvait localiser la perforation qu'en immergeant la chambre à air sous l'eau pour repérer les bulles. Maggie ne voulait pas que son mari devine son malaise, mais elle pensait sans arrêt à ses amis lui rendant visite et à ce qu'ils diraient entre eux à l'heure du thé : « Que devient Maggie Clinton ? » « Oh, vous l'ignorez ? Elle a épousé cet écrivain, là, et ils vivent sur Bunker Hill. Sur Bunker Hill, vous vous rendez compte ? Dans une vieille maison hantée ou qui en a tout l'air ! » « Il faudra y aller un de ces jours. » « Oh oui, ce sera amusant. Allons voir cette maison croulante ! Pauvre Maggie ! »

« Tu pouvais jouer je ne sais combien de parties de tennis chaque matin et chaque après-midi, avec une partie de golf au milieu, lui fit remarquer William.

— Ça va aller. » Elle ne savait pas quoi lui dire.

Ils se trouvaient sur le palier, devant la verrière. Le

soleil matinal tombait à travers ses vitres teintées, certaines de rose, d'autres de bleu, d'autres encore de rouge, jaune ou orange. Toutes ces couleurs se reflétaient sur les bras de Maggie et sur la rampe d'escalier.

William fixa quelques instants les petits panneaux colorés, puis la dévisagea et reprit : « Pardonne mon ton mélodramatique. Quand j'étais petit, tout petit, j'ai appris quelque chose. Chez ma grand-mère, en haut de l'escalier, il y avait aussi une fenêtre avec des petits carreaux colorés, exactement comme celle-ci. J'y allais tout le temps pour regarder à travers… » Il secoua son chiffon à poussière. « Laisse tomber. Tu ne comprendrais pas. » Il descendit l'escalier et s'éloigna d'elle.

Elle le suivit du regard, puis examina les carreaux colorés. Qu'avait-il voulu lui dire ? Quelque chose de ridicule ou d'évident qu'il préférait finalement garder pour lui ? Elle s'approcha de la verrière.

À travers le premier carreau, le monde d'en bas paraissait rose et chaud. Posé en équilibre comme une avalanche au bord d'une falaise, le voisinage se teintait des nuances d'un coucher de soleil.

Elle regarda par l'un des carreaux jaunes. Le monde était neuf, lumineux, éclatant comme l'astre du jour.

Elle passa à un carreau pourpre. Des nuages assombrissaient le monde, un monde malade, contaminé. Ceux qui s'y déplaçaient semblaient lépreux, perdus, abandonnés. Les maisons étaient noires et monstrueuses. Tout paraissait couvert de contusions.

Elle revint au panneau jaune. Le soleil fit son retour. Même les tout petits chiens semblaient éveillés et malins. L'enfant le plus sale irradiait la propreté.

On aurait dit que les maisons défraîchies venaient d'être repeintes.

Elle vit William composer un numéro de téléphone, calmement, d'un air neutre, en bas de l'escalier. Puis elle regarda de nouveau les carreaux de couleur et comprit où il avait voulu en venir. C'est nous qui choisissons le verre à travers lequel nous contemplons le monde. Le verre sombre, ou le lumineux.

Elle se sentait complètement perdue. Elle avait l'impression qu'il était déjà trop tard. Parfois, même lorsqu'il n'est pas trop tard, on croit que c'est le cas. Elle devait dire quelque chose, prononcer un mot, même un seul. Sauf qu'elle n'était pas encore prête. L'idée lui semblait trop nouvelle. Si elle parlait tout de suite, elle ne parviendrait pas à s'exprimer de manière satisfaisante. Il fallait qu'elle laisse cette idée l'imprégner. Elle ressentait enfin une vague excitation, mais étouffée par la peur et la haine de soi, et accompagnée de petites poussées de haine envers la maison et William, parce qu'ils l'avaient contrainte à se haïr elle-même. Ces sentiments finirent par se réduire à une simple irritation, uniquement causée par son propre aveuglement.

En bas, William parlait au téléphone, et sa voix s'élevait dans la cage d'escalier lumineuse. Il avait appelé l'agence immobilière.

« Monsieur Woolf ? C'est à propos de la maison que vous m'avez vendue la semaine dernière. À votre avis, pourrais-je la revendre à mon tour ? Avec un petit profit, peut-être ? »

Il y eut un silence. Le cœur de Maggie s'emballa.

William reposa le téléphone, sans lever les yeux vers elle.

« Il va nous la revendre, dit-il. Avec un petit profit.

— « … un petit profit… », répéta Celui-qui-écoute-tout-en-haut-de-la-maison.

Ils prenaient un repas léger sans échanger un mot quand quelqu'un frappa à la porte. William partit ouvrir, dans un mutisme inhabituel chez lui.

« Cette sacrée sonnette ne marche pas ! s'exclama une femme dans l'entrée.

— Bess ! s'écria William.

— Bill, espèce de vieux fils de… eh bien, quel endroit épatant !

— Tu aimes ?

— Si j'aime ? Mets-moi un foulard sur les cheveux et donne-moi un balai ! »

Ils se taquinaient. Dans la cuisine, Maggie posa son couteau et les écouta, glacée, inquiète.

« Mon Dieu, je donnerais père et mère pour une maison comme celle-ci ! s'exclama Bess Alderdice en arpentant la maison. Regarde-moi cette rampe sculptée à la main ! *Mamma mia*, comme disent les Italiens ! Et ce lustre en cristal ! Mais quelle mouche t'a piqué, Bill ?

— Elle était à vendre, nous avons eu de la chance, répondit-il, dans l'entrée.

— Ça fait des années que je garde un œil sur cette baraque, et toi, espèce de verni, tu l'arraches des sales petites griffes de la douce Bess Alderdice !

— Amène tes sales petites griffes dans la cuisine et mange un morceau.

— Tu viens de dire "manger" ? Et quand est-ce qu'on travaille ? Je veux mettre la main à la pâte ! »

Maggie apparut dans l'entrée.

« Salut Maggie ! Comme je t'envie ! lui cria Bess Alderdice, gabardine ajustée, chaussures à talons plats, cheveux noirs indisciplinés.

— Bonjour, Bess.

— Ma fille, tu m'as l'air bien fatiguée ! Assieds-toi. Je vais donner un coup de main à Bill. J'ai des muscles, moi, merci les céréales !

— Nous n'allons pas rester, dit Bill d'un ton calme.

— Vous n'allez pas quoi ? » Bess le dévisagea comme s'il était fou. « Ben ça alors ! C'est quoi ton nom ? Girouette ? Bon d'accord, alors vends-la à maman, maman la veut.

— Nous aimerions nous dégoter une petite maison quelque part, insista Bill, faussement jovial.

— Tu sais ce que j'en pense, des petites maisons ? répliqua Bess d'un air dédaigneux. Bon, comme je vais te racheter cette demeure, tu peux au moins m'aider à nettoyer *ma* maison ! Attaquons-nous à ces stores ! » Elle s'enfonça à l'intérieur pour arracher les stores rongés par les mites des fenêtres du salon.

Bess et William travaillèrent tout l'après-midi. « Va t'allonger, ma chérie. Ton homme va m'aider à l'œil », avait dit Bess à Maggie en lui donnant une petite tape.

La maison grondait d'échos et de grattements. De monstrueuses tempêtes de poussière faisaient rage dans les couloirs au milieu des explosions de rire. À une occasion, Bess faillit tomber dans l'escalier tellement elle riait. Il y eut un claquement de porte, le grincement des clous qu'on extirpait des murs, le tintement musical des lustres malmenés, le bruit du vieux papier peint arraché. « Nous prendrons le thé dans cette pièce, et dans celle-ci, nous abattrons ce mur ! s'écria Bess au milieu des tourbillons de poussière.

— D'accord ! dit Bill en riant.

— Et j'ai repéré quelques chaises anciennes pas trop chères qui conviendraient parfaitement ici !

— Bonne idée ! » Ils visitaient la maison en bavardant et touchaient tout ce qui leur tombait sous la main. Bill dessina des marques à la craie bleue, jeta les meubles inutiles par les fenêtres, tapa sur les tuyaux. « Brave garçon ! s'écria Bess. Et que penserais-tu d'un râtelier d'assiettes de Bavière sur ce mur, Bill ?

— Génial ! Merveilleux ! »

Maggie restait extérieure à leurs échanges. Désœuvrée, elle monta d'abord dans sa chambre, puis redescendit et sortit se promener au soleil. Hélas, elle ne pouvait échapper au bruyant bonheur de son mari. Il avait des projets, il tapait sur tout, il riait, et tout cela, avec une autre femme. Il avait oublié qu'il voulait vendre la maison. Que ferait-il plus tard, quand il se rappellerait qu'il avait appelé l'agence immobilière ? Il ne rirait plus, c'était sûr.

Maggie se tordit les mains. Qu'est-ce qu'elle avait de plus, cette Bess Alderdice ? Sûrement pas son corps gauche, dur, plat, ni ses boucles échevelées et mal entretenues, ni ses sourcils broussailleux ! Ce qu'elle avait de plus, c'était une forme d'enthousiasme et de fraîcheur, un pouvoir que Maggie ne possédait pas. Mais était-il possible de les trouver en elle ? Et d'abord, de quel droit cette femme débarquait-elle ici ? Ce n'était pas *sa* maison, n'est-ce pas ? Pas encore, en tout cas !

Par une fenêtre ouverte, elle entendit Bess qui disait : « Tu as conscience de l'histoire de cette maison ? Elle a été construite en 1899, par un homme de loi. À l'époque, c'était *le* quartier huppé de la ville.

Cette maison dégageait et dégage *toujours* une grande dignité. Les gens étaient fiers de vivre ici. Et ils peuvent encore l'être. »

Maggie était revenue dans l'entrée. Comment arranger les choses avec Bill ? Jusqu'à l'arrivée de Bess, qui avait corrigé le tir, tout avait mal tourné. Mais comment Bess s'y était-elle prise ? Pas en parlant. Les mots ne pouvaient être d'un grand secours dans cette histoire. Il y avait un autre mécanisme en jeu. Il y avait les actes, les actes concrets, répétés. En ce moment, Bill appréciait Bess davantage qu'il n'apprécierait Maggie le reste de la journée. Pourquoi ? Parce que Bess, avec ses mains habiles, son visage animé, parce que Bess *agissait*, parce qu'elle terminait ce qu'elle entreprenait avant de passer à la tâche suivante.

Pourtant, avant tout, il y avait Bill. Avait-il déjà travaillé une seule fois dans sa vie, planté un clou, porté un tapis ? Aucunement. C'était un écrivain, qui passait ses journées assis, qui les avaient toutes passées assis, jusqu'à aujourd'hui. Pas plus que sa femme, il n'était préparé à cette Maison de l'Horreur — *Approchez, approchez, mesdames et messieurs ! Seulement dix cents l'entrée !* — Alors comment avait-il pu changer en une nuit au point de se jeter bec et ongles sur cette maison ? La réponse était confondante de simplicité : il aimait Maggie. Ce serait aussi sa maison à elle. Il aurait agi de la même façon s'ils avaient dû passer une nuit dans une grotte. *N'importe où* convenait à Bill si Maggie s'y trouvait.

Elle ferma les yeux. Tout dépendait d'elle. Le catalyseur, c'était elle. Sans elle, il n'aurait rien fait de la journée. Cette journée qu'elle, elle avait passée ailleurs, en grande partie. Le secret ne se trouvait ni en Bess ni en William, mais dans le fait d'aimer. L'amour, c'était cela qui poussait les gens à s'échiner, à s'enthousiasmer. Et si William s'échinait pour rendre Maggie heureuse, ne devait-elle pas se comporter de la même façon pour lui ? L'amour implique de construire quelque chose quelque part, sinon, il se flétrit. Toute vie de couple est une perpétuelle construction — construction des personnalités, d'une maison, des enfants. Dans le couple, quand l'un des deux s'arrête, l'autre continue, emporté par son élan, mais comme il ne subsiste plus qu'une moitié de la structure, elle finit par s'écrouler à grand fracas, comme un château de cartes.

Maggie contempla ses mains. Présenter tout de suite des excuses à Bill serait embarrassant, et superflu. Comment arranger les choses, alors ? De la même façon qu'elles avaient mal tourné. Le même processus, mais inversé. Un vase brisé, un rideau déchiré, un livre oublié dans un train, et les choses tournaient mal. On les arrangeait en recollant le vase, en recousant le rideau, en achetant un autre exemplaire du livre. Des actions concrètes. L'échec de Maggie face à cette maison, c'était une histoire d'actes non accomplis, de gestes trop lents, de regards contrariés, de paroles peu enthousiastes.

Elle ramassa un chiffon à poussière, grimpa sur l'escabeau, fit briller le lustre. Puis elle balaya les couloirs en se laissant envahir par des pensées grandioses. Elle s'imaginait la maison une fois terminée. De vieux objets bien propres, des teintes chaudes et luxueuses. Des cuivres rénovés, des bois luisants, des lustres nettoyés, des tapis roses tout neufs, le piano droit bien ciré, les vieilles lampes à huile équipées d'ampoules, la rampe sculptée reteinte, le soleil se déversant par les hautes verrières colorées. Un nouvel âge. Les amis danseraient dans la vaste salle de bal du deuxième étage, sous les huit énormes lustres. Il y aurait d'antiques boîtes à musique, des vieux millésimes, et toute la maison baignerait dans une douce chaleur aux arômes de porto. Ils n'étaient pas très riches, cela prendrait du temps, mais dans un an, peut-être…

Les gens diraient : « C'est sensationnel, chez Bill et Mag ! On se croirait à une autre époque, et la maison est si confortable ! Qui l'aurait cru, de l'extérieur ? Qu'est-ce que j'aimerais vivre sur Bunker Hill, moi aussi, dans un de ces fantastiques vieux manoirs ! »

Elle arrachait de grands lambeaux de papier peint fané quand Bill, surpris, apparut sur le seuil du couloir. « J'ai cru entendre un bruit. Quand t'y es-tu mise ?

— Il y a une demi-heure. » Et cette fois-ci, son sourire était radieux.

Le convoi funéraire de John Wilkes Booth[1] *et des studios d'Hollywood*

(2003)

Allongé dans mon bureau cet après-midi-là, je me préparais à une longue sieste, lorsque Marty Felber a fait irruption en criant :

« Bon Dieu ! Il faut que tu voies ça ! »

J'étais très détendu. « Voir quoi ? »

Marty semblait sur le point de s'arracher les cheveux. « Tu n'es pas au courant ? Un train spécial en provenance de Washington va entrer en gare ! Avec une locomotive à vapeur, bon sang ! Des roues qui tournent grâce à de l'eau qui bout ! On n'a pas vu de loco à vapeur depuis cinquante ans, par ici !

— Moi, j'en ai déjà vu.

— Non, non, celle-ci est bizarre ! Toute noire, recouverte de crêpe !

— Ah bon ? Recouverte de crêpe ? Fonçons ! »

Nous avons foncé.

À la gare, la voie était déserte, mais une plainte mélancolique, au loin, plana jusqu'à nous. Un nuage de vapeur s'éleva au-dessus de l'horizon avant de s'envoler dans un chœur de lamentations.

1. Assassin d'Abraham Lincoln au théâtre Ford en 1865. *(N.d.T.)*

Dans un crachin glacé, le train noir est sorti en glissant des ombres crépusculaires.

« Y a-t-il des passagers à bord ? ai-je demandé.

— Oui, ces gens qui pleurent. Tu les entends ?

— Mon Dieu, oui. Recule. »

Enveloppé d'une vapeur spectrale, messager de la pluie, le train noir flottait comme un nuage obscur.

Exhalant une fumée fantomatique, la locomotive remorquait sa mélancolique procession de wagons noirs comme le charbon, des wagons aux toits décorés de fleurs de crêpe, endeuillés d'une vapeur blême. Des sanglots insistants nous parvenaient toujours des voitures.

Sur le flanc de la première s'étalaient les lettres *MGM*.

Sur la seconde, on lisait *WARNER BROTHERS*.

Sur la troisième et la quatrième, *PARAMOUNT* et *RKO*.

Sur la cinquième, *NBC*.

Un froid terrible m'a envahi, déchiré.

Finalement, Marty et moi, nous avons longé les voitures qui passaient devant nous.

Le crêpe noir s'agitait sur les toits, la pluie semblait lessiver les vitres.

Nous avancions d'un bon pas. Les cris lugubres de la locomotive résonnaient toujours, et les fenêtres sanglotaient sans interruption.

Nous sommes enfin arrivés au niveau de la dernière voiture, la plus mélancolique de toutes, et nous avons regardé à travers une grande fenêtre dégoulinante de pluie.

À l'intérieur reposait un long cercueil tout noir enchâssé dans des fleurs blanches.

Comme frappé par la foudre, le cœur serré dans une terrible poigne, je me suis écrié : « Oh mon Dieu, c'est un cauchemar ! Chez ma grand-mère, il y avait un grand livre illustré, et dedans, un train comme celui-ci, mais sans les noms MGM ou Paramount ! » J'ai marqué une pause ; j'arrivais à peine à respirer.

« Oh Seigneur, ai-je repris, haletant. Là, derrière la vitre, le cercueil ! Il y est ! Oh mon Dieu, c'est lui ! »

J'ai fermé les yeux.

« C'est le convoi funéraire d'Abraham Lincoln ! »

Quelque part dans ce train de nuit, un faible cri a retenti. Le crêpe noir voletait.

Sur le quai, un homme s'est approché au pas de course. Cet homme un peu chancelant, c'était un vieil ami, Elmer Green, agent de presse d'un studio. Il a foncé droit sur moi et m'a crié au visage :

« Eh, mais quelle bonne prise ! Je te fais faire le tour du proprio ? Viens, suis-moi ! »

Mes chaussures m'ont semblé coulées dans le béton.

« Qu'est-ce qui ne va pas ? m'a demandé Green.

— À ton avis ?

— Tu ne pleures pas, j'espère ? Ça suffit, maintenant ! Allons-y. »

Il a reculé jusqu'aux wagons enténébrés, Marty et moi sur les talons. Je trébuchais, aveuglé par les larmes.

Il s'est arrêté. « Vous voyez ce grand tram rouge de la Pacific Electric[1] ? Il jure avec les autres wagons

1. Le réseau de la Pacific Electric (également connu sous le nom de « réseau des wagons rouges ») était un système de transport de masse comprenant des tramways, des métros légers et des autobus. Il a connu sa plus grande expansion autour de 1925 en Californie du Sud. *(N.d.T.)*

du train, n'est-ce pas ? Allez voir. Par la fenêtre du milieu.

— Quatre types en costumes d'affaires jouent aux cartes et fument le cigare. Attends une seconde, le grassouillet…

— Qui ça ?

— Lui ! C'est Louis B. Mayer, le magnat de la MGM. Louis le Lion ! Qu'est-ce qu'il fait là ? Il est mort !

— Toi seul pouvais remarquer ce détail. Très bien. En 1930, aux studios de la MGM, Louis B. et ses larbins montaient souvent dans ce gros trolley rouge qui empruntait sa propre voie privée, direction Glendale pour des projections surprises. Puis ils s'entassaient de nouveau dans ce gros joujou électrique et rentraient en vociférant. Des acclamations pour les bonnes critiques, les mauvaises lancées en l'air comme des confettis.

— Et alors ? ai-je demandé d'un ton éteint.

— Et alors, quand on possède un train comme celui-là et que quelqu'un se pointe avec un train comme celui-ci, on l'écoute. Allez, grimpe dedans et va serrer la pogne de Louis B., l'Arabe juif chrétien ressuscité dans cette grosse machine à piéger le temps. »

N'y voyant qu'à moitié, je fixais mes pieds.

« Bon Dieu ! Aidez-moi à le faire grimper à bord ! » s'est exclamé Green.

Marty m'a pris par un coude, Green par l'autre, et ils m'ont hissé dans le train.

Nous avons traversé en titubant des voitures enfumées où des dizaines de types battaient les cartes.

« Mon Dieu ! Là-bas, n'est-ce pas Darryl Zanuck,

le dirigeant de la 20th Century Fox ? me suis-je écrié. Et là, c'est Harry Cohn, la bête de Gower Street, non ? Comment diable se sont-ils égarés dans ce cauchemar ?

— Comme je te l'ai dit, pris dans un Filet à Papillons qui piège le temps. Le plus gros foutu filet de l'Histoire les a tirés du tombeau avec une offre qu'ils n'ont pas pu refuser : six pieds sous terre ou une place à bord de l'Express Éternel de John Wilkes Booth.

— Mon Dieu !

— Dieu n'y est pour rien. C'est Elmo Wills ! a répliqué Green. À Las Vegas, dans un sous-sol de la MGM où il faisait tourner des ordinateurs en bourrique, il a réussi à confectionner une sorte de supergant de base-ball capable d'intercepter des gens dans le temps. »

J'ai plongé le regard dans un wagon-salle de jeux enfumé.

« C'est comme ça qu'on attrape un train de nos jours ?

— Oueps, m'a répondu Green.

— Chaque voiture porte le nom d'un studio, et dedans, il y a des magnats morts bien vivants.

— Ils ont tous investi dans le Filet virtuel d'Elmo, qui leur a demandé leur avis : "Quel est le plus célèbre train de l'Histoire ? Celui qui a ramené Bobby Kennedy à la maison, ou bien le convoi de Roosevelt ? Quel est le train qui a fait le tour du pays il y a un siècle, devant une foule en larmes ?" »

J'avais les joues humides.

« C'est un train funéraire. Celui d'Abraham Lincoln, ai-je répondu calmement.

— Cet homme mérite un cigare. »

Le train s'est secoué.

« Il part ? Je ne veux pas être vu dans cette abomination ! me suis-je écrié.

— Reste ! Ton prix sera le mien », m'a dit Green.

J'ai failli lui faire ravaler son sourire.

« Va au diable !

— J'y suis déjà. Mais je m'en remettrai. » Green a éclaté de rire.

Le train s'ébranlait dans de grands crissements.

Mon ami Marty s'est élancé vers la locomotive, avant de revenir en courant.

« Il faut que tu voies ça ! La voiture suivante croule sous les juristes !

— Des juristes ? » Je me suis retourné vers Green.

« Ils négocient, m'a expliqué ce dernier. Les problèmes d'horaire. De choix des villes à visiter, des émissions auxquelles participer. NBC ou CNN ? Pour quelles maisons d'édition allons-nous signer ? Ce genre de choses.

— Ce genre de choses ! » me suis-je écrié en me précipitant à mon tour vers l'avant du train, Marty sur les talons.

Nous sommes passés au milieu d'un tas de cinglés qui nous criaient des insultes en nous montrant du doigt.

Dans le quatrième wagon, j'ai ouvert une porte à la volée. Sous mes yeux s'étalait comme une prairie dans la nuit pointillée de lucioles : les étincelles dansantes de machines aveugles.

Partout, mon regard rencontrait des berges de feu cosmique et les formes spectrales des illuminations numériques.

Cette grotte était à peine éclairée par ce qui évoquait le panneau de commandes d'une fusée spatiale. Un homme, quasi nain, y pianotait des motifs avec des doigts qui s'agitaient comme des pattes d'araignée : l'inventeur en personne de l'incroyable et blasphématoire Moissonneuse à Papillons.

J'ai levé mes poings serrés, et le nain s'est exclamé : « Vous êtes censé me frapper, c'est bien cela ?

— Vous frapper, certainement pas ! Vous tuer. *Qu'avez-vous fait ?*

— Ce que j'ai fait ? J'ai fait du bouche-à-bouche à l'Histoire ! a protesté l'homme. Vous préféreriez que j'attrape dans mon Filet le char de Ben Hur ou la barge de Cléopâtre, que je bousille tout, que je lâche les chiens du temps ? »

Il a baissé les yeux et caressé les configurations lumineuses. Il parlait un peu tout seul en contemplant les années disparues.

« Vous savez, je me dis souvent que s'il y avait eu, au cours de cette fameuse nuit de 1865, un incendie au théâtre Ford[1] plus tôt dans la soirée, ce convoi funéraire n'aurait jamais existé et l'histoire de l'Amérique en aurait été changée pour toujours.

— Redites-moi ça !

— Un incendie au théâtre Ford…

— Un incendie », ai-je répété tout bas. Puis j'ai pensé : Ne jamais beugler « au feu ! » dans un théâtre bondé. Mais que se passerait-il si on lâchait ce cri dans le théâtre d'un train bondé ?

Soudain, je me suis mis à hurler :

1. Abraham Lincoln a été assassiné alors qu'il assistait à une représentation au théâtre Ford en 1865. *(N.d.T.)*

« Fils de pute ! »

J'ai bondi vers la porte de derrière, que j'ai ouverte violemment.

« Bande de salauds ! »

Trois douzaines de juristes ont sursauté en entendant siffler la vapeur de mon cri.

Je braillais : « Au feu ! Le théâtre Ford est en feu ! Au feu ! »

Tout le monde m'a entendu dans cet abominable train damné.

Dans un déferlement de cris, ils ont ouvert tout grand les portes démodées et soulevé brutalement les vitres démodées…

« Attends ! m'a hurlé Green.

— Non ! Au feu, au feu ! »

Je courais en criant. J'ai traversé une voiture après l'autre en répandant la poudre.

« Au feu ! »

La panique a aspiré tout le monde hors du train.

Le quai grouillait de victimes et de juristes fous qui jacassaient et griffonnaient.

« Au feu », ai-je chuchoté une ultime fois. Le train était maintenant aussi vide qu'un cabinet de dentiste un mauvais jour.

Green a chancelé jusqu'à moi. Cette fois-ci, c'était ses pieds à lui qui avaient l'air coulés dans le béton. Tout pâle, il semblait incapable de respirer.

« Fais faire demi-tour à ce train, lui ai-je intimé.

— Quoi ? »

Marty m'entraînait sur un sol jonché de cigares cubains éteints et de cartes à jouer.

« Demi-tour, ai-je sangloté. Ramène ce train en avril 1865, gare de Washington.

— C'est impossible !

— Vous arrivez de là-bas ! Repartez, bon Dieu ! Repartez !

— C'est un aller simple ! Aller de l'avant, c'est tout ce que nous pouvons faire.

— Ah oui ? Y a-t-il encore à la MGM une voie qui ne soit pas recouverte d'asphalte ? Retournes-y, mettons en 1932, et fais descendre Louis B. Mayer ! Dis-lui que Thalberg est vivant dans la voiture quatre : Mayer aura une crise cardiaque.

— Louis B. ?

— Et Harry Cohn aussi, fais-le descendre.

— Il ne dirige pas la MGM.

— Il n'a qu'à appeler un taxi ou faire de l'auto-stop. En tout cas, personne ne remonte dans cette saloperie de train débile.

— Personne ?

— À moins qu'ils ne veuillent être ensevelis sous les décombres du théâtre Ford lorsque j'y jetterai vraiment une allumette enflammée. »

Sur le quai, la foule des juristes affluait vers nous en pleurnichant.

« Ils se préparent à t'attaquer en justice, m'a expliqué Green.

— Je leur vendrai mon assurance-vie. Fais machine arrière. »

Le train s'est secoué comme un grand chien de fer.

« Trop tard, il faut que j'y aille.

— Oh mon Dieu, c'est vrai. Regarde ! »

Toutes les victimes et tous les juristes ont joué des pieds et des mains pour s'entasser dans le train. Ils en oubliaient même l'imbécile heureux qui avait crié « Au feu ».

Le convoi s'est animé dans un tonitruant bruit de ferraille.

« Au revoir, m'a murmuré Green.

— Va-t'en. Qui est le suivant, au fait ? lui ai-je demandé d'un ton las.

— Le suivant ?

— Dans ta saloperie de Distorsion Mortuaire. Qui va se faire piéger, asphyxier, épingler ? »

Green a sorti une feuille froissée.

« Un certain Lafayette.

— Un *certain* Lafayette ? Espèce de débile inculte ! Tu ne sais pas que Lafayette est l'homme qui a sauvé notre révolution à l'âge de vingt-trois ans, en nous fournissant des armes, des bateaux, des uniformes, des hommes ?

— C'est pas ce qui est dit ici. » Green scrutait ses notes.

« Lafayette est le fils adoptif de George Washington. Et quand il est rentré en France, il a appelé son premier-né George Washington Lafayette.

— Ils ne mentionnent pas ça dans mes notes…

— Il est revenu en Amérique à l'âge de soixante-dix ans, il a défilé dans quatre-vingts villes, les gens ont donné son nom à des rues, des parcs et des villes. Lafayette, Lafayette, Lafayette…

— Hé ! » Green a tapoté son papier. « C'est ça, ce sera la *deuxième* tournée d'adieu de Lafayette ! »

Le train a poussé un cri de tueur, les roues ont fait crisser leurs dents.

« On se verra à Springfield ! » Green a bondi sur la plateforme arrière du wagon. « En avril prochain !

— C'est qui, avec toi ? » ai-je crié.

Green s'est retourné.

« Booth ! John Wilkes Booth ! Il donne des conférences sur la voiture panoramique, à l'avant !

— Pauvre fils de pute », ai-je chuchoté.

Ayant lu sur mes lèvres, Green a répété mes mots.

Et le train a repris sa route.

Mort d'un homme prudent

(1946)

Tu ne dors que quatre heures par nuit. Tu vas au lit à onze heures du soir et tu te lèves à trois heures du matin, c'est limpide comme du cristal. Tu commences ta journée avec un café, tu lis pendant une heure, tu écoutes la musique et les bavardages des émissions du petit matin, vagues, lointains, irréels, puis tu sors te promener, toujours en t'assurant que tu as bien sur toi ton laissez-passer de la police. On t'a déjà contrôlé dehors à des heures tardives, inhabituelles, et comme c'est devenu casse-pieds, tu as fini par te procurer cette autorisation. Désormais, tu peux te balader quand tu veux en sifflotant, les mains dans les poches, les talons battant le trottoir sur un tempo lent et tranquille.

Les choses se passent ainsi depuis tes seize ans.

Tu as vingt-cinq ans, et quatre heures de sommeil par nuit te suffisent toujours.

Il y a peu d'objets en verre dans ta maison. Tu te rases avec un rasoir électrique, parce que tu t'es déjà coupé avec un rasoir mécanique et que tu ne peux pas te permettre de saigner.

Tu es hémophile. Quand tu commences à saigner, ça ne s'arrête pas. Ton père l'était également — mais tu n'en connais que l'exemple effrayant. Un jour, il s'est coupé le doigt assez profondément, et l'hémorragie a eu raison de lui alors qu'il se rendait à l'hôpital. L'hémophilie a également affecté ta famille du côté maternel, et c'est de ce côté que tu l'as héritée.

Tu emportes toujours un petit flacon de pilules coagulantes dans la poche intérieure droite de ta veste. Quand tu te coupes, tu les avales tout de suite. La formule coagulante se répand dans ton organisme et fournit la substance nécessaire pour stopper l'épanchement sanguin.

C'est donc ainsi que se déroule ton existence. Tu n'as besoin que de quatre heures de sommeil et tu évites les objets pointus. Chacune de tes périodes de veille est deux fois plus longue qu'une journée moyenne, mais ton espérance de vie est courte, ce qui rétablit un certain équilibre. Quelle ironie !

De longues heures vont s'écouler avant le courrier du matin. Tu tapes donc quatre mille mots sur ta machine à écrire. À neuf heures, quand la boîte à lettres claque devant chez toi, tu empiles les feuilles couvertes de caractères, tu les agrafes, tu vérifies la copie carbone et tu places le tout dans un dossier intitulé ROMAN EN COURS. Puis tu vas chercher le courrier en fumant une cigarette.

Tu prends le courrier dans la boîte. Un chèque de trois cents dollars envoyé par un magazine connu dans tout le pays, deux refus de maisons d'édition moins importantes et une petite boîte en carton entourée de ficelle verte.

Après avoir survolé les lettres, tu reprends la boîte, tu défais la ficelle, tu soulèves le couvercle, tu mets la main dedans et tu en extrais l'objet qui s'y trouve.

« Zut ! »

Tu laisses tomber la boîte. Une giclée rouge vif coule sur tes doigts. Un truc brillant a brutalement jailli dans les airs, et tu as entendu le vrombissement geignard d'un ressort métallique.

Le sang commence à goutter de ta main blessée, vite et sans à-coups. Tu le fixes un moment, tu fixes l'objet pointu qui est tombé par terre, une petite chose bestiale, un rasoir encastré dans un piège à ressorts qui s'est refermé d'un clic quand tu l'as sorti ! Ta distraction t'a piégé.

Tu fouilles dans ta poche en tremblant. Tu te mets du sang partout, tu sors le flacon de pilules et tu en avales plusieurs.

Puis, en attendant que ça coagule, tu enveloppes ta main dans un mouchoir. Délicatement, tu ramasses le machin, que tu poses sur la table.

Après l'avoir contemplé pendant dix minutes, tu t'assois et tu te fumes maladroitement une cigarette. Tes paupières se contractent, tu clignes des yeux, ta vision dissout les objets dans la pièce, les durcit puis les dissout encore… et finalement, tu trouves la réponse :

… Il y a quelqu'un qui ne m'aime pas… Qui ne m'aime pas du tout…

Le téléphone sonne. Tu décroches.

« Douglas à l'appareil.

— Salut, Rob. C'est Jerry.

— Salut, Jerry.

— Comment vas-tu, Rob ?

— Livide et secoué.

— Pourquoi ?

— Quelqu'un m'a envoyé un rasoir dans une boîte.

— Tu plaisantes !

— Non, c'est sérieux. Mais je préfère t'épargner cette histoire.

— Où en est ton roman, Rob ?

— Si les gens continuent à m'envoyer des objets tranchants, je ne le terminerai jamais. Je m'attends à recevoir un vase en cristal taillé de Suède au prochain passage du facteur. Ou une panoplie de magicien avec un grand miroir pliant.

— Tu parles d'une voix bizarre, dit Jerry.

— Forcément. Quant au roman, Jerry, ça avance du tonnerre. Je viens de taper quatre mille mots. Une scène où je décris le grand amour qu'Anna J. Anthony éprouve pour M. Michael M. Horn.

— Tu cherches les ennuis, Rob.

— Je viens à peine de m'en rendre compte. »

Jerry marmonne quelque chose.

Tu lui dis : « Mike ne s'en prendrait pas directement à moi, Jerry. Anne non plus. Après tout, dans le temps, nous avons été fiancés, Anne et moi. Avant que je découvre leurs manigances. Les fêtes qu'ils organisaient, les seringues de morphine qu'ils distribuaient aux gens.

— Ils voudront peut-être empêcher la parution du livre, malgré tout.

— Ça, je veux bien te croire. Ils ont déjà essayé. Cette boîte arrivée par la poste… Bon, ce n'est peut-être pas eux qui me l'ont envoyée, c'est sans doute l'autre bande, celle que je mentionne dans le livre. Ça ne m'étonnerait pas qu'ils aient tenté le coup.

— As-tu discuté avec Anne récemment ? te demande Jerry.

— Oui, réponds-tu.

— Elle préfère toujours ce genre de vie ?

— C'est une vie très excitante. On voit plein de jolies choses quand on prend certains stupéfiants.

— J'ai du mal à croire ça d'elle. Ça n'a pas l'air d'être son genre.

— Complexe d'Œdipe, Jerry. Pour toi, les femmes ne seront jamais des femelles. Tu les vois comme des sculptures en ivoire de beautés sortant du bain, fleuries, asexuées, sur des piédestaux rococo. Tu as trop aimé ta mère. Heureusement, je suis plus ambivalent. Anne a réussi à me tromper pendant un moment, mais cette nuit-là… Elle s'amusait tant que j'ai cru qu'elle était ivre. Tout à coup, elle m'a embrassé en me plaçant une petite seringue dans la main, et elle m'a dit : "Allez, Rob, s'il te plaît, tu vas aimer." La seringue était bourrée de morphine, comme Anne.

— Et c'était fini entre vous », conclut Jerry à l'autre bout de la ligne.

Tu répètes : « Oui, c'était fini entre nous. J'ai tout raconté à la police et à l'agence antistups, mais il y a quelque chose qui coince quelque part et ils ont peur de bouger. Soit ils ont la trouille de se mouiller, soit on les paie un bon prix. Un peu des deux, à mon avis. Dans tout système, il y a toujours quelqu'un qui met des bâtons dans les roues. Dans les services de la police, un type va prendre un peu de fric en souillant au passage la bonne réputation des forces de l'ordre. C'est un fait. On ne peut y échapper. Les gens sont humains. Moi aussi. Si je n'arrive pas à ôter les bâtons de ces roues, je cherche un autre moyen de le faire. Inutile de te le préciser : pour ça, je compte sur ce roman.

— Tu risques de te retrouver dans la merde si tu fais ça, Rob. Tu crois vraiment qu'en leur foutant la honte avec ton roman, tu vas inciter les gars des stups à agir ?

— C'est le but.

— Tu vas te retrouver avec un procès aux fesses…

— Je me suis occupé de ça. J'ai signé un papier pour mes éditeurs, un papier ou j'affirme que tous les personnages de ce roman sont imaginaires. Si j'ai menti aux éditeurs, ils n'auront rien à se reprocher. Dans le cas où l'on me poursuivrait en justice, je dépenserais les droits d'auteur du roman pour ma défense. Et je dispose de quantité de preuves. Accessoirement, c'est une sacrée bonne histoire.

— Soyons sérieux, Rob. Quelqu'un t'a vraiment envoyé un rasoir dans une boîte ?

— Oui, et à mon avis, c'est là que réside le vrai danger. C'est plutôt malin de leur part. Ils n'oseraient pas m'assassiner ouvertement, alors que si je meurs victime de mon étourderie naturelle et de mon héritage sanguin, comment leur faire porter le chapeau ? Ils ne m'auront pas égorgé… Un décès de ce genre serait plus ou moins transparent. Mais un rasoir, un clou ou des lames fixées au volant de ma voiture… C'est très mélo, tout ça. Et toi, où en est ton roman, Jerry ?

— Ça se traîne. Et si on déjeunait ensemble aujourd'hui ?

— Avec plaisir. Le Brown Derby ?

— Tu cherches vraiment les ennuis ! Tu sais bien qu'Anne y mange tous les jours avec Mike !

— Ça stimule mon appétit, Jerry. À tout à l'heure, vieille branche ! »

Tu raccroches. Ta main va mieux. Tu sifflotes en la bandant dans la salle de bains, puis tu examines rapidement le bidule-rasoir. Un objet primitif, qui aurait très bien pu se coincer.

Stimulé par les événements de ce début de matinée, tu t'assois et tu écris trois mille mots de plus.

Pendant la nuit, quelqu'un s'est occupé de ta voiture : la poignée de la portière, affûtée comme le tranchant d'un rasoir, a été limée. Dégoulinant de sang, tu retournes chercher des bandages à la maison. Tu gobes des pilules, et le saignement cesse.

Après avoir déposé les deux nouveaux chapitres de ton livre dans ton coffre, à la banque, tu pars retrouver Jerry Walters au Brown Derby. Ce petit homme mal rasé a toujours l'air d'une pile électrique, avec ses yeux globuleux derrière des lunettes aux verres épais.

Il grimace. « Anne est à l'intérieur. Et Mike est avec elle. Pourquoi tiens-tu autant à manger ici ? Vraiment, je me pose la question. » Sa grimace disparaît. Il te dévisage, puis fixe ta main. « Tu as besoin de prendre un verre ! Suis-moi. Anne est à cette table, là-bas. Fais-lui un signe.

— Je lui ai fait un signe. »

Tu observes Anne attablée dans un coin. Elle porte une robe de serge tissée de fils d'or et d'argent, et à son cou bronzé, un rang de pendentifs aztèques en bronze. Ses cheveux ont également la couleur du bronze. À côté d'elle, tu distingues la grande silhouette sèche de Michael Horn derrière le nuage de fumée de son cigare. Ce type ressemble exactement à ce qu'il est, c'est-à-dire un joueur, expert en stupéfiants, sensualiste par excellence, amateur de femmes, régnant sur les hommes, portant diamants et caleçons de soie. Tu n'aimerais pas lui serrer la main. Ses ongles manucurés ont l'air bien trop pointus.

Tu t'attables devant une salade. Tu es en train de la manger quand Anne et Mike, qui ont terminé leur cocktail, s'approchent de toi. « Salut, mon pote », dis-tu à Mike Horn en appuyant un peu sur le dernier mot.

Derrière Horn, il y a son garde du corps, Berntz, un gamin de vingt-deux ans originaire de Chicago. Le revers de son manteau noir est orné d'un œillet, ses cheveux noirs luisent de brillantine, et les coins de ses yeux semblent cousus par de petits muscles, ce qui lui donne un air un peu triste.

« Salut Rob. Où en est ton livre ? te demande Anne.

— Ça avance, ça avance. J'ai écrit un nouveau chapitre épatant dont tu es l'héroïne, Anne.

— Merci, mon chou.

— Quand comptes-tu quitter le guignol qui te colle aux basques ? lui demandes-tu sans regarder Mike.

— Quand je l'aurai tué. »

Mike éclate de rire. « Elle est bien bonne, celle-là ! Allons-y, bébé. J'en ai marre de cet abruti. »

Tu renverses un couvert. Des tas d'assiettes se fracassent. Tu as failli frapper Mike, mais Berntz, Anne et Jerry se liguent contre toi et te forcent à t'asseoir. Le sang cogne à tes oreilles. Quelqu'un ramasse le couvert et te le tend.

« Bye bye », dit Mike.

Anne sort, ses hanches comme le balancier d'une pendule, et tu la suis du regard. Mike et Berntz la suivent.

Tu contemples ta salade, tu reprends ta fourchette et tu la plantes dans la nourriture.

Tu avales une bouchée.

Jerry te dévisage. « Mais enfin, Rob, qu'est-ce qui ne va pas ? »

Tu ne parles pas. Tu éloignes la fourchette de tes lèvres.

« Qu'est-ce qui ne va pas, Rob ? Vas-y, crache le morceau ! »

Tu craches.

Jerry pousse un juron à voix basse.

Du sang.

Jerry et toi, vous redescendez les étages et vous sortez de l'immeuble Talf. Tu t'exprimes par signes. Dans ta bouche est enfoncé un tampon de tissu. Tu dégages une odeur de désinfectant.

« Je ne vois pas comment, enfin ! » te dit Jerry. Tu fais des gestes avec tes mains. « Oui, je sais, la bagarre au Derby. D'accord, la fourchette est tombée par terre. » Tu gesticules encore. Jerry fournit les sous-titres de cette pantomime : « Mike, ou Berntz, la ramasse et te la rend, mais en fait il l'a remplacée en douce par une fourchette trafiquée, affûtée. »

Tu hoches la tête, violemment, en t'empourprant.

« Ou peut-être était-ce Anne », ajoute Jerry.

Pas elle. Tu secoues la tête. Tu tentes de lui expliquer par gestes que si Anne savait ça elle quitterait Mike, cela ne fait pas un pli. Jerry ne comprend pas. Il te fixe à travers le verre épais de ses lunettes. Tu transpires.

La langue n'est pas très conseillée pour les coupures. Tu as connu un type qui s'est blessé à la langue. La plaie n'a jamais pu guérir, malgré l'arrêt du saignement. Alors imagine ce que ce serait pour un hémophile !

Tout en grimpant dans ta voiture, tu mimes quelque chose en te forçant à sourire.

Jerry louche, réfléchit, comprend. « Oh. » Il rigole.

« Ce que tu veux dire, c'est que maintenant il ne te faut plus qu'un bon coup de couteau dans le dos ? »

Tu hoches la tête, tu lui serres la main et tu t'éloignes au volant.

Soudain, la vie n'est plus si drôle. La vie est réelle. La vie est un truc qui sort de tes veines au moindre prétexte. Inconsciemment, ta main se pose sans arrêt sur la poche de ton manteau, là où sont cachées les pilules. Ces bonnes vieilles pilules.

C'est à peu près à cet instant que tu comprends que tu es suivi.

Tu tournes à gauche à l'embranchement suivant et tu réfléchis à toute vitesse. Un accident. Toi, assommé, qui perds du sang. Si tu es inconscient, tu ne pourras pas t'administrer une dose de ces précieuses petites pilules que tu gardes dans ta poche.

Tu appuies sur l'accélérateur, la voiture bondit en rugissant, tu regardes derrière toi mais l'autre voiture te suit toujours. Elle est en train de te rattraper. Un bon coup sur la tête, la moindre coupure, et c'en sera fait de toi.

Tu tournes à droite sur Wilcox, puis de nouveau à gauche en atteignant Melrose, mais ils sont toujours là. Il ne te reste qu'une seule chose à faire.

Tu arrêtes la voiture sur le rebord d'un trottoir, tu prends les clés, tu sors tranquillement, tu marches un peu et tu t'assois sur la pelouse d'une maison.

Au moment où passe le véhicule qui te suivait, tu souris aux passagers et tu leur fais un signe de la main.

La voiture disparaît. Tu crois entendre des jurons.

Tu fais le reste du chemin à pied jusqu'à chez toi. En route, tu appelles un garage que tu charges de ramener ta voiture.

Tu t'es toujours senti vivant, mais jamais autant qu'en ce moment — tu vivras pour toujours. Tu es plus malin qu'eux tous à la fois. Tu es vigilant. Ils ne pourront rien faire sans que tu t'en aperçoives, et tu éviteras leurs mauvais coups d'une façon ou d'une autre. Oui, ta foi en toi-même est forte à ce point. Tu ne peux pas mourir. Les autres meurent, mais pas toi. Tu as une foi absolue en ta capacité à survivre. Personne ne sera assez malin pour parvenir à te tuer.

Tu peux avaler des flammes, intercepter des boulets de canon en vol, embrasser des femmes aux lèvres de feu, flatter le menton des gangsters. Être ce que tu es, avec le sang que tu as dans le corps, a fait de toi — quoi ? Un joueur ? Quelqu'un qui prend tous les risques ? Il doit y avoir une raison à ton appétit morbide pour le danger ou la proximité du danger. Qui peut sans doute s'expliquer ainsi : ton ego enfle démesurément chaque fois que tu te sors sans dommage d'une expérience de ce genre. Admets-le, tu es un type suffisant avec un désir malsain d'autodestruction. Un désir caché, bien entendu. Personne n'est prêt à admettre qu'il veut mourir, mais c'est là, quelque part en toi. Tu es écartelé entre l'instinct de conservation et la volonté de mourir. La pulsion de mort te plonge dans le pétrin, l'instinct de conservation t'en arrache. Et tu les hais, tu les railles, ces gens qui se crispent et se tordent d'embarras quand tu t'en sors, toujours en un seul morceau. Tu te sens l'égal d'un dieu, tu te sens immortel. Eux, ce sont des minables, des lâches, des types vulgaires. Et la pensée qu'Anne préfère ses narcotiques à toi fait un peu plus que t'agacer. Pour cette femme, une seringue est plus stimulante que toi. Qu'elle aille au diable ! Et pourtant… toi aussi, tu trouves Anne stimulante — et dangereuse. Mais tu prendrais le risque avec elle, n'importe quand, oui, vraiment n'importe quand…

De nouveau, il est quatre heures du matin. La machine à écrire crépite sous tes doigts lorsque retentit la sonnette de l'entrée. Tu te lèves dans l'absolue tranquillité qui précède l'aube.

Au loin, à l'autre bout de l'univers, une voix s'élève : « Salut Rob, c'est Anne. Tu viens de te lever ?

— Oui. Dis donc, Anne, c'est la première fois que tu viens dans le coin depuis des jours. » Tu lui ouvres la porte et elle passe à côté de toi ; elle sent bon.

« Mike me fatigue. Il me rend malade. J'ai besoin d'une bonne dose de Robert Douglas. Je suis vraiment crevée, Rob.

— Ça s'entend. Toute ma compassion.

— Rob… » Une pause.

« Ouais ? »

Une pause. « Rob… Ça te dirait de partir avec moi demain ? Je veux dire, aujourd'hui… cet après-midi. Sur la côte, quelque part, on s'allonge au soleil et on se dore la pilule ? J'en ai besoin, Rob, et sérieusement.

— Euh, pourquoi pas. Ouais. Merde alors, je suis d'accord !

— Je t'aime bien, Rob. Si seulement tu n'écrivais pas ce maudit roman…

— Je pourrais laisser tomber ce roman si tu te débarrassais de cette racaille, lui dis-tu. Mais je n'aime pas ce qu'ils t'ont fait. Mike t'a raconté ce qu'il veut me faire, à moi ?

— Il veut te faire quelque chose, chéri ?

— Il veut me saigner. Au sens propre, je veux dire. Tu le connais intimement, n'est-ce pas, Anne ? Tu sais donc que c'est un lâche et un froussard. Berntz aussi, à propos. J'en ai déjà vu, des types comme eux qui se comportent comme des durs pour cacher leurs tripes trop tendres. Mike ne veut pas me tuer, il a la trouille de me tuer. Mais il pense qu'il peut me faire si peur que je vais laisser tomber. Je continue quand même parce qu'à mon avis, il n'aura pas le nerf d'aller jusqu'au bout. Il préfère courir le risque d'une descente de l'agence antistups plutôt que commettre un meurtre. Je connais Mike.

— Mais moi, tu me connais, chéri ?

— Je le pense.

— Tu me connais bien ?

— Assez bien.

— Je pourrais te tuer.

— Tu n'oserais pas. Tu m'aimes bien.

— Je m'aime bien aussi, roucoule-t-elle.

— Tu as toujours été un peu bizarre. Je n'ai jamais su ce qui te poussait, et je ne le sais toujours pas.

— L'instinct de conservation. »

Tu lui offres une cigarette. Anne est tout près de toi. Tu hoches la tête d'un air étonné. « Je t'ai vue arracher les ailes d'une mouche, un jour.

— Ça m'intéressait.

— À l'école, as-tu disséqué des chatons dans du formol ?

— Avec délectation.

— Es-tu consciente de l'effet que la dope a sur toi ?

— Je m'en délecte également.

— Et que penses-tu de ça ? »

Tu es si proche d'elle qu'il suffit d'un geste pour que vos visages se touchent. Ses lèvres, aussi délicieuses qu'elles en ont l'air, sont chaudes, agiles et douces.

Elle te maintient un peu à distance. « Ça aussi, j'adore », dit-elle.

Tu la serres contre toi, et de nouveau vos lèvres se rencontrent. Tu fermes les yeux…

« Merde ! » t'exclames-tu en t'écartant d'elle.

Elle a enfoncé un de ses ongles dans ton cou.

« Je suis désolée, chéri. Je t'ai fait mal ?

— Tout le monde veut y mettre son grain de sel, on dirait. » Tu sors ton flacon favori pour y prélever deux pilules. « Seigneur, ma chérie, quelle étreinte ! À partir de maintenant, sois gentille avec moi. Je suis un tendre.

— Je suis désolée, j'ai perdu le contrôle.

— C'est très flatteur. Mais si c'est ce qui se passe quand je t'embrasse, qu'est-ce que ça va être si nous allons plus loin ! Je vais me retrouver dans de sacrés beaux draps ensanglantés. Attends-moi une minute. »

Encore des bandages, sur ton cou. Tu ressors l'embrasser.

« Vas-y doucement, bébé. Allons donc nous balader à la plage, et je te ferai une conférence sur le maléfique Michael Horn.

— Ce que je te dis t'est donc égal ? Tu continues ce roman, Rob ?

— Ma décision est prise. Où en étions-nous ? Ah oui. »

Ces lèvres, encore.

Un peu après midi, tu gares la voiture en haut d'une falaise baignée de soleil. Anne court devant toi, elle descend les marches de bois qui dévalent soixante mètres de falaise. Le vent soulève ses cheveux cuivrés. Elle est toute svelte dans son maillot de bain bleu. Tu la suis, perdu dans tes pensées. Te voilà loin de tout.

Les villes ont disparu, la grand-route est déserte. En contrebas, la plage où la mer se replie est immense, nue, avec de grandes dalles de granit effondrées balayées par les déferlantes. Des oiseaux pataugent dans l'eau en poussant des cris stridents. Tu observes Anne qui descend devant toi. Petite idiote, te dis-tu.

Vous vous promenez bras dessus bras dessous, et le soleil vous pénètre. Tu crois qu'à cet instant, les choses sont claires, et que tout ira bien pendant un moment. L'existence tout entière te paraît nette et limpide, même la vie que mène Anne. Tu veux parler, mais ta voix a une drôle de sonorité dans le silence salé. De toute façon, ta langue te fait encore mal après la fourchette tranchante.

Vous barbotez au bord de l'eau. Anne ramasse quelque chose.

« Une bernacle, dit-elle. Tu te souviens quand tu allais plonger avec ta lance et ton casque bordé de caoutchouc ? C'était le bon vieux temps.

— Le bon vieux temps… » Tu repenses au passé, à Anne et toi, à ce qui marchait bien entre vous. Voyager le long de la côte. Pêcher. Plonger. Et pourtant, même alors, elle était déjà bizarre. Elle s'en moquait complètement, de devoir tuer les homards. Et prenait un immense plaisir à les nettoyer.

« Tu étais si téméraire, Rob ! En fait, tu l'es toujours. Tu plongeais chercher des ormeaux malgré le risque d'une coupure sur ces bernacles aussi aiguisées que des rasoirs.

— Je sais. »

Elle jette la bernacle, qui atterrit près de tes chaussures abandonnées. Au retour, tu contournes prudemment le coquillage pour éviter de marcher dessus.

« Nous aurions pu être heureux, te dit-elle.

— C'est sympa de se dire ça, hein ?

— Si seulement tu avais changé d'avis.

— Trop tard », répliques-tu.

Elle pousse un soupir.

Une vague s'écrase sur le rivage.

Tu ne redoutes pas ta présence ici avec Anne. Elle ne peut rien te faire. Tu peux la tenir. Tu en es persuadé.

Cette journée va être tranquille, oisive. Tu restes vigilant, prêt à toute éventualité.

Tu es allongé au soleil. Ses rayons te traversent les os, te détendent. Tu te fonds dans le sable qui t'entoure. À côté de toi, le soleil dore le nez pointu d'Anne et scintille dans les minuscules gouttelettes de transpiration, sur son front. Elle bavarde gaiement, d'un ton léger. Elle te fascine. Comment peut-elle être aussi belle (comme un morceau de serpentine jeté sur ton chemin) et en même temps aussi mesquine à l'intérieur, aussi petite ? Même si tu n'arrives pas à mettre le doigt sur ce qui te déplaît…

Tu es couché sur le ventre et le sable est chaud. Le soleil est chaud.

« Tu vas brûler, te dit-elle enfin en riant.

— Je suppose que oui », admets-tu. Tu te sens très malin, très immortel.

« Je vais te mettre de l'huile sur le dos », te propose-t-elle en dépliant le casse-tête chinois en cuir verni qui lui tient lieu de sac à main. Elle tient une bouteille d'huile d'un jaune pur. « Ceci va faire écran entre toi et le soleil. D'accord ?

— D'accord », réponds-tu. Tu te sens vraiment très bien, très supérieur.

Elle te badigeonne comme un cochon sur une broche. Suspendue au-dessus de toi, la bouteille se vide. Une ficelle jaune de liquide brillant et frais se love dans les petits creux de ta colonne vertébrale. Anne l'étale d'une main et te masse tout le dos. Allongé, les yeux fermés, tu ronronnes, tu observes la danse des petites bulles bleues et jaunes à travers tes paupières. Elle verse encore de ce liquide, elle rit en te massant.

« J'ai déjà moins chaud », lui fais-tu remarquer.

Elle te masse encore pendant une minute ou deux, puis s'arrête et s'assoit tranquillement à côté de toi. Un long moment s'écoule. Enfoui en profondeur, tu cuis dans un four de sable et tu ne veux pas bouger. Soudain, le soleil n'est plus si chaud.

« Tu es chatouilleux ? te demande Anne, derrière toi.

— Non », réponds-tu. Les coins de ta bouche se relèvent.

« Tu as un dos charmant. J'adorerais le chatouiller.

— Va chatouiller plus loin.

— Ici, ça te chatouille ? » insiste-t-elle. Tu sens un vague mouvement sur ton dos.

« Non.

— Et ici ? »

Tu ne sens rien. « Tu ne me touches même pas !

— J'ai lu dans un livre que la sensibilité du dos est si peu développée que quand on touche les gens à cet endroit la plupart ne peuvent pas dire où on les touche exactement.

— Sottises. Vas-y, touche-moi le dos, je te dirai où c'est. »

Tu sens trois longs mouvements sur ton dos.

« Alors ? te demande-t-elle.

— Tu m'as touché en dessous de l'omoplate sur une dizaine de centimètres. Même chose sous l'autre omoplate. Ensuite, tu es descendue le long de ma colonne vertébrale. Voilà.

— Tu es malin, j'abandonne. Tu es trop fort. J'ai envie d'une cigarette. Mince, je n'en ai plus ! Ça ne t'embête pas si je cours en chercher dans la voiture ?

— Je vais y aller.

— Mais non, je m'en charge. » Elle s'éloigne sur le sable. Paresseusement, un peu endormi, tu la regardes courir dans les volutes de l'air chaud qui s'élève du sol. Tu te dis : c'est bizarre qu'elle prenne son sac et la bouteille de lotion avec elle. Ah, les femmes. Peu importe ; tu ne peux t'empêcher de noter sa beauté quand elle court. Elle escalade l'escalier de bois, se retourne, te fait des signes de la main, te sourit. Tu lui souris en retour, tu agites aussi la main en un bref salut paresseux. « Tu as chaud ? te crie-t-elle.

— Je suis en nage ! » t'exclames-tu mollement.

Tu sens la sueur ramper sur ton corps. Maintenant, la chaleur est en toi et tu te laisses couler en elle, comme dans un bain. Faiblement, de loin, tu sens la sueur couler à flots de ton dos, comme un grouillement de fourmis. Vas-y, sue, te dis-tu. Sue un bon coup. Des filets de sueur dégoulinent sur tes côtes et le long de ton ventre. Ça chatouille. Tu ris. Seigneur, c'est une sacrée suée ! Tu n'as jamais sué autant de toute ta vie. L'odeur de cette huile dont Anne t'a enduit est sucrée dans l'air chaud. Tu as sommeil, sommeil…

Tu sursautes. Ta tête s'arrache du sable.

En haut de la falaise, la voiture démarre et commence à rouler. Tu vois Anne qui te fait signe et la voiture qui lance des éclairs au soleil, et tourne, et s'éloigne sur la grand-route.

Comme ça, tout simplement.

« Sale petite sorcière ! » t'exclames-tu avec irritation. Tu tentes de te lever.

Tu ne peux pas. Le soleil t'a affaibli. Tu as la tête qui tourne. Merde ! Tu sues.

Tu sues.

Tu perçois une autre odeur dans l'air torride. Aussi familière et intemporelle que l'odeur salée de la mer. Une odeur chaude, douceâtre, malsaine. Une odeur qui représente toute la terreur du monde pour toi et ceux de ton espèce. Tu cries, tu te relèves en chancelant.

Tu portes un manteau, un habit écarlate. Drapé sur tes hanches, il s'accroche à tes cuisses, il se répand et grandit sur tes jambes, tes chevilles. Il est rouge. Le rouge le plus rouge du nuancier. Le rouge le plus pur, le plus adorable, le plus terrible que tu aies jamais vu, et il s'étend et grandit et pulse le long de ton corps.

Tu t'agrippes le dos. Tu articules des mots qui n'ont aucun sens. Tes doigts se referment sur trois longues coupures dans ta chair, au-dessous de tes omoplates !

De la sueur ! Tu croyais suer, mais c'était du sang ! Allongé dans le sable, tu te disais que la sueur s'écoulait de toi, tu en riais, tu aimais cette sensation !

Tu ne sens plus rien. Tu te grattes maladroitement, faiblement. Tu ne sens pas ton dos. Il est engourdi.

Laisse-moi te mettre de l'huile sur le dos. Tu vas brûler, dit Anne, très loin, au fond du cauchemar miroitant de ta mémoire.

Une vague s'écrase sur le rivage. Tu vois en souvenir la longue ficelle jaune couler sur ton dos, suspendue entre les adorables doigts d'Anne. Tu la sens te masser.

Une solution narcotique. De la novocaïne, de la cocaïne ou autre chose, dans une lotion jaune dont elle t'a enduit le dos, et qui, au bout d'un moment, a endormi tous tes nerfs. Anne, qui sait tout sur les narcotiques, n'est-ce pas ?

Douce, douce, adorable Anne.

Tu es chatouilleux ? te demande-t-elle, de retour dans ta tête.

Tu as des haut-le-cœur. Et dans ta tête qui tangue au cœur d'une brume rouge sang, tu lui réponds : *Non. Va chatouiller plus loin. Va chatouiller plus loin. Va chatouiller plus loin, Anne… Va chatouiller plus loin, Anne J. Anthony, adorable garce. Va chatouiller plus loin.*

Avec une jolie coquille de bernacle bien aiguisée.

Tu plongeais au large pour trouver des ormeaux quand tu t'es égratigné le dos sur un rocher occupé par une colonie de bernacles aiguisées comme des rasoirs. Résultat : plusieurs stries brutales. Oui, c'est ça. Une plongée. Un accident. Quelle jolie mise en scène.

Douce, adorable Anne.

Tu t'es affûté les ongles sur une pierre à aiguiser, c'est ça, hein, ma chérie ?

Le soleil cogne dans ta cervelle. Le sable commence à fondre sous toi. Tu cherches les boutons. Tu veux déboutonner, arracher ce vêtement rouge. Vainement, à l'aveuglette, tu tâtonnes, tu cherches des boutons. Il n'y en a aucun. Le vêtement reste. C'est idiot, te dis-tu bêtement. *C'est idiot, on va me retrouver dans mon caleçon long en laine rouge. C'est idiot.*

Il doit bien y avoir une fermeture éclair quelque part. Ces trois longues coupures doivent pouvoir être zippées bien hermétiquement et ensuite, le truc rouge et glissant ne pourra plus se faufiler hors de toi. Toi, l'immortel.

Les coupures ne sont pas trop profondes. Si tu trouves un docteur. Si tu prends tes pilules.

Les pilules !

Tu trébuches sur ta veste, tu fouilles une poche puis une autre, puis une autre encore, et celle-ci tu la retournes, tu arraches la doublure et tu pleures. Derrière toi, quatre vagues viennent s'abattre sur le rivage, comme des trains qui passent en rugissant. Et de nouveau, tu fouilles toutes les poches, tu en as sûrement oublié une… Mais tu ne trouves que des pansements, une boîte d'allumettes, deux talons de billets de théâtre. Tu laisses tomber la veste.

Tu cries : « Anne, reviens ! Reviens ! La ville est à cinquante kilomètres, et j'ai besoin d'un docteur ! Je n'y arriverai pas à pied ! Je n'ai pas le temps ! »

Au pied de la falaise, tu lèves les yeux. Cent quatorze marches. La paroi abrupte est inondée de soleil.

Tu n'as d'autre choix que de monter ces marches.

Cinquante kilomètres jusqu'à la prochaine ville, te dis-tu. Cinquante kilomètres, qu'est-ce que c'est ?

Splendide journée pour une promenade.

Le pyjama du chat[1]

(2003)

Il n'est pas fréquent, lorsque l'on roule la nuit sur la route d'État n° 9, en Californie, de découvrir un chat sur la voie centrale.

D'ailleurs, il n'est pas fréquent de trouver un chat de ce genre sur quelque route déserte que ce soit, surtout quand il s'agit d'un chaton abandonné, selon toute vraisemblance.

Toujours est-il que cette petite créature était bel et bien là. Elle se lavait avec application lorsqu'il se produisit deux choses :

Une voiture roulant vers l'est à bonne allure freina soudain pour s'arrêter.

En même temps, une décapotable bien plus rapide encore et qui roulait vers l'ouest faillit éclater ses pneus en s'immobilisant brutalement.

Les portières des deux véhicules s'ouvrirent simultanément et à la volée.

Malgré les talons hauts qui claquaient dans un sens et les grosses godasses de golf qui martelaient le

1. En anglais, « The cat's pajamas » : expression branchée des années 1920 pour décrire une personne sympathique, amusante, incroyable. *(N.d.T.)*

macadam dans l'autre, la petite bête conserva son calme.

Manquant de peu la collision, un beau jeune homme et une jeune femme plus belle encore se penchèrent au-dessus du petit chat en pleine toilette.

Deux mains se posèrent en même temps sur l'animal.

C'était une boule de velours noir, ronde et chaude, avec une petite langue rose qui pointait et deux grands yeux jaunes qui fixaient le monde derrière une paire de moustaches.

Avec un peu de retard, le chat adopta un air surpris. Les deux voyageurs, eux, regardaient leurs mains sur son corps.

« Ah non, certainement pas ! s'écria la jeune femme.

— Ah non, certainement pas *quoi* ? s'exclama le jeune homme.

— Veuillez lâcher mon chat !

— Depuis quand est-il à vous ?

— Je suis arrivée la première !

— Nous sommes arrivés en même temps.

— Pas du tout !

— Si. »

Il tira l'animal par-derrière, la femme le tira par-devant, et soudain, le chat poussa un miaulement.

Tous deux le lâchèrent en même temps.

Aussitôt, ils s'emparèrent à nouveau de la magnifique créature, mais cette fois-ci la femme attrapa son arrière-train et l'homme son poitrail.

Ne sachant que dire, ils se dévisagèrent un long moment.

« J'adore les chats, finit-elle par déclarer en évitant le regard de l'homme.

— Moi aussi !

— Pas la peine de hurler.

— Personne ne nous entend. »

Ils balayèrent la route du regard, dans les deux sens. Pas le moindre véhicule.

Elle contemplait le chat en battant des cils, comme si elle attendait une révélation.

« Mon chat est mort, insista-t-elle.

— Le mien aussi », répliqua-t-il.

Du coup, ils relâchèrent leur prise sur la petite bête.

La femme : « Quand ça ?

— Lundi dernier.

— Le mien est mort vendredi dernier. »

Ils décalèrent leurs mains sur le chaton. Ils le frôlaient plus qu'ils ne le tenaient, à présent.

Il y eut un moment de silence embarrassé.

« Bon, dit-il enfin.

— Oui, bon, répéta-t-elle.

— Désolé, avança-t-il sans conviction.

— Moi aussi.

— Qu'allons-nous faire ? Certainement pas rester plantés ici !

— On dirait que nous sommes tous les deux en manque », lui fit-elle remarquer.

Sans la moindre raison, il lui dit : « J'ai écrit un article pour *Chat Magazine*. »

Elle le regardait avec une intensité croissante.

« J'ai présidé une exposition féline à Kenosha », proposa-t-elle.

Un nouveau silence les mit au supplice.

Sur la route, une voiture les dépassa en vrombissant, et ils firent un bond pour l'éviter. Une fois le véhicule hors de vue, ils s'aperçurent qu'ils tenaient toujours le merveilleux petit être, le préservant de tout danger.

Il regarda la route. « Il y a un petit restaurant là-bas, je vois des lumières. Allons prendre un café et parler de l'avenir, d'accord ?

— Pas d'avenir sans mon chat, dit-elle.

— Le mien, vous voulez dire. Venez. Suivez-moi. »

Il retira le chaton des mains de la femme.

Elle poussa un cri et tendit les bras.

« Tout va bien, lui dit-il. Suivez-moi. »

Elle recula, monta dans sa voiture et le suivit sur la route.

Ils entrèrent dans le restaurant vide, s'assirent dans un box et posèrent le chaton entre eux, sur la table.

La serveuse lança un coup d'œil aux trois clients, puis s'éloigna. Elle revint avec une soucoupe pleine de lait, qu'elle déposa avec un grand sourire. Ils comprirent qu'ils se trouvaient en présence d'une autre amie des chats.

« Bon, nous y voilà, dit le jeune homme. Cela va durer encore longtemps ? Tenez-vous vraiment à en discuter toute la nuit ? »

La serveuse était toujours debout devant eux.

« Nous allons fermer, j'en ai peur », leur dit-elle.

Sur une impulsion, le jeune homme s'adressa à elle : « Regardez-nous bien. »

La serveuse s'exécuta.

« Si vous deviez donner ce chaton à l'un d'entre nous, lequel choisiriez-vous ? »

La serveuse étudia la jeune femme puis le jeune homme et répondit : « Grâce à Dieu, je ne suis pas le roi Salomon. » Elle rédigea la note et la posa sur la table. « Eh oui, certaines personnes lisent encore la Bible, ajouta-t-elle.

— Y a-t-il dans le coin un endroit où nous pourrions discuter ? » lui demanda le jeune homme.

La serveuse désigna la fenêtre d'un hochement de tête. « Un hôtel, plus bas. Ils acceptent les animaux de compagnie. »

Cette déclaration fit sursauter les deux jeunes gens.

Dix minutes plus tard, ils pénétraient dans l'hôtel.

Ils jetèrent un coup d'œil vers le bar, plongé dans la pénombre.

« C'est stupide de ma part de m'être laissé entraîner ici pour avoir le droit d'emporter mon chat, dit-elle.

— Il n'est pas encore à vous.

— Ce ne sera pas long », dit-elle en lançant un regard vers la réception.

Il souleva le chat. « Soit. Ce chaton vous protégera. Il restera entre vous et moi. »

Il emporta la petite bête vers le comptoir de la réception, où l'employé de service leur jeta un unique coup d'œil, déposa une clé sur le registre des entrées et leur tendit un stylo.

Cinq minutes plus tard, ils regardaient le chat qui courait gaiement dans la salle de bains de la suite.

D'un ton méditatif, il lui dit : « Dans l'ascenseur, vous est-il déjà arrivé de ne pas avoir envie de parler de la pluie et du beau temps avec les autres passagers ? De préférer leur raconter quelque chose sur votre chat préféré ? Et qu'une fois au dernier étage, vos compagnons de cabine émettent divers bruits hystériques ? »

Moment que choisit le chaton pour revenir à fond de train dans la chambre.

La petite bête sauta sur le lit et s'installa sur un oreiller au milieu du lit. À cette vue, le jeune homme s'exclama : « Exactement ce que j'allais vous proposer ! Si nous avons envie de nous reposer pendant que nous discutons, nous n'avons qu'à laisser le chat au milieu du lit et nous allonger tout habillés de chaque côté pour parler de notre problème. Celui d'entre nous vers qui le chat se dirigera en premier, celui qu'il choisira comme futur propriétaire emportera le chat. Vous êtes d'accord ?

— Vous mijotez quelque chose…

— Non. Le futur propriétaire du chat, c'est celui vers lequel il se dirigera en premier, d'accord ? »

Sur son oreiller, la petite bête dormait presque.

Le vaste lit restant inoccupé, si ce n'était le chaton assoupi, le jeune homme voulut trouver quelque chose à dire. Soudain, l'idée lui vint de poser des questions à la jeune femme, de l'autre côté du lit.

« Comment vous appelez-vous ?

— Quoi ?

— Eh bien, si nous devons discuter de mon chat jusqu'à l'aube…

— Jusqu'à l'aube, c'est absurde ! Jusqu'à minuit, peut-être. *Mon* chat, vous voulez dire. Catherine.

— Pardon ?

— Je m'appelle Catherine, c'est bête, hein ?

— Ne me dites pas comment on vous surnomme[1]. »

Il faillit éclater de rire.

« Je ne vous le dirai pas. Et vous ?

1. *Cat* signifie « chat » en anglais. *(N.d.T.)*

— Vous n'allez pas le croire. Tom. » Il secoua la tête.

« J'ai connu une douzaine de chats portant ce nom.

— Ça ne m'arrange pas. »

Il testa le lit comme s'il allait plonger dans un bain chaud.

« Restez debout si vous voulez, mais moi… »

Il s'installa sur le lit.

Le chaton continuait sa sieste.

Les yeux fermés, le jeune homme dit : « Alors ? »

Elle s'assit de l'autre côté, puis s'allongea tout au bord du lit, risquant la chute à chaque instant.

« Voilà qui est mieux. Où en étions-nous ?

— Nous tentions de nous prouver à tour de rôle que nous méritions de rentrer chez nous avec Électra.

— Vous lui avez donné un nom ?

— Oui. C'est un nom original, basé sur sa personnalité et non sur son sexe.

— Vous n'avez pas regardé, alors ?

— Et je ne le ferai pas. C'est Électra, un point c'est tout. À vous.

— Mon plaidoyer pour la possession du chat ? Bien. » Il se creusa la tête.

Il contempla le plafond pendant un moment, puis se lança : « C'est drôle la façon dont ça se passe, avec les chats. Quand j'étais petit, mes grands-parents nous ont demandé de noyer une portée de chatons, à mes frères et à moi. Nous étions tout gamins. Nous sommes sortis et mes frères ont obéi, mais je n'ai pas pu le supporter. Je me suis sauvé. »

Il y eut un long silence.

Elle regarda le plafond et dit : « Merci, mon Dieu. »

Encore un silence, puis il reprit : « Il y a quelques

années, il s'est passé une chose encore plus spéciale, mais moins macabre. Je voulais un chat, alors je suis allé dans une animalerie à Santa Monica. Ils en avaient bien vingt ou trente, de toutes sortes. J'étais en train de jeter un coup d'œil quand la vendeuse m'en a désigné un et m'a dit : “Celui-ci, il a vraiment besoin d'aide.”

« J'ai regardé ce chat. On aurait dit qu'il était passé dans le tambour d'une machine à laver. “Que lui est-il arrivé ?” ai-je demandé. “Son ancien propriétaire le maltraitait, et maintenant, il a peur de tout le monde”, m'a répondu la vendeuse.

« J'ai regardé le chat dans les yeux et j'ai dit : “C'est celui-là. Je le ramène à la maison.”

« J'ai donc pris ce chat terrorisé et je l'ai emporté chez moi. Une fois dans la maison, je l'ai posé par terre, mais il s'est précipité dans l'escalier de la cave. Il ne voulait plus en sortir.

« Ça m'a pris plus d'un mois pour l'apprivoiser. Je descendais à la cave pour lui apporter du lait et de la nourriture jusqu'au jour où j'ai enfin réussi à l'attirer en haut, une marche après l'autre. Ensuite, nous sommes devenus de grands copains.

« Ces deux histoires n'ont rien à voir, n'est-ce pas ?

— Ça alors, vous avez raison ! »

La pièce était plongée dans la pénombre, le calme régnait. Le petit chaton dormait entre eux sur son oreiller, et tous les deux l'observaient pour s'assurer qu'il allait bien.

Il dormait profondément.

Toujours allongés, ils étudièrent le plafond.

« J'ai quelque chose à vous dire, déclara-t-elle au bout d'un moment. Je m'en suis abstenue jusqu'à présent, parce que ça pourrait ressembler à un argument tendancieux.

— Un argument tendancieux ? répéta-t-il.

— Je vous explique : à la maison, en ce moment même, il y a un bout d'étoffe que j'ai découpé et cousu pour mon petit chat, celui qui est mort la semaine dernière.

— De quoi s'agit-il ?

— D'un pyjama pour chat.

— Oh mon Dieu ! exhala-t-il. Vous avez gagné. Cette petite bête est à vous.

— Oh non ! Ce n'est pas juste !

— Quiconque fabrique un pyjama spécialement pour un chat mérite de remporter le concours. Le petit gars vous appartient.

— Je ne peux pas vous faire ça.

— Ça me fait plaisir. »

Ils restèrent allongés un long moment sans rien dire. Finalement, elle reprit : « Vous savez, vous n'êtes pas aussi mauvais que…

— Pas aussi mauvais que quoi ?

— Que je le pensais quand je vous ai rencontré.

— C'est quoi, ce bruit ?

— Je crois que je pleure.

— Nous devrions dormir un peu », dit-il enfin.

La lune descendit du plafond.

Le soleil se leva.

Allongé de son côté du lit, il souriait.

Allongée de son côté du lit, elle souriait.

Le petit chaton était couché sur l'oreiller entre eux.

Elle finit par poser la question en regardant le

soleil par la fenêtre. « Cette nuit, de quel côté est allé le chat ?

— Le chat n'a pas changé de place, répondit-il en souriant. Mais *toi*, si. »

Triangle

(1951)

Elle essaya trois de ses robes, mais aucune ne lui allait : ce jour-là, ces vêtements semblaient avoir été conçus pour quelqu'un d'autre. L'excitation avait modifié son teint, qui ne s'harmonisait plus à aucun de ses habits. Ses formes élancées, enflammées par la rougeur, paraissaient boudinées, quelle que fût la tenue choisie. La poudre se répandait par terre comme de la neige, et la femme farda ses lèvres n'importe comment. Elle battit des paupières devant le miroir ; on aurait dit qu'elle venait de voir un fantôme.

Sur le seuil, Helen s'exclama : « Mais enfin, Lydia ! Ce n'est qu'un homme !

— C'est John Larsen, répliqua Lydia.

— Encore pire ! Ses cheveux et sa tête ne vont pas ensemble, il a des bras trop longs, une bouche trop fine, des yeux en boutons de bottine, et il est tout petit ! »

Sur sa chaise, Lydia pleurait et contemplait ses larmes dans le miroir.

« Je suis désolée d'avoir à te le dire, mais en plus, il est bête, ajouta Helen.

— Helen !

— Je n'y peux rien. Tu es ma petite sœur chérie.

— Pour moi, cet homme est Dieu !

— Ne pleure plus. S'il est Dieu à tes yeux, alors il l'est. Seulement, depuis la mort de nos parents, je suis un peu ta maman et je ne veux que ce qu'il y a de mieux pour toi. J'ai l'expérience des hommes, Lydia, et je sais que ce sont des imbéciles et des menteurs, tous sans exception. Des singes, des clowns et des baratineurs, tout droit sortis d'une fête foraine. »

Lydia flottait dans la chaleur de son rêve. « Moi, je pense qu'il est gentil, beau et bon. Dans la rue, quand il nous croise, il nous salue toujours. Il n'est jamais venu chez nous, n'est-ce pas ? C'est parce qu'il est timide. Et puis, voilà qu'aujourd'hui, il m'appelle au téléphone et me dit qu'il aimerait passer un peu de temps avec moi ! J'ai pleuré tout l'après-midi, j'étais si heureuse ! Cela fait des années que j'attends ce moment. Depuis que j'ai seize ans, je le croise devant le magasin de cigares. Depuis vingt ans ! Chaque fois, j'ai voulu aller à sa rencontre et lui dire : “Je vous aime, John, emmenez-moi avec vous, loin de tout, je suis à vous !” Mais jamais je ne me suis arrêtée. Et de temps à autre, ces dernières années, quand toi et moi nous nous promenions dans le coin, j'ai cru voir une lueur dans ses yeux, comme s'il me remarquait moi aussi, tu le savais ? Et chaque fois, il souriait et nous saluait.

— Les hommes se transmettent ce genre d'astuces. Un homme, en façade, c'est comme un palace, mais derrière, c'est du toc, rien de plus. Arrange-toi le visage et mets des vêtements verts pour atténuer le rouge de ton teint.

— J'ai pleuré ! Je ne voulais pas devenir toute rouge ! » Elle contempla l'empreinte de sa bouche tamponnée sur son mouchoir. « Helen, dis-moi, c'était comment pour toi il y a dix ans, avec Jamie Josephs ?

— Mon lit était un vrai champ de bataille chaque matin…

— Oh, Helen !

— Puis j'ai découvert qu'il pratiquait ce tour bien connu, le jeu du gobelet… Il m'a demandé de tout miser sur un pressentiment. J'étais jeune, et je l'ai fait. J'ai parié que si je me donnais librement à lui, je saurais où le trouver le moment venu. Quand le moment est venu, j'ai soulevé l'un des trois gobelets mais Jamie n'était pas en dessous. Il avait remonté la rue en emportant son petit numéro de magicien, il avait même quitté la ville en train. Je me demande si une autre femme est parvenue à trouver Jamie…

— Je t'en prie, ne dis pas ça ! Ce soir, soyons heureuses !

— Toi, c'est le bonheur qui te rend heureuse. Moi, c'est le cynisme, et nous verrons qui sera la plus heureuse à long terme. »

Lydia se peignit une nouvelle bouche, qu'elle força à sourire.

C'était une tendre soirée de septembre. Près de la vieille maison alanguie, un premier feu fumant éclairait les érables. Lydia flottait dans le salon caverneux aux lumières éteintes. Seul son visage brillait comme une lampe rose, si bien qu'elle l'aperçut au loin, comme un personnage de mélo. Il tourna le coin en foulant les feuilles bruissantes sur le trottoir de devant. Elle l'entendit siffler une chanson d'automne en bas de la rue. Hâtivement, elle répéta son boniment, mais soudain, ses mots lui évoquèrent des lettres froissées, inachevées qu'elle se serait adressées à elle-même, des lettres qui hantaient son esprit. Elle se remit à pleurer. Les précieux mots se précipitaient et se brouillaient, et la chorégraphie aimable de ses mains et de ses pieds allait se perdre à jamais. Elle interrompit ce désastre en s'administrant une petite gifle. Voilà qu'il montait les marches de la maison silencieuse, voilà qu'il agitait la cloche argentée de l'entrée, voilà qu'il ôtait son chapeau de paille, un petit peu trop printanier pour la saison, en se raclant trois fois la gorge à la façon d'un client se signalant à l'attention d'un employé distrait. Il marmonnait tout bas, comme si lui aussi — horreur — mélangeait les répliques de son rôle.

« Bonsoir ! »

Devant la porte, John Larsen eut un mouvement de recul, comme si on venait de lui coller un pistolet au visage. Lydia vacilla sur le seuil au son de sa propre voix qui explosait d'un coup dans sa bouche. Elle dut attendre que l'homme dehors retrouve son sourire, puis qu'il en fasse usage. Elle ouvrit alors la porte comme elle put et s'avança sous la véranda.

« Quelle belle nuit, dit-elle. Asseyons-nous sur la balancelle.

— Bonne idée », approuva John Larsen. Et ils s'y installèrent, dans l'ombre secrète des feuilles de vigne, à l'abri du regard de la ville. Il l'aida à prendre place en lui tenant le coude. Là où il l'avait touchée, un tison ardent venait de la marquer ; elle avait mal, et ce contact allait lui laisser une cicatrice pour le reste de sa vie. Prise de vertiges, elle s'assit, et le monde chavira. Elle se crut malade puis découvrit la cause de son malaise : le va-et-vient de la balancelle. L'homme gardait le silence, tournant et retournant misérablement son chapeau dans ses mains, lisant de ses petits yeux l'étiquette de la taille, déchiffrant la marque et la vieille inscription du prix. Il semblait tenir un meuble en osier sur ses genoux. Il cherchait en lui-même les premières paroles qu'il allait prononcer. Plongé en pleine confusion, il paraissait sur le point de se lever pour fuir cette soirée. Quelque part entre le trottoir et la balancelle, il avait perdu ses notes.

Dans le brasier de son visage, dans sa chair à vif, entre ses os brûlants, Lydia sentit sa bouche s'ouvrir dans un souffle. « Je suis contente de vous voir, monsieur Larsen.

— Appelez-moi John, voyons », répliqua-t-il. Il propulsait la balancelle du bout de ses chaussures, qui couinaient à chaque mouvement comme une armée de démons.

« Nous espérions vraiment que vous passeriez nous voir un de ces jours, dit Lydia, qui comprit alors qu'elle en avait trop dit.

— Ah bon, vraiment ? » Il se tourna vers elle et la dévisagea avec une délectation enfantine. Elle avait bien fait, finalement.

« Oui, nous en avons souvent parlé.

— J'en suis heureux, dit-il, posé au bord de la balancelle. Vous savez, je suis venu vous parler d'une chose très importante, ce soir.

— Je comprends.

— Vraiment ? Vous avez deviné ?

— Je crois.

— Je vous connais toutes les deux depuis des années, pour ainsi dire. Je vous ai souvent vues vous promener ensemble. Et je n'ai jamais eu le courage…

— … de nous rendre visite à la maison.

— C'est exact. Jusqu'à ce soir. Mais aujourd'hui, j'ai trouvé ce courage. Savez-vous pourquoi ? J'ai quarante-quatre ans aujourd'hui et je me suis dit : John Larsen, tu vieillis. Tu es représentant de commerce depuis trop longtemps, tu voyages depuis trop longtemps. La vie insouciante, c'est fini pour toi. Il est temps de t'installer. Et quel meilleur endroit pour s'installer que Green Town, ta ville natale ? Il s'y trouve une certaine personne, une femme vraiment belle, mais peut-être ne t'a-t-elle jamais remarqué…

— Elle vous a remarqué… », lui dit Lydia sans oser le regarder.

Il prit un air stupéfait et béat. « Je n'en aurais jamais rêvé ! »

Il se carra au fond de la balancelle, un grand sourire aux lèvres. « Bref, je me suis dit : tu dois faire ta demande. Faire connaître tes intentions. Cracher le morceau. Je n'ai jamais osé. Voyez-vous, les femmes peuvent être si belles et si lointaines, inaccessibles, je parle de celles qui sont comme il faut. Et moi, je suis craintif. Je le suis vraiment, en cette matière. Les femmes convenables. Alors, que me suggérez-vous ? Il me fallait vous voir d'abord, en discuter avec vous pour planifier les choses. Peut-être pouvez-vous m'apporter votre aide.

— D'abord ? Vous aider ? Planifier les choses ?

— Oui, votre sœur est vraiment adorable ! Si grande et si pâle ! Elle me fait penser à un lis blanc. La variété à tige longue. Si majestueuse, solennelle, belle… Je la regarde passer depuis des années, et je suis tombé amoureux d'elle. Voilà, je l'ai dit. Pendant dix ans je l'ai regardée passer mais j'avais peur de m'adresser à elle.

— Quoi ? » Dans le visage de Lydia, les flammes tremblotèrent et s'éteignirent.

« Donc vous dites qu'elle m'apprécie aussi ? Quand je pense à toutes ces années gâchées ! J'aurais dû venir plus tôt. M'apporterez-vous votre aide ? Allez-vous le lui apprendre, pour briser la glace ? Vous chargerez-vous de m'obtenir une visite ?

— Vous êtes amoureux de ma sœur. » C'était une constatation.

« De tout mon cœur ! »

Elle avait l'impression d'être un poêle un matin d'hiver : cendres mortes et bois froid, givré.

« Que se passe-t-il ? » voulut-il savoir.

Le monde se balançait. Cette fois-ci, la femme assise était malade pour de bon. Le monde ployait.

« Parlez-moi, la supplia-t-il.

— Vous aimez ma sœur.

— Comme vous dites.

— Je vous aime, dit-elle.

— Quoi ?

— Je vous aime.

— Attendez une minute !

— Vous ne m'avez pas entendue ?

— Je ne comprends pas.

— Moi non plus », murmura-t-elle en se redressant. Le tremblement cessa. De la glace jaillit de ses yeux.

« Vous pleurez, constata-t-il.

— C'est trop bête. Vous me voyez comme ma sœur vous voit.

— Oh non, protesta-t-il.

— Oh si, insista-t-elle, sans essuyer ses larmes.

— C'est impossible, faillit-il crier.

— Au contraire.

— Mais moi, je l'aime…

— Mais moi, je vous aime.

— N'y a-t-il pas en elle une petite étincelle d'amour pour moi, d'après vous ? insista-t-il en tendant la main dans l'air glacé du porche.

— N'y a-t-il pas en vous une petite étincelle d'amour pour moi ?

— Je dois pouvoir arranger les choses !

— Il n'y a rien à faire, ni pour vous ni pour moi. C'est toujours comme ça : on aime la mauvaise personne et on déteste la bonne. » Elle éclata de rire.

« Ne riez pas.

— Je ne ris pas. » Elle rejeta sa tête en arrière.

« Arrêtez !

— Je vais arrêter. » Elle hurlait de rire, les yeux mouillés de larmes. Il la secouait.

« Arrêtez ! lui hurla-t-il à la figure, en se levant. Rentrez et dites à votre sœur de venir, dites-lui que je veux la voir !

— Dites-le-lui vous-même, allez le lui dire vous-même… »

Elle riait toujours.

Il remit son chapeau et resta là, confondu. Il la regardait qui fixait la maison en se balançant, hystérique, rigide et glacée. « Arrêtez ! » lui cria-t-il à nouveau.

Il recommençait à secouer Lydia, quand une voix s'éleva. « Lâchez-la ! »

Il se retourna. Helen se tenait derrière la moustiquaire de la véranda, dans les ombres glacées, simple pâleur, vague contour à la craie.

« Éloignez-vous d'elle, laissez-la. Ôtez vos mains de ma sœur, monsieur Larsen.

— Mais Helen ! » protesta-t-il, en se ruant vers la moustiquaire. La porte était retenue par un crochet, et elle sortit la main comme pour taper la moustiquaire, pour en chasser les dernières mouches de l'été mourant.

« Quittez cette véranda, je vous prie, dit Helen.

— Helen, laissez-moi entrer ! »

John, revenez ! pensa Lydia.

« Prenez votre chapeau et allez-vous-en immédiatement. Je compte jusqu'à dix. »

Il était pris entre ces deux femmes glacées sous la véranda enténébrée. L'été et l'automne s'étaient tous deux évanouis, désormais. Une neige invisible tombait sur les épaules de John Larsen, et le vent soufflait de l'intérieur de la maison.

« Comment est-ce possible ? » Lentement, il fit demi-tour et affronta le monde. Aux yeux d'Helen, il semblait se tenir sur un rivage, au bord d'une mer automnale, et un bateau l'emportait, elle, ou la maison, plus exactement. Personne ne se saluait de la main, mais ils se séparaient pour toujours. Difficile de dire si cet homme était beau ou ridicule. Le grand cor de la mer soufflait et le bateau s'éloignait rapidement, le laissant échoué sur la pelouse. Il ramassa son chapeau et y plongea le regard comme pour apercevoir la vie qui l'attendait, une vie toute petite, en vérité, avec un prix très bas sur l'étiquette. Ses mains tremblaient. Le choc l'avait assommé. Il tituba, comme ivre. Ses yeux papillotaient dans son visage exsangue.

« Bonne nuit, monsieur Larsen », dit Helen, dissimulée dans la pénombre.

Silencieuse, le souffle coupé, Lydia se balançait. Elle ne pleurait pas, ne riait pas, elle laissait le monde obscur chevaucher les étoiles dans un sens, et dans l'autre, la lune blanche. Ce n'était qu'un simple corps, mains sur les hanches, emporté dans un tourbillon. Le vent né de ses envols séchait les larmes sur son visage.

« Au revoir. » John Larsen trébucha et tomba au milieu de la pelouse. Il resta assis là quelques instants, mains tendues vers le ciel, comme un homme qui se noie, puis se releva et s'enfuit dans la rue.

Après son départ, Helen ouvrit la porte et vint d'un pas lent s'asseoir sur la balancelle.

Elles tanguèrent toutes les deux pendant une dizaine de minutes, en silence. « Pas moyen que tu cesses de l'aimer, je suppose ? » finit par demander Helen.

Elles montaient et descendaient dans la nuit.

« Non. »

Une minute plus tard, c'est Lydia qui parla : « Pas moyen que tu l'aimes, je suppose ? »

Helen secoua la tête.

L'idée suivante, elles l'eurent en même temps. L'une commença la phrase et l'autre la termina :

« Pas moyen…

— … qu'il puisse cesser de t'aimer, Helen… ?

— … pour t'aimer à la place, Lydia ? »

Elles donnèrent une poussée à la balancelle dans sa vigne nocturne et, au bout du quatrième balancement, en arrivèrent ensemble à cette conclusion : « Non.

— Je nous imagine dans vingt, trente ans, dit Helen. Dieu du ciel ! Toi et moi, je nous vois allant passer une soirée en ville. Nous marchons toutes les deux en discutant dans Main Street. Nous arrivons près du magasin de cigares. Et il est là. John Larsen est là, seul, sous l'enseigne lumineuse du magasin. Il déballe un cigare. Nous ralentissons plus ou moins et il interrompt son geste en nous voyant. Je le regarde comme aujourd'hui, et toi aussi, tu le regardes comme aujourd'hui. Et il te regarde de la seule façon dont il peut te regarder, et moi, il me regarde de la façon stupide dont il m'a regardée ce soir. Puis, toi et moi, nous hochons la tête. Et il nous salue en effleurant son chapeau. Il est chauve. Et toutes les deux, nous avons les cheveux gris. Nous repartons. Bras dessus bras dessous. Nous faisons nos emplettes et nous passons la soirée en ville. Deux heures plus tard, quand nous rentrons, il est toujours là, sur le chemin de la maison, seul, le regard plongé dans le vague. »

Elles laissèrent le silence s'installer.

Assises là, figées, en s'imaginant les trente prochaines années.

La bétonnière à mafiosi

(2003)

Burnham Wood (je n'ai jamais su son vrai nom) me conduisit dans son splendide garage transformé en lieu de travail-bibliothèque.

Sur les étagères reposait l'œuvre complète de F. Scott Fitzgerald, une édition luxueuse reliée plein cuir doré à l'or fin.

J'avais envie de toucher ces livres, ça me démangeait, mais j'examinai sans y toucher cette incroyable collection. Apparemment, mon hôte comptait s'en servir dans le cadre d'une expérimentation littéraire inédite.

Burnham Wood se détourna de sa stupéfiante bibliothèque, me fit un clin d'œil et pointa le doigt vers l'autre bout de son vaste garage.

« Là-bas ! Voilà l'engin que j'ai baptisé d'un nom ironique très spécial. Qu'en pensez-vous ?

— On dirait un de ces camions qui tournent sur leur axe toutes les dix secondes pour mélanger le ciment qu'on déverse sur les routes en construction. » Je n'étais pas particulièrement impressionné.

« Gagné ! C'est ma bétonnière à mafiosi. Regardez autour de vous. Il y a un rapport entre cet engin et la bibliothèque. »

Je jetai un coup d'œil aux livres, sans trouver de relation. Burnham Wood tapota le flanc de sa machine ronflante qui évoquait un grand éléphant gris. La bétonnière à mafiosi frémit et s'arrêta.

« Cette idée m'est venue au cours d'une nuit dans le désert. Une bétonnière m'a dépassé à fond de train, et je me suis dit qu'elle était peut-être en route pour couler des bottes en béton à des gangsters italiens égarés. J'ai rigolé, mais cette idée m'a hanté. Des mois plus tard, elle me réveillait encore au milieu de la nuit. Je devais fusionner ma bibliothèque et ce grand monstre, trouver un moyen, me disais-je, de faire remonter le temps à cette créature de ciment. »

Je contournai la grande bête grise qui grondait tout bas, sa toupie en action, prête à prendre la route.

« La bétonnière à mafiosi ? Expliquez-moi ! » m'exclamai-je.

Burnham Wood effleura sur leur étagère les livres de F. Scott Fitzgerald. Il m'en mit un entre les mains.

Je l'ouvris. « *Le Dernier Nabab*, par F. Scott Fitzgerald. Qui n'a pas vécu assez longtemps pour terminer cette œuvre. Son dernier roman.

— Exactement. » Burnham Wood caressa sa grande machine. « Dois-je vraiment vous en décrire le contenu ? Elle contient toutes les secondes, toutes les minutes, toutes les heures, tous les jours, semaines, mois et années qui se sont écoulés depuis cinquante ans. Nous allons dévider les heures et les jours afin d'accorder à Scotty le surplus de temps qu'il lui faudra pour terminer son roman. Ce devait être son chef-d'œuvre, mais ça s'est terminé comme un disque rayé pour une assemblée d'ivrognes.

— Et comment comptez-vous vous y prendre exactement ? »

Burnham Wood me montra une liste. « Lisez. Les cibles auxquelles mon engin va rendre visite pour effectuer le travail. »

Je scrutai la liste et commençai ma lecture.

« B. P. Schulberg, de la Paramount, c'est cela ?

— C'est cela.

— Irving Thalberg, de la MGM ? Darryl Zanuck, de la Fox ?

— Exact.

— Vous voulez retrouver tous ces gens ?

— Oui.

— Je vois des metteurs en scène employés par divers studios, des producteurs, des prostituées que Fitzgerald a connues, des barmen travaillant sur toute la planète. Que comptez-vous faire avec eux ?

— Trouver le moyen de les émouvoir, les soudoyer, voire les tabasser si nécessaire.

— Mais Irving Thalberg ? Il est mort en 1936, n'est-ce pas ?

— S'il avait vécu un peu plus longtemps, il aurait pu avoir une bonne influence sur Scotty[1].

— Qu'allez-vous faire d'un mort ?

— Quand Thalberg est mort, le sulfanilamide n'existait pas. Je compte me glisser dans sa chambre d'hôpital une semaine avant sa mort et lui administrer les médicaments censés le guérir. Je voudrais qu'il revienne à la MGM pendant une année de plus. Il aurait pu embaucher Scotty sur un projet un peu plus intéressant que ce qu'ils lui ont proposé.

1. *Le Dernier Nabab* est paru en 1941 aux États-Unis. *(N.d.T.)*

— C'est une sacrée liste, dis-je. Et vous semblez vouloir manipuler ces gens comme des pièces d'échecs. »

Burnham Wood me désigna des liasses de billets de cent dollars. « Je vais faire pleuvoir ces dollars. Certains de ces gros bonnets pourraient être tentés de se bouger. Approchez-vous. Écoutez. »

Je m'exécutai. La grande machine bougonnait, et de ses entrailles me parvinrent des cris et des coups de feu éloignés.

« On dirait une révolution, avançai-je.

— La prise de la Bastille, déclara Burnham Wood.

— Pourquoi s'y trouve-t-elle ?

— C'est *Marie-Antoinette*, film produit par la MGM… Fitzgerald a travaillé dessus.

— Mon Dieu, c'est vrai ! Pourquoi a-t-il écrit un truc pareil ?

— Il aimait le cinéma, mais l'argent encore davantage. Écoutez à nouveau. »

Cette fois-ci, l'échange de coups de feu était plus bruyant, et quand le bombardement cessa, je m'exclamai : « *Trois Camarades*, qui se déroule en Allemagne ! MGM, 1938 ! »

Burnham Wood hocha la tête.

Je perçus les rires frémissants de femmes innombrables. Quand les rires retombèrent, je dis : « *Femmes*, avec Norma Shearer et Rosalind Russell, MGM, 1939. »

Burnham Wood approuva de nouveau.

Il y eut encore des éclats de rire, des explosions de musique. Je récitai les souvenirs de mes lectures d'ouvrages consacrés au cinéma d'antan.

« *La Possédée*, avec Joan Crawford. *Madame Curie*, avec Greer Garson, scénario d'Huxley et F. Scott

Fitzgerald. Seigneur ! Pourquoi s'est-il embringué là-dedans et pourquoi tous ces bruits dans votre bétonnière ?

— Je les déchire, je détruis les scripts. Ils sont entassés à l'intérieur, avec le mortier. *Un diamant gros comme le Ritz, L'Envers du paradis, Tendre est la nuit.* Ils sont tous là-dedans. En mélangeant toutes ces cochonneries avec les œuvres vraiment bonnes, on a une chance de poser une nouvelle route quelque part dans le passé pour créer un avenir inédit. »

Je relus la liste. « Ce sont des noms de producteurs, de metteurs en scène et de leurs collègues écrivains sur un certain nombre d'années ; certains à la MGM, quelques-uns à la Paramount et d'autres qui vivaient encore à New York durant l'été 1939. Mais où voulez-vous en venir ? »

Je lançai un regard à Burnham Wood, qui lui-même jetait des coups d'œil à sa machine, tremblant d'impatience.

« Je vais remonter le temps grâce à ma bétonneuse métaphorique et couler des chaussures en béton à tous ces crétins, puis je les entraînerai sur une mer d'éternité et je les lâcherai dans l'eau. Je vais dégager le passage pour Scotty, je vais, que Dieu m'entende, lui offrir du Temps pour lui permettre de terminer, d'éditer et de publier enfin *Le Dernier Nabab*.

— C'est impossible !

— Je le ferai, ou je mourrai en essayant. J'enlèverai ces gens un par un, à certaines dates très spéciales. Je les kidnapperai dans leur milieu et je les relâcherai dans d'autres villes à d'autres dates. Ils devront refaire leurs preuves à l'aveuglette, parce qu'ils auront oublié d'où ils viennent et le fardeau stupide dont ils ont accablé Scotty. »

Les yeux clos, je ruminais : « Dieu du ciel ! Cela me rappelle un film de George Arliss que j'ai vu quand j'étais petit, *L'Homme qui jouait à être Dieu.* »

Burnham Wood éclata d'un rire tranquille. « George Arliss, oui ! Effectivement, j'ai parfois l'impression d'être dans la peau du Créateur. J'affirme que je serai le Sauveur de notre cher Fitzgerald, cet ivrogne, cet idiot infantile. »

Il caressa de nouveau la machine, qui trembla et chuchota. J'entendais presque la sirène des années en train de foncer et de faire des culbutes à l'intérieur.

« C'est le moment, dit Burnham Wood. Je vais embarquer, tourner les rhéostats et disparaître. Dans une heure, allez dans la librairie la plus proche ou examinez les livres sur mes étagères et voyez s'il y a des changements. Je ne sais pas si je reviendrai un jour. Je vais peut-être me retrouver coincé bien loin dans lc passé. Ou me perdre, qui sait, comme ceux que j'ai prévu de kidnapper.

— Ne m'en veuillez pas pour ma franchise, mais je pense que vous ne devriez pas manipuler le temps, même si vous voulez de toutes vos forces participer à la publication du dernier roman de F. Scott Fitzgerald », lui dis-je.

Burnham Wood secoua la tête. « Au lit, je réfléchis souvent à la façon dont ont disparu mes auteurs préférés. Ce pauvre Melville, si triste, ce cher Poe, si désemparé, Hemingway, qui aurait mieux fait de se tuer dans un accident d'avion en Afrique, car, hélas, seul son talent d'écrivain en a pâti. Je ne peux rien faire pour eux, mais là, avec Hollywood à portée de main, je dois essayer. C'est comme ça. » Burnham Wood agita les mains, m'en tendit une, serra la mienne. « Souhaitez-moi bonne chance.

— Bonne chance. Que puis-je vous dire pour vous retenir ?

— Ne dites rien. Mon grand mammouth américain ici présent va malmener le temps dans ses entrailles, qui ne contiennent pas du béton, mais des heures, des jours et des années... C'est mon procédé littéraire personnel. »

Il monta dans sa bétonnière à mafiosi, effectua quelques réglages sur un clavier informatique, puis se retourna pour m'étudier.

« Que ferez-vous dans une heure ?

— J'irai acheter un exemplaire du *Dernier Nabab*, répondis-je.

— Génial ! s'écria Burnham Wood. Reculez ! Attention à la secousse !

— Vous citez *Une histoire des temps à venir*, c'est cela ?

— Exactement. H. G. Wells. » Burnham Wood éclata de rire. « Attention à la secousse ! »

La portière se referma avec un bruit métallique. La grande bétonnière à mafiosi gronda, renversa les années, et soudain, ce fut le vide dans le garage.

J'attendis un long moment. J'espérais qu'une nouvelle secousse allait faire réapparaître la grande bête grise, mais le garage resta vide.

À la librairie, une heure plus tard, j'ai demandé un certain roman.

Le vendeur me tendit un exemplaire du *Dernier Nabab*.

Je l'ouvris et le feuilletai.

Bouche bée, je laissai échapper un cri retentissant.

« Il a réussi ! m'exclamai-je. Il a réussi ! Cinquante pages de plus et la fin n'est pas celle que j'ai lue à la publication du livre, il y a des années ! Il a réussi, mon Dieu, il a réussi ! »

Des larmes jaillirent de mes yeux.

« C'est vingt-quatre dollars et cinquante cents. Qu'y a-t-il ? s'inquiéta le vendeur.

— Vous ne le saurez jamais. Mais moi, je sais ! Béni soit Burnham Wood !

— Qui est-ce ?

— L'homme qui a joué à être Dieu », répliquai-je.

Les larmes me brûlaient les yeux. Le livre pressé contre mon cœur, je quittai le magasin en marmonnant : « Oui, l'homme qui a joué à être Dieu. »

Les fantômes

(1950-1952)

La nuit, les fantômes planaient comme des cosses de laiteron dans les prairies blanches. On apercevait au loin les lanternes embrasées de leurs yeux, et lorsqu'ils se cognaient l'un contre l'autre, le flamboiement fébrile du feu, comme une féroce petite cascade de braises tombant d'un gril qu'on agite. Je m'en souviens bien : chaque année, la nuit de la Saint-Jean, ils arrivaient sous nos fenêtres, puis ils revenaient toutes les nuits suivantes pendant trois semaines. Et chaque année, Papa condamnait nos fenêtres (elles donnaient au sud) et nous entassait comme des petits chiots dans une pièce à l'autre bout de la maison, nous, les fillettes. Nous y passions nos nuits à espérer que les fantômes viendraient nous rejoindre de ce côté-ci pour nous distraire sur notre nouvelle prairie en pente. Mais non : ils avaient élu domicile dans la prairie sud.

« Ils sont sûrement de Mabsbury », déclara Papa. Nous nous étions toutes les trois mises au lit, et sa voix montait jusqu'à nous par l'escalier principal. « Bon Dieu, chaque fois que je me précipite dehors avec mon fusil, ils disparaissent ! »

Nous entendîmes Maman répliquer : « Alors range

ton arme. Tu ne voudrais pas les toucher, de toute façon. »

C'était Papa qui nous avait expliqué qu'il s'agissait vraiment de fantômes. Il avait hoché la tête en nous regardant dans les yeux, gravement. Il disait que ces fantômes étaient *indécents* parce qu'ils riaient et se serraient l'un contre l'autre dans l'herbe de la prairie. On pouvait même voir où ils s'étaient étendus la nuit précédente. L'un d'eux était un homme, l'autre une femme, et tous deux riaient tout bas. Quand ils nous réveillaient, nous nous penchions à notre fenêtre pour les écouter, en laissant voler au vent nos cheveux jaune pissenlit.

Tous les ans, nous tentions de cacher à Maman et à Papa l'arrivée des fantômes et, parfois, nous y parvenions pendant une semaine. Vers le 8 juillet, cependant, Papa commençait à montrer des signes de nervosité. Il fourrait son nez dans nos affaires, nous houspillait, jetait des coups d'œil entre nos rideaux et nous posait la fameuse question, comme cette année-là : « Laura, Ann, Henrietta, avez-vous — je veux dire, la nuit — cette semaine par exemple — avez-vous remarqué quelque chose ?

— De quoi parles-tu, Papa ?

— Je parle des fantômes.

— Des *fantômes*, Papa ?

— Vous savez, comme l'été dernier et l'été d'avant.

— Je n'ai rien vu, et toi, Henrietta ?

— Rien, et toi, Ann ?

— Non, et toi, Laura ?

— Arrêtez, *arrêtez* ! s'écria Papa. Répondez simplement à ma question ! Avez-vous entendu quelque chose ?

— J'ai entendu un lapin.

— J'ai vu un chien.

— Il y a un chat qui…

— Bon, si les fantômes reviennent, vous devez me le dire. » Il était sérieux. Il s'éloigna en rougissant.

« Pourquoi veut-il nous empêcher de les voir, ces fantômes ? Après tout, c'est lui qui nous a dit que ce sont des fantômes ! chuchota Henrietta.

— Moi, j'aime bien les fantômes. Ils sont *différents* », conclut Ann.

Rien de plus vrai. Ces trois petites filles considéraient les fantômes comme des créatures rares, merveilleuses. Tous les jours, nos précepteurs arrivaient chez nous dans leurs autos et nous menaient d'une main de fer. Il y avait bien les anniversaires, de temps à autre, mais dans l'ensemble, nos vies étaient fades comme un quatre-quarts. Nous rêvions d'aventure, et les fantômes nous l'apportaient ; ils nous fournissaient suffisamment de frissons pour toute la saison, nous permettant de tenir jusqu'à l'année suivante.

« Qu'est-ce qui les attire chez nous ? » se demandait Ann.

Nous n'en avions aucune idée.

Papa semblait connaître la réponse. Une autre nuit, nous entendîmes de nouveau sa voix dans la cage d'escalier : « … la mousse est confortable, disait-il à Maman.

— Tu en fais trop grand cas.

— Je crois qu'ils sont revenus.

— Les filles n'ont rien dit !

— Les filles sont un petit peu trop rusées. À mon avis, ce soir, nous ferions mieux de les changer de chambre.

— Oh la la ! » Maman poussa un gros soupir. « Attendons d'en être sûrs ! Tu sais comment sont les filles quand on les change de chambre ! Elles ne dorment pas pendant une semaine et elles sont grognons toute la journée. Pense un peu à *moi*, Edward !

— D'accord », céda Papa, mais d'un ton entendu, machiavélique.

Le matin suivant, à l'heure du petit déjeuner, alors que nous dévalions toutes trois l'escalier en jouant à chat perché (« Je t'ai eue ! » nous exclamions-nous à qui mieux mieux), nous interrompîmes brutalement notre course en voyant notre père. « Papa, ça ne va pas ? »

Il avait les mains couvertes de pommade jaune et enveloppées d'un bandage blanc. Son cou et son visage étaient rouges, irrités.

« Ce n'est rien, nous répondit-il, le regard plongé dans son bol de céréales, qu'il remuait d'un air sinistre.

— Mais que s'est-il passé ? » Nous nous pressions autour de lui.

« Éloignez-vous, les enfants. Papa a touché du sumac vénéneux, dit Maman, qui s'efforçait de garder son sérieux.

— Du sumac vénéneux ?

— Mais comment, Papa ?

— Asseyez-vous, les filles », nous a averties Maman. Papa grinçait doucement des dents.

« Comment s'est-il empoisonné ? » demandai-je.

Papa quitta bruyamment la pièce. Nous n'ajoutâmes pas un mot.

La nuit suivante, les fantômes avaient disparu.

« Zut alors », protesta Ann.

Dans nos lits, comme des petites souris, nous attendions minuit.

« Tu entends quelque chose ? » chuchotai-je. Je distinguais les yeux de poupée d'Henrietta, à la fenêtre. Elle regardait vers le bas.

« Non, nous dit-elle.

— Quelle heure est-il ? soufflai-je un peu plus tard.

— Deux heures.

— Ils ne viendront pas, j'imagine, conclus-je tristement.

— Probablement pas », reconnurent mes sœurs.

Seules nos petites respirations s'élevaient dans la chambre. Jusqu'à l'aube, la nuit s'est tue.

« Tea for two and two for tea », chantonnait Papa le lendemain, en se servant sa boisson du petit déjeuner. Il riait tout bas, se tapait sur l'épaule.

« Elle est bien bonne…, ricana-t-il.

— Papa est heureux, fit remarquer Ann à Maman.

— Oui, ma chérie.

— Malgré l'empoisonnement d'hier.

— Malgré l'empoisonnement, approuva Papa, qui riait toujours. Je suis un magicien. Un exorciste !

— Un *quoi*, Papa ?

— Un e-x-o-r-c-i-s-t-e, épela-t-il. Du thé, Maman ? »

Henrietta et moi, nous nous précipitâmes dans notre bibliothèque, tandis qu'Ann jouait dehors. « Ex-or-ciste, déchiffrai-je. C'est là ! » Je soulignai le mot du doigt. « Quelqu'un qui ex-or-cise les fantômes.

— Qui les chasse ? proposa Henrietta.

— Non, qui les exorcise, idiote. "Exorciser : éliminer, supprimer."

— Tuer ? » geignit Henrietta.

Choquées, nous regardions toutes les deux fixement le livre.

« Papa a tué nos fantômes ? » me demanda Henrietta. Ses yeux se remplirent de larmes.

« Il n'est quand même pas méchant à ce point-là ! »

Pendant une demi-heure, nous restâmes assises là, bouleversées, glacées, envahies par un sentiment de vide. Finalement, Ann rentra en se grattant les bras. « J'ai trouvé l'endroit où Papa a touché du sumac, nous annonça-t-elle. Je vous montre ? »

Nous finîmes par lui demander : « D'accord, où est-ce ?

— Sur la pente, sous notre fenêtre, nous expliqua Ann. Il y a plein de sumac à cet endroit ! Qui n'y était pas avant ! »

Lentement, je refermai le livre. « Allons voir. »

Nous repérâmes le sumac vénéneux, complètement déraciné. La personne qui l'avait localisé en forêt en avait rapporté d'énormes paniers, qu'elle avait déversés sur la pente.

« Mince alors », hoqueta Henrietta.

Les mains et le visage enflés de Papa nous revenaient en mémoire.

« Les fantômes, murmurai-je. Le sumac vénéneux peut-il exorciser les fantômes ?

— Regarde ce qu'il a fait à Papa. »

Nous hochâmes toutes les trois la tête.

« Chut », leur dis-je, un doigt sur la bouche. « Que tout le monde mette ses gants. Dès qu'il fera sombre, nous emporterons le sumac. Nous exorciserons l'exorcisme. »

Nous nous exclamâmes en chœur :

« Hourra ! »

Les lumières étaient éteintes. L'odeur sucrée des fleurs imprégnait cette calme nuit d'été. Au lit, les yeux brillants, comme des renards tapis dans une grotte, nous attendions les fantômes.

« Il est neuf heures, chuchota Ann.

— Neuf heures trente, fit-elle remarquer un peu plus tard.

— J'espère qu'ils viendront, après toute la peine qu'on s'est donnée, fit remarquer Henrietta.

— Chut, écoutez ! »

Nous nous assîmes. Là-bas, au clair de lune, un chuchotement s'éleva dans les prairies, et un bruissement, comme un vent surgi du cœur de l'été qui aurait agité chaque brin d'herbe et chaque étoile dans le ciel. Il y eut un craquement, et un rire doux. À pas de loup, nous courûmes à notre fenêtre, où nous nous figeâmes pour un guet horrifié. Il y eut une gerbe d'étincelles démoniaques sur la pente herbeuse, et deux formes indistinctes traversèrent l'écran protecteur des buissons.

Nous poussâmes un « Oh ! » en nous serrant les unes contre les autres, toutes tremblantes. « Ils sont revenus, ils sont revenus !

— Si Papa le savait !

— Mais il ne le sait pas. Chut ! »

La nuit murmura et gloussa, l'herbe ondula. Nous attendîmes un long moment, puis Ann nous déclara : « Je descends.

— Quoi ?

— Je veux savoir. » Ann s'écarta de nous.

« Mais si ça se trouve, ils te tueront !

— J'y vais.

— Mais ce sont des fantômes, Ann ! »

Nous l'entendîmes dévaler l'escalier quatre à quatre, puis ouvrir doucement la porte d'entrée. Nous nous pressions contre la vitre. Ann, en chemise de nuit, voletait dans la cour tel un papillon aux ailes de velours. « Mon Dieu, veillez sur elle », suppliai-je. Car en se faufilant dans le noir, elle avait presque rejoint les fantômes.

« Ah ! » cria Ann.

Il y eut d'autres cris qui nous firent sursauter, Henrietta et moi. Ann retraversa précipitamment la cour mais ne claqua pas la porte. Comme emportés par le vent, les fantômes s'évanouirent par-dessus la colline. En un instant, ils avaient disparu.

« Regarde ce que tu as fait ! s'écria Henrietta quand Ann fut de retour dans notre chambre.

— Ne t'en prends pas à moi ! lui répliqua sèchement notre sœur. Oh la la, quelle horreur ! » D'un pas décidé, elle se dirigea vers la fenêtre, qu'elle referma d'un geste brusque. J'interrompis son geste.

« Qu'est-ce qui ne va pas ? lui demandai-je.

— Les fantômes ! Ils sont partis pour toujours ! sanglota-t-elle, un peu fâchée, un peu triste. Papa leur a fait peur ! Et devinez ce qu'il y avait là-bas ce soir ? Vous devinez ?

— Non, c'était quoi ?

— Deux *personnes* ! Un homme et une femme dégoûtants ! » s'écria Ann. Des larmes roulaient sur ses joues.

« Mince alors, nous lamentâmes-nous.

— C'est fini, les fantômes, conclut Ann. Oh Papa, je te déteste ! »

Et pendant ce qui restait de cet été-là, le soir, quand le vent était favorable et que des formes blanches s'agitaient dans la prairie au clair de lune, nous nous comportâmes toutes les trois exactement de la même manière qu'au cours de cette fameuse soirée.

Nous quittions nos lits, traversions la pièce à pas feutrés et refermions la fenêtre pour ne pas entendre ces gens répugnants, puis nous retournions au lit. Et nous fermions les yeux pour rêver des nuits heureuses où les fantômes s'approchaient de nous en flottant, avant que Papa ne gâche tout.

Mais où est mon chapeau ?

(2003)

« Dis-moi, Alma, à quand remonte notre dernier séjour à Paris ?

— Mon Dieu, Carl, tu ne t'en souviens pas ? C'était il y a deux ans à peine !

— Ah oui, dit Carl, qui nota cette information sur son carnet. En 2002, donc. » Il leva les yeux. « Et la fois d'avant, Alma ?

— En 2001, bien sûr.

— Oui, oui. 2001. Et avant, il y a eu 2000.

— Comment as-tu pu oublier le nouveau millénaire ?

— Le prétendu nouveau millénaire.

— Les gens n'en pouvaient plus d'attendre, alors ils l'ont célébré une année à l'avance.

— Cette bonne vieille impatience, ce bon vieux Paris. 2000. » Il griffonna.

Elle se pencha par-dessus son épaule pour jeter un coup d'œil à ce qu'il écrivait. « Qu'est-ce que tu fabriques ?

— Je rassemble tous mes souvenirs de Paris. Le nombre de fois où nous y sommes allés, par exemple.

— C'est charmant. » Elle se redressa en souriant.

« Pas forcément. Où étions-nous ? Ah oui, 1999. Il me semble me rappeler…

— Le mariage de Jane. Le diplôme de Sam. Cette année-là, nous ne sommes pas partis.

— Pas de Paris en 1999. Très bien. » Il raya cette date.

« Par contre, nous y sommes allés en 1998, en 1997, en 1996… »

Elle hocha trois fois la tête.

Il remonta les années jusqu'en 1983.

Elle confirmait toujours.

Il nota toutes ces dates puis passa un long moment à les contempler.

Après avoir effectué une ou deux corrections et rédigé des commentaires à côté de certaines dates, il se figea quelques instants, l'air pensif.

Finalement, il s'empara du téléphone et composa énergiquement un numéro. « Agence de voyages Aragon ? demanda-t-il quand il eut obtenu la communication. Je voudrais vous commander deux billets, l'un à mon nom et l'autre non attribué, pour aujourd'hui, sur le vol de cinq heures de la United Airlines pour Paris. Vous me rappelez dès que possible ? »

Il épela son nom et donna son numéro de carte de crédit.

Puis reposa le téléphone.

« Paris ? Mais enfin, tu ne m'as pas prévenue ! s'exclama sa femme. C'est trop rapide !

— Je me suis décidé il y a quelques minutes seulement.

— Comme ça ? Mais…

— Tu n'as pas écouté ? Un billet à mon nom et un autre sans nom. Je le fournirai plus tard.

— Mais…

— Tu ne viens pas.

— Mais tu as commandé deux billets…

— Je fournirai le deuxième nom plus tard, en fonction de la volontaire.

— La volontaire ?

— Je vais appeler plusieurs personnes.

— Mais tu n'avais qu'à attendre vingt-quatre heures…

— Je ne peux pas attendre. J'ai attendu vingt ans.

— Vingt ans ?! »

Il enfonça les touches du téléphone. Dans le lointain, une sonnerie retentit, et une voix aiguë pépia.

« Estelle ? Ici Carl. Je sais, c'est inattendu et ma question est bête, mais ton passeport est-il à jour ? Il l'est. Bien ! » Il éclata de rire. « Ça te plairait de t'envoler cet après-midi pour Paris, à cinq heures ? » Il écouta. « Ce n'est pas une blague, c'est sérieux, Paris, pour dix nuits. Même chambre, même lit. Toi et moi. Dix nuits, tous frais payés. » Il écouta la réponse et hocha la tête, les yeux fermés. « Oui. Ouais. Bon, je vois. D'accord, pas de problème. Je comprends. Je devais tenter le coup, voilà tout. Une prochaine fois, peut-être ? Écoute, je comprends. Ton refus ne me fâche pas. Vraiment ! Salut. »

Il raccrocha et fixa le téléphone du regard.

« C'était Estelle.

— J'ai entendu.

— Elle ne peut pas. Rien de personnel.

— Je n'ai pas eu cette impression.

— Attends une seconde.

— J'attends. »

Il composa un second numéro. Une autre voix, encore plus aiguë que la première.

« Angela ? C'est Carl ! Je sais que c'est dingue, mais

pourrais-tu me rejoindre cet après-midi au comptoir de la United Airlines, à cinq heures ? Emporte peu de bagages, destination Paris, dix nuits, champagne et discussions sur l'oreiller. Lit et couvert. Oui, toi. Oui, moi. »

La voix poussa un cri aigu au téléphone.

« Je suppose que c'est un oui. Merveilleux ! »

Il raccrocha et cessa de rire, mais ce fut difficile.

« C'était Angela, s'écria-t-il, rayonnant.

— J'avais compris.

— Aucun reproche de sa part !

— Quelle bonne nature. Maintenant vas-tu… »

— Une seconde. » Il quitta la pièce et revint quelques minutes plus tard, une valise minuscule à la main. Il fourra son portefeuille et son passeport dans la poche de son manteau.

Il se tenait devant sa femme, secoué par le rire.

« Tu vas m'expliquer, maintenant ? insista-t-elle.

— D'accord. »

Il lui tendit la liste rédigée dix minutes auparavant.

« De 1980 à 2002, dit-il. Tous nos séjours à Paris, c'est bien cela ? »

Elle jeta un regard au papier. « Oui, c'est cela. Et ?

— Et chaque fois, nous étions tous les deux quand nous sommes allés en France, n'est-ce pas ?

— Toujours tous les deux, oui. » Elle scruta de nouveau la liste. « Mais je ne comprends pas…

— Tu n'as jamais compris. Dis-moi, te souviens-tu du nombre de fois où nous avons fait l'amour au cours de nos voyages à Paris ?

— En voilà une question !

— Réponds-moi. Alors, combien de fois ? »

Elle étudia la liste comme si la réponse s'y trouvait.

« Tu ne t'imagines tout de même pas que je vais t'énumérer toutes les fois où nous avons fait l'amour ?

— Non, parce que tu ne peux pas.

— Je ne... ?

— Même si tu le voulais.

— Mais si, sûrement !

— Non, il n'y a pas de "sûrement", parce que pas une seule fois, pas une seule nuit nous n'avons fait l'amour à Paris, la ville de l'amour !

— Il y a bien dû y en avoir...

— Non, pas une seule fois ! Tu l'as oublié, mais moi, je m'en souviens. Je m'en souviens parfaitement. Pas une seule fois, pas une, tu n'as daigné me faire des avances à Paris. »

Il y eut un long silence tandis qu'elle scrutait la liste. Finalement, elle la laissa tomber, en évitant le regard de son mari.

« On s'en souvient, à présent ? » s'interrogea-t-il à voix haute.

Elle hocha silencieusement la tête.

« Et c'est très triste, n'est-ce pas ? »

Elle hocha de nouveau la tête, calmement.

« Tu te rappelles ce film charmant que nous avons vu ensemble, il y a bien longtemps ? Garbo et Melvyn Douglas sont à Paris. Ils regardent un réveil, il est presque minuit et il lui dit : "Oh Ninotchka, ma Ninotchka, la petite aiguille et la grande aiguille se touchent presque ! Presque ! Dans quelques instants, la moitié de Paris fera l'amour à l'autre moitié. Ninotchka, ma Ninotchka !" »

Sa femme hocha la tête, au bord des larmes.

Il se dirigea vers la porte et l'ouvrit. « Tu comprends maintenant pourquoi je dois partir ? Parce que, l'année prochaine, je serai peut-être trop vieux. Ou bien qui sait, je ne serai plus là.

— Il n'est jamais trop tard…

— Si. Pour nous deux, c'est trop tard. Vingt années à Paris, vingt occasions perdues. Ces vingt semaines et ces vingt nuits possibles du 14 Juillet, de fêtes de la Bastille, toutes perdues… Mon Dieu, que c'est triste. À pleurer. D'ailleurs, une fois, j'ai pleuré. Au revoir.

— Au revoir », chuchota-t-elle.

Il s'arrêta sur le seuil, regard braqué vers l'avenir.

« Ninotchka, ma Ninotchka », murmura-t-il. Puis il sortit en prenant soin de refermer la porte sans bruit.

Le choc la cloua dans son fauteuil.

La transformation

(1948-1949)

Steve n'eut même pas le temps de quitter sa chaise. Ils se ruèrent dans la pièce et s'emparèrent de lui, l'un d'eux lui plaquant une main sur la bouche, puis traversèrent le petit appartement jaune en le tenant entre eux. Ramolli par la terreur, il vit le plâtre fissuré du plafond défiler au-dessus de lui et tordit violemment la tête pour dégager sa bouche. Alors qu'ils se dirigeaient vers la porte avec lui qui se débattait, il aperçut, punaisées sur les murs de sa retraite, les images d'hommes virils découpées dans *Force et Santé* et, par terre, éparpillés un peu partout par la courte bagarre, les numéros de *Détective Éclair* qu'il lisait au moment où les pas avaient retenti devant chez lui.

Il pendouillait maintenant comme un cadavre entre les quatre types. Pendant un long moment, il se sentit malade de trouille au point de ne pas pouvoir faire un geste. C'est donc un poids mort que les quatre types sortirent dans l'air nocturne. Steve se disait : *Ça ne va pas du tout, on est dans le Sud et je suis blanc, et eux aussi, ils sont blancs, et ils sont venus m'enlever chez moi. C'est impossible. Une chose pareille ne peut arriver. Qu'est-ce qui ne tourne pas rond dans le monde pour qu'une chose pareille puisse arriver ?*

La paume suante resta collée sur sa bouche pendant qu'ils le secouaient comme un ivrogne sur la pelouse. Il entendit une voix rieuse et désinvolte : « 'Soir, mademoiselle Landriss. C'est notre ami Steve Nolan. Il est encore ivre, madame. Oui, madame ! » Et ils éclatèrent tous d'un rire simulé.

On le jeta à l'arrière d'une voiture où les types s'engouffrèrent autour de lui, l'écrasant entre eux comme une bestiole piégée dans les pages d'un livre pendant une chaude soirée d'été. La voiture s'éloigna du trottoir dans une embardée, et les types se mirent à discuter. La main libéra la bouche de Steve Nolan, qui put s'humecter les lèvres. Il les regardait avec des yeux affolés, vitreux.

« Qu-qu'est-ce que vous allez faire ? hoqueta-t-il en raidissant ses jambes contre le plancher, comme un espoir illusoire d'arrêter la voiture.

— Stevie, Stevie… » L'un des hommes secoua lentement la tête.

« Que voulez-vous de moi ?

— Tu le sais bien, mon petit Stevie.

— Laissez-moi sortir !

— Tenez-le ! »

Ils fonçaient dans la nuit sur une route de campagne. Des grillons chantaient dans les champs et la lune se cachait. On ne voyait que les étoiles, innombrables dans la chaleur des ténèbres.

« Je n'ai rien fait ! Je vous connais. Foutus démocrates ! Vous êtes des communistes ! Vous allez me tuer !

— Ça ne nous viendrait même pas à l'idée, répliqua l'un des types en flattant la joue de Steve d'une petite tape mortellement douce et affectueuse.

— Moi, je suis républicain, dit l'un des autres. Et toi, Joe ?

— Moi aussi, je suis républicain. »

Tous deux lui décochèrent des sourires félins. Il avait très froid : « Si c'est à cause de cette négresse, cette Lavinia Walters...

— Qui a parlé de Lavinia Walters ? »

Ils se dévisagèrent tous, l'air sincèrement surpris.

« Tu sais quelque chose sur Lavinia Walters, Mack ?

— Non, et toi ?

— Eh bien, j'ai entendu dire qu'elle avait eu un enfant il n'y a pas longtemps. C'est bien d'elle que tu parles ?

— Bon, bon, les gars, écoutez, arrêtez la voiture, arrêtez la voiture et je vous expliquerai tout... » La langue de Steve s'agitait, tremblotait sur ses lèvres. Ses yeux figés étaient écarquillés. Son visage avait la couleur d'un os bien nettoyé. Soutenu par les hommes en sueur serrés contre lui, il avait l'air d'un cadavre, déplacé, ridicule, émacié par la peur.

« Écoutez-moi, enfin ! Écoutez-moi ! s'écria-t-il dans un rire strident. Nous sommes des gars du Sud, non ? Et nous, les gens du Sud, nous devons nous serrer les coudes, j'ai pas raison ? Je veux dire, c'est pas la vérité ?

— C'est justement ce que nous sommes en train de faire, nous serrer les coudes. » Les hommes se dévisagèrent. « Pas vrai, les gars ?

— Attendez une minute ! » Steve les observait du coin de l'œil. « Je vous connais. Vous, vous êtes Mack Brown, vous conduisez un camion pour cette foire installée près du ruisseau. Et vous, vous êtes Sam Nash, vous travaillez aussi à la foire. Vous venez tous de la foire et vous êtes tous des types du coin ! Vous ne devriez pas vous comporter comme ça ! Bon, c'est à cause de la chaleur, sûrement. Alors garez-vous au prochain croisement, laissez-moi partir et, je le jure devant Dieu, je ne dirai pas un mot là-dessus ! » Il leur souriait avec une générosité délirante. « Je sais. Le sang qui bout, tout ça. Mais nous sommes tous du même coin. C'est qui, à l'avant, avec Mack ? »

Un visage se tourna vers lui dans la faible lueur d'une cigarette.

« Mais vous êtes…

— Bill Colum. Salut, Steve.

— Bill, on est allés à l'école ensemble ! »

L'expression de Colum était dure dans la lumière vacillante. « Je ne t'ai jamais beaucoup aimé, Steve. Et maintenant, je ne t'aime plus du tout.

— Si tout ça c'est à propos de Lavinia Walters, c'est stupide ! Foutue négresse ! Je ne lui ai rien fait !

— Rien de plus qu'à une douzaine d'autres filles pendant toutes ces années. »

À l'avant, la cigarette de Mack Brown, le conducteur, s'inclina dans sa bouche. « Je ne sais rien de cette histoire. J'oublie tout le temps ce qu'on me dit. De quoi vous parlez ? C'est qui, cette Lavinia ? Allez-y, racontez-moi ça de nouveau.

— C'était une femme de couleur du genre sacrément culotté », commença Sam, qui tenait Steve à l'arrière. « Hier, elle a même eu l'aplomb de descendre Main Street avec un bébé dans les bras ! Et tu sais ce qu'elle disait bien fort, Mack, pour que tous les Blancs puissent l'entendre ? Elle disait : "C'est l'enfant de Steve Nolan !"

— Vachement grossier de sa part, non ? »

Ils s'engagèrent en direction de la foire sur une route secondaire défoncée.

« Ce n'est pas tout. Elle est entrée dans toutes les boutiques où les nègres ne vont plus depuis des années. Elle se plantait au milieu des gens et elle criait : "Hé, regardez, c'est le bébé de Steve Nolan ! De Steve Nolan !" »

La sueur dégoulinait sur le visage de Steve, qui recommença à se débattre. Sam se contenta de se racler la gorge un bon coup et Steve se calma. « Vas-y, continue ton histoire, dit Mack, à l'avant.

— Voilà comment ça s'est passé : un après-midi, alors que Steve roulait tranquillement dans sa Ford sur une route de campagne, il a aperçu la plus jolie des filles de couleur, Lavinia Walters. Elle marchait au bord de la route. Il a arrêté la voiture et lui a dit que si elle ne montait pas il irait voir la police et prétendrait qu'elle lui avait volé son portefeuille. Elle a eu peur, alors elle l'a laissé l'entraîner dans le marais. Ça a duré une heure.

— Ah bon, ça s'est vraiment passé comme ça ? » Mack Brown gara la voiture à côté des tentes de la foire. Comme c'était un lundi soir, l'endroit était désert, plongé dans la pénombre. Les toiles de tentes battaient doucement dans le vent chaud, et quelque part, de rares lanternes bleues grillaient faiblement, jetant des lueurs blafardes sur les énormes enseignes des attractions foraines.

Sam Nash passa une main devant les yeux de Steve, lui tapota les joues, le pinça, lui flatta le menton. Ensuite, il lui pinça gentiment les bras, avec bienveillance. Et pour la première fois, dans la lumière bleuâtre, Steve remarqua les tatouages sur les mains de son ravisseur et il comprit qu'ils remontaient sur les bras de Sam et lui couvraient même tout le corps. C'était l'Homme Tatoué de la foire ! Le voyage avait pris fin, mais ils restèrent assis dans la voiture silencieuse, tous trempés de sueur, comme s'ils attendaient quelque chose. Sam termina son histoire.

« Notre Steve ici présent obligeait Lavinia à le rejoindre deux fois par semaine dans le marais, sinon je vais te dénoncer, qu'il disait. Comme c'était une femme de couleur, elle n'aurait eu aucune chance contre la parole d'un Blanc, et elle le savait. Et donc, hier, elle a eu le culot absolu de descendre la rue principale de la ville en disant à tout le monde, vraiment à tout le monde : "Écoutez-moi, voici le bébé de Steve Nolan !"

— Il faut la pendre, dit Mack Brown qui se retourna pour dévisager les hommes installés à l'arrière.

— Elle l'a été, Mack, lui assura Sam. Mais nous sommes déjà trop loin dans l'histoire. Revenons en arrière. Elle a donc traversé la ville en disant cette chose affreuse devant tout le monde, puis elle s'est arrêtée près de l'épicerie Simpson, juste devant le porche, vous savez, là où les hommes se réunissent. À cet endroit, ils ont mis un tonneau pour récupérer l'eau de pluie. Elle a pris son bébé et elle l'a poussé sous l'eau, avec les bulles qui remontaient et tout ça. Elle a répété une dernière fois "C'est le bébé de Steve Nolan", puis elle est repartie dans l'autre sens, les mains vides. »

Fin de l'histoire.

Steve Nolan attendait la mort. La fumée de cigarette dérivait paresseusement dans la voiture.

« J'ai rien à voir avec sa pendaison la nuit dernière, marmonna-t-il.

— Ah bon, on l'a pendue, alors ? » demanda Mack.

Sam haussa les épaules. « On l'a retrouvée ce matin dans sa cabane au bord du fleuve. Certains prétendent qu'elle s'est suicidée, d'autres que quelqu'un lui a rendu une petite visite et l'a pendue en s'arrangeant pour que ça passe pour un suicide. Et maintenant, Steve… — Sam lui tapota doucement la poitrine — … à ton avis, laquelle des deux versions est la bonne ?

— Elle s'est pendue toute seule ! hurla Steve.

— Chut. Pas si fort. Nous t'entendons, Steve, lui fit remarquer Sam d'un ton indulgent.

— Nous avons compris, Steve, dit Bill Colum. Plus ou moins. Ça t'a rendu complètement fou qu'elle ait eu le culot de crier ton nom sur tous les toits et de noyer ton bébé dans la grand-rue. Tu lui as donc réglé son compte une bonne fois pour toutes. Tu pensais que personne ne te chercherait des noises.

— Vous devriez avoir honte ! » Steve feignit soudain la bravoure. « Sam Nash, t'es pas un vrai gars du Sud ! Laissez-moi partir, sacré nom de…

— Steve, laisse-moi te dire quelque chose. » Sam fit sauter tous les boutons de la chemise blanche de Steve d'une seule torsion de la main. « Nous sommes des gars du Sud, d'accord, mais d'un genre foutrement bizarre. Il se trouve que nous n'aimons pas les types comme toi. Ça fait longtemps que nous t'observons et réfléchissons à ton cas, Steve, et ce soir, l'idée d'y réfléchir plus longtemps nous est devenue insupportable. » Il arracha ce qui restait de la chemise de Steve.

« Vous allez me fouetter ? gémit ce dernier en contemplant sa poitrine dénudée.

— Non. Nous avons trouvé mieux. » Soudain, Sam tourna la tête. « Emmenez-le dans la tente.

— Non ! »

Ils le tirèrent brutalement de la voiture et l'entraînèrent dans une tente plongée dans le noir, où ils allumèrent une lampe. Des ombres vacillaient de tous côtés. Ils le sanglèrent sur une table, puis se figèrent, souriants, plongés dans leurs pensées. Au-dessus de lui, Steve aperçut une pancarte grossière : *TATOUAGES ! MOTIFS ET COULEURS AU CHOIX !* Et soudain, il se sentit mal.

« Devine ce que je vais faire, Steve ? » Sam retroussa ses manches, dévoilant les longs serpents rouges tatoués sur ses bras velus. Il y eut le tintement des instruments, le bruit d'un liquide qu'on agitait. Les hommes contemplaient Steve avec un intérêt bienveillant. Il cligna des yeux et, dans la tente suffocante, la pancarte *TATOUAGES* devint floue, semblant se dissiper entre ciel et terre. Puis il fixa la pancarte sans détourner le regard. *TATOUAGES*. Couleurs au choix. *TATOUAGES*. Couleurs au choix.

« Non ! Non ! » hurla-t-il. Ils défirent les liens qui retenaient sa jambe et cisaillèrent son pantalon.

« Mais si, Steve, mais si, voyons.

— Ne faites pas ça ! »

Il avait compris où ils voulaient en venir. Il se mit à pousser des cris perçants.

Calmement, doucement, Sam appliqua un morceau de bande adhésive sur la bouche de Steve, juste après un ultime « Au secours ! ».

Steve vit l'aiguille, argentée et brillante, dans la main de son bourreau.

Sam se pencha au-dessus de lui dans une posture intime et lui parla d'un ton grave et posé, comme s'il révélait un secret à un petit enfant. « Steve, je vais t'expliquer ce que je vais te faire. D'abord, je vais colorer tes mains et tes bras en noir. Ensuite, je vais colorer ton corps en noir. Ensuite, tes jambes. Et ensuite, pour finir, je vais te tatouer le visage, mon ami. En noir. Le noir le plus noir ayant jamais existé, Steve. Noir comme de l'encre. Noir comme la nuit.

— Mmmmm ! » hurla Steve derrière l'adhésif. Un cri assourdi sortit de ses narines. Le hurlement emplit ses poumons, puis son cœur.

« Et cette nuit, quand nous en aurons terminé avec toi et que tu rentreras chez toi, continua Sam, tu n'auras plus qu'à empaqueter tes vêtements et quitter ton appartement. Là-bas, personne ne voudra d'un homme noir. Quelle que soit la façon dont tu seras devenu noir, Steve. Allons, allons, pas la peine de trembler, ça ne fait pas très mal. Je te vois très bien t'installer dans le quartier nègre, qui sait. Et vivre là tout seul. Ton propriétaire n'acceptera pas que tu restes. Ses nouveaux locataires pourraient penser que tu es un vrai nègre qui ment sur sa couleur de peau. Un propriétaire ne peut pas se permettre de perdre des locataires. Tu devras partir. Tu iras peut-être dans le Nord pour trouver du travail. Pas comme ton travail de maintenant, vendeur de billets à la gare. Ça non. Mais peut-être porteur, ou cireur de chaussures, qu'en dis-tu, Steve ? »

Nouveau hurlement. Des narines de Steve coula un jet de vomi. « Ôtez-lui cette foutue bande ou il va se noyer dans son dégueulis ! » s'exclama Sam.

Ils décollèrent l'adhésif, qui lui mordit la chair au passage.

Quand les vomissements eurent cessé, ils le bâillonnèrent à nouveau.

Sam jeta un coup d'œil à sa montre. « Il se fait tard. Il faut nous y mettre si nous voulons en terminer vite. »

Les hommes penchèrent leurs visages moites au-dessus de la table, et il y eut le bourdonnement électrique de l'aiguille qui ronronnait.

Sam, qui dominait Steve de toute sa hauteur, appuya l'aiguille contre sa poitrine nue, la piquant à l'encre noire. Il reprit : « Quelle bonne blague ce serait si un de ces quatre Steve se faisait buter pour viol, vous ne trouvez pas ? » Il agita la main devant Steve. « Au revoir, Steve. À un de ces jours à l'arrière d'un tramway ! »

Les voix faiblirent, et Steve ferma les yeux. Il sanglotait intérieurement. Les murmures de cette nuit d'été échouaient dans ses oreilles, et il vit, quelque part dans le passé, Lavinia Walters qui marchait dans la rue un bébé dans les bras. Il vit des bulles qui remontaient, et une chose pendant d'une poutre, et il sentit l'aiguille ronger sa peau encore et encore, pour toujours et à jamais. Il plissa les yeux de toutes ses forces pour combattre la panique, et soudain deux pensées très claires, deux certitudes lui vinrent à l'esprit : demain, il faudrait qu'il s'achète une paire de gants blancs pour se couvrir les mains. Et ensuite ? Ensuite il briserait tous les miroirs de son appartement.

Allongé sur la table, il pleura toute la nuit.

Route 66

(2003)

Vous n'allez pas me croire, mais je vais quand même vous raconter cette histoire. C'est une sorte d'énigme criminelle, et peut-être aussi une histoire de voyage dans le temps. En y réfléchissant, ce récit nous parle également de vengeance. Ajoutez-y un ou deux fantômes, et vous le tenez.

Moi, je suis motard dans la police de l'Oklahoma et je patrouille quelque part entre le Kansas et Oklahoma City, sur ce qu'on appelait autrefois la Route 66. Le mois dernier, nous avons fait plusieurs découvertes très étranges entre Kansas City et l'Oklahoma.

Début octobre, j'ai trouvé les corps d'un homme, d'une femme, d'un homme plus jeune et de deux enfants dans les champs longeant la route. À mon avis, ces cadavres, pourtant dispersés sur une distance de plus de cent soixante kilomètres, appartiennent tous à une même famille, si l'on se fie aux vêtements qu'ils portaient. Ils ont sans doute été victimes d'une sorte de strangulation, hypothèse qui n'a pas encore été définitivement confirmée. Les corps ne présentent aucune marque, mais tout porte à croire qu'ils ont été assassinés puis abandonnés à proximité de la route.

Leurs habits sont démodés, mais l'étaient déjà il y

a un mois et même un an. En fait, ils ne ressemblent pas du tout à ceux qu'on voit dans les boutiques.

L'homme le plus âgé, habits de travail, jeans, chemise en loques et chapeau cabossé, était certainement un fermier.

Usée par le temps, affamée par les aléas de l'existence, la femme ressemblait à un épouvantail.

L'autre homme portait également des habits de fermier, mais ceux-là semblaient avoir traversé cinq cents kilomètres au milieu d'une tempête de poussière.

Les deux enfants, un garçon et une fille de douze ans environ, ont sans doute eux aussi erré sur les chemins, livrés aux intempéries, grosses averses et soleil brûlant. Et eux aussi sont tombés près de la route, finalement.

Lorsque j'entends les mots « tempête de poussière » ressurgissent des souvenirs qui ne m'appartiennent pas. Ma mère et mon père, nés au début des années vingt, ont connu la Grande Dépression, dont j'ai entendu parler toute ma vie. Nous autres, ici, au cœur de l'Amérique, nous avons subi ce cauchemar, et tous, nous l'avons vu dans les films : la poussière que le vent soulève en grandes rafales qui balaient le sol, détruisant les granges et couchant les récoltes.

Cela, je l'ai donc vu en images, et j'en ai entendu parler si souvent que j'ai l'impression de l'avoir vécu. C'est en partie pour cette raison que je trouve ma découverte de ces cadavres si bizarre.

Il y a quelques nuits, je me suis réveillé à trois heures du matin. J'étais en larmes, sans comprendre pourquoi. Je me suis assis dans mon lit. Je venais de rêver de ces corps semés le long de la route entre Kansas City et la frontière de l'Oklahoma.

Cette nuit-là, je me suis levé pour feuilleter quelques vieux livres que mes parents m'ont laissés. J'y ai retrouvé des photos d'Okies, ces gens partis vers l'ouest dans les années trente et immortalisés dans *Les Raisins de la colère* de Steinbeck. Plus je contemplais ces images, plus j'avais envie de pleurer, et j'ai dû arrêter ma lecture. Je suis retourné au lit, mais les larmes ont roulé longtemps sur mon visage. Je ne me suis endormi qu'au lever du soleil.

Je prends le temps de vous raconter tout cela pour vous faire comprendre combien cette histoire a été douloureuse pour moi.

J'ai découvert le corps de l'homme le plus âgé dans un champ de maïs moissonné. On l'avait jeté dans un fossé. Ses vêtements étaient brûlés et desséchés par le soleil, comme une récolte sans pluie. J'ai appelé le coroner du comté, puis j'ai continué mes recherches. J'avais la désagréable sensation qu'il me restait d'autres cadavres à découvrir. Pourquoi cette impression, c'est toujours un grand mystère à mes yeux.

J'ai découvert la femme une soixantaine de kilomètres plus loin, sous une canalisation. Elle non plus ne présentait aucune marque de violence. Elle semblait avoir été foudroyée par un éclair invisible qui l'aurait frappée dans la nuit.

Quatre-vingts kilomètres plus loin gisaient les corps des enfants et du jeune homme.

Après les avoir tous ramenés comme les pièces d'un puzzle dans le bureau du coroner, nous les avons examinés. Nous avions beau ne pas connaître ces gens, un terrible sentiment de perte nous accablait. C'était comme si nous les avions déjà rencontrés, comme s'ils nous étaient proches, et nous avons pleuré leur mort.

Toute cette affaire aurait pu rester à jamais un effrayant mystère, mais quelques semaines plus tard, il s'est passé quelque chose. Un après-midi, en attendant qu'on me coupe les cheveux dans un salon de coiffure pour hommes et alors que je parcourais une pile de magazines, je suis tombé sur une page de photos qui m'ont fait bondir. J'ai jeté la vieille revue contre le mur, avant de la ramasser de nouveau, et j'ai crié, sans m'adresser à personne :

« Sacré nom d'un chien ! Oh bon Dieu, nom d'un chien ! »

Le magazine serré dans ma main crispée, je me suis rué dehors.

Les Okies photographiés dans le magazine n'étaient autres que les personnes découvertes au bord de la route !

En y regardant de plus près, en déchiffrant les commentaires, j'ai compris que ces photos avaient été prises quelques semaines plus tôt à New York. En réalité, ces gens étaient juste déguisés en Okies.

Ils portaient des vêtements neufs auxquels on avait donné une apparence poussiéreuse et usée. Pour trouver les mêmes habits, il suffisait de se rendre dans n'importe quel grand magasin : des vêtements à l'ancienne avec des prix d'aujourd'hui, pour avoir l'impression de se retrouver soixante ans en arrière.

J'ignore ce qui s'est passé ensuite. Mes yeux se sont injectés de sang, et j'ai perdu la vue pendant quelques instants. J'ai entendu quelqu'un hurler :

« Nom d'un chien ! Oh bon Dieu ! »

Ce quelqu'un, c'était moi.

J'ai froissé le magazine, regard braqué sur ma moto.

La nuit était froide. Je ne sais pas pourquoi, je devais enfourcher ma moto et aller quelque part. Je le sentais. J'ai roulé longtemps dans ce climat d'automne, en m'arrêtant de temps à autre. J'ignorais où je me trouvais et je m'en moquais.

À présent, je vais encore vous raconter quelque chose que vous aurez du mal à croire, mais quand j'en aurai terminé, peut-être changerez-vous d'avis.

Avez-vous déjà subi une tempête vraiment sérieuse ? Du genre de celles qui ont balayé le Kansas et soufflé en Oklahoma pendant toute la période du *Dust Bowl*[1] ? Les photos qu'on en a conservées, et ce nom (« bassin de poussière »), ne permettent pas vraiment de se représenter le phénomène réel : les gens pris dans ce grand vent ne distinguaient plus l'horizon et perdaient toute notion de l'heure. Le vent soufflait si fort qu'il aplatissait les fermes, arrachait les toits, renversait les moulins à vent. Beaucoup de mauvaises routes, dont la chaussée n'était déjà plus que de la boue rouge, furent détruites à cette époque.

Bref, lorsque l'on se retrouve perdu au milieu d'une tempête de ce genre, lorsque la poussière brûle les yeux et bouche les oreilles, il est facile d'oublier quel jour on est, voire même quelle année. On s'attend juste à ce qu'une chose horrible se produise. Peut-être pas si horrible que ça, mais elle se produit vraiment, elle est là.

Or, ce grand vent rugissait, et j'étais à moto sur la route quand il a frappé. J'ai dû m'arrêter parce que je

1. Nom donné à une série de tempêtes de poussière, catastrophe écologique qui toucha, pendant près d'une dizaine d'années dans les années trente, la région des grandes plaines aux États-Unis et au Canada. *(N.d.T.)*

n'y voyais plus rien. Le soleil descendait derrière la tempête, le vent braillait et, pour la première fois, j'ai eu peur, tout en ignorant la cause de cette peur. J'ai attendu près de ma moto. Au bout d'un long moment, une fois le vent à peu près retombé, j'ai aperçu un vieux tacot qui arrivait de l'est, très lentement, sur la Route 66 : une décapotable, avec des ballots à l'arrière et une réserve d'eau sur le flanc. De la vapeur s'élevait du radiateur et le pare-brise était incrusté de crasse, si bien que le conducteur devait se lever à moitié pour apercevoir la route.

La voiture, qui s'approchait en prenant son temps, a fini par tomber en panne d'essence, du moins je suppose. Derrière le volant, l'homme m'a dévisagé et je lui ai retourné son regard. Même assis, il était grand, avec un visage osseux et des mains osseuses elles aussi, posées sur le volant. Il portait un chapeau fripé et arborait une barbe de trois jours. En voyant ses yeux, je me suis dit qu'il avait l'air de quelqu'un qui traverse une nuit de tempête depuis une éternité.

Il a attendu que je m'adresse à lui.

Je me suis avancé, mais tout ce que j'ai pu lui dire, c'est : « Vous êtes perdu ? »

Il m'a dévisagé de son regard gris et posé, sans bouger la tête, et seules ses lèvres se sont animées. « Non, plus maintenant. C'est le *Dust Bowl*, n'est-ce pas ? »

Je crois avoir reculé, et j'ai répondu : « Je n'ai pas entendu cette expression depuis mon enfance. Oui, c'est bien le *Dust Bowl*.

— Et sommes-nous sur la Route 66 ? »

J'ai hoché la tête affirmativement.

« Je m'en doutais. Et en continuant tout droit, vais-je arriver là où je veux me rendre ?

— Où allez-vous ? »

Il a examiné mon uniforme et ses épaules se sont un peu affaissées.

« Je cherche un poste de police, je crois.

— Pourquoi ?

— Parce que je pense que je veux me rendre.

— Vous pouvez vous rendre tout de suite, je suis là. Mais pour quelle raison ?

— Je crois que j'ai tué des gens. »

Mon regard s'est porté plus loin sur la route, à l'endroit où se déposait la poussière.

« Dans cette direction ? » lui ai-je demandé.

Très lentement, il a jeté un autre coup d'œil par-dessus son épaule, puis hoché la tête.

« Oueps, par là. » Le vent se levait de nouveau, le nuage de poussière enflait.

« Ce meurtre, quand a-t-il eu lieu ? »

Il a fermé les yeux. « Il y a quelques semaines.

— Ces gens, les morts ? Combien ? »

Il a rouvert les yeux et ses cils ont frémi. « Quatre, non, cinq. Ouais, cinq personnes, raides mortes. Bon débarras. Vous m'arrêtez, alors ? »

J'ai hésité, parce que quelque chose m'échappait. « C'est trop facile. Expliquez-moi tout en détail.

— Eh bien, comment vous dire… Je roule sur cette route depuis longtemps. Des années, je pense. »

Des années, ai-je répété mentalement. J'avais ressenti la même chose : la sensation qu'il conduisait depuis des années.

« Et donc ?

— Ces gens se sont mis en travers de ma route, en quelque sorte. L'un d'eux ressemblait à mon père, l'autre à ma mère quand elle était très jeune, et le troisième à mon frère, qui est mort depuis longtemps. J'ai eu un autre frère et une sœur, et eux aussi étaient là. Carrément bizarre, vraiment.

— Cinq personnes, donc ? » J'ai repensé aux cinq cadavres découverts sur la route quelques jours auparavant, entre Kansas City et l'Oklahoma. « Cinq ? »

Il a hoché la tête. « C'est ça.

— Qu'est-ce qu'ils vous ont fait ? Pourquoi vouliez-vous les tuer ?

— Ils marchaient sur la route, c'est tout. Je ne sais pas comment ils y étaient arrivés, mais ces habits, leur expression… J'ai compris que quelque chose ne tournait pas rond. Je devais m'arrêter, leur régler leur compte, les supprimer pour toujours. Je devais le faire, pas le choix. » Il regardait ses mains crispées sur le volant.

« Des auto-stoppeurs ? ai-je suggéré.

— Pas exactement. Pire. Les auto-stoppeurs, pas de problème, ils vont quelque part. Mais ces gens, c'était juste des braconniers, je dirais. Des squatters, des criminels, des voleurs de poules. Difficile à dire. » De nouveau, il a regardé la route derrière lui. La poussière commençait un peu à se soulever.

« Ça vous arrive de vous sentir tout propre quand vous ressortez de l'église le dimanche à midi ? Comme si on vous accordait une nouvelle chance pour Dieu sait quoi ? Vous êtes là, vous vous sentez comme neuf, entouré de gens heureux unis dans la joie, comme dirait le pasteur, mais voilà qu'en plein midi des types en costumes noirs vivant à l'autre bout de la ville débarquent en voiture et s'en prennent à vous, je veux dire s'en prennent à votre bonheur avec leurs sourires démoniaques… Vous êtes là avec les vôtres et vous sentez la joie fondre comme neige au soleil, et quand ces sales pécheurs comprennent qu'ils l'ont tuée, ils repartent pour continuer leur sale besogne… »

Le conducteur s'est interrompu ; on aurait dit qu'il faisait des additions derrière ses paupières. Il a fini par laisser échapper dans un souffle : « C'est une espèce de, je ne sais pas, moi, de… » Il cherchait le terme adéquat. « … de blasphème, vous ne trouvez pas ? »

J'ai réfléchi à la question, et j'ai répondu : « C'est bien le mot.

— Nous ne faisions rien de mal, nous étions bien tranquilles, tout revigorés après la renaissance, et eux, ils sont venus s'en prendre à nous !

— Blasphème.

— Je n'avais que dix ans, mais pour la première fois de ma vie, j'ai eu envie d'empoigner un sarcloir pour leur ratisser le sourire. Je me sentais complètement dépouillé parce que ces types m'avaient volé le meilleur moment de mon dimanche ! J'avais bien le droit de leur dire : “Mains en l'air, je vais reprendre le manteau, ôtez ce pantalon et le chapeau aussi, ouais, le chapeau”, vous ne croyez pas ?

— Cinq personnes. Un vieil homme, une femme, un homme plus jeune et deux gamins. Ça me rappelle quelque chose.

— Vous voyez ce que je veux dire, alors. Ils portaient ces vêtements. C'est drôle, leurs vêtements, on aurait dit que ces gens avaient traversé le *Dust Bowl*, qu'ils y étaient restés longtemps, peut-être même qu'ils avaient vécu dehors et dormi dehors avec le vent qui soufflait, leurs vêtements qui se chargeaient de poussière, leurs visages de plus en plus maigres. Je les ai dévisagés l'un après l'autre et j'ai dit à l'homme le plus vieux : “Vous n’êtes pas mon père.” Il n’a pas pu me répondre. J’ai regardé la femme et je lui ai dit : “Vous n’êtes pas ma mère”, et elle n’a pas répondu non plus. Ensuite j’ai regardé mes frères et ma sœur et je leur ai dit : “Je ne vous connais pas. Aucun de vous. Vous avez l’air bien vrais, mais j’ai l’impression que c’est le contraire. Qu’est-ce que vous faites sur la route ?” Et vous savez quoi ? Ils n’ont rien dit du tout. Je ne sais pas, ils avaient honte peut-être, qui sait. En tout cas, ils ne voulaient pas s’écarter du chemin. Ils restaient debout devant la voiture, et je savais que si je n’agissais pas ils ne me laisseraient pas continuer vers Oklahoma City. Alors vous savez ce que j’ai fait ?

— Vous avez mis fin à leur existence.

— *Fin*, c’est le mot. Prends leurs vêtements, que je me suis dit. Ils ne méritent pas de les porter. Ôte-leur leur peau, parce qu’ils ne méritent pas de ressembler à ma mère et à mon père, à mes frères, à ma sœur. J’ai démarré la voiture, tout doucement, mais ils n’ont pas bougé. Ils ne disaient rien parce qu’ils avaient honte. Le vent s’est levé, et la voiture a accéléré. Ils sont tombés devant elle. Moi, j’ai roulé tout droit. J’ai regardé derrière moi en espérant que le bas de la caisse aurait arraché leurs vêtements, mais non, ils étaient toujours habillés, ce qu’ils ne méritaient pas. Ils étaient allongés sur la route, sans doute morts, mais comment en être sûr ? Je l’espérais, en tout cas. Alors je suis descendu de voiture et je suis retourné près d’eux. Je les ai ramassés les uns après les autres pour les mettre à l’arrière, j’ai repris la route dans la poussière qui se levait, et je les ai déposés ici, plus loin et plus loin encore. À la fin, ils ne ressemblaient plus du tout aux membres de ma famille. C'est bizarre, tout ça, vous ne trouvez pas ?

— Très bizarre, ai-je reconnu.

— Ben voilà, c'est fini. J'ai tout avoué. Vous m'emmenez ? »

Je l'ai dévisagé, puis j'ai contemplé la route en pensant aux corps qui reposaient toujours dans le bureau du coroner, à Topeka. « Je vais y réfléchir, ai-je répondu.

— Que voulez-vous dire ? J'ai tout avoué ! Je suis coupable ! Je les ai tués ! »

J'ai attendu. Le vent et la poussière forcissaient. J'ai fini par répondre : « Non. Bizarrement, je ne pense pas que vous soyez coupable. J'ignore pourquoi, mais pour moi, vous êtes innocent.

— Très bien, mais il se fait tard, m'a-t-il alors fait remarquer. Vous voulez voir mes papiers ?

— Si vous souhaitez me les montrer. »

Il a tiré de sa poche un portefeuille usé et me l'a tendu. Pas de permis de conduire à l'intérieur, juste une vieille carte avec un nom que je n'ai pas pu déchiffrer, un nom qui me disait pourtant quelque chose, en rapport avec des journaux parus longtemps avant ma naissance. J'ai senti mes poils se dresser sur ma nuque. « Où irez-vous ensuite ? ai-je demandé.

— Je ne sais pas. En tout cas, je me sens mieux qu'au début du voyage. Qu'est-ce qu'il y a, plus loin sur la route ?

— Comme toujours : la Californie, les cartes postales, les oranges, les citrons, peut-être quelques camps du gouvernement, des lotissements de bungalows. » Je lui ai rendu sa carte et son portefeuille. « Il y a un poste de police à une quinzaine de kilomètres.

Si vous souhaitez toujours vous rendre, faites-le là-bas quand vous arriverez, mais je ne suis pas votre homme.

— Et pourquoi ça ? » Son regard était toujours calme, gris, posé.

« Certaines personnes ne devraient pas porter les vêtements qu'elles portent ou avoir les visages qu'elles ont. Ça, j'en suis sûr. Certaines personnes, ai-je conclu, se mettent en travers du chemin.

— Je ne conduisais vraiment pas vite.

— Et ils n'ont pas bougé.

— Exact. Je leur ai roulé dessus, c'était terminé et ça m'a soulagé. Bon, je ferais mieux d'y aller, je crois. »

J'ai reculé pour laisser partir la voiture, qui s'est éloignée sur la route, son conducteur voûté au-dessus du volant. La poussière à ses trousses, il s'est amenuisé dans le crépuscule.

Je l'ai observé pendant cinq minutes, jusqu'à ce qu'il disparaisse. Le vent s'était levé et la poussière m'aveuglait. Où me trouvais-je ? Étaient-ce des larmes sur mes joues ? Comment savoir ? J'ai rejoint ma moto, je l'ai enfourchée, j'ai mis les gaz, j'ai fait demi-tour et je suis reparti en sens inverse.

Des goûts et des couleurs

(1952)

Je me tenais tout près du ciel lorsque le vaisseau argenté descendit vers nous. Je naviguais entre les grands arbres sur la vaste toile du matin, et toutes mes amies me suivaient. Nos journées, chacune semblable à la précédente, étaient toujours bonnes. Nous vivions heureuses, mais la vue de ce transporteur argenté qui tombait de l'espace rajouta à notre bonheur, car cette arrivée signifiait une variation inattendue, quoique pondérée, dans notre tapisserie. Toutes, nous nous sentions capables de nous adapter à ce motif, comme nous nous étions adaptées à tous les nœuds démêlés d'un million d'années successives.

Notre espèce est ancienne et sage. À une époque, nous avons nous aussi envisagé l'exploration spatiale, mais cette idée, nous l'avons bien vite abandonnée car elle impliquait le renoncement à une philosophie vieille de cent mille ans au moment même où cette dernière portait ses fruits les plus mûrs et les plus agréables. Le raffinement que nous recherchions dans la vie aurait été emporté comme une toile dans la tempête. Nous avons donc décidé de rester ici, sur notre monde de pluie et de jungle, pour vivre nos existences paisibles et confortables.

Mais cet engin argenté tombé du ciel nous procurait soudain un tranquille émoi, provoqué par l'attrait de l'aventure. Des voyageurs issus d'une autre planète ayant choisi une voie diamétralement opposée à la nôtre venaient d'arriver chez nous. La nuit a tant de choses à apprendre au jour et le soleil peut éclairer la lune, comme dit le vieil adage. Je me rendis donc de bon cœur à leur rencontre, avec toutes mes amies pleines de bonne volonté. Comme portées par un agréable songe, nous descendîmes sans à-coups vers cette clairière où reposait le transporteur argenté, dans la jungle.

Je tiens à vous décrire cet après-midi-là : les grandes villes de la toile scintillaient sous la pluie fraîche. L'eau du ciel avait rincé les arbres, puis un soleil éclatant avait pris le relais. J'avais participé à un repas particulièrement succulent, arrosé du bon vin de nos abeilles de jungle et bercé par leur bourdonnement, et une chaude langueur modérait mon excitation, ne la rendant que plus agréable.

Nous nous rassemblâmes toutes autour de l'engin (nous étions environ mille) en adoptant une attitude et un comportement amicaux, mais chose curieuse, le vaisseau resta obstinément refermé sur lui-même sans manifester aucune réaction. Ses portes ne s'ouvraient pas. Je crus à un moment apercevoir une créature qui nous regardait par une petite ouverture au-dessus de nous, mais peut-être n'était-ce qu'une illusion.

Je m'adressai à mes amies : « Pour une raison qui m'échappe, les habitants de ce bel engin ne veulent pas s'aventurer à l'extérieur. »

Nous en discutâmes entre nous. Nous arrivâmes à la conclusion suivante : ces êtres provenant d'un autre monde, ils raisonnaient peut-être d'une façon radicalement opposée à la nôtre. Peut-être se sentaient-ils submergés par notre imposant comité d'accueil? Cette hypothèse nous parut discutable, mais je transmis tout de même ce sentiment à toutes nos congénères. La jungle s'agita pendant moins d'une seconde, et les grandes toiles dorées frémirent: j'étais désormais seule à côté du vaisseau.

Dans un souffle, je m'avançai jusqu'à l'ouverture et prononçai ces quelques mots à voix haute:

« Soyez les bienvenus dans nos villes et sur nos terres ! »

J'eus bientôt le plaisir d'entendre un mécanisme se déclencher dans le vaisseau, et au bout d'une minute, la porte s'ouvrit.

Personne ne se montra.

Je lançai un nouvel appel amical.

Une vive conversation se déroulait à l'intérieur du vaisseau, comme si je n'étais pas là. Naturellement, le sens de ces propos m'échappait, car ces créatures s'exprimaient dans une langue étrangère. Dans leur essence, cependant, ils exprimaient le trouble, un peu de colère et une peur intense, bizarre et, pour moi, totalement incompréhensible.

Je conserve un souvenir précis de cet instant. Je me souviens bien de cette conversation, qui ne voulait rien dire et ne veut toujours rien dire pour moi. Leurs mots me reviennent à l'esprit, et je n'ai qu'à les cueillir pour vous les offrir:

« C'est toi qui sors, Freeman !

— Non, toi ! »

Agitation brouillonne, mélange de peurs diverses. Je m'apprêtais à répéter mon invitation amicale lorsqu'une créature émergea du vaisseau, seule, prudemment, les yeux levés vers moi.

Curieux. La créature tremblait, terrassée par une effroyable peur.

Immédiatement, je sentis une grande inquiétude m'envahir. Je ne comprenais pas cette panique insensée. Je suis un être doux et honorable, moi ! Je ne voulais aucun mal à ce visiteur ! Car en vérité, sur notre monde, les rouages de la malice sont rouillés depuis fort longtemps. Et pourtant, cette créature pointait vers moi ce qui n'était autre qu'une arme métallique, j'ai fini par le comprendre, et elle tremblait. Son esprit s'embourbait dans des idées de meurtre.

Je la tranquillisai immédiatement.

« Je suis votre amie. » Ces quelques paroles, je les répétai mentalement et émotionnellement, en y mettant de la chaleur, de l'amour et la promesse d'une vie longue et heureuse, sentiments que je transmis au visiteur.

Il n'avait pas réagi à mes paroles, mais mon discours télépathique le secoua visiblement. Il… se détendit.

« Bien », l'entendis-je dire. C'est le mot qu'il a employé, je m'en souviens parfaitement. Un mot dépourvu de sens, mais derrière ce symbole, l'esprit de la créature se réchauffait.

À ce stade, il me faut vous décrire mon hôte, si vous n'y voyez pas d'inconvénient.

La tête de cet être assez petit (dans les un mètre quatre-vingts à peine, je dirais) était posée sur une courte tige, mais surtout, il n'avait que quatre membres, dont deux qu'il utilisait exclusivement pour se déplacer, vous vous rendez compte ? Les deux autres ne lui servaient pas du tout à marcher, mais seulement à *tenir* des choses ou à gesticuler ! Avec un amusement certain, je remarquais l'absence d'un autre jeu de membres, si utile, pourtant, et pour nous indispensable. Malgré tout, cette créature semblait parfaitement à l'aise dans son corps. Je l'acceptai donc ainsi tout comme elle s'acceptait elle-même.

Cet être pâle quasiment dépourvu de poils présentait d'autres caractéristiques esthétiques des plus particulières. Je pense surtout à sa bouche et à ses yeux bizarrement enfoncés, d'un aspect étrange, évoquant la mer à midi. L'un dans l'autre, le résultat était déconcertant, curieux, inédit, et par conséquent, tout à fait excitant. Il défiait mes goûts et ma philosophie.

Immédiatement, j'effectuai l'ajustement nécessaire.

J'envoyais certaines pensées à mon nouvel ami.

« Nous sommes toutes vos mères et vos filles. Nous vous souhaitons la bienvenue au sein de nos grandes cités-arbres. Bienvenue dans les cathédrales de nos vies, nos coutumes tranquilles et nos pensées. Que la paix soit avec vous pendant votre séjour parmi nous. N'ayez pas peur. »

Et je l'entendis s'exclamer : « Mon Dieu, mais quelle horreur ! Une araignée de deux mètres de haut ! »

Ensuite, il fut la proie d'une sorte de maléfice, d'état paroxystique. De sa bouche jaillit un fluide, et de violents frissons le secouèrent.

J'en éprouvai de la compassion, de la pitié, de la tristesse. Quelque chose rendait malade cette pauvre créature, qui s'affala par terre. En vérité, son visage déjà très blanc blêmissait plus encore. L'être hoquetait et tremblait.

Je m'avançai pour lui venir en aide, mais j'imagine que ma vitesse de déplacement alarma celles qui se trouvaient à l'intérieur. Alors que, pleine de bonne volonté, je me rassemblais au-dessus de cette malheureuse créature, la porte du vaisseau s'ouvrit complètement. Dans la plus grande confusion, d'autres êtres apeurés semblables à mon ami sautèrent sur le sol en poussant des cris et en agitant leurs armes argentées.

« Elle a buté Freeman !

— Ne tire pas, crétin ! Tu vas le toucher !

— Attention !

— Oh mon Dieu ! »

Telles furent leurs paroles. Aujourd'hui encore, je n'en ai toujours pas compris le sens, mais je m'en souviens bien. Ce jour-là, j'ai tout de même senti la peur qu'elles convoyaient. Cette peur consumait l'air. Et consumait mon cerveau.

Je suis quelqu'un qui réfléchit vite. Immédiatement, je me précipitai vers eux pour déposer la créature à portée de ses congénères, puis je quittai silencieusement leur espace vital, en leur lançant les pensées suivantes : « C'est l'un des vôtres, mais c'est aussi mon ami. Vous êtes tous mes amis. Tout va bien. Si je le peux, je vous aiderai, lui et vous. Il est malade. Prenez bien soin de lui. »

Abasourdis, figés, ils suintaient des pensées de stupeur et de choc. Ils firent disparaître leur congénère dans le vaisseau et restèrent là à me fixer, leurs yeux levés vers moi. Je leur envoyai mon amitié, comme un chaud vent marin, et leur souris de toute ma hauteur.

Puis je retournai dans la cité de toile sertie de pierres précieuses, notre bonne ville au milieu des grands arbres, sous le soleil, dans le ciel pur. Une nouvelle averse s'annonçait. En arrivant chez mes enfants et les enfants de mes enfants, j'entendis tout en bas s'élever quelques mots, et j'aperçus les créatures à l'entrée de leur vaisseau, regards toujours braqués vers moi. Voici les mots qu'elles prononcèrent :

« Bon Dieu, elle est amicale ! Des araignées amicales ?

— Comment est-ce possible ? »

Comme je me sentais fort bien, je commençai cette tapisserie, ce récit. J'utilise des prunes vertes sauvages, des pêches et des oranges que j'accroche au-dessus d'une toile dorée. Un beau motif, ce récit.

La nuit passa. Les pluies fraîches, en tombant, nettoyèrent nos villes, y suspendant des joyaux limpides. Je m'adressai à mes amies : « Ne nous occupons pas du vaisseau là-bas, laissons les créatures qui l'occupent s'accoutumer à notre monde. Plus tard, elles finiront bien par s'aventurer dehors, et nous serons amies. Grâce au don de l'amour et de l'amitié, leur peur s'évanouira, comme toute peur le doit. Cette rencontre va grandement enrichir nos deux cultures. Ces êtres nouveaux s'aventurent hardiment dans l'espace, enfermés dans des graines de métal. Nous, qui sommes très anciennes au contraire, nous menons une vie agréable, nous suspendant à minuit dans nos villes pour sentir la pluie bienveillante tomber sur nous. Nous leur enseignerons la philosophie du vent et des étoiles, nous leur expliquerons comment croît la végétation, nous leur révélerons le ciel à midi, quand il est bleu et chaud. Ils voudront savoir, assurément. Et en retour, ils nous divertiront des contes de leur lointaine planète, et peut-être même de leurs guerres et leurs conflits, nous rappelant ainsi notre propre passé et tous les jouets maléfiques que, pleines de bon sens, nous avons choisi de rejeter dans l'océan. Laissons-les vivre leur vie, mes amies. Patience. Dans quelques jours, tout ira bien. »

La suite se révéla très intéressante, assurément. Une atmosphère de confusion et d'horreur pesa sur ce vaisseau pendant toute une semaine. Nous étions confortablement nichées dans les arbres et le ciel, et les créatures ne nous quittaient pas des yeux. Comme je laissais mon esprit dériver dans leur vaisseau, je pus entendre leurs échanges. Quoique incapable d'en deviner le sens, j'en percevais malgré tout le contenu émotionnel.

« Des araignées ! Seigneur !

— Et des grosses ! C'est ton tour de sortir, Negley.

— Non, pas question ! »

L'après-midi du septième jour, l'un de ces êtres quitta enfin son repaire, seul, désarmé. Il m'appela dans le ciel, et je répondis à son appel en lui transmettant des flots chaleureux d'amitié et de bonnes intentions. Un court instant, la grande cité sertie de joyaux frémit au soleil derrière moi, et je me posai à côté du visiteur.

J'aurais dû m'en douter. Il prit ses jambes à son cou.

Je remontai brusquement, sans cesser de lui envoyer mes pensées les meilleures et les plus aimables. Il se calma, revint. J'avais l'impression qu'au terme d'une sorte de discussion ou d'épreuve, l'un d'eux avait dû se porter volontaire. Et que c'était cet individu-là.

« Ne tremblez pas, pensai-je.

— D'accord », me répondit-il mentalement, dans ma propre langue.

À mon tour de me montrer surprise, mais bien sûr, j'étais ravie.

« J'ai appris votre langue », dit-il lentement, à voix haute. Ses yeux roulaient sauvagement dans ses orbites, ses lèvres tremblaient. « Je l'ai apprise grâce à des machines. Cette semaine. Vous êtes *vraiment* amicales, n'est-ce pas ?

— Bien entendu. » Je m'étais aplatie, si bien que nous étions au même niveau, les yeux dans les yeux, à environ deux mètres l'un de l'autre. Il avait toujours tendance à reculer, et je lui lançai un sourire. « De quoi avez-vous peur ? Pas de moi, tout de même ?

— Oh non, non », répliqua-t-il hâtivement.

J'entendais tambouriner son cœur, un chaud murmure rapide et profond semblable au battement d'un tambour.

En esprit (il ignorait que je pouvais lire les pensées), il pensa dans notre langue : « Bon ben, si elle me tue, le vaisseau n'aura perdu qu'un seul homme. Un seul vaut mieux que tous.

— Si je vous tue ?! m'écriai-je, à la fois sidérée, bouleversée et amusée par cette idée. Mais sur notre planète, personne n'a connu de mort violente depuis cent mille ans ! Je vous prie d'écarter cette pensée. Nous allons être amis. »

La créature déglutit. « Nous vous avons étudiées avec nos instruments. Des machines télépathiques, divers indicateurs. Ainsi, sur cette planète, vous êtes civilisées ?

— Comme vous pouvez le constater, lui répondis-je.

— Vous possédez un QI stupéfiant. D'après nos observations, il dépasse les deux cents. »

Le terme, quoique légèrement ambigu, témoignant encore d'une disposition aimable à mon égard, j'offris à mon interlocuteur une pensée de joie et de plaisir. « Effectivement, approuvai-je.

— Je suis l'assistant du capitaine », reprit la créature, qui se hasarda à afficher ce qui était, j'avais fini par le comprendre, le sourire de ces êtres. Notez qu'ils souriaient horizontalement, contrairement à nous, habitantes de la cité des arbres, dont le sourire est vertical.

« Où est votre capitaine ? lui demandai-je.

— Il est malade. Depuis notre arrivée.

— J'aimerais le rencontrer.

— C'est impossible, j'en ai bien peur.

— Je suis désolée de l'entendre. » Je projetai mon esprit dans le vaisseau. Le capitaine y marmonnait, étendu sur une espèce de lit. En vérité, il était très malade et, de temps à autre, il criait. Il ferma les yeux pour écarter une sorte de vision enfiévrée. « Oh Seigneur, Seigneur », répétait-il sans cesse dans sa propre langue.

« Votre capitaine semble redouter quelque chose…, fis-je poliment remarquer.

— Non, non, pas du tout. Il est malade, voilà tout, répliqua l'assistant, nerveux. Nous avons dû élire un nouveau capitaine, qui sortira plus tard. » Il s'éloigna lentement. « Bon eh bien, au revoir.

— Demain, j'aimerais vous faire visiter notre ville, lui suggérai-je. Vous êtes les bienvenus. »

Pendant toute la durée de cette discussion avec moi, cet affreux tremblement n'avait cessé de le secouer. Il tremblait, tremblait, tremblait, tremblait encore…

« Vous êtes malade, vous aussi ? m'inquiétai-je.

— Non, pas du tout ! » Il se retourna et se précipita dans le vaisseau.

Quand il arriva à l'intérieur, je sentis qu'il était très malade.

Plongée dans une profonde perplexité, je retournai dans notre ville céleste perchée au milieu des arbres. « C'est étrange ! Ces visiteurs sont vraiment d'une nervosité excessive. »

Au crépuscule, alors que je travaillais de nouveau sur ma tapisserie prune et orange, j'entendis ces deux mots s'élever jusqu'à moi :

« Une araignée ! »

Mais sur le moment, j'oubliai cet incident, car l'heure était venue de monter tout en haut de la ville pour attendre le premier vent nouveau arrivant de la mer et m'asseoir parmi mes amies, en paix, afin de me délecter toute la nuit des odeurs et des bienfaits de notre environnement.

Au milieu de la nuit, je discutai avec la génitrice de mes merveilleux enfants. « Mais enfin, pourquoi ont-ils peur ? Que peuvent-ils bien redouter ? Ne suis-je pas un être bienveillant d'une grande intelligence et d'un caractère amical ? » Elle approuva mes propos. « Alors pourquoi ces tremblements, ces nausées, ces maux violents ?

— Pensons à la réaction que suscite chez nous leur apparence physique. Peut-être y trouverons-nous un indice, me suggéra ma compagne. Personnellement, je les trouve bizarres.

— Il faut le reconnaître.

— Voire étranges.

— Oui, c'est évident.

— Et d'aspect un peu effrayant. Quand je les regarde, j'éprouve un certain malaise. Ils sont si différents !

— Mais dès que l'on y réfléchit un peu, dès que l'on aborde cette question en recourant aux outils de l'intelligence, de telles pensées s'évanouissent, répliquai-je. Ce n'est qu'une question d'esthétique. Nous sommes habituées à notre propre apparence, c'est aussi simple que cela. Nous avons huit jambes, eux quatre seulement, dont deux qu'ils n'utilisent pas du tout comme des jambes. Bizarre, étrange, momentanément déstabilisant, certes, mais je me suis tout de suite adaptée, avec raison. Notre sens de l'esthétique est flexible.

— Peut-être n'est-ce pas le cas du leur. Sans doute n'apprécient-ils pas notre apparence. »

À ces mots, j'éclatai de rire. « Quoi, redouter une simple apparence physique ? C'est absurde !

— Tu as raison, bien sûr. C'est forcément autre chose.

— Si seulement je comprenais ! Si seulement ! Si seulement je parvenais à les mettre à l'aise !

— Oublie tout cela pour l'instant, me dit ma compagne. Un vent nouveau s'est levé. Écoute. *Écoute*… »

Le jour suivant, j'emmenai le nouveau capitaine visiter notre ville, et nous parlâmes pendant des heures. Nos intellects se rejoignirent. C'était un médecin de l'âme. Appartenant à une espèce intelligente. Moins que nous, certes, mais ce trait ne peut être considéré comme un défaut. Je devinais en lui un être plein d'esprit, de tempérament agréable, détenteur de connaissances considérables, et n'ayant que fort peu de défauts, en vérité. Et cependant, cet après-midi-là, pendant toute la visite de notre ville amarrée aux cieux, je perçus les convulsions cachées, le fameux tremblement.

Par politesse, je m'abstins d'y faire à nouveau allusion.

De temps à autre, le nouveau capitaine avalait un certain nombre de pilules.

« Qu'est-ce donc ?

— C'est pour mes nerfs, rien de grave », me répondit-il hâtivement.

Je le transportai partout. Aussi fréquemment que possible, je le laissais descendre pour lui permettre de se reposer sur une branche d'arbre. Quand le moment venait de reprendre notre route, il défaillait dès que je le touchais, et l'expression de ce visage était terrible à voir, pour autant que je pouvais en juger.

« Nous sommes amis, n'est-ce pas ? lui demandai-je avec inquiétude.

— Oui, amis… Que dites-vous ? » Il parut m'entendre pour la première fois. « Bien sûr. Amis. Quelle race splendide, quelle ville magnifique ! »

Nous parlâmes d'art, de beauté, du temps qui passe, de la pluie, de la ville. Il fermait les yeux. Quand il les gardait ainsi, tout se passait à merveille. Puis, alors que nous discutions, l'excitation le gagna et il se mit à rire. Tout heureux, il me complimenta sur mon esprit et mon intelligence. Bizarrement, je me le rappelle aujourd'hui, les choses se passaient mieux entre nous lorsque je regardais le ciel au lieu de le dévisager. Quelle étrange constatation ! Lui, les yeux clos, m'exposant les idées et l'histoire de son monde, ses guerres anciennes et ses problèmes, et moi lui répondant promptement.

Hélas, lorsqu'il rouvrit les yeux, il redevint distant presque instantanément, constatation qui m'attrista. D'ailleurs, cela eut l'air de le peiner également car il referma très vite les yeux et se remit à discuter avec moi. En une minute, nos précédents rapports se rétablirent. Son tremblement s'était évanoui.

« Oui, conclut-il les yeux fermés, nous sommes de très bons amis, vraiment.

— Je suis heureuse de vous l'entendre dire. »

Je le reconduisis au vaisseau. Nous nous souhaitâmes une bonne nuit mais il tremblait de nouveau, et une fois dans le vaisseau, il ne put manger son repas du soir. Je le sais car mon esprit logeait toujours à l'intérieur. Moi, je retournai auprès des miens, excitée par cette journée intelligemment passée quoique colorée d'une mélancolie que je n'avais jamais connue.

Mon histoire arrive presque à son terme. Le vaisseau resta parmi nous une deuxième semaine, et je vis le capitaine tous les jours. Nous passâmes de merveilleux moments à discuter, lui en détournant le visage ou en fermant les yeux. Nos deux mondes allaient s'entendre, assurément, disait-il. Et j'étais d'accord avec lui. Les choses se passeraient dans un grand esprit d'amitié. J'emmenai différents membres de l'équipage visiter la ville, mais pour une raison qui m'échappe, certains en revinrent si bouleversés que je dus les reconduire à l'engin spatial en me confondant en excuses, abasourdie. Ils me semblaient tous plus minces qu'à leur arrivée, ils faisaient tous des cauchemars la nuit. Des cauchemars qui flottaient vers moi dans une brume chaude, très tard, au cœur des ténèbres.

Je consigne ici une conversation entre les différents membres du vaisseau, entendue en esprit la nuit dernière. Grâce à mon incroyable mémoire, je peux vous retranscrire ces mots appris par cœur, des mots sans signification pour l'instant mais qui un jour peut-être en acquerront une pour mes descendants. Je me sens légèrement mal à l'aise, je dois dire. Ce soir, je suis un peu malheureuse, allez savoir pourquoi. Car du vaisseau, en bas, s'élèvent encore des pensées de mort et de terreur. J'ignore ce que demain nous réserve, mais je ne pense pas que ces créatures nous veuillent du mal, non, vraiment pas. Et ce, malgré leurs pensées torturées et confuses. Quoi qu'il en soit, j'intègre cette conversation dans la tapisserie, au cas où quelque impensable incident se produirait. Ensuite, j'enterrerai profondément cette œuvre dans la forêt, sous un tumulus, pour la postérité. Donc, voici cette conversation telle que je l'ai entendue :

« Qu'allons-nous faire, mon capitaine ?

— En ce qui les concerne ? Elles ?

— Oui, les araignées, ces araignées. Qu'allons-nous faire ?

— Je ne sais pas. Bon Dieu, j'aimerais bien le savoir. Elles sont amicales. Ce sont des esprits *brillants*. Elles sont *bienveillantes*. Elles ne manigancent rien de mauvais à notre égard. Je suis sincèrement convaincu que si nous voulions nous installer ici, exploiter leurs minéraux, voguer sur leurs mers, voler dans leur ciel, elles nous accueilleraient avec amour et charité.

— Nous en sommes tous convaincus, capitaine.

— Mais à l'idée d'amener ma femme et mes enfants… »

Des frissons.

« Ça ne marcherait jamais.

— Jamais. »

Les tremblements, toujours.

« Je suis incapable d'y retourner demain. Je ne supporte pas l'idée de passer une journée de plus avec ces choses.

— Je me souviens, quand j'étais petit, dans une grange, une araignée…

— Bon Dieu !

— Mais nous sommes des adultes, n'est-ce pas ? Nous sommes des hommes, enfin ! N'avons-nous donc pas de tripes ? Que sommes-nous, des *trouillards* ?

— Ce n'est pas pour cela que nous avons peur. C'est une réaction instinctive, esthétique, appelez ça comme vous voudrez. Demain, irez-vous parler à la Grosse, vous savez, celle qui est toute velue, avec ses huit pattes, la plus monstrueuse de toutes ?

— Pas question !

— Le capitaine est toujours sous le choc. Personne ne peut rien avaler. Vous imaginez ? Comment se sentiraient nos femmes et nos enfants, si nous, nous sommes faibles à ce point ?

— Mais ces créatures sont bienveillantes, gentilles, généreuses, elles sont tout ce que nous ne serons jamais ! Elles aiment tout le monde, nous compris. Elles nous offrent leur aide ! Elles sont prêtes à nous accueillir !

— Et nous devons accepter cette offre, pour des tas de bonnes raisons, commerciales et autres.

— Ce sont nos *amies* !

— Oh mon Dieu, c'est vrai. »

Frissons, frissons, frissons.

« Mais ça ne marchera jamais ! Elles ne sont pas *humaines*, point final. »

Dans notre ciel nocturne, je tisse. J'ai presque terminé ma tapisserie. J'attends demain avec impatience. Le capitaine reviendra et nous discuterons ensemble. J'attends avec impatience la venue de ces êtres bons, pour l'instant troublés et alarmés pour une raison que j'ignore, mais qui apprendront avec le temps à aimer et être aimés, à vivre parmi nous en acceptant notre amitié. Demain, je l'espère, nous parlerons de la pluie, du ciel et des fleurs, le capitaine et moi, et aussi des bienfaits qui peuvent découler de la compréhension entre deux espèces. La tapisserie est terminée. Je la clos d'une citation finale dans leur propre langue, prononcée dans le vaisseau par ces hommes dont les voix s'élèvent vers moi sur le vent bleu de la nuit. Des voix apparemment plus calmes, qui semblent accepter les circonstances, qui ne sont plus teintées de frayeur. Ainsi se termine ma tapisserie.

« Vous avez pris votre décision, capitaine ?

— Il n'y a qu'une seule chose à faire, monsieur.

— Oui. Une seule. »

« Mais enfin, elle n'est pas venimeuse ! s'écria la femme.

— Je m'en fous ! » Secoué de frissons, le mari bondit de son siège et abattit trois fois son pied sur le tapis.

Puis contempla la tache humide sur le sol.

Son tremblement cessa.

I Get the Blues When It Rains[1]

(souvenir)

(1980)

Nous vivons tous à un moment ou à un autre de notre existence une nuit dédiée au passage du temps, aux souvenirs et à la chanson. C'est presque obligatoire. Un moment spontané qui s'éteint à l'aube sans jamais se reproduire à l'identique par la suite. Prétendre vouloir le provoquer est une démarche vouée à l'échec. Lorsque cette nuit survient, les instants qui la composent sont si beaux qu'ils nous marquent pour le restant de nos jours.

Avec quelques amis écrivains, nous avons connu une expérience de ce genre, oh, il y a bien trente-cinq ou quarante ans. Tout a commencé avec une chanson intitulée *I Get the Blues When It Rains*. Ça vous dit quelque chose ? Sans doute, pour les plus âgés d'entre vous. Si vous êtes plus jeune, par contre, cessez IMMÉDIATEMENT cette lecture. La plus grande partie de ce que j'ai à vous offrir dorénavant appartient à un temps précédant votre naissance, celui des vieilleries

1. « J'ai le blues quand il pleut » : chanson composée en 1929 et reprise sans arrêt depuis par de multiples interprètes, dans tous les styles. C'est d'ailleurs le cas de toutes les chansons citées dans cette nouvelle, pour la plupart composées au début du vingtième siècle et devenues depuis des classiques de la musique populaire américaine. *(N.d.T.)*

stockées dans les greniers de nos têtes, de tous ces trucs que nous ne ressortons jamais hormis pendant ces nuits très spéciales, quand la mémoire tâtonne et déverrouille certains loquets rouillés pour libérer des mots anciens, médiocres, certes, mais également beaux à leur façon, ou des airs qui ne valent pas grand-chose mais qui deviennent soudain sans prix.

Nous nous étions retrouvés chez mon ami Dolph Sharp, dans les collines d'Hollywood, pour une soirée de lecture à haute voix de nos nouvelles, poèmes et romans. Cette nuit-là étaient présents des écrivains comme Sanora Babb, Esther McCoy, Joseph Petracca, Wilma Shore et une demi-douzaine d'autres, tous ayant publié leurs premiers textes ou leurs premiers livres à la fin des années quarante ou au début des années cinquante. Et chacun avait apporté un nouveau manuscrit qu'il allait soumettre à l'appréciation des autres.

Mais au moment où nous nous dirigions vers le salon, un incident étrange s'est produit.

En passant à côté du piano, l'un des écrivains les plus âgés, Eliot Grennard, ancien musicien de jazz, a posé les doigts sur les touches, puis s'est arrêté pour plaquer un accord, puis un autre. Ensuite, après s'être débarrassé de son manuscrit, il a placé sa main gauche sur les touches des graves et s'est mis à nous interpréter un air ancien.

Nous nous sommes tous regroupés autour de lui. Toujours au piano, Eliot nous a jeté un regard, un clin d'œil. La chanson coulait sans effort, joliment.

« Vous la connaissez, celle-là ? nous a-t-il demandé.

— Mon Dieu, je ne l'ai pas entendue depuis des lustres ! » me suis-je écrié.

J'ai commencé à chanter en chœur avec Eliot, puis

Sanora s'est jointe à nous, et enfin Joe. C'était *I Get the Blues When It Rains*.

Nous avons échangé des sourires, et les mots ont retenti plus fort : « The blues I can't lose when it rains[1]... »

Comme nous connaissions bien les paroles, nous avons pu chanter cette chanson jusqu'au bout et, à la fin, nous avons éclaté de rire. Puis Eliot s'est carrément assis au piano, ses doigts se sont mis à courir sur *I Found a Million Dollar Baby (in a Five and Ten Cent Store)*[2], et nous avons découvert que nous connaissions aussi cette chanson-là.

Nous avons entamé *Chinatown, my Chinatown*[3], et ensuite *Singin' in the Rain* — oui, parfaitement, « singin' in the rain, what a glorious feelin', I'm happy again[4]... ».

Puis quelqu'un s'est rappelé *In a Little Spanish Town*. « 'Twas on a night like this, stars were peek-a-booing down, 'twas on a night like this[5]... »

Et Dolph a ajouté son grain de sel avec « I met her in Monterrey a long time ago, I met her in Monterrey, in old Mexico[6]... »

1. « Le blues, je ne peux m'en défaire quand il pleut. » *(N.d.T.)*

2. « J'ai trouvé une nana d'un million de dollars dans un magasin où tout est à cinq ou dix cents », chanson populaire de 1931 extraite d'une comédie musicale de Broadway. *(N.d.T.)*

3. « Mon quartier chinois », 1910. *(N.d.T.)*

4. 1929 (« Je chante sous la pluie, quelle sensation géniale, je suis de nouveau heureux... »), chanson reprise (entre autres) en 1952 dans la comédie musicale du même nom. *(N.d.T.)*

5. « Dans une petite ville espagnole », 1926 : « C'était une nuit comme celle-ci, les étoiles jouaient à cache-cache, c'était une nuit comme celle-ci... » *(N.d.T.)*

6. Parole de la chanson *It Happened in Monterrey* (« Ça s'est passé à Monterrey ») : « Je l'ai rencontrée à Monterrey il y a longtemps, je l'ai rencontrée à Monterrey, dans le vieux Mexique... » *(N.d.T.)*

Puis Joe a crié à tue-tête : « Yes, we have no bananas, we have no bananas today[1] ! », refermant le chapitre du sentimentalisme pendant quelques minutes. Presque inévitablement, nous sommes passés à *Beer Barrel Polka*[2] et *Oh, Ma-Ma, the Butcher Boy for Me*[3].

Personne ne se rappelle qui a sorti le vin, mais quelqu'un l'a fait. Nous ne nous sommes pas saoulés, ça non, nous avons bu juste ce qu'il fallait, parce qu'à cet instant, seuls le chant et les chansons nous importaient. Nous étions ivres de mélodies.

Nous avons chanté de neuf à dix heures, et là, Joe Petracca a déclaré : « Poussez-vous, laissez donc votre Rital de service vous chanter *Figaro*. » Nous lui avons obéi, et il s'est lancé. En l'écoutant, nous nous sommes calmés très vite, car nous découvrions qu'il possédait une voix d'une fermeté et d'une douceur peu courantes. Joe a interprété en solo des parties de *La Traviata* et un peu de *Tosca*, concluant son récital avec « Un bel di[4] ». Jusqu'au bout, il a chanté les yeux fermés, puis, surpris, les a rouverts et s'est exclamé : « Grand Dieu, ça devient trop sérieux ! Qui connaît "By a Waterfall[5]", extrait de *Goldiggers of 1933*[6] ? »

1. « Pas de bananes aujourd'hui », *Yes, We Have no Bananas*, 1923. *(N.d.T.)*

2. *Beer Barrel Polka*, de Jaromír Vejvoda, 1927. « La polka de la barrique de bière », morceau devenu populaire pendant la Seconde Guerre mondiale avec des paroles en anglais. *(N.d.T.)*

3. « Oh, Ma-Ma, le garçon boucher est pour moi », chanson italienne des années vingt ensuite enregistrée en anglais aux États-Unis, par les Andrews Sisters et bien d'autres. *(N.d.T.)*

4. « Un bel di, vendremo », extrait de *Madame Butterfly* de Puccini. *(N.d.T.)*

5. « Près d'une cascade ». *(N.d.T.)*

6. *Chercheuses d'or de 1933*, comédie musicale de Mervyn LeRoy, 1933.

Aussitôt, Sanora s'est approprié la partie de Ruby Keeler, et quelqu'un d'autre s'est joint à elle pour celle de Dick Powell. À ce stade, nous fouillions la maison à la recherche de bouteilles supplémentaires, et la femme de Dolph s'est éclipsée discrètement. Elle est allée en voiture nous chercher à boire en bas de la colline, car nous savions que si nous chantions encore il nous faudrait des réserves.

Nous avons repris tout le répertoire en sens inverse pour revenir à « You were meant for me, I was meant for you… Angels patterned you and when they were done, you were all the sweet things rolled up in one… [1] ». Vers minuit, nous avions survolé toutes les mélodies de Broadway anciennes et récentes, cinquante ans de comédies musicales au vingtième siècle, la plupart de la 20th Century Fox, quelques-unes de la Warner Bros, avec des petits bouts de « Yes, sir, that's my baby, no, sir, I don't mean maybe [2] » assaisonnés de *You're Blasé* [3] et *Just a Gigolo* [4]. À l'autre bout du répertoire, nous avons atterri dans les vieilles berceuses, une bonne douzaine de sucreries dégoulinantes que nous avons chantées avec un sentimentalisme feint. D'une cer-

1. « Tu étais faite pour moi et j'étais fait pour toi… Les anges t'ont conçue et, quand ils ont terminé, tu étais toutes les choses douces roulées en une seule » : extrait de *You Were Meant for Me*, chanson populaire de 1929, reprise en 1952 dans la comédie musicale *Singin' in the Rain*. *(N.d.T.)*

2. « Oui, monsieur, c'est ma nana, non, monsieur, je suis sérieux » : extrait de *Yes, Sir, That's My Baby*, 1925. *(N.d.T.)*

3. « Tu es un blasé », extrait de *Bow Bells*, comédie musicale britannique de 1932. *(N.d.T.)*

4. 1929, chanson adaptée d'une chanson autrichienne de 1928, *Schöner Gigolo*. *(N.d.T.)*

taine façon, même les mauvaises chansons sonnaient bien. Et les bonnes étaient tout simplement géniales. Et celles qui étaient excellentes depuis toujours nous semblaient maintenant carrément somptueuses.

À une heure du matin, nous avons abandonné le piano et nous sommes sortis dans le patio, en chantonnant. *A cappella*, Joe a rajouté à notre liste une bonne dose de Puccini, et Esther et Dolph ont interprété en duo « Ain't she sweet, see her comin' down the street, now I ask you very confidentially… [1] ».

À partir d'une heure et quart, tout bas parce que les voisins avaient téléphoné pour protester, nous avons décidé que le moment était venu d'aborder Gershwin avec « I love that funny face [2] », que nous avons fait suivre de *Puttin' on the Ritz* [3].

Vers deux heures, nous avions sablé le champagne, et soudain ont ressurgi les mélodies que nos parents entonnaient lors des fêtes d'anniversaire organisées dans les caves en 1928 ou qu'ils fredonnaient sous les vérandas pendant les chaudes nuits d'été. Pour la plupart, nous avions dix ans à l'époque de cette chanson : « There's a long, long trail a-winding into the land of my dreams [4]… »

Puis Esther s'est souvenue de ce vieux tube écrit par le frère de son ami Theodore Dreiser [5] : « Oh, the

1. « N'est-elle pas gentille, regarde-la descendre la rue, je te le demande en secret… », *Ain't She Sweet*, 1927. *(N.d.T.)*

2. « J'aime ce visage si drôle », *Funny Face*, 1927. *(N.d.T.)*

3. « Sur son trente et un », morceau créé par Irvin Berlin en 1929 et ayant donné son nom à une comédie musicale sortie l'année suivante. *(N.d.T.)*

4. « Il y a une longue, longue piste qui serpente au pays de mes rêves », *There's a Long, Long Trail*, 1915. *(N.d.T.)*

5. Écrivain américain, 1871-1945. *(N.d.T.)*

moonlight's fair tonight along the Wabash, from the fields there comes the breath of newmown hay. Through the sycamores the candle lights are gleaming, On the banks of the Wabash, far away[1]... »

Ensuite, ça a été : « Nights are long since you went away[2]... »

Puis : « Smile the while I bid you sad adieu, when the years roll by I'll come to you[3]... »

Et : « Jeannine (I dream of lilac time)[4]... »

Et ensuite : « Gee, but I'd give the world to see that old gang of mine[5]. »

Et encore : « Those wedding bells are breaking up that old gang of mine[6]. »

Et enfin, bien sûr : « Should auld acquaintance be forgot[7]... »

À ce stade, toutes les bouteilles étaient vides, nous reprenions *I Get the Blues When It Rains*, et l'horloge affichait trois heures du matin. Sur le seuil, la femme de Dolph nous tendait nos manteaux, et nous les avons enfilés avant de sortir dans la nuit. Nous chantonnions toujours tout bas.

1. Extrait d'*On the Banks of the Wabash, Far Away*, chanson écrite et composée par Paul Dresser, frère de Theodore Dreiser. *(N.d.T.)*

2. « Les nuits sont longues depuis ton départ », extrait de *My Buddy*, 1922. *(N.d.T.)*

3. « Souris pendant que je te dis adieu tristement. Quand les années auront passé je te reviendrai », extrait de *Till We Meet Again*, 1918. *(N.d.T.)*

4. « Jeannine, je rêve du temps du lilas » : *Lilac Time*, chanson extraite du film du même nom, 1928. *(N.d.T.)*

5. « Je donnerais le monde pour revoir mes vieux amis », *That Old Gang of Mine*, 1923. *(N.d.T.)*

6. « Ces cloches de mariage dispersent mes vieux amis », *Wedding Bells Are Breaking Up (That Old Gang Of Mine)*, 1929. *(N.d.T.)*

7. D'après le poème *Auld Lang Syne* (1788) du poète écossais Robert Burns, mis en musique sur un air folklorique écossais (celui de *Ce n'est qu'un au revoir* en français). *(N.d.T.)*

Impossible de me rappeler qui m'a ramené à la maison ni comment nous y sommes arrivés. Je ne me souviens que des larmes qui séchaient sur mon visage, des larmes déclenchées par ce moment très spécial, si cher à mon cœur, par cet événement qui ne s'était jamais produit avant et qui ne se reproduirait jamais exactement à l'identique.

Les années ont passé. Joe et Eliot sont morts depuis longtemps, et nous avons tous plus ou moins franchi le cap de l'âge mûr. Au cours de nos carrières, nous avons aimé et perdu, et nous avons gagné, parfois. Nous nous réunissons toujours chez Sanora ou chez Dolph histoire de nous lire nos textes, de temps en temps rejoints par quelques nouveaux visages, et au moins une fois par an, nous nous remémorons cette nuit-là, celle avec Eliot au piano. Nous aurions tous aimé qu'elle dure à jamais, cette fameuse nuit, amicale, chaleureuse et belle, avec ses chansons idiotes, voire complètement absurdes, mais qui, d'une certaine façon, contenaient l'univers. Des instants aussi bêtes et doux, aussi affreux et adorables, que celui où Bogie[1] dit à Sam : « Joue-le encore, Sam », et où Sam joue et chante : « You must remember this, a kiss is just a kiss, a sigh is just a sigh[2]... »

On ne devrait pas se laisser entraîner. Ces moments ne devraient pas être magiques. On ne devrait pas sangloter de bonheur puis de tristesse puis de bonheur, encore.

Mais on pleure. Je pleure. Nous pleurons tous.

1. Humphrey Bogart dans *Casablanca*, 1942. *(N.d.T.)*

2. « Rappelle-toi, un baiser n'est qu'un baiser, un soupir n'est qu'un soupir », extrait d'*As Time Goes By*, chanson de 1931. *(N.d.T.)*

Un dernier souvenir.

Une nuit, environ deux mois après cette soirée particulièrement belle, nous nous sommes réunis dans la même maison. Eliot s'est arrêté en passant à côté du piano et l'a contemplé d'un air perplexe.

« Joue-nous *I Get the Blues When It Rains* », lui ai-je suggéré.

Il s'est exécuté.

Cela n'avait plus rien à voir. L'autre nuit s'était évanouie pour toujours. Ce qui s'était produit alors, quoi que ce fût, cette nouvelle nuit ne le portait pas en elle. Les mêmes personnes, le même endroit, les mêmes souvenirs, les mêmes airs possibles, mais… Il s'était passé quelque chose de spécial. Et qui le resterait. Alors nous nous sommes sagement détournés. Eliot s'est assis, a ramassé son manuscrit et, au bout d'un long silence, après un ultime coup d'œil au piano, il s'est raclé la gorge et nous a lu le titre de sa dernière nouvelle.

J'étais le suivant à lire, et pendant que je m'exécutais, la femme de Dolph est passée derrière nous sur la pointe des pieds pour aller refermer le piano.

Tous mes ennemis sont morts

(2003)

C'était là, page sept. Une nécrologie : *Timothy Sullivan, génie de l'informatique, mort d'un cancer à 77 ans. Les obsèques auront lieu à Sacramento en présence de la famille.*

« Oh Seigneur ! Ça y est, c'est la fin ! s'est exclamé Walter Gripp.

— De quoi parles-tu ? ai-je voulu savoir.

— La vie ne vaut plus la peine d'être vécue. Lis ça. » Walter a agité la rubrique nécrologique.

« Et ? ai-je insisté.

— Tous mes ennemis sont morts !

— Alléluia ! » J'ai éclaté de rire. « Ça faisait longtemps que tu attendais qu'il crève, ce fils de pute…

— … ce salopard !

— Ce salopard, oui ! Tu attendais qu'il casse sa pipe. Ça devrait te réjouir, non ?

— Me réjouir ? Merde alors ! Mais maintenant, je n'ai plus aucune raison de vivre !

— Comment ça ?

— Tu ne comprends pas ! Tim Sullivan était un véritable fils de pute. Je le haïssais de tout mon cœur, de toutes mes tripes, de tout mon être !

— Et ?

— Tu ne m'écoutes vraiment pas, à ce que je vois. Maintenant qu'il a disparu, la lumière s'est éteinte. »

Walter a blêmi.

« Mais merde, quelle lumière ?

— Le feu, putain, dans ma poitrine, dans mon cœur, dans mes glandes ! C'est lui qui l'entretenait ! Ça me permettait de continuer. Grâce à la haine que je lui vouais, je passais des nuits excellentes ! Le matin, je me réveillais content de pouvoir me repaître de ce besoin, de mon envie de le massacrer entre le déjeuner et le dîner. Mais là, il a tout gâché, il a soufflé la flamme…

— Ah bon, il t'a fait ça ? Tu veux dire que son dernier geste a été de te provoquer par sa mort ?

— On peut le dire.

— Je viens de le dire !

— Bon, eh bien maintenant, je vais au lit faire une rechute.

— Ne sois pas débile, assieds-toi et sirote ton gin ! Mais qu'est-ce que tu fais, là ?

— Comme tu le vois, je remonte le drap. C'est peut-être ma dernière grasse matinée.

— C'est stupide ! Sors du lit !

— La mort est stupide, la mort est une insulte, une farce idiote ! Tout le monde me laisse tomber !

— Il l'a fait exprès, alors ?

— Il en est capable. Ce serait bien son genre de vacherie. Appelle les pompes funèbres et lis-moi le catalogue des pierres tombales : quelque chose de tout simple, et pas d'anges, s'il te plaît. Où vas-tu ?

— Je sors. J'ai besoin d'air.

— Je serai peut-être mort quand tu reviendras !

— Tu permets que je discute avec une personne saine d'esprit ?

— De qui tu parles ?

— De moi ! »

Je suis sorti au soleil.

Ce n'est pas possible, je rêve, ai-je pensé.

Ah bon ? Retournes-y et tu verras, me suis-je répondu mentalement.

Pas tout de suite. Que faire ?

Ne me pose pas la question, m'a répondu mon autre moi. *S'il meurt, nous aussi. Plus de travail, plus de pognon. Parlons d'autre chose. C'est son carnet d'adresses, là ?*

Tout à fait.

Vas-y, feuillette-le. Il reste sûrement quelqu'un qui pète le feu, là-dedans.

D'accord. J'ai donc parcouru le carnet. D'abord les A, puis les B et les C. Tous morts ! *Vérifie les D, les E, les F et les G*.

Morts !

J'ai refermé le carnet d'un coup sec, comme la porte d'un caveau.

Il avait raison : ses amis, ses ennemis... *Ce carnet, c'est le livre des morts.*

Ouah, comme c'est pittoresque ! Tu devrais noter cette pensée !

Pittoresque ? Bon Dieu ! Mais réfléchis !

Une seconde. Qu'est-ce que je ressens pour lui en ce moment ? C'est ça ! Dégagez la voie, on y retourne !

J'ai ouvert la porte et passé la tête à l'intérieur.

« Toujours en train de mourir ?

— Qu'est-ce que tu as sous les yeux, à ton avis ?

— Un mec têtu comme une mule. »

Je suis entré. Je dominais Walter de toute ma taille.

« Comment c'est, de plus près ? a-t-il ricané.

— Non, tu n'es pas têtu. Tu es méchant. Tu vas voir, quand je vais te cracher mon fiel.

— J'attends. Dépêche-toi, je suis presque mort.

— Si seulement c'était vrai. Maintenant, écoute-moi !

— Recule un peu, je sens ton haleine.

— Je ne te fais pas du bouche-à-bouche, pourtant. Maintenant, c'est l'épreuve de vérité. Écoute-moi ! »

Walter a cligné des yeux. « C'est bien toi, hein, vieille branche, mon pote ? » Une ombre lui a balayé le visage.

« Non. Pas de vieille branche, pas de vieux pote, ici. »

Walter rayonnait. « Mais si, c'est toi, vieille branche !

— Comme tu es déjà presque mort, il est temps que je me confesse.

— C'est moi qui devrais me confesser.

— Moi d'abord ! »

Walter a fermé les yeux. Il attendait.

« Vas-y, balance, m'a-t-il dit.

— Tu te rappelles ce fric qui manquait en 1969 ? Tu as cru que Sam Willis s'était tiré avec à Mexico.

— Ouais, Sam, je me souviens, bien sûr.

— Ben c'était moi.

— Comment ça ?

— C'était moi, ai-je répété. C'est moi qui ai pris ce pognon. Sam a mis les bouts avec une fille, alors j'ai volé le fric et je lui ai fait porter le chapeau ! C'était moi !

— Pas grave. Je te pardonne.

— Attends, il y a autre chose.

— J'attends. » Walter rigolait doucement.

« Le bal de promo au lycée, en 1958…

— Une nuit déprimante. J'y suis allé avec Dica-Ann Frisbie, alors que je voulais Mary-Jane Caruso.

— Tu aurais pu l'avoir, mais j'ai raconté tes conquêtes à Mary-Jane, je les ai toutes énumérées !

— Quoi, t'as fait *ça* !? » Walter a écarquillé les yeux. « Et c'est pour ça qu'elle est allée au bal avec toi…

— Exactement. »

Walter m'a lancé un bref coup d'œil, avant de détourner le regard. « Soit, mais bon sang, beaucoup d'eau a coulé sous ces vieux ponts croulants, depuis. Tu as terminé ?

— Pas vraiment.

— Jésus Marie Joseph ! Voilà qui devient intéressant. Vas-y, crache. » Walter a décoché un coup de poing dans son oreiller et s'est redressé sur un coude.

« Ensuite, il y a eu Henrietta Jordan.

— Mon Dieu, Henrietta ! Quel canon ! Quel été grandiose !

— J'ai conclu, cet été-là.

— Tu as *quoi* ?!

— Elle t'a largué, c'est ça ? Elle t'a dit que sa mère était mourante, qu'elle devait passer du temps avec elle… ?

— Tu t'es aussi tiré avec Henrietta ?

— Exactement. Histoire suivante : tu te souviens quand je t'ai convaincu de vendre à perte l'entreprise Inronworks ? La semaine suivante, j'ai tout racheté.

— Bah, ce n'est pas si grave. » Walter a dégluti.

J'ai continué : « Barcelone, 1969. J'ai dit que j'avais la migraine pour pouvoir me coucher tôt, mais c'était avec Christina Lopez !

— Je me suis souvent posé des questions à son sujet.

— Tiens, tu commences à hausser le ton.

— Ah bon ?

— Et maintenant, passons à ta femme. J'ai joué à “Je t'ai bien eu” avec elle.

— Comment ça, “Je t'ai bien eu” ?

— Je t'ai bien eu une fois, deux fois, quarante fois !

— Hé, une seconde ! »

Walter s'est redressé en agrippant sa couverture.

« Ouvre bien grand tes oreilles ! Pendant ton séjour au Panama, on s'est éclatés comme des bêtes, Abbey et moi !

— Je ne te crois pas. Je l'aurais su.

— Depuis quand les maris savent-ils ? Tu te rappelles sa tournée des vignobles en Provence ?

— Oui.

— Raté ! Elle était à Paris et buvait du champagne dans mes chaussures de golf !

— Tes chaussures de golf !?

— Paris, c'était notre dix-neuvième green ! Les championnats du monde ! Et ensuite le Maroc !

— Elle n'y a jamais mis les pieds !

— Mais si, les deux ! Et à Rome, devine qui lui a servi de guide !? Et à Tokyo ! Et à Stockholm !

— Ses parents étaient suédois !

— Je lui ai remis le prix Nobel. Bruxelles, Moscou, Shanghai, Boston, Le Caire, Oslo, Denver, Dayton !

— Arrête, bon Dieu, arrête ! Arrête ! »

J'ai obéi. Comme dans les vieux films, je suis allé fumer une cigarette à la fenêtre.

J'entendais Walter pleurer, et je me suis retourné : il avait balancé ses jambes hors du lit. Les larmes coulaient de son nez avant de s'écraser par terre.

« Espèce de fils de pute ! a-t-il hoqueté.

— Exact.

— Enfoiré !
— Effectivement.
— Monstre !
— Vraiment ?
— Mon meilleur ami ! Je vais te tuer !
— Attrape-moi d'abord !
— Ensuite, dès que je me réveillerai, je te tuerai de nouveau !
— Qu'est-ce que tu fais ?
— Je sors de ce lit, putain ! Viens ici !
— Sûrement pas. » J'ai ouvert la porte et jeté un regard à l'extérieur. « Salut ! ai-je dit.
— Je te tuerai même si ça me prend des années !
— Hé mais écoutez-le, *des années*, voyez-vous ça !
— Même si ça me prend une *éternité* !
— Une éternité ? Ça, c'est chouette ! Bye bye !
— Ne bouge pas, putain ! »

Walter s'est levé en titubant.

« Espèce de fils de pute !
— Exact.
— Enfoiré !
— Alléluia ! Bonne année !
— Quoi !?
— *Prosit ! Cheers !* J'étais quoi, avant ?
— Un ami ?
— Ouais, un *ami* ! »

J'ai éclaté d'un rire d'homme-médecine, de docteur, de toubib.

« Enfoiré ! a hurlé Walter.
— Ouais, je suis un enfoiré ! »

J'ai bondi dehors avec un grand sourire.

« Je suis un enfoiré ! »

J'ai claqué la porte.

Le collectionneur fou

(2003-2004)

C'est au milieu de l'Atlantique, pendant l'été 1948, sur un bateau, que nous rencontrâmes le collectionneur fou, ainsi qu'il se qualifiait lui-même.

Avant le souper, par hasard, nous fîmes la connaissance, ma femme et moi, de cet homme élégant, avocat à Schenectady. Il insista pour nous offrir nos verres puis pour que nous partagions sa table au dîner. Nous acceptâmes, renonçant à notre emplacement habituel.

Il parla sans interruption pendant tout le repas, nous racontant des histoires merveilleuses, des plaisanteries géniales. Il irradiait la convivialité, celle de l'homme d'expérience, du sage.

À aucun moment nous ne pûmes l'interrompre, mais ses propos nous amusaient et nous intriguaient, et nous étions heureux de nous taire pour écouter cet homme si divertissant nous décrire le monde qu'il parcourait, d'un continent à l'autre, d'un pays au suivant et de ville en ville, rassemblant des livres, bâtissant des bibliothèques, se délectant l'âme.

Il nous raconta qu'un jour, il avait entendu parler d'une fabuleuse collection à Prague. Il avait passé presque un mois à traverser le monde en bateau et en train pour la dénicher, l'acquérir puis la rapporter dans sa vaste demeure de Schenectady.

Il avait séjourné à Paris, Rome, Londres et Moscou, d'où il avait expédié chez lui des dizaines de milliers de volumes rares, que son métier d'avocat lui permettait de se procurer.

Dès qu'il parlait de sa passion, ses yeux brillaient et son visage prenait des couleurs dont aucun alcool n'aurait pu être responsable.

Cet avocat ne fanfaronnait absolument pas. Il décrivait des faits, tout simplement, comme un cartographe décrit une carte : une suite d'endroits, d'événements et de dates qu'il nous relatait parce que c'était plus fort que lui.

Il ne commanda aucun plat qui eût pu le distraire de sa tâche. Comme il accordait peu d'attention à l'énorme salade trônant devant lui, il put nous parler sans arrêt. À l'occasion, il engloutissait une bouchée avant de reprendre sa description des collections et des pays explorés partout dans le monde.

Parfois, ma femme et moi tentions une incursion dans son discours enflammé. Il agitait alors sa fourchette dans notre direction et fermait les yeux pour nous faire taire, tandis que de sa bouche jaillissaient de nouvelles merveilles :

« Connaissez-vous le travail de sir John Soane, le grand architecte anglais ? » nous demanda-t-il par exemple.

Sans attendre notre réponse, il continua sur sa lancée :

« Il a reconstruit Londres en esprit, puis sir Ginty, son ami artiste, a dessiné toutes ses visions en suivant ses instructions. Certains de ses rêves londoniens ont été effectivement réalisés, d'autres édifiés puis détruits, et d'autres encore sont restés à l'état de projets nés de son imagination incroyable.

« Après avoir découvert quelques-unes de ses bibliothèques de rêve, j'ai travaillé avec les descendants de ses ingénieurs architectes pour construire sur mon domaine ce que l'on pourrait appeler une université-parcours d'obstacles. J'ai parsemé mon grand terrain en périphérie de Schenectady de somptueux phares culturels.

« En flânant dans mes prairies ou, mieux encore — et combien romantique —, en les parcourant à cheval, en passant d'une cour à la suivante, on peut se retrouver devant la bibliothèque médicale la plus importante au monde, je n'hésite pas à l'affirmer. J'ai découvert ses dix mille volumes dans le Yorkshire, puis je les ai achetés et expédiés chez moi pour les avoir à l'œil, sous la main, en lieu sûr. De grands médecins, de grands chirurgiens viennent consulter les ouvrages de cette bibliothèque, et ils y passent des jours, des semaines, des mois parfois.

« En outre, à d'autres emplacements de ma propriété, j'ai fait bâtir des "phares" plus modestes regroupant les plus grands romans de chaque pays du monde.

« Et le tout dans un décor italien qui rendrait vert de jalousie Bernard Berenson, le grand historien d'art spécialiste de la Renaissance italienne.

« Cette université, mon domaine, se compose donc d'une série d'édifices dispersés sur une centaine d'acres. On pourrait passer toute sa vie sans jamais quitter l'environnement que j'ai crée.

« Tous les week-ends sans exception, des chefs

d'établissement — lycées, universités, écoles de Prague, Florence, Glasgow, Vancouver, etc. — s'y réunissent pour savourer les mets de mon chef, boire mes vins et vénérer mes livres. »

Il nous décrivit ensuite les couvertures en cuir de la plupart de ses ouvrages, la superbe qualité des reliures, du papier, des caractères choisis.

Il nous raconta les merveilles de ses innombrables centres d'enseignement, les promenades dans les prairies où il faisait bon s'asseoir pour lire dans une atmosphère propice à une éducation approfondie.

« Voilà, vous savez tout ou presque. Je suis en route pour Paris, d'où je prendrai le train vers le sud, puis le bateau pour traverser le canal de Suez, direction l'Inde, Hong Kong et Tokyo. Vingt mille autres volumes d'histoire de l'art, de philosophie et de voyages autour du monde m'attendent en ces contrées lointaines. Quand je pense au jour où je poserai mes mains sur ces nouveaux trésors, je me sens comme un écolier excité à la veille de la rentrée des classes. »

Le discours de notre ami avocat sembla enfin se tarir.

La salade avait disparu. Nous avions terminé notre dessert et bu ce qui restait du vin.

Il nous dévisagea fixement, comme s'il se demandait ce que nous pouvions avoir à lui dire.

Nous avions beaucoup de questions à lui poser, il est vrai, et nous attendions justement l'occasion de parler.

Mais nous n'eûmes pas le temps d'ouvrir la bouche que l'avocat avait rappelé notre serveur pour lui commander trois doubles cognacs. Nous protestâmes, ma femme et moi, mais notre ami écarta nos objections. Les digestifs furent déposés devant nous.

Il se leva, examina la facture, la régla et resta un long moment debout, son visage se vidant de toute couleur.

« Il n'y a qu'une seule chose qui m'échappe », nous déclara-t-il enfin.

Il ferma les yeux pendant quelques instants, et quand il les rouvrit, leur lumière s'était éteinte. Il semblait fixer mentalement un lieu situé à un million de kilomètres.

Il leva son double cognac, qu'il garda entre les mains en s'adressant à nous : « Dites-moi une chose, une seule. »

Une pause, puis :

« Pourquoi mon fils de trente-cinq ans a-t-il assassiné sa femme et détruit sa fille ? Pourquoi s'est-il pendu ? »

Il but son cognac, nous tourna le dos et quitta la salle à manger du bateau sans rajouter un mot.

Ma femme et moi restâmes assis un long moment, les yeux clos. Puis, comme dotées d'une vie propre, nos mains s'emparèrent des cognacs qui nous attendaient toujours.

L'Orient-Express de l'Éternité

(1996-1997)

Et à ma mort, ce rêve deviendra-t-il réalité ?
Moi dans un train avec Shaw et Chesterton embarqué ?
Ô glorieux Seigneur, fais que tu nous rassembles,
Qu'au long de l'éternité nous chahutions ensemble.
Penchés, têtes baissées, parlant le long du chemin
Et insomniaques, pour une journée sans fin
Voyage de nuit pour Chesterton, voyage Express pour Shaw
En habits londoniens, un pique-nique de cerveaux.
Et de toute cette vapeur nous fendons les nuages,
Sur mes rêves de midi à minuit je voyage.
Shaw me lance des biscuits, le premier arrivé
Attrapez, cher enfant ! Montez donc, montez !
Sa voix : Force de Vie, Faiseuse d'humanité
Chesterton grimpe près de Shaw et montre son billet
À la traîne trottine Dickens, suivi de près par Mark Twain
« Attendez-nous ! » s'écrie Mark. Et Dickens : « Stoppez ce train ! »
« Il est à l'arrêt », grogne Shaw. « À quoi pensez-vous donc ? Montez. »

Notre Seigneur a ordonné…
Et nos intelligences nous allons confronter.
Shaw parmi la foule siège comme un dieu,
Il remue la langue et lance le Grand Jeu.
Avec sa moindre toux… nous voilà tout morveux
Et voici Edgar Poe, de fourrure vêtu, paré contre la neige,
Les rafales de froid l'escortent en manège.
De loin son haut front pâle évoque une lune,
Qui sombre au point du jour mais se lève entre midi et une.
Devant Dickens stupéfait, Twain s'extasie « il est en vie ! »
Shaw et Chesterton ? Aveuglés lorsque la Mort surgit.
Moi seul parmi eux perçois sa mélodie
Battements de cœur livide faisant écho à sa folie.
Wilde glisse vers nous, ses tympans de pourpre endeuillés,
Alors qu'un maléfice continue d'avancer.
Méprisant, Melville s'avance, Rudyard Kipling le suit,
La baleine blanche et le scribe de Kim, les voici,
Le nabot rusé lord Russell embarque à son tour
Avec sa grosse cervelle qu'un haut-de-forme entoure.
Il défie Shaw et Chesterton aux mots,
Poe écroulé, sourcils froncés, mordille leurs chapeaux,
Corrige leur politique et soumet les esprits
À toute vapeur au Pays des Aveugles de Rudy
Ah ! écoutez-les… leurs paroles : de l'or, rarement du pipeau

Ennuyeuses ? Jamais ! Que Dieu nous épargne ces maux
Les Muses affûtent leur langue face à ces esprits tranchants comme des rasoirs
Shaw peut délirer et l'orgueilleux Russell s'asseoir
Et moi modeste souris à la bouche muette
Qui, au cours du voyage, ne joue pas les pipelettes
Heureux de ma cachette, entre tous ces cerveaux logé
Qui emportent la nuit dans leurs wagons d'idées
L'une accrochée à l'autre et chacune plus brillante
Et voici une nova, étoile étincelante
À une année-lumière une comète fuyante,
Au cœur de la nuit, dans notre école sur rails, sera notre enseignante
Je chaparde des miettes philosophiques et les avale
Le hoquet de Shaw ? Ah mon Dieu, un régal !
Ils tempêtent toujours, mais Edgar s'est calmé
Sa face de lune est pâle, sa langue est apaisée
Je me réjouis pour lui car s'ils reforment leurs rangs
Son regard complice croise le mien en souriant !
À ses coutures déchirées un Chat Noir se tapit
Sa tête est un Pendule, et sa poitrine un Puits.
Nos auteurs favoris sirotent tous leurs verres
Mais dans les yeux de Poe sombre le sinistre Usher
Shaw et Chesterton braillent à qui mieux mieux
Et Edgar Poe propose : de l'Amarillo ? La Barrique à qui veut
Assez de tintamarre ! Tandis qu'un mortier je fabrique
Pour murer tous ces fous dans une cellule de brique
Honteux de cette pagaille, je reste calme, moi
Et ces âmes angéliques toutes leurs ailes déploient

Chèvres célestes dans l'air emportées
Elles bondissent, escaladent, chantent à gorge déployée
Quel doux ravissement ! Oyez donc leur bagout
Tonitruants propos qui dans notre voiture nous secouent
Au départ de la gare, quel raffut font les Six glorieux !
Leurs bavardages me sortent par les yeux
Mais Shaw les mouche tous avec la vérité
Ensuite Chesterton parle de la Déité,
Ni pour le thé ni pour les tartes (à la confiture) il ne sera silencieux
Poe l'est, lui, et il garde bien ouverts les deux yeux
Rêve-t-il qu'on le trouve mort dans la neige hivernale ?
Alors qu'un Wilde mendiant crève de faim dans un Paris carcéral ?
Et que Melville meurt sur la terre ferme au sommeil des critiques ?
Maudites soient ces âmes qui survivent ! Pourquoi ce sort inique ?
Ces sages ignoraient-ils alors ce que nous savons maintenant ?
Mesurer une Baleine sans jamais connaître sa taille
Jauger Poe et rarement lui accorder récompense qui vaille.
Comment a-t-on pu rire de Wilde qui désormais doit rire de nous ?
Je me demande souvent à quoi les critiques jouent
Je sais qu'ils lisent mais pensent-ils, cette question je me pose
Moi je sirote du vin mais eux c'est autre chose
De la même source pourtant. Alors est-il possible

Que la sagesse me soit plus accessible ?
Les livres que je lis haussent les épaules et puis s'en vont
Ils s'enfouissent jusqu'au jour de la résurrection.
Qu'est-ce qui tire ces amis du tombeau littéraire ?
Une voix, un amour, une nuit, une chambre unique et solitaire
Lorsque, tournant les pages, saisi d'un désir exalté
J'ai couru pour sauver des flammes leurs livres sacrifiés
Ô cher Poe ! Soyez toujours présent,
Et vous, Wilde, avec Dorian, taquinez cet enfant
Séduisez-le encore d'une histoire si vilaine
Et vous, Herman, poursuivez votre amie la Baleine
Je ne vous repousserai point, ne prenez point vos claques et vos cliques
Je ne tuerai point cette grande Chose Blanche du harpon du cynique
Dans le fourgon à bagages, tableau fantôme, Dorian attend
Le thé servi, Wilde ronge son frein et laisse George Shaw se mettre en avant
Puis Oscar l'interrompt et trouve le juste mot
Les rires éclatent et il s'étouffe dans ses propos
Visages brillants, nos auteurs caquettent et aboient
Leurs grands discours : petite bière, mais avec Wilde c'est du vin que l'on boit.
Ce cher Edgar bien qu'hésitant se risque à parler
Sa voix d'Usher, affaiblie par l'hiver, éraillée
Son cœur ténébreux cogne sous le plancher tant et plus
Et la fumée de train nous engloutit avec son… Jamais Plus

Vers Melville tournés, nous cherchons sa Baleine
Qu'est-ce donc ? Menu fretin… Il n'en vaut pas la peine.
C'est le discours des critiques, mais Melville l'entend-il ?
Il entend, fuit la mer et maintenant s'exile
Ce train de nuit aborde une courbe devant lui
Pâle machine fantôme, engin de terreur infinie
Tout n'est pas perdu alors, car sur terre ou sur mer
Cette bonne vieille Moby mène la chasse et je sais sa prière.
Nous en doutons : tout contre la vitre, il nous faut espionner
Cette blancheur en marche, vous l'entendez crier ?
Les feux de Saint-Elme tourbillonnent ; doux Jésus quel bruit !
La mer, comme Dieu, gronde à nos oreilles. Nous sommes tous engloutis.
Nous divaguons sur le sentier de la nuit noire,
La vieille Moby traîne notre convoi de désespoir.
Foutaise ! clame Shaw qui s'assied et nous repousse de la voix
Voyez ! C'est la révolution industrielle, sur la voie !
Bien mieux que la Bête… Nous nous attablons pour manger
Prendre le thé, un biscuit, une tendre brioche, un petit pain au lait.
Pendant que Kipling nous assaisonne du curry-souvenir
De son Kim courant dans la poussière avant de revenir
De Kaa considéré par tous comme serpent-roi

Et de Mowgli hurlant avec les loups ses cris semeurs d'effroi.

La lune, que le train ralentisse, que chantent nos cœurs pleins de joie

Parfaitement ! Kipling, c'est lui notre Homme qui Voulait être Roi !

Puis bien trop tôt c'est l'aube, l'ardent soleil s'est levé,

Pas le temps de dormir ni même de bâiller,

C'est fini car, au bout de cette courbe, voyez,

L'ultime arrêt ! La gare où les livres sont terminés.

Les auteurs descendent, s'en vont, disent adieu,

Je le pense aussi, les larmes me montent aux yeux.

Les dieux s'élèvent dans le bruissement de leurs paniers d'osier,

Leur gloire enflamme ma poitrine, mon regard est brouillé,

Le cœur du train bat assourdi et peine jusqu'à l'arrêt.

Gare du Bout du Monde et du Temps Passé, entendez-vous la paix ?

Là où l'autre respiration nous permettant de vivre, c'était les mots

Les arbres croulent sous la littérature des oiseaux.

Shaw le premier saute du train, Chesterton le suit de près,

Et Kipling essuie les larmes de mes yeux embués,

Sur ce arrive M. Poe, au funèbre cortège,

Avec Melville, vêtu de blanc, le visage de neige,

Poe me serre la main en silence, il ne dit pas

« Adieu » ou « jamais plus » mais en glissant s'en va.

Oscar, bon dernier, à l'intérieur assis,

Boucle et reboucle sa valise remplie de traits d'esprit

« C'est un moment spécial, alors essayons voir
De nous quitter comme sur un au revoir. »
Twain gai comme le soleil me saisit le menton
Me tapote la joue, « Dieu te bénisse fiston. »
Et les voilà qui errent à côté de la gare,
Melville, lent, perdu, sur la terre ferme s'égare.
Une librairie en bord de mer ? Mais quel est cet endroit ?
Oh oui ! C'est magnifique ! La joie s'allume en moi !
Ils ne sont ni perdus ni morts, et ici même, demain,
Un autre enfant les fera voyager loin,
Sur le circuit d'un train de nuit qui jamais ne ralentit,
Sinon dans les villes où de nouveaux auteurs aboient toute la nuit,
Au nom des bonnes choses de la vie.
Pourquoi en est-il ainsi ? Parce que c'est moi qui le dis.
Mes amis sont partis, mais j'attends, avant de reprendre le voyage,
Que leurs empreintes de pas s'effacent sur le rivage.
Puis je salue les ombres et je reprends mon train.
Je pleure car leur présence n'a pas de lendemain,
Mais je sais une chose au bord de l'eau qui bruisse,
Leurs morts vont s'estomper, et leurs mots me remplissent.
Je longe la plage. Dans la voiture, il n'y a plus que moi,
Mais si j'ouvre leurs livres… ils sont là.

INTERMÈDE

LA CHRYSALIDE

Rockwell n'aimait pas l'odeur qui régnait dans la pièce, une puanteur d'insecte forte et piquante, celle du corps froid, raide de Smith, étendu nu sur la table. Les effluves de bière entourant McGuire ou les relents de crasse et de fatigue d'Hartley ne le gênaient pas vraiment. Il y avait aussi les appareils mystérieux qui miroitaient dans un coin de la petite pièce ; ils sentaient l'huile et le cambouis.

Le dénommé Smith n'était qu'un vulgaire cadavre. Irrité, Rockwell se leva et rangea son stéthoscope. « Je dois retourner à l'hôpital. Nous sommes débordés. Enfin voyons, Hartley ! Ce type est mort depuis huit jours ! Si vous voulez des informations supplémentaires, appelez un médecin légi… »

Il s'interrompit en voyant son collègue agiter une main tremblante et osseuse vers le cadavre — un cadavre recouvert d'une carapace dure, verte et cassante qui s'était solidifiée sur chaque centimètre carré de sa chair. « Auscultez-le encore une fois, Rockwell. Encore une fois, une seule. S'il vous plaît », bafouilla Hartley.

Le médecin aurait aimé protester mais se contenta de soupirer. Il se rassit et ressortit son stéthoscope.

Soyons poli avec les collègues. Bon, très bien. Posons notre stéthoscope sur cette chair froide et verte et faisons mine d'écouter…

La petite pièce mal éclairée explosa autour de lui. Explosa en une seule pulsation froide et verte qui le frappa comme un coup de poing aux oreilles. Le choc fut rude. Il vit ses doigts se contracter au-dessus du gisant.

Il percevait un pouls.

Tout au fond du cadavre vert foncé, le cœur pulsa une fois. On aurait dit un écho perdu dans des brasses d'eau de mer.

Mais ce type était mort, il était momifié ! Il ne respirait pas ! Et pourtant, au sein de ce trépas, le myocarde vivait. Il vivait et remuait comme un bébé à naître.

Rockwell s'activa immédiatement. De ses doigts agiles de chirurgien, il courba la tête du cadavre. Dans la lumière, les cheveux étaient foncés, un peu grisonnants. Smith avait les traits réguliers, harmonieux, agréables d'un homme d'environ trente-cinq ans. Sur les joues glabres du médecin, qui écoutait sans relâche, la sueur refroidissait. Il ne pouvait pas croire à ce pouls.

Un battement toutes les trente-cinq secondes.

Smith respirait — là aussi, comment était-ce possible ? — mais en se limitant à une inspiration toutes les quatre minutes. Mouvement imperceptible de la cage thoracique. Température du corps ?

Quinze degrés.

Hartley éclata de rire, un rire déplaisant qui évoquait plutôt un écho égaré. « Il est vivant, je vous l'affirme, dit-il d'un ton las. J'ai failli me faire avoir à plusieurs reprises. Je lui ai injecté de l'adrénaline pour accélérer ce pouls, mais ça n'a rien donné. Il est comme ça depuis trois mois. Quand l'idée de garder plus longtemps ce secret m'est devenue insupportable, je vous ai téléphoné, Rockwell. Cet homme est… Il est contre nature. »

Devant l'impossibilité de ce cas, le médecin se sentit submergé par une inexplicable excitation. Il voulut soulever les paupières de Smith mais n'y parvint pas. Toutes deux semblaient avoir fusionné avec l'épiderme. De même que les lèvres et les narines. Smith n'avait aucun moyen de respirer…

« Et pourtant, il respire », affirma Rockwell, hébété. D'un air absent, il laissa son stéthoscope lui échapper, le ramassa et constata que ses doigts tremblaient.

Grand, émacié, nerveux, Hartley s'approcha de la table. « Smith ne voulait pas que je vous appelle, mais je l'ai fait quand même. Et pourtant, il y a à peine une heure, il m'a conseillé de m'abstenir. »

Les yeux de Rockwell se dilatèrent jusqu'à se transformer en deux ronds noirs et brûlants. « Il vous a conseillé, vous dites ? C'est impossible, il ne peut pas bouger ! »

Mâchoire durcie, petits yeux affligés de strabisme, visage aux arêtes coupantes comme des rasoirs, Hartley se crispa nerveusement. « Smith… il pense. Et je sais ce qu'il pense. Il a peur. Il ne veut pas se retrouver exposé au monde entier. Et il me hait. Pour quelle raison, me direz-vous ? Parce que je veux le tuer, voilà pourquoi. D'ailleurs… » Hartley tâta maladroitement son manteau froissé et taché dont il sortit un revolver en acier bleu. « Prenez-le, Murphy. Prenez-le avant que je le vide sur le corps infect de Smith ! »

Rougeaud, les traits épais, Murphy recula, apeuré. « Je n'aime pas les armes. Vous, Rockwell, prenez-la. »

Ce dernier parla d'un ton tranchant comme un scalpel. « Posez ce pistolet, Hartley. Après trois mois passés au chevet d'un unique patient, il n'est pas étonnant que vous soyez victime de troubles psychologiques. Du sommeil, voilà ce qu'il vous faut. » Il s'humecta les lèvres. « Et la maladie de Smith, dans quelle catégorie la classeriez-vous ? »

Les mots sortirent lentement de la bouche d'un Hartley vacillant. *Il tombe de fatigue*, comprit Rockwell. Son collègue articula avec difficulté : « Il n'est pas malade, mais j'ignore ce qu'il a. En tout cas, il me révolte, comme la naissance d'un petit frère ou d'une petite sœur peut révolter les aînés. Cet homme est une aberration. Aidez-moi. Vous m'aiderez ?

— Bien sûr ! » Rockwell lui adressa un sourire. « Je dirige un sanatorium dans le désert, l'endroit parfait pour lui faire passer une batterie d'examens. Ce Smith est le phénomène médical le plus stupéfiant de l'histoire. Les cadavres ne sont pas censés se comporter ainsi ! »

Il s'interrompit. Hartley pointait son pistolet droit dans l'estomac de Rockwell. Il bafouilla : « Attendez… Attendez une seconde. Vous… Vous n'avez pas l'intention d'enterrer Smith ? Moi qui croyais que vous alliez m'aider ! Ce type est malsain ! Il faut le tuer ! Il est dangereux ! Croyez-moi, je le sais ! »

Rockwell cligna des yeux. Visiblement névrosé, Hartley disait n'importe quoi. Les épaules du médecin se raidirent, mais intérieurement, il se sentait calme, détaché. « Si vous tirez sur Smith, je vous ferai arrêter pour meurtre. Vous êtes surmené, que ce soit mentalement ou physiquement. Posez donc ce pistolet. »

Ils se dévisagèrent.

Rockwell s'avança vers Hartley d'un pas tranquille. Il lui prit le pistolet, lui donna une petite tape compréhensive sur l'épaule et remit l'arme à Murphy, qui la regarda comme si elle allait le mordre. « Appelez l'hôpital, Murphy. Je prends au minimum une semaine de congé. Dites-leur que je dois mener des recherches au sanatorium. » Le visage gras et rouge de Murphy se renfrogna. « Et qu'est-ce que je suis censé faire de cette arme ? »

Hartley serra les dents de toutes ses forces. « Gardez-la. Plus tard, vous serez content de… de l'avoir. »

Rockwell aurait aimé crier au monde entier qu'il était l'unique détenteur de l'être humain le plus incroyable de l'histoire. Le soleil du désert baignait la chambre du sanatorium où Smith ne disait mot, allongé sur sa table, son beau visage vert arborant une expression neutre et figée.

Rockwell entra tranquillement dans la pièce et appliqua son stéthoscope sur la poitrine du patient. L'instrument racla la peau avec un bruit de métal sur la carapace d'un scarabée.

L'odeur des bières récemment ingérées flottait autour de McGuire, non loin. Il observait le corps avec circonspection.

Rockwell ausculta Smith avec attention. « Le trajet en ambulance l'a certainement secoué. Inutile de prendre le risque… »

Il poussa un cri.

McGuire se traîna lourdement à côté de lui. « Quel est le problème ?

— Le problème ? » Désespéré, Rockwell serra le poing en balayant la pièce du regard. « Smith est mourant !

— Comment le savez-vous ? Hartley prétend que ce type fait le mort. Il vous a encore eu…

— Impossible ! » Rockwell s'agita furieusement au-dessus du corps, lui injectant diverses substances. N'importe quelle substance faisait l'affaire à ses yeux. Toutes les substances. Le médecin jurait à gorge déployée. Après toutes ces difficultés, il ne pouvait se permettre de perdre Smith ! Non, pas maintenant !

À l'intérieur, en profondeur, le corps tremblait, vibrait, se tordait sous l'effet des fluides déchaînés, comme si des bulles crevaient dans de noires couvées de lave.

Rockwell s'efforçait de garder son calme. Smith était un cas unique, et les traitements normaux n'avaient aucun effet sur lui. Mais quoi, alors ? Quoi ?

Le médecin fixait son patient du regard. Le soleil miroitait sur la chair dure de Smith. Un soleil brûlant. Qui lançait des éclairs, qui étincelait sur le pavillon métallique du stéthoscope. Le soleil. Des nuages glissèrent dans le ciel, effaçant le soleil. La chambre s'assombrit. Après une ultime secousse, le corps redevint silencieux. Les coulées volcaniques s'étaient taries.

« McGuire ! Tirez les stores avant le retour du soleil ! »

L'homme corpulent s'exécuta.

Le cœur de Smith ralentit pour reprendre son rythme avare et paresseux.

« La lumière du soleil a un effet nocif sur lui ! Elle

contrarie quelque chose en lui. J'ignore quoi et comment, mais en tout cas, le soleil est nocif… » Le médecin se détendit. « Bon Dieu, je ne veux pas perdre ce type. Pour rien au monde ! Il est différent, il a sa propre manière de voir, il accomplit des choses jamais vues jusqu'alors. Vous savez quoi, Murphy ?

— Quoi ?

— Smith ne souffre pas. Il n'est même pas mourant, d'ailleurs. La mort ne lui apporterait aucune délivrance, quoi qu'en dise Hartley. La nuit dernière, quand j'ai mis Smith sur le brancard pour le préparer au trajet jusqu'au sanatorium, j'ai soudain compris qu'il m'aimait bien.

— Ben tiens. D'abord Hartley, et ensuite vous. C'est Smith qui vous l'a dit ?

— Il ne m'a rien dit, mais sous cette peau dure, il n'a pas perdu connaissance. Il est conscient. Oui, c'est bien cela. Il est conscient !

— Mais enfin, il se pétrifie purement et simplement ! Il va mourir ! Il n'a rien mangé depuis des semaines ! C'est Hartley qui nous l'a dit ! Il l'a alimenté par intraveineuse jusqu'au moment où la peau est devenue si dure que les aiguilles ne la traversaient plus, même en forçant au maximum ! »

La porte de la cabine s'ouvrit lentement en couinant, et Rockwell tressaillit. Sur le seuil se dressait le grand Hartley. Après plusieurs heures de sommeil, il paraissait détendu, mais dans son visage anguleux, son regard gris restait amer, hostile. « Si vous quittez la pièce, je détruirai Smith, suggéra-t-il calmement à Rockwell. Cela ne me prendra que quelques secondes. Qu'est-ce que vous en dites ?

— Ne bougez pas ! » Irrité, Rockwell s'approcha de son collègue. « Chaque fois que vous venez, je suis obligé de vous fouiller. Franchement, je ne vous fais pas confiance. » L'homme ne portait aucune arme. « Pourquoi m'avoir caché les effets de la lumière du soleil ?

— Hein ? Ah oui, j'avais oublié. » Hartley parlait doucement, à voix basse. « Il y a quelques semaines, j'ai voulu déplacer Smith. Des rayons de soleil l'ont atteint et il s'est mis à rendre l'âme pour de bon. Naturellement, j'ai renoncé à le mettre ailleurs. Smith semblait vaguement conscient de ce qui allait se passer. Peut-être l'avait-il prévu, mais je n'en suis pas sûr. Avant que son corps ne durcisse complètement, à l'époque où il pouvait encore parler, et aussi manger voracement, il m'avait demandé de ne pas le bouger pendant une période de douze semaines. Il m'a expliqué qu'il n'aimait pas le soleil. Que ça gâcherait tout. J'ai cru qu'il plaisantait, mais ce n'était pas une blague… Il a mangé comme un animal, une bête sauvage affamée, puis il est tombé dans le coma, et le voici… » Hartley poussa un juron, tout bas. « J'aurais préféré que vous le laissiez cuire au soleil par inadvertance jusqu'à ce qu'il crève. »

McGuire remua ses cent quinze kilos. « Et si Smith nous transmettait sa maladie ? Vous y avez pensé ? »

Hartley contempla le corps, et ses pupilles se contractèrent. « Ce type n'est pas contagieux. Vous ne reconnaissez pas une dégénérescence quand vous en voyez une ? ça me fait penser au cancer : ça ne s'attrape pas, c'est une disposition dont on hérite. Je ne me suis mis à craindre et à haïr Smith qu'il y a une semaine quand j'ai découvert qu'il respirait, qu'il vivait et se portait bien alors que ses narines et sa bouche étaient obturées. C'est parfaitement impossible et ça doit le rester. »

McGuire insista d'une voix tremblante : « Mais si nous devenons tout verts, vous, Rockwell et moi, si une épidémie se propage dans le pays… Que se passera-t-il ?

— Dans ce cas, si j'ai tort, et peut-être est-ce le cas, je mourrai, répliqua Rockwell. Mais cela ne m'inquiète pas le moins du monde. »

Il se retourna vers Smith et reprit son travail.

Une cloche. Une cloche. Deux cloches, deux cloches. Une douzaine de cloches, une centaine de cloches. Dix mille cloches, un million de cloches métalliques, sonores, stridentes, tonitruantes. Des échos braillards, des hurlements perçants, douloureux, nés tout d'un coup dans le silence et qui lui meurtrissaient les oreilles !

Qui résonnaient, qui scandaient de leurs voix fortes et douces, aiguës et graves, de ténors et de basses. Des battants robustes heurtaient les cloches et déchiraient l'air du fracas pénétrant de leur son !

Avec toutes ces cloches, Smith ne comprit pas immédiatement où il se trouvait. Il savait qu'il ne voyait rien parce que ses paupières étaient hermétiquement scellées, et qu'il ne pouvait pas parler parce que ses lèvres avaient fusionné. Mais malgré ses oreilles complètement bouchées, les cloches lui martelaient les tympans.

Il ne voyait rien. Ah si, il voyait vaguement quelque chose, une sorte de petite grotte sombre et rouge, comme si ses yeux s'étaient tournés vers l'intérieur, vers sa paroi crânienne. Smith voulut bouger sa langue pour pousser un hurlement, mais comprit soudain qu'elle avait disparu, qu'elle n'occupait plus son emplacement habituel. L'endroit vacant le démangeait parce qu'il cherchait une langue dont il ne pouvait disposer en cet instant.

Pas de langue. Mais pourquoi ? Smith tenta de faire taire les cloches. Elles s'interrompirent, le gratifiant d'un silence qui l'enveloppa comme une douce couverture. Il se passait quelque chose. Il se passait…

Smith essaya de plier un doigt, mais il n'avait aucun contrôle sur rien. Un pied, une jambe, un orteil, sa tête… Rien ne bougeait. Le torse, les membres — inébranlables, figés dans un linceul de béton.

Quelques instants plus tard survint la découverte terrifiante qu'il ne respirait plus. Pas avec ses poumons, en tout cas.

« PARCE QUE JE N'AI PLUS DE POUMONS ! » hurla-t-il. Il hurla intérieurement, et ce hurlement mental se noya, comme piégé dans une toile, il se coagula et s'éloigna mollement dans un flot rouge foncé. Un flot rouge et indolent qui emmaillota paresseusement le hurlement, qui l'étouffa et l'emporta, libérant Smith. Il se détendit un peu.

Je n'ai pas peur, pensa-t-il. *Je comprends ce que je ne comprends pas. Je comprends que je n'ai rien à craindre, même si j'ignore pourquoi.*

Pas de langue, pas de nez, pas de poumons.

Ils reviendraient plus tard. Oui, ils reviendraient. Il se passait… quelque chose.

Comme une pluie picotant chaque portion de son être, l'air se faufilait par les pores de son corps-carapace, lui apportant la vie. Il respirait à travers un milliard de branchies, il respirait de l'oxygène, de l'azote, du nitrogène et du dioxyde de carbone, et les utilisait tous. Merveilleux ! Son cœur battait-il toujours ?

Eh oui, il battait ! Lentement, lentement, très lentement. Un chuchotement rouge et trouble, une crue, un fleuve enflant autour de lui, lentement, lentement, plus lentement encore. Vraiment très agréable.

Vraiment reposant.

Au fur et à mesure que les jours se muaient en semaines, les pièces du puzzle s'ajustaient de plus en plus vite. Ancien étudiant en chirurgie assurant depuis quelques années la fonction de secrétaire de Rockwell, McGuire l'assistait. Une aide limitée, certes, mais le médecin appréciait la compagnie de cet homme.

Rockwell avait remarqué la nervosité de son secrétaire, qui n'arrêtait pas de lancer des plaisanteries bourrues sur leur patient. Et s'efforçait de garder son calme. Mais un jour, McGuire se figea, sembla réfléchir à la question et déclara d'une voix traînante : « Hé, je viens de comprendre ! Smith est vivant, alors qu'il devrait être mort ! Mais il est vivant ! Bon Dieu ! »

Rockwell éclata de rire. « Sur quoi diable croyez-vous que je travaille ? Figurez-vous que, la semaine prochaine, je fais venir une machine à rayons X pour découvrir ce qui se passe à l'intérieur de cette carapace. » Le médecin tenta d'y planter une seringue hypodermique, qui se cassa sur la coque durcie.

Il recommença avec une deuxième aiguille, puis une autre, et parvint enfin à perforer la carapace. Il préleva un peu de sang et plaça les lames sous le microscope. Quelques heures plus tard, il fourra un test de plasma sous le nez rouge de McGuire.

« C'est incroyable, son sang est germicide ! lui expliqua-t-il d'un ton précipité. J'y ai injecté une colonie de streptocoques et, en huit secondes, ces bestioles ont été annihilées ! On peut lui injecter n'importe quelle maladie connue, il les détruit toutes, et même, il s'en nourrit ! »

Au bout de quelques heures, Rockwell avait fait d'autres découvertes. Tout cela l'empêchait de dormir, il s'agitait la nuit, s'interrogeait, construisait sans relâche une théorie basée sur des concepts grandioses. Par exemple…

Tous les jours où il avait veillé sur Smith, Hartley l'avait alimenté en lui injectant de grosses doses de nutriments sanguins. Or, le patient n'avait rien éliminé de cette nourriture ! Bien au contraire, il l'avait stockée dans sa totalité, mais pas dans ses cellules graisseuses ! Elle était maintenant contenue sous forme hautement concentrée dans une solution parfaitement anormale, un liquide inconnu véhiculé par le sang de Smith. Avec trente grammes de cette solution, un homme était correctement nourri pendant trois jours. Ce liquide inconnu circulait dans le corps jusqu'au jour où il devenait vraiment nécessaire, et ce jour-là, l'hôte le « réquisitionnait » et l'utilisait. Un mécanisme plus pratique que la graisse. Beaucoup plus pratique !

Rockwell rayonnait en racontant cette découverte à son assistant. Smith avait en lui une quantité suffisante de ce liquide pour survivre des mois et des mois. Il était complètement autonome.

En apprenant cette découverte, McGuire contempla tristement sa panse.

« Ah, si seulement je pouvais stocker ma nourriture de cette manière ! »

Mais ce n'était pas tout. Smith n'avait besoin que de très peu d'air pour survivre. Et après l'avoir assimilé grâce à un processus osmotique qui agissait à travers la peau, il semblait en utiliser la moindre molécule. Aucune perte.

« En fait, le cœur de Smith pourrait même prendre des vacances et cesser de battre ! conclut Rockwell.

— Ça signifierait qu'il est mort, lui fit remarquer McGuire.

— Pour vous et moi, oui. Mais pour lui… peut-être. Quoique. Réfléchissez-y, McGuire. Chez Smith, nous avons un flux sanguin qui fait tout à la fois : il se purifie tout seul pendant des mois sans exiger le moindre ravitaillement, sauf en interne, il ne défaille jamais, il n'élimine aucun déchet parce qu'il recycle chaque molécule, il fonctionne de façon autonome et il se révèle mortel pour toute forme de microbes. Quand je pense qu'Hartley y voit une forme de dégénérescence ! »

Une fois informé de ces découvertes, Hartley afficha son irritation, sans cesser d'affirmer que Smith dégénérait. Dangereux.

Et McGuire ajouta son grain de sel : « Peut-être avons-nous affaire à une sorte de maladie ultramicroscopique qui annihile les autres bactéries tout en agissant sur sa victime, qui sait ? Après tout, on utilise parfois le paludisme pour guérir la syphilis, n'est-ce pas ? Pourquoi ne pas envisager l'existence d'un nouveau bacille qui aurait raison de tous les autres ?

— Intéressante suggestion, mais je vous ferais remarquer que nous ne sommes pas malades, rétorqua Rockwell.

— Ce bacille met peut-être un certain temps à incuber.

— Réponse typique de médecin vieux jeu. Peu importe ce qui arrive à un homme ; si nous nous éloignons des normes, cet homme est forcément malade. Ça, c'est votre idée, Hartley, pas la mienne, déclara Rockwell. Les docteurs ne sont satisfaits qu'une fois chaque cas diagnostiqué et étiqueté. Eh bien moi, je pense que Smith est bien portant, si bien portant qu'il vous fait peur.

— Vous êtes fou, intervint McGuire.

— Peut-être. En tout cas, je pense que notre "patient" n'a absolument pas besoin de l'intervention de la médecine. Je pense qu'il élabore son propre salut. Vous croyez qu'il dégénère, mais moi, j'affirme qu'il évolue.

— Mais regardez sa peau, geignit McGuire.

— L'habit ne fait pas le moine, comme on dit. À l'extérieur, l'épiderme est dur et cassant. À l'intérieur se déroule une nouvelle croissance, un processus ordonné, un changement. Pourquoi ? Je vais très bientôt le comprendre. Ces modifications qui affectent Smith sont si violentes qu'il leur faut une carapace pour protéger leur action. Quant à vous, Hartley, répondez-moi franchement : quand vous étiez petit, aviez-vous peur des insectes, des araignées, ce genre de choses ?

— Oui.

— Voilà, tout s'explique. C'est une phobie. Une phobie que vous retournez contre Smith. Et qui explique votre dégoût face à sa métamorphose. »

Dans les semaines qui suivirent, Rockwell étudia avec soin tous les aspects de la vie de Smith. Il visita le laboratoire d'électronique où travaillait Smith et où il était tombé malade, fouilla la pièce où son patient avait passé les premières semaines de sa maladie avec Hartley à son chevet, examina les appareils qui s'y trouvaient. Quelque chose à voir avec les radiations…

Le médecin avait pris la précaution d'enfermer le patient avant de quitter le sanatorium. McGuire était chargé de surveiller la porte au cas où Hartley commencerait à se comporter de façon inhabituelle.

Les trente-trois ans d'existence de Smith étaient d'une transparence absolue. Il travaillait depuis cinq ans dans ce laboratoire d'électronique où il menait diverses expériences. Aucune maladie grave jusqu'alors.

Les jours passaient. Pour réfléchir et consolider l'incroyable théorie qui commençait à prendre corps dans son esprit, Rockwell faisait de longues promenades en solitaire dans un lit de rivière asséché non loin du sanatorium.

Un après-midi, il s'arrêta devant un buisson de jasmin de nuit et cueillit un objet noir et luisant dans une branche haute. Il souriait. Il examina la chose, la fourra dans sa poche, puis retourna au sanatorium.

Il appela McGuire sous la véranda. Son assistant arriva, suivi par Hartley, qui traînait des pieds, tempêtait, geignait. Tous trois allèrent s'asseoir dans les quartiers d'habitation du bâtiment.

Rockwell leur fit part de sa découverte.

« Smith n'est pas malade parce qu'aucun germe ne peut survivre en lui. Et il n'est possédé par aucun esprit ou monstre bizarre qui aurait envahi son corps. Je le mentionne pour vous montrer que j'ai envisagé toutes les possibilités. Je rejette tous les diagnostics habituels qu'on pourrait vouloir appliquer à mon "patient". Je vais vous exposer ma théorie. C'est la plus évidente, la plus facilement acceptable : pour moi, il s'agit d'une mutation héréditaire retardée.

— Une mutation ? » répéta McGuire d'un ton bizarre.

Rockwell leva dans la lumière la petite chose noire et luisante.

« J'ai trouvé ça dans un buisson du jardin. Cela illustrera mon propos à la perfection. Après avoir étudié les symptômes de Smith, après avoir fouillé son laboratoire et examiné plusieurs de ces choses — il faisait tourner le petit objet noir entre ses doigts —, je suis certain de ce que j'avance : nous assistons à une métamorphose. C'est une régénération, un changement, une mutation, mais *après* la naissance. Tenez. Attrapez-la. Voici, Smith. »

Il lança l'objet à Hartley, qui l'attrapa.

« C'est une chrysalide, constata Hartley.

— Oui, tout à fait.

— Vous ne voulez quand même pas dire que Smith est une… une chrysalide ?

— Eh si, et je suis sûr de ce que j'avance », répliqua le médecin.

La nuit tombait et, dans la pénombre, Rockwell se pencha au-dessus de Smith. Assis à l'autre bout de la chambre, Hartley et McGuire l'écoutaient calmement. Rockwell effleura son patient. « Supposons que la vie ne se limite pas au fait de naître, de vivre soixante-dix ans et de mourir. Supposons que nous ayons la possibilité de franchir un grand pas au cours de notre existence, et que Smith soit le premier d'entre nous à le franchir.

« Prenez une chenille, par exemple. Quand nous la regardons, nous croyons voir un être immuable. Mais un jour, la chenille se transforme en papillon. Pour quelle raison ? Aucune théorie ne l'explique avec certitude. En gros, c'est parce que les choses se passent ainsi, point. En tout cas, retenons qu'un être en apparence immuable peut tisser autour de lui une chose qui le transforme en être intermédiaire totalement méconnaissable : une chrysalide, dont émergera un papillon. De l'extérieur, la chrysalide paraît inerte, mais rien n'est plus faux. Smith nous a induits en erreur, vous comprenez ? Extérieurement, il a l'air mort, mais à l'intérieur, des fluides tourbillonnent, reconstruisent, coulent en tous sens avec une détermination absolue. De la larve au moustique, de la chenille au papillon, de Smith à… ?

— Donc, Smith serait une chrysalide ? ricana grassement McGuire.

— Effectivement.

— Mais les humains ne fonctionnent pas comme ça !

— Laissez tomber, McGuire. Ce pas évolutif est trop grand pour votre compréhension. Examinez ce corps et prouvez-moi le contraire. La peau, les yeux, la respiration, le flux sanguin… Il a passé des semaines à assimiler de la nourriture pour préparer sa fragile hibernation. Pourquoi ingérer tous ces aliments, pourquoi ce liquide inconnu dans son corps si ce n'est en prévision de sa métamorphose ? Et tout cela a été causé par… les radiations. Les puissantes radiations émises par les appareils du laboratoire où travaillait Smith. Programmées ou accidentelles, cela, je l'ignore. Elles ont affecté une partie essentielle de son système génétique, de la structure évolutive de l'homme qui n'était peut-être pas censée se mettre en branle avant des milliers d'années.

— Vous pensez qu'un jour tous les hommes… ?

— L'asticot ne reste jamais dans la mare stagnante, la larve ne reste jamais dans le sol, la chenille ne reste jamais sur sa feuille de chou. Ils changent et se répandent par vagues successives.

« Smith est la réponse à la question suivante : qu'est-ce qui attend l'humanité ? Où allons-nous désormais ? Nous nous heurtons au mur brut de l'univers et à la fatalité de l'existence au cœur de cet univers. L'homme tel que nous le connaissons aujourd'hui n'est pas préparé à se mesurer à cet univers. Le moindre effort le fatigue, le surmenage a raison de son cœur, la maladie de son corps. Peut-être Smith est-il en train de résoudre le problème qui travaille les philosophes : à quoi sert l'existence ? Peut-être même va-t-il lui donner un nouveau but.

« Pour l'instant, nous ne sommes que des insectes insignifiants qui se débattent sur une planète pas plus grosse qu'une tête d'épingle. L'homme n'est pas destiné à se contenter de si peu, à rester malade, petit et faible, mais il n'a pas encore découvert le secret du savoir ultime.

« Par contre, si vous le changez, si vous construisez

un homme parfait, un… surhomme, si vous préférez… Si vous le débarrassez de sa mentalité mesquine et lui offrez le contrôle absolu de son être, physiologique, neurologique et psychologique, si vous le dotez d'un mode de pensée clair et pénétrant, d'un flux sanguin infatigable, d'un corps qui peut survivre pendant des mois sans nourriture extérieure, qui peut s'adapter à n'importe quel climat, n'importe où, et annihiler n'importe quelle maladie… Si vous libérez cet homme des fers de la chair et de la misère physiologique, il ne sera plus ce pauvre hère insignifiant qui a peur de rêver parce qu'il sait que son corps frêle se dresse entre lui et l'accomplissement de ses rêves. Il sera prêt à partir en guerre pour la seule guerre qui vaille la peine : le combat entre l'homme après sa renaissance et tout l'univers confondu ! »

Le souffle coupé, la voix rauque, le cœur battant la chamade, Rockwell se tendit au-dessus de Smith. Il ferma les yeux et posa deux mains fermes sur la chrysalide longue et froide, admiratif. La puissance, l'énergie et la foi qui circulaient en Smith se répandirent en lui. Il avait raison. Il savait qu'il avait raison. Il rouvrit les yeux. McGuire et Hartley n'étaient que des ombres dans la pièce chichement éclairée pour plus de précaution.

Après un silence de quelques secondes, Hartley lui dit, en éteignant sa cigarette : « Je ne crois pas en cette théorie.

— Smith s'est peut-être complètement liquéfié à l'intérieur, suggéra McGuire. Vous avez vérifié ? Vous l'avez passé aux rayons X ?

— Impossible de prendre ce risque. Les rayons X

risqueraient de compromettre sa métamorphose, comme la lumière du soleil.

— Donc, il se transformerait en surhomme ? De quoi aura-t-il l'air ?

— Nous verrons bien.

— Vous croyez qu'il nous entend parler de lui, en ce moment ?

— Qu'il nous entende parler ou pas, une chose est certaine : ce secret, nous n'étions pas censés le découvrir. Smith n'avait pas prévu que nous étudierions son cas, McGuire et moi. Il a dû le deviner. Et les surhommes n'aiment pas que les gens connaissent leur existence, car les humains ont la sale manie de se montrer envieux, haineux et jaloux. Smith savait qu'il ne serait pas en sûreté s'il était découvert. Tout cela explique peut-être aussi la haine que vous éprouvez à son égard, Hartley. »

Le silence retomba. Ils se taisaient, ils guettaient le moindre bruit. Rockwell entendait son sang chuchoter dans ses tempes, mais c'était tout. Devant eux reposait Smith, qui n'était plus Smith désormais, mais un contenant au mystérieux contenu, portant l'étiquette « Smith ».

« Si ce que vous dites est vrai, alors je pense vraiment que nous devrions le détruire, insista Hartley. Pensez au pouvoir qu'il pourrait exercer sur le monde. Et si, comme je le crois, cette transformation affecte également son cerveau, il cherchera à nous tuer quand il s'échappera, parce que nous sommes les seuls à connaître son existence. Nous avons mis notre nez partout, et pour cela, il va nous haïr.

— Je n'ai pas peur », répliqua Rockwell d'un ton détendu.

Hartley n'ajouta rien. Rauque et bruyante, sa respiration résonnait dans la pièce.

Rockwell fit le tour de la table en gesticulant. « Je crois qu'il est temps de nous souhaiter bonne nuit ! »

La pluie fine avala la voiture d'Hartley, et Rockwell referma la porte. Il demanda ensuite à McGuire de dormir en bas cette nuit-là, sur un lit de camp dressé devant la chambre de Smith, puis il monta se coucher.

En se déshabillant, il prit le temps d'évoquer les incroyables événements des semaines écoulées. Un surhomme… Et pourquoi pas, après tout ? Efficacité, force…

Il se glissa dans son lit.

Mais quand ? Quand Smith allait-il émerger de sa chrysalide ? Quand ?

La pluie bruinait paisiblement sur le toit du sanatorium.

La respiration malaisée, McGuire somnolait sur son lit de camp. Il flottait dans le bruit des gouttes et du tonnerre qui faisait trembler la terre. Une porte grinça quelque part, mais il n'y prit pas garde. Des rafales de vent balayèrent le hall. McGuire grogna en se tournant sur sa couche. Une porte se referma doucement et le vent retomba.

Il y eut des pas discrets sur la moquette épaisse. Des pas lents, ceux d'une personne consciente, alerte, décidée. Des pas… McGuire ouvrit les yeux en battant des paupières.

Une silhouette le dominait dans la faible lumière.

À l'étage, une unique ampoule projetait un trait de lumière jaune près du lit de camp de McGuire.

Une odeur d'insectes écrasés imprégnait l'air. Une main bougea. Une voix se fit entendre.

McGuire hurla.

Il hurla parce que la main qui s'était déplacée dans la lumière était verte.

Verte.

« Smith ! »

McGuire se jeta pesamment dans le hall en hurlant :

« Il marche ! Impossible, il marche ! »

La porte d'entrée s'ouvrit à toute volée sous la masse du gros homme. La pluie et le vent l'enveloppèrent en mugissant et il disparut dans la tempête. Il disait des choses sans queue ni tête.

Dans le hall, la silhouette se figea. À l'étage, une porte s'ouvrit brutalement et Rockwell se rua dans l'escalier. La main verte quitta la lumière pour disparaître dans le dos du nouveau venu.

Rockwell s'arrêta à mi-descente. « Qui êtes-vous ? »

La silhouette s'avança dans la lumière.

Rockwell plissa des yeux.

« Hartley ! Pourquoi êtes-vous revenu ?

— Il s'est passé quelque chose. Vous feriez mieux de ramener McGuire. Il est parti en courant dans la tempête. Il déblatérait comme un débile. »

Rockwell préféra garder ses pensées pour lui. Il lança un coup d'œil suspicieux à Hartley, descendit en hâte les dernières marches et sortit dans le vent glacé.

« McGuire ! McGuire ! Revenez, espèce de crétin ! »

Ruisselant de pluie, le médecin partit au petit trot à la recherche de son assistant, qui pleurait comme un veau à une centaine de mètres du sanatorium.

« Smith… Smith, il marche…

— C'est absurde. Hartley est revenu, voilà tout.

— Mais j'ai vu une main verte ! Elle bougeait !

— Vous l'avez rêvée.

— Non, non ! » Flasque et pâle, McGuire dégoulinait de pluie. « J'ai vu une main verte, croyez-moi ! Pourquoi Hartley est-il revenu ? Il… »

Quand Rockwell entendit ce nom, la compréhension l'écrasa brutalement. La peur déferla dans son crâne, le flou dément des feux de détresse, le tranchant déchiqueté d'un appel à l'aide désespéré et silencieux.

« Hartley ! »

Repoussant McGuire sans ménagement, Rockwell fit brusquement volte-face et s'élança vers le sanatorium. Dans le hall, en bas…

La porte de Smith avait été forcée.

Debout au milieu de la pièce, une arme à la main, Hartley se retourna en entendant arriver Rockwell. Tous deux agirent simultanément : Hartley fit feu au moment où le médecin éteignait la lumière.

Les ténèbres. Une flamme traversa la pièce, un éclair qui souligna le corps rigide de Smith comme le flash d'un appareil photo. Rockwell bondit vers la flamme, mais à l'instant même où il se jetait en avant, il comprit pourquoi Hartley était revenu, et le choc le terrassa. Car quand les lumières s'étaient éteintes, il avait aperçu les doigts d'Hartley.

Ils étaient marbrés d'un vert fragile.

Allons-y pour les coups de poing. Quand les lumières se rallumèrent, Hartley s'écroulait, et McGuire, tout dégoulinant sur le seuil, demanda d'une voix tremblante : « Est-ce que… Est-ce qu'il a tué Smith ? »

Le « patient » n'avait subi aucun dommage. La balle était passée au-dessus de lui.

« Mais quel abruti, quel abruti ! C'est le cas le plus important de l'histoire et ce crétin veut le détruire ! » s'écria Rockwell, penché au-dessus de la forme inerte d'Hartley.

Ce dernier revenait lentement à lui. « J'aurais dû m'en douter. Smith vous a prévenu.

— C'est absurde, enfin ! Il… » Stupéfait, Rockwell s'interrompit. Frappé par une prémonition brutale. Oui. Il lança un regard furibond à Hartley. « Je vous accompagne à l'étage. Je vous y enferme pour la nuit. Vous aussi, McGuire. Comme ça, vous pourrez le surveiller.

— Mais regardez sa main ! Elle est verte ! C'était Hartley dans le hall, pas Smith ! » coassa le gros homme.

Hartley examina ses doigts. « Joli, hein ? ricana-t-il, amer. Dès que Smith est tombé malade, j'ai été soumis à ces radiations, moi aussi. Pendant longtemps. Je vais me transformer en… en monstre, comme lui. Mes doigts sont verts depuis plusieurs jours. Je les ai cachés et j'ai essayé de ne rien dire. Mais ce soir, impossible de supporter ça plus longtemps. Si je suis revenu, c'est pour détruire Smith, à cause de ce qu'il m'a fait… »

Un bruit sec déchira l'air, et les trois hommes se figèrent.

Trois minuscules écailles se détachèrent de la chrysalide de Smith et s'envolèrent avant de retomber en spirale.

Rockwell se précipita vers la table. Bouche bée, il s'exclama : « Ça alors ! Elle commence à se fissurer !

De la clavicule à l'os nasal, une fissure microscopique ! Smith va bientôt émerger de sa chrysalide ! »

Les bajoues de McGuire tremblotèrent. « Et ensuite ?

— Nous tiendrons notre surhomme, dit Hartley d'un ton tranchant, acerbe. Question : à quoi ressemble un surhomme ? Réponse : personne ne le sait. »

Une autre croûte se craquela, libérant ses écailles.

McGuire frissonna. « Vous allez tenter de parler avec lui ?

— Absolument.

— Depuis quand les… les papillons parlent-ils ?

— Oh bon Dieu, McGuire ! »

Une fois les deux autres soigneusement enfermés à l'étage, Rockwell se barricada lui aussi, mais dans la chambre de Smith. Il s'installa sur un lit de camp pour la longue nuit humide qui l'attendait, une nuit qu'il passerait à observer, à écouter, à réfléchir.

Une nuit à regarder les minuscules écailles se détacher de la peau friable parce que l'Inconnu qu'elle contenait luttait sereinement pour s'en extraire.

Rockwell n'avait plus que quelques heures à attendre. La pluie bavarde glissait sur la maison. À quoi ressemblerait-il ? Des oreilles modifiées pour une audition plus performante ? Des yeux supplémentaires ? Une transformation de la structure squelettique, de l'agencement facial, des os, de l'emplacement des organes, de la texture de la peau ? Un million d'autres modifications ?

De plus en plus fatigué, Rockwell luttait contre le sommeil. Ses paupières étaient lourdes, lourdes…

Et s'il se trompait ? Et si sa théorie s'avérait complètement incohérente ? Et si Smith se réduisait désormais à un peu de gelée dans une chrysalide ? Et s'il en ressortait fou, dément, si différent de ses congénères qu'il risquait de représenter une menace pour la planète ? Non, bien sûr que non ! Rockwell secoua sa tête dodelinante. Smith était parfait. Parfait. En Smith, aucune place pour les pensées malfaisantes. Il était parfait.

Un calme mortel régnait sur le sanatorium. Le seul bruit perceptible était le faible crépitement des écailles de chrysalide touchant le sol…

Rockwell s'endormit, sombrant dans les ténèbres qui effaçaient la pièce. Une nuée de rêves se rassembla au-dessus de lui. Des rêves où Smith se levait, tout raide, et marchait avec des mouvements saccadés, et où Hartley hurlait en brandissant une hache brillante qu'il plantait encore et encore dans l'armure verte de la créature, la réduisant en horreur liquéfiée. Des rêves où McGuire courait en bavassant dans une pluie de sang. Des rêves où…

Les chauds rayons du soleil. Les chauds rayons du soleil inondaient la pièce. C'était le matin. Vaguement tracassé à l'idée que les stores étaient levés, Rockwell se frotta les yeux. Les stores étaient… Il quitta son lit d'un bond. Le soleil ! Les stores n'avaient pas pu se lever tout seuls ! Ils étaient tirés depuis des semaines ! Le médecin cria.

La porte était ouverte. Aucun bruit dans le sanatorium. Rockwell dut se forcer à tourner la tête pour jeter un coup d'œil à la table sur laquelle Smith était censé être étendu.

Il ne s'y trouvait pas.

Il n'y avait que le soleil sur cette table. Le soleil, et quelques restes de la chrysalide réduite en miettes. Des restes.

Des tessons friables, brisés : une silhouette abandonnée, fendue en deux, un bout de carapace ayant contenu une cuisse, une trace de bras, une éclisse de poitrine, c'était tout ce qui restait de Smith !

Il avait disparu. Complètement dévasté, Rockwell tituba jusqu'à la table pour fureter bêtement dans l'épiderme de papyrus friable. Puis il quitta la pièce en vacillant comme un ivrogne. Montant l'escalier d'un pas lourd, il cria :

« Hartley ! Qu'avez-vous fait de lui ? Hartley ! Vous avez cru que vous pouviez le tuer, disposer de son corps comme bon vous chantait et me guider sur une fausse piste en ne laissant derrière vous que quelques fragments de carapace ? »

Rockwell déverrouilla maladroitement la porte de la pièce où McGuire et Hartley avaient dormi. Il les trouva tous deux à l'intérieur.

« Ça alors, vous êtes là ! s'exclama le médecin, hébété. Vous n'avez pas pu vous rendre au rez-de-chaussée. Sauf si vous avez déverrouillé la porte, si vous êtes descendus, si vous avez défoncé celle de la chambre, si vous l'avez tué et… Non, c'est impossible.

— Quel est le problème ?

— Smith a disparu ! McGuire, Hartley a-t-il quitté cette pièce ?

— Pas de la nuit.

— Donc, il n'y a qu'une seule explication : Smith est sorti de sa chrysalide et s'est échappé pendant la nuit ! Je ne le verrai jamais ! Je ne pourrai jamais le voir, nom d'un chien ! Qu'est-ce qui m'a pris de dormir ? Quel imbécile !

— Si je comprends bien, cette histoire est réglée, constata Hartley. Cet homme est dangereux, sinon pourquoi partir ? Dans le cas contraire, il nous aurait permis de l'examiner ! Dieu seul sait où il est à présent.

— Nous devons le retrouver ! Il ne peut pas être bien loin. Nous devons le retrouver ! Dépêchez-vous, Hartley. McGuire ! »

Le secrétaire s'assit pesamment. « Je ne bouge pas de là. Il n'a qu'à se retrouver tout seul. J'en ai marre. »

Rockwell refusa d'en entendre plus. Il redescendit l'escalier avec Hartley sur les talons, et quelques instants plus tard, McGuire les rejoignait, le souffle court.

Très agité, le médecin traversa le hall et prit position près des larges fenêtres qui ouvraient sur le désert et les montagnes où se déversait le soleil matinal. Il jeta un coup d'œil furtif à l'extérieur. Quelle chance avaient-ils de retrouver Smith ? Le premier super-être. Premier d'une longue lignée, peut-être. Rockwell suait. Smith n'allait pas partir sans se montrer au moins à lui ! Il ne pouvait partir ainsi. Et s'il le faisait ?

La porte de la cuisine s'ouvrit lentement.

Un pied franchit le seuil, puis un deuxième. Une main se leva contre le mur. De la fumée de cigarette jaillit de lèvres pincées.

« Quelqu'un me cherche ? »

Stupéfait, Rockwell se retourna. Il vit Hartley changer d'expression et entendit McGuire s'étrangler de surprise. Tous trois prononcèrent le même mot en même temps, comme pour donner la réplique au nouveau venu :

« Smith. »

Ce dernier exhala la fumée de sa cigarette. D'un rose presque rouge, son visage semblait brûlé par le soleil. Ses yeux bleus scintillaient. Il était pieds nus et avait enfilé une vieille robe de chambre de Rockwell.

« Pourriez-vous me dire où je me trouve, je vous prie ? Qu'ai-je fait au cours des trois ou quatre derniers mois ? Et cet endroit, c'est un hôpital ? »

Rockwell sentit une cruelle consternation s'abattre sur lui. Il déglutit.

« Bonjour, je… C'est que… Vous ne vous souvenez de rien ? »

Smith leur montra le bout de ses doigts. « Je me rappelle avoir verdi, si c'est ce que vous voulez dire. Mais ensuite… Rien. » Il passa sa main rose dans ses cheveux brun noisette avec la vigueur d'une créature qui venait de renaître, d'un être heureux de respirer à nouveau.

Rockwell s'affaissa contre le mur. Sous le choc, il porta les mains à son visage et secoua la tête. Il n'en croyait pas ses yeux. « À quelle heure êtes-vous sorti de la chrysalide ?

— À quelle heure suis-je sorti de… Quoi ? »

Le médecin l'entraîna dans le hall jusqu'à la pièce d'à côté et lui désigna la table.

« Je ne vois pas où vous voulez en venir, dit Smith avec une totale franchise. Il y a une demi-heure, je me suis réveillé debout dans cette pièce et complètement nu.

— C'est tout ? » s'exclama McGuire, d'un ton plein d'espoir. Il semblait soulagé.

Rockwell expliqua l'origine de la chrysalide étalée sur la table.

Smith fronça les sourcils. « C'est ridicule. Et qui êtes-vous, d'abord ? »

Le médecin lui présenta ses deux camarades.

S'adressant à Hartley, Smith plissa les yeux. « Vous, je me rappelle. Vous êtes arrivé quand je suis tombé malade, n'est-ce pas ? Dans le labo de radiologie. Mais c'est stupide. C'était quoi, cette maladie ? »

Les muscles des joues d'Hartley étaient tendus comme des câbles d'acier. « Ce n'était pas une maladie. Vous ne savez vraiment rien ?

— Je me suis retrouvé parmi des gens étranges dans un sanatorium étrange. Je me suis retrouvé tout nu dans une pièce avec un homme qui dormait sur un lit de camp. J'ai fait le tour du sanatorium parce que j'avais faim, je suis allé dans la cuisine, j'ai trouvé à manger, j'ai mangé, j'ai entendu parler des gens excités, puis on m'a accusé d'être sorti d'une chrysalide. Que suis-je censé penser de tout cela ? Au fait, merci pour la robe de chambre, la nourriture et la cigarette que je vous ai empruntées. Et je n'ai pas voulu vous réveiller, monsieur Rockwell. Je ne savais pas qui vous étiez et vous aviez l'air affreusement fatigué.

— Bah, ce n'est pas grave. » Le médecin n'arrivait pas à y croire. Tout s'écroulait autour de lui. À chaque mot que prononçait Smith, ses espoirs se fracassaient comme la chrysalide friable. « Comment vous sentez-vous ?

— Très bien. En pleine forme. C'est remarquable, si l'on considère le temps que j'ai passé inconscient.

— Tout à fait remarquable, répéta Hartley.

— Vous imaginez ma réaction quand j'ai vu le calendrier ! Tous ces mois, boum, disparus ! Je me demande ce que j'ai fait pendant tout ce temps.

— Nous nous posons la même question. »

McGuire éclata de rire. « Laissez-le tranquille, Hartley. Ce n'est pas parce que vous le haïssiez…

— Vous me haïssiez ? » Smith leva les sourcils. « Moi ? Et pourquoi ? »

Hartley tendit brusquement les doigts. « Regardez ! Voilà pourquoi ! Vos maudites radiations ! Nuit après nuit, je suis resté à votre chevet au labo ! Alors, que dois-je faire, d'après vous ?

— Hartley, asseyez-vous. Restez calme, l'avertit Rockwell.

— Je ne veux pas m'asseoir et je ne veux pas rester calme ! Cette imitation d'homme, ce type cramoisi qui a monté le plus grand canular de l'histoire, il vous berne tous les deux, on dirait ! Si vous aviez le moindre bon sens, vous supprimeriez Smith avant qu'il ne prenne la fuite ! »

Rockwell voulut s'excuser pour l'accès de colère d'Hartley.

Smith secoua la tête. « Non, laissez-le parler. De quoi s'agit-il ?

— Vous le savez déjà ! hurla Hartley, furieux. Pendant les mois où vous êtes resté étendu là, vous nous avez écoutés, vous avez comploté ! Vous ne parviendrez pas à me tromper, moi ! Vous avez réussi avec Rockwell. Il s'attendait à voir surgir un surhomme, et vous le décevez. D'ailleurs, si cela se trouve, vous êtes un surhomme. Mais peu importe. Vous n'êtes plus Smith, en tout cas. Vous n'êtes plus le dénommé

Smith. Vous voulez seulement nous le faire croire. Vous n'aviez pas prévu que nous saurions tout de vous, et le monde ne doit pas découvrir votre existence. Nous tuer serait aisé, mais vous préférez prendre tout le temps qu'il faudra pour nous convaincre que vous êtes normal. C'est la meilleure solution. Vous auriez pu vous échapper il y a quelques minutes, mais vous auriez semé les graines du doute dans votre sillage. Voilà pourquoi vous préférez attendre : vous voulez nous convaincre que vous êtes normal.

— Il *est* normal ! gémit McGuire.

— Absolument pas. Son esprit a changé. Cet homme est très malin.

— Alors faites-lui passer des tests d'associations de mots, proposa le secrétaire.

— Il est aussi trop malin pour cela.

— Bon, eh bien, c'est très simple ! Faisons-lui une prise de sang, auscultons-le, injectons-lui des sérums ! »

Smith avait l'air perplexe. « Allez-y, menez vos expériences sur moi, si c'est vraiment ce que vous voulez. Mais c'est stupide. »

Cette réaction indigna Hartley, qui dévisagea Rockwell et s'exclama : « Allez chercher les seringues hypodermiques ! »

Le médecin revint avec les seringues. Il réfléchissait. Smith était peut-être vraiment un surhomme, après tout. Son sang. Ce super-sang, capable d'exterminer les germes. Sa respiration. Un surhomme qui s'ignorait. Oui. Oui, effectivement, c'était plausible…

Rockwell effectua une prise de sang sur son patient puis examina le liquide au microscope. Ses épaules s'affaissèrent. Ce sang était normal. Les germes qu'on y introduisait prenaient tout leur temps pour mourir.

Ce sang avait perdu sa propriété super-germicide. La solution nutritive inconnue avait également disparu, et Rockwell poussa un soupir. Il se sentait misérable. La température de Smith était normale, de même que son pouls. Son système nerveux et sensoriel réagissait selon les règles.

« Eh bien, voilà qui résout la question », fit remarquer le médecin à voix basse.

Yeux écarquillés, se tenant le visage de ses grands doigts osseux, Hartley se laissa tomber sur une chaise. Il s'excusa dans un souffle : « Je suis désolé. C'est mon… mon cerveau qui a imaginé tout ça, je suppose. Ces mois sont passés si lentement ! Nuit après nuit… Ça a fini par m'obséder, par me faire peur. Je me suis couvert de ridicule. Je suis désolé. Je suis désolé. » Il fixa ses doigts verts. « Mais que va-t-il m'arriver ?

— Je m'en suis remis, vous savez. Vous vous en remettrez vous aussi, je suppose, le rassura Smith. Je compatis, mais ce n'était même pas désagréable… En fait, je ne me souviens de rien. »

Hartley se détendit. « Mais… Oui, vous avez sans doute raison. Ça ne me plaît pas du tout que mon corps durcisse, mais je ne peux pas l'éviter. Tout ira bien. »

Accablé par un découragement phénoménal, Rockwell se sentait mal. L'énergie intense, l'impatience, le désir, la curiosité, le feu, toutes ces sensations avaient sombré en lui. C'était donc cela, l'homme qui était sorti de la chrysalide ? Exactement le même que celui qui y était entré. Toute cette attente, toutes ces questions pour rien !

Il aspira une bouffée d'air et s'efforça de stabiliser les pensées qui cavalaient dans sa tête. Tumulte. Le type aux joues roses et à la voix reposée qui fumait calmement devant lui n'était qu'un homme ordinaire ayant subi une irritation partielle de la peau. Ses glandes s'étaient déchaînées sous l'effet des radiations, mais ce n'était qu'un homme. Prenant ses désirs pour la réalité, l'intellect de Rockwell, son esprit fantasque et excessivement imaginatif s'était emparé de chaque facette de cette maladie pour recréer l'organisme parfait. Le médecin venait de subir un choc violent. Il était profondément déçu.

La survie de Smith malgré la privation de nourriture, la pureté de son sang, sa température peu élevée et autres preuves de sa « supériorité » n'étaient désormais que les symptômes fragmentés d'une étrange maladie. Une maladie, et rien de plus. Une maladie vaincue, annihilée, qui ne laissait derrière elle que des petits débris friables sur une table baignée de soleil. Il ne restait plus à Rockwell qu'à observer Hartley si sa maladie progressait et à en informer le monde médical.

Sauf que le médecin se moquait de la maladie. Seule la perfection comptait à ses yeux. Et cette perfection s'était fissurée, déchirée, cette perfection lui avait été arrachée, cette perfection avait disparu. Le rêve du médecin s'était envolé. Sa super-créature avait disparu. Il se moquait désormais que le monde durcisse, verdisse et devienne ridiculement friable.

Smith faisait de grands gestes des mains. « Je ferais mieux de retourner à Los Angeles. J'ai un travail important à reprendre au labo. Mon ancien boulot m'attend. Désolé, je ne peux pas rester. Vous comprendrez sûrement.

— Vous pourriez au moins rester quelques jours,

pour vous reposer », suggéra Rockwell. Il détestait voir s'évanouir la dernière trace de son rêve.

« Merci, c'est gentil, mais non. Dans une semaine à peu près, je passerai vous voir à votre cabinet pour un nouveau bilan de santé, docteur. Cela vous convient-il ? Et l'année prochaine, je viendrai me soumettre à un examen toutes les deux semaines, d'accord ?

— D'accord. Très bien, Smith. Faites donc cela, s'il vous plaît. J'aimerais discuter de votre maladie avec vous. Vous avez de la chance d'être en vie.

— Je vous conduis à Los Angeles ? proposa joyeusement McGuire.

— Ne prenez pas cette peine. Je vais marcher jusqu'à Tujunga et j'attraperai un taxi. Je tiens vraiment à y aller à pied. Cela fait si longtemps ! Je veux éprouver les sensations de la marche. »

Rockwell lui prêta une vieille paire de chaussures et un vieux costume.

« Merci, docteur. Dès que possible, je vous rembourserai ce que je vous dois.

— Vous ne me devez pas un centime. C'était très intéressant.

— Eh bien, au revoir, docteur. Monsieur McGuire… Hartley…

— Au revoir, Smith.

— Au revoir. »

Le « patient » emprunta le sentier qui menait au lit de rivière asséché, cuit par le soleil de cette fin d'après-midi. L'homme marchait avec aisance, gaiement, en sifflotant. *Si seulement je pouvais siffler à cette heure*, se dit Rockwell, très las.

Smith ne se retourna qu'une fois pour leur faire un

signe de la main, puis il grimpa à grands pas la colline et prit la direction de la ville, au loin.

Rockwell le regarda s'éloigner comme un petit enfant regarde les vagues éroder et détruire son château de sable favori. « Je n'arrive pas à y croire, répétait-il sans relâche. Je n'arrive pas y croire. Toute cette affaire se termine si prématurément, si brutalement pour moi. Je me sens triste et vide à intérieur.

— Eh bien moi, je vois la vie en rose ! » gloussa gaiement McGuire.

Debout en plein soleil, ses mains vertes pendant délicatement le long de son corps, le pâle Hartley semblait réellement détendu pour la première fois depuis des mois, pensa Rockwell.

« Je m'en sortirai très bien, disait doucement son collègue. Je m'en sortirai très bien. Merci, mon Dieu. Merci, mon Dieu, je ne vais pas me transformer en monstre. Je vais rester moi-même ! » Il se tourna vers Rockwell. « Mais s'il vous plaît, faites quelque chose pour moi : ne laissez personne m'enterrer par erreur. Ne laissez personne m'enterrer par erreur, ne laissez personne croire que je suis mort. Souvenez-vous-en. »

Smith s'engagea sur le sentier qui traversait le lit du cours d'eau asséché puis escaladait le relief. C'était déjà la fin de l'après-midi et le soleil disparaissait derrière les collines bleutées. Quelques rares étoiles brillaient au firmament. L'odeur de l'eau, de la poussière et des orangers lointains flottait dans l'air chaud.

Le vent se leva. Tout en marchant, Smith inspirait profondément.

Une fois hors de vue, loin du sanatorium, il s'arrêta, se figea. Et leva les yeux vers le ciel.

Il jeta la cigarette qu'il venait de fumer et l'écrasa sous son talon d'un geste précis. Ensuite, son corps harmonieux se raidit. Smith rejeta ses cheveux bruns en arrière, ferma les yeux, déglutit. Ses doigts se relâchèrent au bout de ses bras pendants.

Sans le moindre effort, avec un léger bruit semblable à un murmure, Smith décolla en douceur dans l'air chaud du désert.

Il s'éleva rapidement, tranquillement, et disparut très vite au milieu des étoiles, direction l'espace intersidéral…

DEUXIÈME PARTIE

MAINTENANT ET À JAMAIS

Quelque part joue une fanfare

INTRODUCTION
Quelque part

Certaines histoires, qu'il s'agisse de nouvelles ou de romans courts ou longs, naissent d'une seule impulsion, immédiate et évidente. D'autres découlent de différentes péripéties de l'existence qui bien après leur survenue finissent par se rassembler pour former un tout.

L'année de mes six ans, mon père, pris d'une impérieuse envie de voyager, nous embarqua tous pour Tucson, en Arizona. Nous y vécûmes pendant un an dans un environnement en plein développement ; pour moi, ce fut grisant. La ville, très petite, était en pleine croissance. Rien n'est plus excitant que de prendre part à l'évolution d'un endroit. À Tucson, j'éprouvai un grand sentiment de liberté et je me fis de nombreux et merveilleux amis.

Un an plus tard, nous retournâmes à Waukegan, dans l'Illinois, la ville où j'étais né et où j'avais passé les premières années de ma vie. Mais nous revînmes nous installer à Tucson lorsque j'eus douze ans, et mon enthousiasme fut encore plus grand cette fois-là : comme nous vivions en bordure de la ville, je devais traverser le désert tous les jours pour me rendre à pied à l'école. En chemin, je découvrais de fantastiques variétés de cactus, je croisais des lézards, des araignées et parfois des serpents ; et c'est cette année-là que je me mis à écrire.

Ensuite, beaucoup plus tard, en Irlande, au cours de l'année passée là-bas à l'écriture du scénario de *Moby Dick*, le film de John Huston, je découvris les œuvres de Stephen Leacock, un écrivain humoriste canadien, et parmi elles, un charmant petit récit intitulé *Un été à Mariposa — Croquis en un clin d'œil.*

Ce récit me séduisit tant que je cherchai à persuader la MGM d'en tirer un film. Je rédigeai donc les premières pages d'un script pour pouvoir expliquer au studio comment j'envisageais le passage du livre à l'écran. L'intérêt de la MGM ne se concrétisa jamais et je me retrouvai avec un début de scénario imprégné de l'ambiance d'une petite ville. Parallèlement, je ne pouvais m'empêcher de me rappeler la Tucson que j'avais connue et aimée à six et douze ans. Je m'attelai donc à mon propre scénario et à une nouvelle se déroulant dans une petite ville située quelque part dans le désert.

Au cours de ces années, je croisais régulièrement Katharine Hepburn, que ce fût en chair et en os ou sur grand écran. J'étais complètement subjugué par l'air de jeunesse qu'elle conservait malgré le passage du temps.

En 1955, je la vis dans le rôle principal du film *Vacances à Venise*. Elle avait alors la quarantaine bien sonnée. D'une façon ou d'une autre, cette vision m'a poussé à faire de Katharine l'héroïne d'une histoire encore sans titre. Il devenait évident que *Quelque part joue une fanfare* prenait forme.

Il y a une trentaine d'années sortit au cinéma *Le Lion et le Vent*, avec Sean Connery. La musique, fabuleuse, était de Jerry Goldsmith. Elle me plut tant qu'une fois rentré chez moi, je m'assis, la jouai et composai un long poème inspiré par cet enchantement musical.

Au fur et à mesure de ma progression dans les prémisses de mon récit, j'y intégrai également ce poème. Je ne saisissais pas encore *Quelque part joue une fanfare* dans sa totalité, mais il me semblait que tous ces éléments allaient finir par se combiner : mon année à Tucson à l'âge de six ans, mon nouveau séjour là-bas à douze ans, les différentes rencontres avec Katharine Hepburn, son allure magique dans *Vacances à Venise*, et le long poème inspiré par la musique du film *Le Lion et le Vent*. Tout se mettait en place, m'incitant à écrire le long prologue de la novella qui résulta finalement de ce processus.

Aujourd'hui, quand je regarde en arrière, j'ai conscience de ma chance d'avoir pu rassembler de tels éléments, de les avoir préservés et finalement réunis dans *Quelque part joue une fanfare*, et tout au long de ce chemin, d'avoir également pu bénéficier de multiples coups de main. Par exemple celui de ma chère amie Anne Hardin, qui, ces dernières années, m'a fortement encouragé à publier ce roman. Voilà pourquoi ce travail lui est en partie dédié.

Bien entendu, j'avais espéré achever ce récit assez tôt pour voir Katharine Hepburn (peu importait son âge) en interpréter le premier rôle féminin dans un théâtre ou au cinéma. Katie attendit patiemment, mais les années passaient, elle se fatiguait, et finalement, elle quitta notre monde. Quoi qu'il en soit, elle mérite largement de s'être vue consacrer ce récit, cela ne fait aucun doute à mes yeux.

À Katharine Hepburn et Anne Hardin,
avec tout mon amour

1

Dans la plaine désertique livrée au vent, au soleil et à l'armoise, un doux silence poussait parmi les fleurs sauvages. Une voie ferrée traversait ce silence, mais soudain, les rails frémirent.

Cernée de flammes et de vapeur, dans un vacarme tonitruant, une locomotive noire venant de l'est chargea en gare, ralentissant son allure à hauteur d'un quai jonché de confettis, restes des billets poinçonnés par les contrôleurs des trains de passage.

La locomotive ralentit à peine, juste le temps de permettre à un bagage catapulté hors d'un wagon d'atterrir sur le quai, bagage bientôt suivi par un jeune homme qui se reçut en cavalant pour conserver son équilibre. Le train reprit en rugissant sa course échevelée, comme si ni la gare, ni le bagage, ni son propriétaire n'existaient. Le jeune homme en costume d'été s'arrêta tant bien que mal dans la poussière qui retombait autour de lui, et examina les alentours. Il distingua au loin les pourtours imprécis de petites maisons.

« Bon sang, il y a quelque chose ici, après tout », murmura-t-il.

La poussière dissipée, d'autres toits devinrent visibles, des flèches d'église, des arbres.

« Pourquoi ? Pourquoi ici ? » chuchota-t-il ensuite.

Il formula sa réponse plus doucement encore : « Parce que. »

2

Parce que.

La nuit précédente, dans un demi-sommeil, il avait senti quelque chose s'inscrire à l'intérieur de ses paupières.

Sans ouvrir les yeux, il avait lu ces mots qui défilaient :

Quelque part joue une fanfare
Interprétant des airs étranges,
De tournesols et de marins
Emportés sous des lunes bizarres
Quelque part tremble un tambour
Qui vibre aux temps délaissés,
Aux souvenirs de jours d'été,
Et de futurs non encore nés.

« Pas si vite », s'entendit-il dire.

Il ouvrit les yeux et le texte cessa de défiler.

Il leva un peu la tête, puis la reposa sur l'oreiller, rasséréné.

Dès qu'il referma les yeux, le déroulement reprit :

Ces futurs lointains sont anciens
Chargés de la poussière d'Égypte

Odeur de tombeau, de lilas
Et graine répandue du désir,
Pêche suspendue à la branche,
Bien loin dans le ciel, hors d'atteinte
Momies charmantes comme des homards
Souviens-toi des futurs anciens
Et enseigne.

Pendant quelques instants, il sentit ses yeux frémir et les garda fermés plus fort, comme pour changer ces vers ou les faire disparaître.

Et tandis qu'il veillait dans le noir, des mots se formèrent à nouveau dans le crépuscule de son crâne, et ces mots, les voici :

Des enfants sont assis sur le sol de pierre
Dans le sable ils dessinent leurs vies,
Se souvenant de morts qui n'arriveront pas
De futurs inconnus, et de pays lointains.
Quelque part joue une fanfare,
Dans le ciel où jamais la lune ne se couche
Et où personne ne dort en été,
Et où tous survivent à la mort,
Et où le Temps est éternel
Et où les cœurs battent pour toujours,
Au rythme du vieux lune-tambour,
Et de l'Éternité qui danse.

« C'est trop, s'entendit-il murmurer. C'est trop pour moi. Est-ce donc ainsi que naissent les poèmes ? Et d'où ces mots viennent-ils ? Est-ce que c'est terminé ? »

Pour s'en assurer, il reposa sa tête sur l'oreiller et

referma les yeux. Alors, apparurent les phrases suivantes :

Quelque part les vieilles gens vagabondent
Et s'attardent à la lumière du jour,
Ils dorment dans les champs de blé,
Et lorsque la lune les réveille, ils sont enfants.
Quelque part errent les enfants devenus vieux,
En sachant ce qu'est la mort,
Et dans leurs sanglots ils méditent,
Blottis, inconscients, sous leurs lits.
Ils prennent place à la longue table,
Où la Vie se repaît de chair,
Où l'invalide devient valide
Et où le pourri enfile son masque frais.
Quelque part joue une fanfare,
Oui, écoutez cette mélodie !
Quiconque l'apprend danse à jamais,
En juin…
Encore en juin…
Et pour toujours en juin,
La Mort absurde sera impuissante
La Mort à jamais réduite au silence
En juin et pour toujours en juin.

Il faisait complètement nuit à présent. Le calme régnait dans la pénombre.

Le jeune homme ouvrit grand les yeux et contempla le plafond, incrédule, puis se retourna dans le lit pour attraper sur sa table de nuit une carte postale qu'il examina attentivement.

Finalement, à mi-voix, il se posa une question : « Suis-je heureux ? »

Et se répondit : « Non, je ne suis pas heureux. »

Très lentement, il se leva, s'habilla, descendit au rez-de-chaussée, se rendit à pied à la gare, acheta un billet et prit le premier train en partance vers l'ouest.

3

Parce que.

Bon d'accord, cet endroit n'est pas sur la carte, pensa-t-il en scrutant les voies. *Mais quand le train a ralenti, j'ai sauté, parce que…*

Il se retourna et aperçut une enseigne battue par le vent surplombant cette pauvre gare qui semblait devoir sombrer d'un moment à l'autre sous des marées de sable : SUMMERTON, ARIZONA.

« Oui, monsieur. »

En baissant les yeux, le voyageur découvrit un homme d'âge mûr, cheveux blonds et regard clair, assis à l'entrée de la gare délabrée. L'homme, qui portait une casquette avec l'inscription CHEF DE GARE brodée en rouge sur la visière, se rencogna dans l'ombre. Au-dessus de lui était suspendue toute une panoplie de couvre-chefs sur lesquels on lisait : GUICHETIER, CHEF DE CONSIGNE, AIGUILLEUR, GARDIEN DE NUIT, TAXI.

« À votre service. Que puis-je faire pour vous ? Un billet pour le prochain train ? Peut-être désirez-vous vous rendre aux Armes d'Égypte, à deux rues d'ici ? suggéra l'homme, qui dévisageait posément l'étranger.

— Mon dieu, aucune idée. » Le jeune homme se passa une main sur le front et cligna des yeux dans toutes les directions. « Je suis ici par hasard, figurez-vous. Je ne sais pas pourquoi, j'ai sauté du train.

— Il ne faut pas plaisanter avec les intuitions. Qui sait, vous l'avez peut-être échappé belle… Bon alors, vous vous décidez ? insista le chef de gare, qui voulait sa réponse.

— Très bien ! Je vais prendre un taxi ! Aux Armes d'Égypte, à deux rues d'ici ! Parfait ! s'exclama le jeune homme avec précipitation.

— À votre guise, mais sachez tout de même que vous n'y verrez aucun Égyptien, et pas non plus de delta du Nil. Et que Cairo[1], dans l'Illinois, se trouve à mille six cents kilomètres à l'est. Mais nous ne manquons pas d'armes, je suppose. »

Le vieil homme se leva, ôta sa casquette de chef de gare et la remplaça par celle de chauffeur de taxi. Comme il se penchait pour s'emparer de la petite valise, le jeune homme s'étonna : « Vous n'allez pas la laisser comme ça… ?

— La gare ? Bah, elle se surveillera toute seule. Les voies ne mènent nulle part, il n'y a rien à voler et il se passera bien quelques jours avant qu'un autre train ne vienne nous déranger. Suivez-moi. » Il souleva la valise, émergea des ombres en traînant des pieds et tourna au coin de l'édifice.

Il n'y avait pas de taxi derrière le bâtiment, mais un cheval blanc plutôt racé qui semblait attendre patiemment. Et à ce cheval était attelé un petit fourgon por-

1. Le Caire : Cairo, en anglais. *(N.d.T.)*

tant une inscription peinte sur son flanc : *Boulangerie Kelly, pain frais.*

Le vieil homme fit signe au jeune étranger, qui grimpa dans le fourgon surchauffé, s'installa à l'ombre et prit une profonde inspiration.

« Sentez-moi cette odeur délicieuse ! Je viens de livrer deux douzaines de miches ! s'exclama le "chauffeur de taxi".

— Ça, c'est le parfum du jardin d'Éden au premier matin », répliqua son passager.

Le vieil homme haussa les sourcils. « Et maintenant, dites-moi, pourquoi un journaliste qui ambitionne de devenir écrivain vient-il traîner à Summerton, Arizona ?

— Parce que, dit le jeune homme.

— Parce que ? répéta le vieux. Bien vu. C'est l'une des meilleures raisons au monde. Elle offre un certain nombre de possibilités. » Il s'installa sur le siège du meneur, jeta un regard bienveillant au cheval attentif et avec un doux claquement de langue, lui lança : « Claude ! »

En entendant son nom, le cheval les emmena à Summerton, Arizona.

4

L'air était brûlant autour du fourgon, mais dès qu'ils atteignirent le couvert des arbres, la température tomba un peu.

Le jeune homme se pencha vers l'avant. « Dites-moi, comment avez-vous deviné ?

— Quoi ?

— Que je suis écrivain ? »

Le chauffeur de taxi jeta un coup d'œil aux arbres qui défilaient et hocha la tête.

« Votre langue améliore vos propos au fur et à mesure que vous les énoncez. Continuez à parler, allez-y.

— Certaines rumeurs circulent à propos de Summerton.

— Nombreux sont ceux qui les entendent, mais peu d'entre eux parviennent jusqu'ici.

— On raconte que votre ville se dresse dans un autre temps et un autre espace, et qu'elle est peut-être en train de disparaître. J'espère qu'elle survivra.

— Montrez-moi vos excellents yeux », dit le meneur.

Le journaliste se tourna et plongea son regard dans celui de son interlocuteur.

Le vieil homme hocha à nouveau la tête.

« Bien. Vous n'êtes pas encore aigri. Je pense que vous êtes objectif, et que vous dites ce que vous pensez. Soyez le bienvenu. Je m'appelle Elias Culpepper.

— Enchanté, monsieur Culpepper. » Le jeune homme lui frôla l'épaule. « Moi, c'est James Cardiff, ajouta-t-il.

— Seigneur, on fait la paire, vous ne trouvez pas ? Culpepper et Cardiff ! Je nous imagine bien distingués associés. Un cabinet d'avocats ou d'architectes, une imprimerie, ce genre de chose ! Des noms comme ça, ça ne court pas les rues. Culpepper, et maintenant Cardiff ! »

Claude le cheval se mit à trotter un peu plus vite à l'ombre des arbres.

Le cheval battait le pavé urbain. Elias Culpepper se lança dans des explications intarissables sur les endroits qu'il désignait.

« Là, c'est la fabrique d'enveloppes. Tout notre courrier en dépend. Et voici la centrale thermique. Elle produisait de la vapeur, mais j'ai oublié pourquoi. Et là, nous passons devant les *Nouvelles Culpepper de Summerton*. S'il se passe quelque chose, nous l'imprimons une fois par mois ! Quatre pages, grosse police très lisible. Vous voyez, nous faisons plus ou moins le même métier, vous et moi. Bien sûr, vous, vous ne menez pas d'attelage et vous ne poinçonnez pas les billets de train.

— Ça, c'est évident », approuva James Cardiff, et tous les deux éclatèrent de rire.

Claude prit un tournant qui débouchait sur une voie où les frondaisons des ormes, des chênes et des érables se rejoignaient au-dessus de leurs têtes pour tisser le ciel de vert et de bleu, formant un joli patchwork qui se reflétait au sol. Elias Culpepper reprit : « Et voici le chemin de la Nouvelle Aube. Les plus grandes familles vivent dans ce quartier : ici les Ribtrees, là-bas les Townways, et…

— Mon Dieu ! Regardez-moi ces pelouses, monsieur Culpepper ! » s'exclama Cardiff.

Ils longeaient des clôtures abritant des attroupements de tournesols, leurs grandes faces d'horloges levées vers le soleil pour s'épanouir à l'aube et se refermer au crépuscule. Cardiff en vit une centaine dans un parterre à l'ombre d'un orme, puis deux cents dans la cour suivante et cinq cents un peu plus loin.

De hautes tiges vertes couronnées de visages sombres aux collerettes jaunes bordaient tous les trottoirs.

« On dirait une foule qui assiste à la parade, commenta le jeune homme.

— Bien vu. »

Elias Culpepper fit un geste aimable de la main.

« À nous deux, monsieur Cardiff. Vous êtes notre premier journaliste depuis des années. Il ne s'est rien passé ici depuis 1903, l'année de la *Petite* Inondation. Ou 1902, si vous préférez la *Grande*. Monsieur Cardiff, qu'est-ce qui peut bien intéresser un journaliste dans une ville comme celle-ci où rien ne se passe en ce moment ?

— Mais quelque chose *pourrait* se passer », répliqua Cardiff d'un air gêné.

Il leva les yeux et balaya la ville du regard. *Tu es ici, ma jolie, mais peut-être pas pour longtemps*, pensa-t-il. *Je sais quelque chose mais je ne dirai rien. Cette vérité terrifiante pourrait te rayer de la carte. J'ai l'esprit ouvert et la bouche scellée. L'avenir est incertain, imprévisible.*

M. Culpepper sortit une tablette de chewing-gum à la menthe de la poche de sa chemise, en défit l'emballage, la jeta dans sa bouche et se mit à mâcher.

« Vous savez quelque chose que j'ignore, monsieur Cardiff ?

— C'est peut-être *vous* qui savez sur Summerton des choses que vous gardez pour vous.

— Alors j'espère que nous nous confesserons bientôt, tous les deux. »

Et sur ces mots, Elias Culpepper mena Claude en douceur vers l'allée gravillonnée traversant le parterre de tournesols d'une résidence privée. Au-dessus du porche, on pouvait lire l'inscription suivante : *Aux Armes d'Égypte — Pension.*

Il n'avait pas menti.

Pas de Nil en vue.

5

Au même instant pénétra dans la cour un fourgon à glace démodé dont la gueule sombre et caverneuse débordait de givre, remorqué par un cheval qui aurait eu bien besoin de profiter de sa cargaison polaire. Cardiff sentit sur sa langue le goût des glaçons de trente étés depuis longtemps disparus.

« Juste à temps. Il fait drôlement chaud, dit le meneur. Allez-y, servez-vous. » Il désigna du menton l'arrière de son fourgon.

Cardiff ne se le fit pas dire deux fois : il sauta par terre, se précipita vers la glace et sentit sa main de petit garçon de dix ans se refermer sur un glaçon. Il recula pour s'en frotter le front et, tout aussi instinctivement, sortit un mouchoir de sa poche pour emballer le morceau de glace. Il s'éloigna en le suçant.

« Quel goût ça a ? entendit-il Culpepper lui demander.

— Un goût de tissu. »

C'est alors, et alors seulement, qu'il jeta un regard dans la rue.

Elle était absolument incroyable. Sur toutes les maisons, les toits étaient goudronnés ou lattés de frais, ou encore recouverts de tuiles neuves. Toutes les balancelles pendaient bien droit. Toutes les fenêtres brillaient comme les boucliers miroitants du Walhalla, or pur au lever et au coucher du soleil, eau claire d'un ruisseau à midi. Pas une fenêtre en saillie sans ses livres tranquillement blottis les uns contre les autres sur les étagères d'une bibliothèque. Pas une gouttière sans son tonneau pour récupérer la pluie saisonnière. Derrière les maisons, ce jour-là, pas une cour sans ses tapis battus au vent pour en faire tomber la poussière du temps et métamorphoser les vieux motifs en nouveautés rococo. Pas une cuisine sans sa promesse de faims apaisées et de soirées douillettes passées à contempler des victuailles contenues au sud-ouest de l'âme.

Tout, absolument tout était parfait : peinture, fraîcheur, nouveauté, beauté, une ville idéale dans un silence d'une qualité exceptionnelle, à l'abri de toute agitation, de toute bousculade.

« Je donnerais cher pour connaître vos pensées », dit Culpepper.

Les yeux clos, Cardiff secoua la tête : il n'avait pas vu grand-chose, mais son imagination galopait.

« Je ne peux rien vous dire, souffla-t-il.

— Essayez », insista Culpepper.

De nouveau, Cardiff secoua la tête, en proie à un bonheur inexplicable et presque insoutenable.

Tournant le dos à la ville, il libéra son glaçon du mouchoir qui l'entourait, en porta le dernier éclat à ses lèvres et le mordit en abordant les marches du perron. Il se demandait ce qu'il allait découvrir.

6

James Cardiff n'en revenait pas.

La véranda des Armes d'Égypte était la plus longue qu'il ait jamais vue, et elle abritait tant de rocking-chairs qu'il renonça à les compter. Certains fauteuils étaient occupés par des messieurs assez jeunes, pas encore entre deux âges, des hommes aux cheveux gominés, vêtus avec recherche, tout juste sortis de la douche. Entre ces messieurs étaient intercalées des jeunes femmes à la trentaine bien sonnée dont les robes d'été semblaient découpées dans un papier peint imprimé de roses, d'orchidées ou de gardénias. La coiffure des messieurs semblait née sous les ciseaux du même coiffeur. Les jeunes femmes arboraient de brillants casques de boucles qu'on aurait dits conçus par quelque Parisien qui les aurait frisées et coiffées au fer bien avant la naissance de Cardiff. Et tout ce petit monde se balançait de concert, d'avant en arrière, au rythme d'un calme ressac, comme poussé par la même brise venue de l'océan, silencieuse et sereine.

Lorsque Cardiff posa le pied sur le plancher de la véranda, le balancement cessa et tous les visages se levèrent vers lui. Il y eut une flambée de sourires, de mains dressées en signe de bienvenue. Il leur adressa un hochement de tête. Les fauteuils d'osier blancs se remirent à flot et un murmure de conversation s'éleva.

En contemplant la longue rangée de ces élégantes personnes, il se prit à penser : *Bizarre, tant d'hommes à cette heure-ci. Vraiment très singulier.*

Une minuscule cloche de cristal tinta dans l'entrée mal éclairée.

« Le potage est servi ! » s'écria une voix féminine.

En quelques secondes, les fauteuils furent désertés et l'assistance estivale se pressa en bruissant sur le seuil.

Cardiff s'apprêtait à les suivre quand quelque chose l'incita à s'arrêter. Il jeta un coup d'œil derrière lui.

« Qu'est-ce que c'est ? » chuchota-t-il.

À côté de lui, Elias Culpepper déposa aimablement sa valise.

« Ce son, là… Quelque part… »

Culpepper se mit à rire doucement. « C'est la fanfare de la ville qui répète le spectacle de jeudi soir, une version abrégée de *Tosca*. Quand elle saute, il ne lui faut que deux minutes pour atterrir.

— *Tosca*, répéta Cardiff, qui écoutait les cuivres, au loin. Quelque part…

— Entrez », lui dit Culpepper qui lui tenait la porte grande ouverte.

7

En pénétrant dans le hall mal éclairé, Cardiff eut l'impression de se retrouver dans une laiterie agréablement fraîche ; il y flottait l'odeur de la crème stockée dans des bidons à l'abri du soleil estival, de liqueurs mystérieuses s'écoulant goutte à goutte des glacières, du pain à peine sorti du four et posé sur la table de la cuisine, des tartes refroidissant sur les appuis de fenêtres.

Cardiff fit encore un pas et comprit qu'en ce lieu il dormirait neuf heures par nuit et se réveillerait à l'aube comme un gamin, excité d'être en vie au commencement du monde, matin après matin, heureux de sentir son cœur battre dans sa poitrine et son sang pulser dans ses veines.

Il entendit un rire qui n'était autre que le sien, car la joie le submergeait, une joie qu'il ne pouvait s'expliquer.

Il perçut un mouvement presque imperceptible, quelque part à l'étage. Cardiff leva les yeux.

Dans l'escalier apparut la plus belle femme au monde, qui s'arrêta pour le regarder.

Un jour, il avait entendu quelqu'un dire : « Il faut fixer cette image avant qu'elle ne disparaisse. » Les premiers appareils photo fonctionnaient ainsi, d'ailleurs : ils piégeaient la lumière puis ramenaient cette clarté dans les chambres noires où, au fond des cuvettes de porcelaine, les produits chimiques tiraient de leur torpeur les fantômes piégés. Sur commande, des visages saisis en plein soleil émergeaient des bains acides qui restauraient leurs yeux, leurs bouches, la chair obsédante de leur beauté ou de leur arrogance ou l'impatience d'un enfant qu'on forçait à se tenir tranquille. Les fantômes se terraient dans les ténèbres et les produits jusqu'à ce que certains gestes précis les sortent du temps pour les entraîner dans une éternité qu'on pouvait tenir entre ses mains bien après leur disparition physique.

C'était ce que lui inspirait cette femme, ce midi éclatant, qui descendit l'escalier et disparut dans l'ombre fraîche de l'entrée pour réapparaître lentement dans un rayon de soleil, sur le seuil de la salle à manger. Sa main parut flotter vers celle de Cardiff, bientôt suivie par son poignet, son bras, son épaule et, pour finir, évoquant la chimie d'une chambre noire, le fantôme d'un visage si beau qu'il sembla s'épanouir comme une fleur splendide au lever du jour. Électriques et solaires, les yeux clairs pétillaient de gaieté. Elle l'observait comme s'il venait lui aussi de jaillir des courants miraculeux de la mémoire, et il crut qu'elle lui disait : *Vous souvenez-vous de moi ?*

Oui ! pensa-t-il.

Et il crut l'entendre demander : *C'est vrai ?*

Oui ! s'écria-t-il en silence. *J'ai toujours espéré me souvenir de vous.*

Alors, nous serons amis, lui dit-elle en un regard. *Peut-être nous sommes-nous déjà rencontrés, en d'autres temps…*

« On nous attend », fit-elle remarquer à voix haute.

Oui, pensa-t-il, *on nous attend* tous les deux *!*

Et il parla enfin : « Comment vous appelez-vous ? »

Elle lui répondit sans un mot : *Vous connaissez déjà mon nom.*

Celui d'une femme morte quatre mille ans auparavant, disparue dans les sables d'Égypte mais revenue à la vie dans un autre désert, près d'une gare désaffectée aux rails muets.

« Néfertiti, dit-il. Un nom magnifique. Qui signifie “La belle est ici”.

— Ah, vous êtes au courant.

— Toutankhamon est sorti de la tombe quand j'avais trois ans. Après avoir vu son masque d'or, j'ai rêvé de posséder le même visage que lui.

— Mais c'est le cas, lui assura-t-elle. Simplement, vous ne vous en êtes jamais aperçu.

— Puis-je vous croire ?

— Si vous me croyez, cela finira bien par arriver. Vous avez faim ? »

Je meurs de faim, se dit-il en la dévorant des yeux.

Elle éclata de rire. « Venez, avant d'avoir un malaise ! »

Et elle le conduisit au banquet des dieux de l'été.

8

Comme pour la véranda, il n'avait jamais vu de salle à manger aussi longue.

De chaque côté d'une incroyable table, toutes les personnes aperçues dans la véranda fixèrent Cardiff et Nef dès qu'ils eurent franchi le seuil.

Au bout de la tablée, deux chaises les attendaient, et ils prirent place parmi les convives. Commença alors un véritable ballet d'ustensiles et de plats.

Il y eut une salade stupéfiante, une omelette époustouflante et un potage velouté à souhait. Le parfum qui flottait en provenance de la cuisine promettait un dessert digne de l'ambroisie.

Poussé par l'étonnement, Cardiff se décida. « Une seconde ! Tout cela me dépasse. Je dois vérifier quelque chose. »

Il se leva et partit vers la porte de la cuisine, au fond de la salle à manger.

Une fois dans la cuisine, il y repéra une autre porte qui lui sembla familière.

Il savait où elle menait.

À l'office.

Et pas n'importe lequel, celui de sa grand-mère, ou

alors, il lui ressemblait beaucoup. Comment était-ce possible ?

Il traversa la cuisine et poussa la porte en s'attendant presque à trouver sa grand-mère de l'autre côté, perdue dans cette jungle très spéciale où pendaient des bananes léopards, où des sables mouvants de sucre en poudre engloutissaient les beignets. Où des pommes brillaient dans leurs bocaux, où des pêches exposaient leurs belles joues mûries au soleil. Où, une rangée sur l'autre, une étagère après l'autre, les condiments et les épices s'amoncelaient jusqu'au plafond perpétuellement plongé dans la pénombre.

Il s'entendit psalmodier les noms qu'il déchiffrait sur les étiquettes, des noms de princes indiens et d'Arabes vagabonds.

Il y avait là de la cardamome, de l'anis et de la cannelle, du poivre de Cayenne et du curry, et aussi du gingembre, du paprika, du thym et de la chélidoine.

Il aurait presque pu en avoir chanté les syllabes et s'être réveillé la nuit pour s'entendre à nouveau fredonner tous ces sons.

Il examina plusieurs fois les étagères, respira un grand coup et se retourna vers la cuisine, certain d'y découvrir une forme familière en train de préparer les derniers plats de ce déjeuner incroyable, penchée au-dessus de la table.

Il vit une femme corpulente occupée à glacer de chocolat noir un gâteau au beurre. Il se dit que, s'il criait son nom, sa grand-mère se retournerait et se précipiterait pour le serrer dans ses bras.

Mais il resta muet et regarda la femme terminer sa tâche avec un grand geste. Elle tendit alors le gâteau à la servante chargée de le porter dans la salle à manger.

L'appétit coupé, il retourna auprès de Nef. Il s'était repu de l'opulence du garde-manger, et cela lui suffisait largement.

Nef est le parangon de la femme, la beauté personnifiée, se dit-il en la contemplant. *Elle est ce champ de blé peint et repeint par Monet et qui désormais incarne tous les champs de blé. Elle est cette façade d'église peaufinée jusqu'à la perfection : la façade la plus parfaite de toute l'histoire des églises. Elle est cette pomme brillante ou cette fabuleuse orange de Cézanne, fruits qui ne perdront jamais leur éclat.*

« Monsieur Cardiff, asseyez-vous et mangez, l'entendit-il lui dire. Ne me faites pas attendre. J'attends depuis tant d'années. »

Incapable de détourner le regard, il se rapprocha d'elle.

« Grand Dieu, mais quel âge avez-vous ?

— À vous de me le dire.

— Très bien ! s'écria-t-il. Vous êtes née il y a une vingtaine d'années, je dirais. Ou une trentaine. Ou peut-être avant-hier.

— Je suis tout cela.

— Que voulez-vous dire ?

— Je suis votre sœur, votre fille, et quelqu'un que vous avez connue à l'école il y a des années, cela vous convient-il ? Je suis la fille que vous avez invitée au bal de dernière année mais qui a accepté une autre invitation.

— C'est ma vie ! Cela m'est arrivé ! Comment avez-vous deviné ?

— Je ne devine jamais. Je *sais*. La seule chose qui compte, c'est qu'enfin vous êtes ici.

— Vous parlez comme si vous m'attendiez.

— Depuis toujours.

— Mais jusqu'à la nuit dernière, j'ignorais que j'allais venir ici ! Je l'ai compris en plein rêve ! Et je me suis décidé au tout dernier moment. Je veux écrire une histoire… »

Elle eut un rire tranquille. « Comment est-ce possible ? On croirait entendre une de ces romances absurdes écrites par de robustes ménagères. Pourquoi avoir choisi la ville de Summerton ? Est-ce le nom[1] qui vous a attiré ?

— Je l'ai vue sur une carte postale que quelqu'un a dû rapporter après s'être arrêté ici.

— Oh ! Cela doit remonter à des années.

— Et j'ai trouvé que c'était une jolie ville, et sans doute un endroit sympa pour les touristes qui souhaitent se détendre au bon air du désert. J'ai donc cherché à localiser Summerton. Et vous savez quoi ? Je ne l'ai trouvée sur aucune carte !

— En fait, le train ne s'arrête pas ici.

— Aujourd'hui non plus il ne s'est pas arrêté, admit-il. Il n'en est descendu que deux choses : ma valise et moi.

— Vous voyagez léger.

— Je ne reste ici que pour la nuit. Au passage du prochain train — qui ne s'arrêtera pas — je sauterai à bord.

— Non. Les choses ne doivent pas se passer ainsi, protesta-t-elle doucement.

— Je dois rentrer chez moi pour terminer mon récit, insista-t-il.

1. Summerton, contraction de Summer Town, la « ville de l'été ». *(N.d.T.)*

— Ah oui ? Et que comptez-vous raconter sur cette ville impossible à trouver ? »

Un nuage traversa le ciel, les fenêtres de la salle à manger s'assombrirent et une ombre balaya le visage du jeune homme. Deux secrets devraient être révélés, mais lui ne pouvait en dévoiler qu'un seul.

« C'est une ville charmante, hasarda-t-il sans conviction. Du genre qui n'existe plus, mais dont les gens devraient conserver le souvenir pour en chanter les louanges. Au fait, comment avez-vous su que j'allais venir ?

— Je me suis réveillée à l'aube. Votre train arrivait dans le lointain et, vers midi, il était juste de l'autre côté des montagnes. Je l'ai entendu siffler.

— Attendiez-vous quelqu'un du nom de Cardiff ?

— Cardiff ? s'étonna-t-elle. Cela me rappelle ce géant[1]...

— C'était dans tous les journaux... Une imposture.

— Et vous, en êtes-vous une ? »

Il n'osa pas affronter son regard.

1. Le « géant de Cardiff », prétendu fossile d'un géant haut de trois mètres et « découvert » en 1869 à Cardiff, État de New York, était en fait une sculpture exécutée un an ou deux auparavant à la demande d'un athée convaincu. Les scientifiques eurent beau prévenir le public de la supercherie, rien n'y fit. Les gens vinrent le voir en nombre car le « fossile » était prétendument la preuve de la véracité des récits bibliques à propos de tels géants. *(N.d.T.)*

9

Lorsqu'il releva les yeux, la chaise de Nef était vide. Les autres convives avaient eux aussi quitté la table, pour retrouver leurs rocking-chairs ou s'abandonner à une sieste estivale.

« Mon Dieu, murmura-t-il. Cette femme est jeune, mais quel âge a-t-elle ? Et vieille, aussi, mais vieille jusqu'à quel point ? »

Soudain, Elias Culpepper lui toucha le coude.

« Ça vous dirait de visiter vraiment notre ville ? Claude doit livrer une seconde fournée de pain frais. Allez, debout ! »

Le fourgon était chargé d'une odorante moisson. Des miches encore chaudes dégageant une odeur de four y étaient méticuleusement empilées, trente ou quarante en tout, avec des noms inscrits sur les emballages paraffinés. Il y avait aussi des boîtes de muffins et de gâteaux empaquetées et ficelées avec soin.

Cardiff prit trois énormes inspirations et faillit s'en trouver mal.

Culpepper lui tendit un petit paquet et un couteau.

« Qu'est-ce que c'est ? lui demanda le jeune homme.

— Je ne vous donne pas cinq minutes pour craquer. Voici un couteau à beurre. Et ça, c'est un pain entier. N'en rapportez pas une miette.

— Ça va me couper l'appétit avant le souper !

— Non, l'ouvrir, au contraire. L'été dehors, l'été dedans. »

Il lui tendit un carnet contenant des noms et des adresses.

« Au cas où…

— Vous m'envoyez en tournée tout seul ? Comment saurai-je où me rendre ?

— Ne vous inquiétez pas, Claude connaît le chemin. Il ne s'est encore jamais perdu, pas vrai, Claude ? »

Ni amusé ni grave, le cheval tourna la tête et leur jeta un coup d'œil. Il était *prêt*, tout simplement.

« Allez-y doucement avec les guides, c'est tout. Claude a une méthode bien à lui, alors contentez-vous de suivre le mouvement. C'est la seule façon de visiter la ville sans avoir à subir mes bavardages. Montez. »

Cardiff sauta sur le siège, Claude tira sur les guides et le fourgon s'ébranla brusquement.

« Zut ! Le premier arrêt, c'est quoi ? s'exclama Cardiff, qui essayait de s'y retrouver dans le carnet plein de noms et d'adresses.

— En avant ! »

Le fourgon s'éloigna, réchauffant l'air du parfum entêtant de la levure et du grain.

Claude trottait comme s'il avait hâte de montrer sa science.

10

Le cheval longea gaiement deux pâtés de maisons et prit en douceur un virage à droite.

Cardiff cligna des yeux pour déchiffrer un nom sur une boîte aux lettres plantée dans une cour : *Abercrombie.*

Il vérifia sa liste.

Abercrombie !

« Nom d'un chien ! »

Au moment où il sautait du fourgon, un pain à la main, une femme s'exclama : « Merci, Claude ! »

La femme d'environ quarante ans qui attendait sa miche à la barrière ajouta : « À vous aussi, bien sûr, monsieur… ?

— Cardiff, madame.

— Claude, prends bien soin de monsieur Cardiff. Et vous, monsieur Cardiff, prenez bien soin de Claude ! Bonne journée ! »

Le fourgon, qui avait repris sa route, cahotait sur les briques, à l'ombre d'un congrès d'arbres aux branches enchevêtrées qui jouaient les charmilles.

« Prochain arrêt, les Fillmore », lut Cardiff sur la liste. Il s'apprêtait à tirer sur les guides quand le cheval s'arrêta devant une seconde barrière.

Cardiff déposa le pain dans la boîte aux lettres des Fillmore puis courut après Claude, qui était reparti sans attendre son meneur.

Et ainsi de suite : les Bramble, les Jones, les Williams, les Isaacson, les Meredith, pain, gâteau, muffins, pain, gâteau, pain…

Claude prit un dernier tournant.

Et là surgit l'école.

« Holà, Claude ! »

Le jeune homme mit pied à terre pour entrer dans la cour, où il découvrit une bascule dont la peinture bleue s'écaillait, près d'une vieille balançoire aux sièges de bois fendus suspendus à des chaînes rouillées.

« Ça alors… », chuchota-t-il.

La porte à double battant de ce bâtiment d'un étage était fermée et ses huit fenêtres semblaient recouvertes d'une croûte de poussière.

Cardiff secoua la porte. Verrouillée avec soin.

On n'est qu'en mai, pourtant ! L'école n'est pas encore finie, se dit-il.

Claude poussa un hennissement irrité. Comme pour provoquer le jeune homme, le cheval commença à s'éloigner lentement de l'école.

« Claude ! Arrête-toi ! » lui cria Cardiff d'un ton très ferme.

Le cheval obtempéra, piétinant le sol de briques de ses antérieurs.

Cardiff se retourna vers le bâtiment. Au-dessus de l'entrée principale, on pouvait lire, gravé dans le linteau :

Collège de Summerton,
inauguré le premier janvier 1888.

« 1888, grommela Cardiff. Ça alors ! »

Il accorda un dernier regard aux fenêtres encrassées et aux chaînes rouillées de la balançoire, puis s'adressa à Claude : « Encore un petit tour, mon ami. »

Le cheval ne fit pas un mouvement.

« Nous n'avons plus de pain à livrer, c'est ça ? Tu ne t'occupes que des commandes de pain, et rien d'autre ? »

L'ombre de Claude elle-même s'était figée.

« Bon, on va rester ici jusqu'à ce que tu m'accordes une faveur. Le nouvel invité d'honneur veut écumer cette fichue ville. Ce qui veut dire ? Tu seras privé d'eau et d'avoine si tu ne te décides pas à trotter. »

Cette menace eut l'effet escompté.

Petit trot soutenu.

Ils descendirent l'avenue du Trèfle, remontèrent le chemin des Hibiscus, puis retour place du Bois-de-Rose, à droite sur Clairière et de nouveau à gauche sur Santal puis Ravine, cette rue qui longeait un ravin profond creusé par les pluies bien longtemps auparavant. En chemin, Cardiff admira une succession de pelouses, toutes luxuriantes, vertes, parfaites. Pas de battes ou de balles de base-ball, pas de paniers ou de ballons de basket, pas de raquettes de tennis, pas de maillets de croquet. Pas de marelles à la craie sur les trottoirs. Pas de pneus suspendus aux arbres.

Le trot soutenu de Claude le ramena aux Armes d'Égypte, où Elias Culpepper les attendait.

Cardiff descendit du fourgon à pain.

« Alors ? »

Le jeune homme contempla encore une fois le tableau estival des vertes pelouses, des haies éclatantes et des tournesols dorés. « Où sont les enfants ? » demanda-t-il.

11

M. Culpepper ne lui répondit pas immédiatement.

Car il y eut d'abord un thé dînatoire, avec tartes aux pêches et aux abricots, délice aux fraises, café remplaçant le thé, porto remplaçant le café. Ensuite ce fut le souper, moment sensationnel qui se prolongea bien après neuf heures, puis les pensionnaires des Armes d'Égypte rejoignirent l'un après l'autre la fraîcheur de leurs lits accueillants. Cardiff alla s'asseoir sur la pelouse sans maillet de croquet ni panier de basket. Il observait M. Culpepper, qui fuma plusieurs petites pipes d'affilée dans la véranda. Il attendait.

Finalement, plongé dans ses ruminations, le jeune homme s'approcha de la véranda et s'arrêta au pied de la balustrade.

« Vous m'avez posé une question concernant l'absence des enfants, n'est-ce pas ? » demanda Elias Culpepper.

Cardiff acquiesça.

« Un bon journaliste ne tolérerait pas un tel délai de réponse après une question aussi importante.

— Nous perdons encore du temps, répliqua poliment Cardiff en montant les marches.

— Très bien. Tenez. »

Une bouteille de vin et deux petits verres étaient posés sur la balustrade.

Le jeune homme but le sien d'une traite, puis alla s'asseoir à côté d'Elias Culpepper.

Le vieil homme souffla de la fumée. Il semblait peser ses mots. « Nous avons envoyé tous les enfants suivre leur scolarité dans d'autres villes », déclara-t-il enfin.

Cardiff écarquilla les yeux. « Tous ?

— Exactement. Phoenix est à cent soixante kilomètres, Tucson à trois cents. Entre ces villes et nous, il n'y a rien sauf du sable et des forêts pétrifiées. Les enfants, il leur faut des écoles avec de vrais arbres. Bon d'accord, les arbres qui poussent ici sont de vrais arbres, mais nous ne pouvons pas engager de professeurs. Nous l'avons fait, à une époque, mais ils se sentaient trop isolés. Et comme les professeurs ne veulent pas venir, nos enfants ont dû partir.

— Donc, si je reviens à la fin du mois de juin, j'assisterai au retour des enfants pour les vacances ? »

Culpepper se figea, tout à fait à la manière de Claude.

« Je vous ai posé…

— J'ai entendu. » Culpepper tapota sa pipe pour en secouer la cendre et les braises. « Si je vous répondais oui, vous me croiriez ? »

Cardiff secoua la tête.

« Sous-entendriez-vous que je ne vous dis pas la vérité ?

— Je ne sous-entends rien du tout, mais avant d'avancer mon pion, j'attends de voir votre jeu. »

Culpepper lui sourit.

« Très bien. Les enfants ne rentreront pas. Ils ont

choisi de suivre des classes d'été à Providence, Amherst et Sag Harbor. Il y en a même un à Mystic Seaport. Mystic, c'est joli comme nom, vous ne trouvez pas ? Un jour, là-bas, j'ai lu *Moby Dick* pendant une tempête, chapitre après chapitre…

— Les enfants ne rentreront pas. Et puis-je savoir pourquoi ? » insista le journaliste.

Le vieil homme hocha la tête, sa pipe éteinte au bec.

Cardiff sortit son carnet de notes et le fixa du regard.

« Les enfants de cette ville ne reviendront pas à la maison. Pas un seul. Aucun. Jamais », déclara-t-il enfin.

Il referma son carnet et continua : « Les enfants ne rentreront jamais — il avala péniblement sa salive — et je vais vous dire pourquoi : il n'y a *pas* d'enfants. Il s'est passé quelque chose il y a longtemps, Dieu seul sait quoi, mais c'est arrivé. Depuis, cette ville n'a plus connu de retrouvailles familiales. Le dernier enfant s'en est allé depuis longtemps, ou bien s'est décidé à grandir. Et vous êtes l'un d'entre eux.

— C'est une question ?

— Non, une réponse. »

Culpepper ferma les yeux en se rencognant dans son fauteuil. La fumée avait déserté sa pipe depuis longtemps quand il se décida à parler : « Vous êtes un journaliste de première, un vrai crack, digne de voir ses articles paraître à la une. »

12

« Je… », bredouilla Cardiff.

Culpepper l'interrompit. « Assez de réponses pour ce soir. »

Il lui tendit un autre verre de vin ambré. Cardiff le porta à ses lèvres, et lorsqu'il releva les yeux, la contre-porte des Armes d'Égypte se refermait. Une personne regagnait l'étage en abandonnant son aura derrière elle.

Cardiff se resservit.

« Ils ne rentreront jamais. Jamais plus », murmura-t-il.

Il partit se coucher.

Dormez bien, dit quelqu'un quelque part dans la maison. Mais le jeune homme ne parvint pas à trouver le sommeil. Couché tout habillé, il se livrait à des calculs philosophiques sur l'ardoise du plafond ; il soustrayait, additionnait, soustrayait à nouveau… Soudain, il s'assit dans son lit pour contempler la prairie citadine aux innombrables fleurs où les maisons s'élevaient et plongeaient pour mieux se redresser ensuite, semblables à des navires sur la mer de l'été.

Je vais me lever et partir, se dit Cardiff. *Je n'irai pas dans une clairière où bourdonnent les abeilles, mais dans un endroit où règne le silence de l'argile et où volent des papillons de nuit aux ailes poudreuses ornées de têtes de mort.*

Il se faufila pieds nus dans l'escalier principal. Une fois à l'extérieur, il referma doucement la porte, s'assit sur la pelouse et enfila ses chaussures au clair d'une lune ascendante.

Tant mieux, je n'aurai pas besoin d'une lampe torche, se dit-il.

Au milieu de la rue, il jeta un regard en arrière. Y avait-il quelqu'un à la porte, une ombre qui l'observait ?

Il se mit à marcher puis s'élança au trot.

Dis-toi que tu es Claude, pensa-t-il, le souffle court. *Tourne ici, et puis là, et à droite, et…*

Le cimetière.

Tout ce marbre glacé lui broya le cœur et lui coupa la respiration. Aucune clôture de fer ne délimitait le lieu de sépulture.

Cardiff y entra silencieusement, puis se pencha pour effleurer la première pierre tombale.

Il essuya le nom du bout des doigts : BIANCA SHERMAN BATES.

Et la date : NÉE LE 3 JUILLET 1882.

Suivie de : *Repose en paix.*

Mais aucune date de décès.

La lune disparut derrière les nuages. Cardiff partit vers la pierre suivante.

WILLIAM HENRY CLAY.

1885 —

Repose en paix.

À nouveau, pas de date de décès.

Il épousseta une troisième pierre et lut :

HENRIETTA PARKS
13 août 1881
Rappelée à Dieu.

Mais Cardiff savait que Dieu ne l'avait pas encore rappelée.

La lune s'assombrit puis retrouva son éclat. Ses rayons tombèrent sur une petite tombe grecque, à moins de cinq mètres de là, un pavillon à l'exquise architecture, Acropole miniature soutenue par quatre vestales, ou quatre déesses, peut-être, quatre jeunes filles ravissantes, quatre femmes merveilleuses. Il sentit son cœur palpiter. Comme réveillées par la pâle clarté, les quatre créatures de marbre semblèrent soudain vivantes, et prêtes à faire un pas, nues, dans ce décor de pierres baptisées mais sans dates.

Il retint son souffle. Son cœur bondit de nouveau dans sa poitrine.

Car absorbé dans sa contemplation, il vit l'une des déesses, l'une de ces jeunes filles à l'éternelle beauté, frissonner dans la fraîcheur de la nuit et remuer au clair de lune.

Il ne savait pas s'il était terrifié ou ravi. Après tout, il était entré en pleine nuit au royaume des morts. Mais elle ? Quasiment nue, exposée aux intempéries, elle n'était vêtue que d'une brume de soie qui lui couvrait la poitrine et souligna sa taille lorsqu'elle s'éloigna des autres statues blêmes.

Silencieuse comme le marbre qu'elle n'était plus, elle se déplaça entre les pierres et vint s'arrêter devant lui. Elle avait des cheveux bruns en bataille autour de ses petites oreilles et de grands yeux couleur lilas. Elle leva la main en lui souriant tendrement.

« Toi. Que fais-tu ici ? chuchota-t-il.

— Pourquoi ? Où devrais-je être ? » lui répondit-elle d'un ton calme.

Sans un mot, elle lui tendit la main et le guida hors du cimetière.

Il jeta un coup d'œil derrière lui au casse-tête délaissé de ces noms et de ces dates énigmatiques.

Ils sont tous nés, mais aucun n'est mort, se dit-il. *Ces pierres muettes attendent que quelqu'un expédie leurs fantômes dans l'Éternité.*

« Oui ? » dit quelqu'un. Les lèvres de la femme n'avaient pas bougé.

Tu m'as suivi pour m'empêcher de lire ces pierres tombales et de poser des questions, pensa-t-il. *Mais qu'en est-il de ces enfants absents, ces enfants qui ne reviendront jamais chez eux ?*

On aurait dit qu'ils glissaient sur de la glace ou sur une vaste mer de clarté lunaire, et en chemin ils croisèrent une foule de tournesols qui réagirent à peine à leur passage, et sans aucun bruit, ils remontèrent le sentier jusqu'à la véranda, puis s'engagèrent dans l'escalier, un, deux, trois étages jusqu'à une chambre dans une tour, une chambre dont la porte grande ouverte leur révéla un lit aussi brillant qu'un glacier, couvertures rejetées, îlot de neige au cœur d'une nuit d'été brûlante.

Oui, dit-elle.

Le reste du chemin, il le parcourut comme un somnambule. Il aperçut ses vêtements derrière lui, défroques d'enfant insouciant jonchant le parquet. Debout près du lit de neige, il pensa : *Une dernière question. Le cimetière. Y a-t-il des corps sous les pierres tombales ? Y a-t-il quelqu'un au cimetière ?*

Trop tard. À l'instant même où il ouvrait la bouche pour poser ses questions, il tomba dans la neige.

Il se noyait dans la blancheur, il criait en inhalant la lumière lorsque, dans la tempête qui faisait rage, il sentit approcher une chaleur ; on le touchait, on le tenait, mais il ne voyait pas ce que c'était ou qui c'était, et il s'abandonna, submergé.

Lorsqu'il se réveilla, il ne nageait pas, il flottait. Il avait l'impression d'avoir sauté d'une falaise avec quelqu'un d'autre, et il remontait rapidement quand la foudre le frappa, le déchira. Terrorisé mais rempli d'allégresse, il retomba brutalement sur le lit, de tout son corps et de toute son âme.

Au réveil suivant, la tempête était retombée et il ne volait plus, mais une petite main reposait dans la sienne. Sans ouvrir les yeux, il sut que c'était *elle*, que c'était *sa* respiration qui s'élevait et retombait au rythme de la sienne. L'aube se faisait encore attendre.

Sa compagne lui parla :

« Tu voulais me demander quelque chose ?

— Demain. Je te le demanderai demain, murmura-t-il.

— Oui, dit-elle doucement. Demain. »

Alors, pour la première fois, lui sembla-t-il, la bouche de la jeune femme frôla la sienne.

13

Le soleil qui se déversait par la haute fenêtre en mansarde le réveilla. Les questions se pressaient à ses lèvres.

À côté de lui, le lit était vide.

Elle était partie.

Peur de la vérité ? se demanda-t-il.

Non, elle a dû laisser un mot sur la porte du frigo. Il le sentait. *Va voir.*

Et le mot y était :

Monsieur Cardiff,

Beaucoup de touristes vont arriver. Je dois les accueillir. Vos questions… au petit déjeuner.

NEF.

N'était-ce pas la plainte discrète d'un sifflet de locomotive, au loin ? Le chuintement assourdi d'une énorme machine ?

Une fois dans la galerie, Cardiff tendit l'oreille, et à nouveau le cri étouffé de la locomotive s'éleva derrière l'horizon.

Il jeta un regard vers le dernier étage. S'était-elle précipitée vers cet appel ? Les pensionnaires l'avaient-ils entendu, eux aussi ?

Il courut à la gare et s'arrêta en plein milieu des rails chauffés à blanc, mettant le sifflet au défi de se faire entendre à nouveau. Mais cette fois, seul le silence lui répondit.

Deux trains distincts ? Et qui amènent quoi ? se dit-il.

Je suis arrivé le premier, parce que je veux faire de mon mieux.

Que va-t-il se passer ensuite ?

Il attendit, mais ne perçut plus aucun bruit, plus aucun mouvement sur la ligne d'horizon. Il retourna à la pension.

À chaque fenêtre, des pensionnaires attendaient. Il leur cria : « Tout va bien. Ce n'était rien ! »

Quelqu'un l'interpella d'en haut, calmement : « En êtes-vous bien sûr ? »

14

Nef manqua le petit déjeuner, le déjeuner et le dîner. Il alla se coucher la faim au ventre.

15

Il était minuit. Le vent soufflait doucement par la fenêtre, faisant bruisser les rideaux et atténuant le clair de lune.

Là-bas, de l'autre côté de la ville, s'étalait le cimetière, immense semis de dents blanches sur une prairie verdoyante aux reflets d'argent sous la lune.

Quatre douzaines de stèles funéraires pas vraiment funéraires.

Mensonges, pensa Cardiff.

Qui se retrouva dans l'escalier de la pension, cerné par la respiration des dormeurs. Aucun autre bruit ne se faisait entendre à l'exception du système de dégivrage qui gouttait sous le frigo, dans la cuisine éclairée par la lune. La maison baignait dans le jaune et le lilas des vitraux sucrés surmontant la porte d'entrée.

Il se retrouva sur la route poussiéreuse, seul avec son ombre.

Il se retrouva à l'entrée du cimetière.

Au milieu du cimetière, il se retrouva armé d'une pelle.

Il creusa jusqu'à…

Sous la poussière, il y eut un bruit sourd.

Il travailla avec ardeur, évacuant la terre au fur et

à mesure. Au moment où il se penchait pour tirer le couvercle du cercueil, un son isolé résonna à son oreille.

Un bruit de pas.

Une pensée euphorique lui traversa brutalement l'esprit : *Oui ! La revoici ! Il fallait qu'elle vienne me chercher, qu'elle me ramène à la maison. Elle…*

Son cœur battit la chamade, puis s'apaisa.

Lentement, Cardiff se redressa dans le tombeau ouvert.

Elias Culpepper, près du portail de fer, se demandait quoi dire à Cardiff, lui qui creusait là où personne n'était censé le faire.

Le jeune homme laissa tomber la pelle. « Monsieur Culpepper ?

— Oh, pour l'amour du ciel, allez-y ! Levez-le, ce couvercle ! Faites-le ! »

Voyant que le journaliste hésitait, il insista : « Allez-y ! »

Cardiff tira sur le couvercle, qui n'était ni cloué ni verrouillé. Il le fit glisser et plongea le regard à l'intérieur.

Elias Culpepper vint se camper à ses côtés.

Tous deux fixaient…

Un cercueil vide.

« Vous avez bien besoin d'un verre, je parie, murmura Elias Culpepper.

— De deux, si ça ne vous embête pas. »

16

Ils fumaient de délicieux cigares et buvaient un vin inconnu en plein milieu de la nuit. Cardiff, les yeux clos, se carra dans son rocking-chair.

« Vous avez découvert des choses ? lui demanda Elias Culpepper.

— C'est peu de le dire. Quand Claude m'a emmené livrer le pain et les muffins, j'ai dû me rendre à l'évidence : je n'ai vu aucune plaque de médecin nulle part. Je n'ai pas non plus repéré le moindre salon mortuaire.

— Il y en a forcément, pourtant.

— En tout cas, pas dans les pages jaunes de l'annuaire. Aucun docteur, aucun chirurgien, aucune entreprise de pompes funèbres.

— C'est un oubli. »

Cardiff consulta ses notes.

« Bon Dieu, il n'y a même pas d'hôpital dans cette ville presque fantôme !

— Nous en avions un petit. »

Cardiff souligna quelques mots dans sa liste. « Un dispensaire de dix mètres carrés ? Qui ne traite que les incidents minimes, ce qui expliquerait que vous n'ayez pas besoin d'un *gros* établissement ?

— C'est à peu près cela, approuva Culpepper.

— Si je comprends bien, vos ennuis se limitent aux coupures aux doigts, aux piqûres de guêpe et à une entorse de temps en temps ?

— En gros, c'est cela. Continuez.

— Voilà qui explique les stèles incomplètes et tous les cercueils vides ! s'exclama Cardiff, qui contemplait la ville en contrebas.

— Vous n'en avez déterré qu'un seul.

— Pas besoin d'en ouvrir d'autres, je me trompe ? »

Culpepper secoua calmement la tête.

« Ça alors ! Je ne sais pas quoi dire, monsieur Culpepper !

— Moi non plus, en vérité. C'est la première fois que quelqu'un soulève la question. Nous autres, qui habitons ici, nous sommes tellement occupés à vivre que nous n'aurions jamais pu nous imaginer qu'un jour l'un de nos hôtes retrousserait ses manches, prendrait une pelle et se mettrait à creuser !

— Toutes mes excuses.

— Maintenant, vous voulez une explication valable. Je vais donc vous la donner. Écrivez, monsieur Cardiff, écrivez. Depuis des années, nos visiteurs s'ennuient si vite qu'ils repartent plus vite encore. Pourtant, nous avons vraiment cherché à ressembler aux autres villes. Histoire de faire illusion, il nous arrive d'organiser de charmantes fausses funérailles, avec le corbillard et tout ça, des vraies fleurs et de l'orgue, sauf que le cercueil ne renferme que du vide. Et justement, nous avions prévu une cérémonie pour demain, histoire de vous convaincre que nous mourons parfois…

— Parfois ? s'écria Cardiff.

— Bon d'accord, ça fait un bail. En tout cas, de temps en temps, quelqu'un se fait écraser par une voiture. Ou tombe d'une échelle.

— Pas de maladies ? Coqueluche ? Pneumonie ?

— Nous n'expectorons pas, nous ne toussons pas. Nous nous usons… lentement.

— Lentement, mais à quel point ?

— Eh bien, aux dernières nouvelles, ça nous prend environ…

— Environ quoi ?

— Cent à deux cents ans, disons.

— Vous pouvez préciser ?

— Environ deux cents ans. C'est une estimation. Il est encore trop tôt pour le certifier. Nous ne menons cette expérience que depuis 1864 ou 65 : l'époque de Lincoln.

— Vous *tous* ?

— Nous tous.

— Nef aussi ?

— Je ne vais pas vous mentir.

— Mais elle est plus jeune que moi !

— Elle pourrait être votre grand-mère.

— Mon Dieu !

— Justement, c'est Dieu qui en a décidé ainsi. Mais c'est surtout le climat. Et le vin, aussi. »

Cardiff fixa son verre vide.

« C'est le vin qui vous fait vivre deux cents ans ?

— À moins qu'il ne vous tue avant le petit déjeuner. Finissez votre verre, monsieur Cardiff, finissez votre verre. »

17

Elias Culpepper se pencha pour consulter le carnet de Cardiff.

« Vous avez encore des doutes ? Des indécisions, des avis ? »

Le jeune homme s'attarda sur ses notes. « Les gens de Summerton ne sont pas des entrepreneurs très motivés, apparemment.

— Et alors ? Pas de quoi fouetter un chat.

— Aucune agence de voyages, seulement une gare ensevelie sous la poussière. Une grand-route pleine d'ornières. On dirait que personne ne quitte la ville et que très peu de gens s'y installent. Bon sang, comment survivez-vous ?

— Réfléchissez. » Culpepper tirait sur sa pipe.

« Mais c'est ce que je fais, bon sang !

— Nous avons choisi de ne pas nous tuer à la tâche, de ne pas nous agiter inutilement. Tout comme vous. Vous n'avez pas besoin de bouger, n'est-ce pas ? Si, à l'occasion, peut-être, comme ce soir. Mais la plupart du temps, vous voyagez entre vos deux oreilles. Je me trompe ?

— Mon Dieu ! Un refuge, des solitaires, des

reclus… Par douzaines… Vous êtes des écrivains ! s'écria Cardiff en étreignant son carnet.

— Allez-y, redites-le.

— Des écrivains !

— Exactement. Dans chaque pièce, grenier, placard ou sous-sol, des deux côtés de la rue et jusqu'aux limites de la ville.

— Il n'y a que des écrivains dans toute la ville ?

— Oui, à l'exception de quelques illettrés paresseux.

— Je n'en avais jamais entendu parler !

— Eh bien maintenant, vous êtes au courant.

— Salzbourg, une ville grouillant de musiciens, de compositeurs, de chefs d'orchestre. Genève, bondée de banquiers, d'horlogers, d'éclopés du ski. Nantucket, à une époque : chantiers navals, marins et veuves de baleiniers. Mais ça, *ça* ! »

Cardiff se leva d'un bond et scruta la ville endormie, une lueur sauvage dans les yeux.

« N'espérez pas percevoir le bruit des machines à écrire. Vous n'entendrez que le silence », lui conseilla Culpepper.

Stylos, crayons, carnets, papier, se dit Cardiff. *Chuchotements du plomb ou de l'encre. De douces pensées estivales par de doux après-midi d'été.*

« Les écrivains n'ont pas besoin de sortir de chez eux, murmura Cardiff, qui s'attardait sur telle ou telle maison, de l'autre côté de la rue. Et par la poste, personne ne peut deviner la couleur de votre peau, personne ne sait si vous êtes petit ou grand, si vous êtes un homme ou une femme. Peu importe qu'il s'agisse d'une troupe de nains ou d'un numéro de géants. Des écrivains… Sacré nom de nom !

— Surveillez votre langage. »

Cardiff se tourna et toisa son compagnon. « Dites-moi, ils n'ont quand même pas tous du succès ?

— Si, pour la plupart.

— J'en connais certains ?

— Je pourrais vous les nommer, mais ne le ferai pas.

— Une ruche de talents, soupira Cardiff. Mais comment se sont-ils tous retrouvés ici ?

— Les gènes ? Les chromosomes ? La nécessité ? Vous avez déjà entendu parler de ces petites colonies d'écrivains ? Eh bien, celle-ci en est une grande. Nous sommes tous des âmes sœurs, nous nous ressemblons tous. Ici, personne ne raille l'œuvre des autres. Ici, pas d'alcooliques, pas de bolides, pas de bringues dégénérées.

— Scott Fitzgerald ne serait pas admis ?

— Il ferait mieux de ne pas essayer.

— Quel ennui !

— Seulement si vous perdez votre carnet et votre crayon.

— Vous êtes l'un d'eux ?

— À ma façon, tranquillement.

— Vous êtes poète !

— Pas si fort. On pourrait vous entendre.

— Vous êtes poète, murmura Cardiff.

— Je pratique surtout le haïku. Vers minuit, je mets mes binocles et je prends mon crayon. Le demi-haïku, plutôt. Trop de syllabes.

— Par exemple ? »

Culpepper se mit à réciter :

Oh, chat que j'aime sincèrement
Oh, colibri que j'aime follement.
Que fais-tu dans la gueule du chat ?

Cardiff gloussa, ravi : « Je ne pourrais jamais écrire ce genre de chose !

— N'essayez pas. Faites-le, c'est tout !

— Bon sang. Un autre ! »

Un oreiller de neige sur mon visage fiévreux
Je touche une congère
Tu es partie.

Culpepper rechargea tranquillement sa pipe pour dissimuler son embarras.

« Celui-ci, je ne le récite pas souvent. Il est triste.

— Comment gardez-vous le contact avec le monde extérieur ? » lui demanda Cardiff, pour briser le silence.

Le regard du vieil homme se porta au loin, de l'autre côté de la route muette, vers les rails sans trafic.

« Une fois par mois, je charge un camion de manuscrits et je roule jusqu'à Gila Springs. Nous expédions tous notre courrier d'un endroit où nous ne résidons pas, et je reviens avec une pluie de chèques et une giboulée de refus des éditeurs. Bon grain et ivraie finissent dans notre banque, aux mains de son unique guichetier et de son unique président. L'argent attend là, au cas où nous devrions déménager un jour. »

Cardiff sentit soudain son corps se couvrir de sueur.

« Vous alliez dire quelque chose, monsieur Cardiff ?

— Cela peut attendre.

— Je ne veux pas vous forcer. »

Culpepper ralluma sa pipe et récita :

Une mère se souvient de son fils mort.
Comme il aurait pu aller loin
Mon grand chasseur de libellules.

« Ce n'est pas de moi. Si seulement ! C'est japonais. Celui-là, je le connais depuis toujours. »

Cardiff, qui faisait les cent pas dans la véranda, se retourna.

« Bon sang, tout colle ! L'écriture, c'est la seule activité possible pour une ville comme celle-ci, éloignée de tout ! Un peu comme la vente par correspondance.

— Écrire, *c'est* de la vente par correspondance ! Vous voulez quelque chose ? Vous écrivez sur un chèque, vous l'expédiez, et en moins de temps qu'il n'en faut pour le dire l'entreprise Johnson Smith de Racine, dans le Wisconsin, vous envoie tout ce dont vous avez besoin : gyroscopes, masques de Mardi gras, poupées d'Annie l'Orpheline, vidéos de *Notre-Dame de Paris*, cartes qui disparaissent, squelettes magiques…

— Rien que des choses de valeur, approuva Cardiff dans un sourire.

— Rien que des choses de valeur. »

Ils se mirent à rire discrètement.

Cardiff soupira. « Donc, ceci est une commune d'écrivains.

— Vous avez envie de rester ?

— Non, de *partir*. »

Cardiff s'arrêta net et se mit une main sur la bouche comme s'il avait laissé échapper quelque chose qu'il n'aurait pas dû dire.

« Ça alors ! Et pourquoi donc ? » Elias Culpepper avait failli en tomber de son siège.

Mais Cardiff n'eut pas le temps de lui répondre : une pâle silhouette apparut sur la pelouse et s'engagea sur les marches de la véranda.

Cardiff prononça son nom.

« Quand vous serez prêt, montez », lui répondit la fille d'Elias Culpepper, sur le seuil.

Comment ça, quand je serai prêt ? se dit-il avec excitation. *Quand je serai prêt !*

La porte se referma.

« Vous allez avoir besoin de ça », lui déclara Elias Culpepper.

Il lui tendit un dernier verre dont Cardiff s'empara.

18

À nouveau, le grand lit comme un banc de neige par une chaude nuit d'été. Allongée de son côté, immobile, elle regardait le plafond. Lui, sans un mot, s'était assis de l'autre. Il se coucha enfin et posa sa tête sur l'oreiller. Il attendait.

Au bout d'un moment, Nef se décida à parler. « J'ai l'impression que tu passes beaucoup de temps au cimetière depuis ton arrivée. Que cherches-tu ? »

Le jeune homme scruta le plafond avant de répliquer :

« Je crois que tu es allée à la gare où les trains sont si rares. Pourquoi ? »

Sans se tourner vers lui, elle répondit : « On dirait que nous cherchons tous les deux quelque chose, mais apparemment, nous ne voulons ou ne pouvons dire de quoi il s'agit ni pourquoi nous cherchons.

— Effectivement. »

Un autre silence, mais à présent elle le regardait.

« Lequel de nous deux se décide à passer aux aveux ?

— Toi d'abord. »

Elle rit tout bas.

« Ma vérité est énorme et plus incroyable que la tienne. »

Il se joignit à son rire mais en secouant la tête. « Oh non ! La mienne est plus redoutable. »

Elle remua. Il la sentit trembler.

« Ne me fais pas peur !

— Telle n'est pas mon intention. Mais c'est un fait. Si je te la révèle, tu vas prendre tes jambes à ton cou, et je ne te reverrai plus jamais, j'en ai peur.

— Plus jamais ? murmura Nef.

— Plus jamais.

— Alors dis-moi ce que tu peux me dire sans me faire peur. »

Au même moment, bien loin dans la nuit, résonna le cri d'une locomotive : un train approchait.

« Tu as entendu ? Est-ce le train qui doit t'emmener ? »

Il y eut un second sifflement par-delà l'horizon.

« Non. Par contre, il apporte peut-être de terribles nouvelles. Mon Dieu, j'espère que non. »

Lentement, les yeux fermés, elle s'assit au bord du lit. « Je dois savoir.

— Non, ne t'en va pas. Je vais le faire.

— Mais d'abord… », murmura-t-elle.

Tendrement, elle l'attira de son côté du lit.

19

À un moment pendant la nuit, il sentit qu'il était de nouveau seul.

À l'aube, la panique le réveilla. *J'ai raté le train. Il est venu et reparti. Mais non…*

Alors que le soleil se levait au-dessus des sables du désert, il entendit la locomotive gémir comme un train funéraire. Un sifflement strident traversa le ciel.

Perçut-il ou non le bruit d'un sac pareil au sien heurtant brutalement un quai de gare après avoir été jeté d'un train qui ne s'arrêtait jamais ?

Entendit-il ou non quelqu'un atterrir telle une enclume de cent cinquante kilos sur les planches du quai ?

Soudain, Cardiff comprit, et sa tête retomba comme celle d'un décapité.

« Oh Seigneur, Dieu tout-puissant ! »

20

Ils se tenaient sur le quai de la gare déserte, Cardiff à un bout et l'homme de haute taille à l'autre.

« James Edward McCoy ?

— Vous êtes le dénommé Cardiff ? »

Il y eut un échange de sourires hypocrites.

« Que faites-vous ici ? demanda Cardiff.

— Je vous ai suivi. Vous auriez dû vous en douter. Quand vous avez quitté la ville, j'ai compris qu'il y avait eu un décès et que vous étiez parti vous occuper des funérailles. Alors j'ai fait mon sac.

— Pourquoi cette décision ?

— Pour vous garder dans le droit chemin. Je sais depuis longtemps que nous ne suivons pas le même chemin. Vous vous trompez toujours, alors que moi, j'ai toujours raison. Et je déteste les menteurs.

— Vous voulez dire les optimistes ?

— Pas étonnant que je vous haïsse. Le monde est un cloaque où vous vous entêtez à nager en quête d'un rivage. Mais bon Dieu, il est où, ce rivage ? Vous ne le trouverez jamais, parce qu'il n'existe pas ! Nous sommes tous des rats qui se noient dans les égouts mais vous, vous apercevez des phares qui n'existent pas ! Pour vous, le *Titanic*, c'est le bateau à vapeur de

Mark Twain, et Svengali, Raskolnikov et Hitler… c'est les trois Stooges ! Votre cas me peine beaucoup. Voilà pourquoi je suis venu : pour vous transformer en homme honnête.

— Et depuis quand croyez-vous en l'honnêteté ?

— Je crois en l'honnêteté, au bon sens et à l'argent. Ne jamais jouer aux bandits manchots, ne jamais gaspiller sa petite monnaie en la donnant aux pauvres, ne jamais pousser son propriétaire dans l'escalier. Les lendemains qui chantent ? Allons ! C'est maintenant le futur, et il est bien pourri. Bon alors, qu'est-ce que vous faites dans ce trou perdu ? »

McCoy balaya la gare déserte du regard.

« Je vous conseille de sauter dans le prochain train, lui dit Cardiff.

— J'ai vingt-quatre heures pour vous piquer votre histoire. » McCoy lorgna les tournesols encore fermés qui bordaient la route jusqu'à la ville. « Allez-y, ouvrez la marche. Je tâcherai d'éviter les cadavres. »

McCoy attrapa son sac et se mit en route, et Cardiff, après un court instant d'hésitation, le rattrapa à petites foulées.

« Mon éditeur veut que je lui ramène un gros titre… mille dollars s'il est bon, trois mille s'il est génial. » Tout en avançant, McCoy observait les balancelles immobiles dans la brise du petit matin et les hautes fenêtres où ne se reflétait aucune lumière. « Vous savez, ça m'a l'air génial, tout ça ! »

Cardiff traînait les pieds. *Ne respire pas. Du calme*, se dit-il.

La ville entendait.

Aucune feuille ne tremblait. Aucun fruit ne tombait. Des ombres de chiens étaient couchées dans les buissons, mais pas les chiens. L'herbe s'aplatit comme la fourrure d'un chat nerveux. Tout était tranquille.

Satisfait du silence qu'il pensait avoir provoqué, McCoy s'arrêta au croisement de deux rues complétées par des arbres. Il contempla le décor verdoyant. « J'ai compris », dit-il. Lâchant son sac, il sortit un crayon de sa poche de chemise, le lécha et commença à gribouiller dans un carnet, épelant les syllabes au fur et à mesure : « Ville abandonnée. Stillborn, Nebraska. Remembrance, Ohio. Desservies par la vapeur en 1880 — arrêt de la vapeur en 1890. Fermeture de la ligne en 1900. Oubliées depuis longtemps. »

Cardiff était cloué sur place.

McCoy le testait. « J'ai mis en plein dans le mille, hein ? Je le lis sur votre visage. Vous êtes venu enterrer César, je suis venu le ressusciter. Vous avez suivi une intuition, moi, une idée qui me taraudait. Ce que vous avez découvert vous plaît, et une fois rentré chez vous, vous n'auriez sans doute rien dit. Moi, je n'aime pas ce que je vois : une époque révolue. » Il planta le crayon derrière son oreille, fourra son carnet dans la poche de son pantalon et reprit son sac. Comme stimulé par le son de sa propre voix, il reprit sa marche énergique dans les rues de Summerton. « Regardez-moi cette architecture immonde, ces bardeaux baroques, ce rococo de pacotille ! s'exclama-t-il. J'ai jamais vu autant de stalactites et de volutes en bois, et vous ? Bon Dieu, être piégé ici pour toujours, quelle horreur ! Et même pour deux semaines chaque été ! Hé, c'est quoi, ça ? » Il pila, les yeux levés.

C'était l'enseigne au-dessus de la véranda : *Aux Armes d'Égypte — Pension.*

McCoy jeta un regard à Cardiff, qui se raidit. « Ça a forcément un rapport avec vos fouilles. Allons voir », lui dit l'homme de haute taille.

Cardiff n'eut même pas le temps de réagir ; McCoy, déjà en haut des marches, franchissait la porte.

Le jeune homme la retint juste avant qu'elle claque et entra à son tour.

Silence. Fin des obsèques. Les chers disparus s'étaient envolés.

Même la poussière du salon semblait figée, s'il y en avait jamais eu un jour. Toutes les lampes Tiffany étaient éteintes, tous les vases étaient vides. Cardiff entendit McCoy dans la cuisine et alla le rejoindre.

Il se tenait en face du réfrigérateur grand ouvert. L'appareil ne contenait ni glace, ni crème, ni lait, ni beurre, et ne dégouttait pas dans une assiette destinée au chien assoiffé qui viendrait la boire au milieu de la nuit. L'office était vide, lui aussi : plus de bananes tachetées, plus d'épices des Indes ou de Ceylan. Le fleuve d'un vent paisible était entré dans la maison puis reparti avec ces inestimables réserves.

« Je tiens assez de preuves, grommela McCoy en gribouillant.

— De preuves ?

— Tout le monde se cache. Tout est planqué. En mon absence… bingo !… on coupe l'herbe, on dégivre le frigo. Comment ont-ils su que j'allais venir ? Je suppose qu'il n'y a pas d'agence de la Western Union dans cette ville de rien du tout ? » Il repéra un téléphone dans l'entrée, décrocha le combiné, écouta. « Pas de tonalité. » Il jeta un coup d'œil à travers la contre-porte. « Pas de facteur en vue. Je suis dans une foutue cellule d'isolement géante, on dirait. »

D'un pas tranquille, McCoy sortit s'asseoir dans la balancelle qui grinça comme si elle allait céder. Il dévisagea Cardiff avec insistance.

« Vous m'avez tout l'air d'un bienfaiteur public. Vous volez au secours de gens qui n'en valent pas la peine. Qu'y a-t-il de si important dans cette ville qui mérite l'intervention de l'Armée du salut, Cardiff ? Quelque chose m'échappe. Il y a forcément un méchant quelque part. »

Cardiff retenait son souffle.

McCoy sortit son carnet qu'il fixa d'un air menaçant.

« Et je crois que je connais le nom du méchant, marmonna-t-il. C'est le ministère de… »

Cardiff retenait son souffle.

« … de l'Équipement ? »

Le jeune homme lâcha une expiration.

« Bingo, chuchota McCoy. Ça y est, je les vois, ces gros titres : UN AS DU JOURNALISME EMPÊCHE LA DESTRUCTION DE LA VILLE IDÉALE. En petits caractères : *Le ministère de l'Équipement exige pillage et ruine.* Et la semaine suivante : SUMMERTON INTENTE UN PROCÈS ET LE PERD. *L'as du journalisme se noie dans le gin.* »

Il referma son carnet.

« Pas mal pour une heure de boulot, hein ? s'exclama-t-il.

— Pas mal », dit Cardiff.

21

« Ça va être génial, continua James Edward McCoy. Je le vois d'ici : ma signature au bas d'une série d'articles racontant le naufrage de la ville de Summerton, en Arizona. À côté, l'inondation de Johnstown, c'est une plaisanterie, et le tremblement de terre de San Francisco, de la roupie de sansonnet. Grâce à moi, le monde découvrira que le gouvernement a détruit des innocents et semé du sel sur leurs pelouses. Mes articles paraîtront d'abord dans le *New York Times*, puis dans des journaux de Londres, Paris, Moscou, et même au Canada. Les drogués de l'info adorent être informés du malheur des autres : regardez cette ville étranglée, condamnée à mort par l'appât du gain de nos dirigeants ! Grâce à moi, le monde entier saura !

— C'est tout ce que vous voyez ? s'étonna Cardiff.

— J'ai vingt à chaque œil, je vous ferais remarquer !

— Mais enfin, regardez autour de vous ! Il n'y a pas âme qui vive dans cette ville ! Et sans habitants, pas d'histoire. Nul ne se souciera de la destruction d'une ville où personne ne vit. Avec un peu de chance, votre "scoop" tiendra une journée, à tout casser. Oubliez le contrat d'édition, la série télé, le film à la clé. Une ville déserte, c'est un compte en banque dégarni. »

McCoy se renfrogna.

« Espèce de fils de pute ! Mais merde, où est-ce qu'ils sont tous ?

— Il n'y a jamais eu personne.

— Il n'y a personne en ce moment, mais il a bien fallu que quelqu'un entretienne ces maisons et tonde les pelouses, non ? Ils étaient encore là il y a peu, c'est forcé ! Vous le savez et vous me mentez. Vous savez ce qui se passe.

— Je l'ignorais jusqu'à présent.

— Et vous ne me dites rien ? Vous êtes donc prêt à renoncer aux gros titres pour protéger cette pathétique petite ville fantôme ? »

Cardiff opina du chef.

« Espèce de cinglé ! Allez-y, gardez-les, votre pauvreté et votre honnêteté ! Avec ou sans vous, je découvrirai le fin mot de l'histoire. Dégagez ! »

McCoy dévala les marches de la véranda, se rua vers la maison voisine dont il ouvrit la porte, passa la tête à l'intérieur et entra. Il en ressortit un instant plus tard, claqua la porte derrière lui et se précipita vers la maison d'à côté, dont il arracha presque la contre-porte. Il bondit à l'intérieur puis ressortit, le visage cramoisi, tout en déclamant de sinistres psaumes. Il ouvrit et referma ainsi les portes d'une demi-douzaine de maisons vides.

Finalement, McCoy revint dans la cour de la pension. Il marmonnait, à bout de souffle, et à l'instant où il se tut un oiseau le survola et largua une carte de visite sur la veste de James Edward McCoy.

Cardiff survola du regard la prairie déserte. Il

s'imagina les hurlements des bordées de journalistes surexcités débarquant par trains entiers, il vit en esprit une tornade de journaux aspirer la ville et la précipiter vers un tourbillon de néant.

« Alors, où sont-ils tous ? insista McCoy, devant lui.

— C'est un mystère, on dirait.

— Très bien ! J'envoie tout de suite mon premier article !

— Comment allez-vous faire ? Il n'y a ni télégraphe ni téléphone !

— Par tous les saints ! Enfer et damnation, comment font-ils pour vivre ?

— Ils aiment l'air, comme les orchidées. Ils respirent. Mais attendez une seconde. Vous n'avez pas tout inspecté. Laissez-moi vous montrer un endroit, avant de déclarer forfait. »

22

Cardiff entraîna l'autre vers la grande étendue de pierres inertes et d'anges cloués au sol. McCoy décrypta les inscriptions.

« Sacré nom de nom ! Des tas de patronymes, mais pas de dates. Quand sont-ils morts ?

— Ils ne sont pas morts, souffla Cardiff.

— Bon Dieu ! Il faut que je voie ça de plus près ! »

McCoy fit six pas vers l'ouest, quatre autres vers l'est et se retrouva devant…

La tombe ouverte, avec son cercueil béant et la pelle plantée juste à côté.

« Qu'est-ce que c'est ? Il y a eu des funérailles aujourd'hui ?

— C'est moi qui ai creusé. Je cherchais quelque chose.

— Ah bon ? Quoi ? » McCoy expédia du pied quelques mottes de terre dans la tombe. « Vous en savez plus que vous ne le dites. Pourquoi protégez-vous cette ville ?

— Je sais juste que je vais peut-être rester.

— Si vous restez, vous ne pourrez pas dire toute la vérité à ces gens : l'arrivée des bulldozers et des bétonneuses, ces pompes funèbres du progrès. Et si vous choisissez de partir, préviendrez-vous les habitants ? »

Cardiff secoua la tête.

« Et c'est moi qui hériterai du rôle de gardien de leurs vertus, c'est cela ?

— Seigneur, j'espère bien que non ! » Cardiff s'approcha du trou. Des poignées de terre tambourinaient sur le cercueil vide.

McCoy fit un pas en arrière, un peu nerveux, les yeux fixés sur la tombe et le cercueil vacants. « Hé, une seconde ! » Il affichait une expression étrange. « Mon Dieu, je parie que vous m'avez amené ici pour m'empêcher de téléphoner à l'extérieur ou même de quitter la ville ! Vous... »

À ces mots, McCoy fit volte-face, perdit l'équilibre et tomba.

Étalé dans le cercueil, les yeux écarquillés, l'homme vit dégringoler la pelle ; était-ce accidentel ou prémédité ? Il ne le sut jamais. L'outil le heurta au front, et la secousse rabattit le couvercle, qui se referma brusquement sur un regard sidéré et désormais éteint.

Le choc qui en résulta déclencha une pluie de terre qui recouvrit la bière.

Stupéfait, bouleversé, Cardiff eut l'impression d'assister à cette scène à un kilomètre de hauteur.

McCoy avait-il glissé ou avait-il été poussé ?

Du pied, le jeune homme provoqua une nouvelle averse de terre. Entendait-il des cris sous le couvercle ? Il vit ses chaussures expédier encore plus de terre dans le silence. Quand le cercueil eut disparu, il recula en gémissant. Il lança un regard à la pierre tombale qui dominait le tombeau, gravée du nom d'un autre. *Il faudra la changer*, se dit-il.

Puis il fit demi-tour et sortit du cimetière en courant, à l'aveuglette, en trébuchant.

23

Je suis un assassin.

Non, pas du tout ! McCoy s'est enseveli tout seul. Il a glissé, il est tombé et le couvercle s'est refermé.

Cardiff marchait presque à reculons dans la rue, incapable d'arracher son regard du cimetière, comme si McCoy allait réapparaître, tel un Lazare ressuscité.

Une fois arrivé aux Armes d'Égypte, il remonta l'allée et entra dans la maison d'un pas mal assuré, puis respira un bon coup avant de se diriger vers la cuisine.

Dans le four cuisait un plat délicieux. Une tarte à l'abricot refroidissait sur l'appui de fenêtre de l'office. Au pied du réfrigérateur, on entendait un bruit discret : le chien lapait de l'eau fraîche dans la chaleur de l'été. Cardiff recula. *Comme les écrevisses, ne jamais marcher tout droit*, se dit-il.

Par la fenêtre en saillie, il aperçut deux douzaines de couvertures éclatantes disposées en damier sur la vaste pelouse qui s'étendait derrière la maison, avec des couverts, des assiettes, de la limonade et du vin dans des cruches de cristal : un pique-nique se préparait. Il entendit soudain un doux bruit de sabots.

Cardiff se rendit sous la véranda, d'où il aperçut

Claude, dans le virage. Poli et suprêmement intelligent, le cheval attendait devant le fourgon de boulangerie vide.

Claude leva les yeux vers le journaliste.

« Pas de pain à livrer ? » lui demanda ce dernier.

Claude ne répondit pas, se contentant de le fixer de ses immenses yeux bruns et mouillés.

« C'est peut-être moi que tu dois livrer ? » suggéra Cardiff, aussi calmement que possible.

Il descendit les marches, se dirigea vers le fourgon et s'y installa.

La réponse était oui.

Claude se mit en route et l'emmena en ville.

24

Ils arrivèrent au niveau du cimetière.

Je suis un meurtrier, se dit Cardiff.

Sur une impulsion, il s'écria : « Claude ! »

Le cheval se figea. Le journaliste sauta du fourgon et se précipita dans le cimetière.

Cardiff vacilla au-dessus de la tombe, dont il se décida à soulever le couvercle, en proie à une terrible panique.

McCoy était bien là, encore vivant mais endormi ; après avoir renoncé, il s'était abandonné à un petit somme.

Avec un soupir de soulagement, Cardiff s'adressa à son redoutable ennemi, ravi de le retrouver en vie.

« Restez ici. Vous ne le savez pas encore mais vous allez rentrer chez vous. » Il laissa délicatement retomber le couvercle, prenant soin d'intercaler une petite branche pour permettre à l'air de circuler.

Il partit rejoindre Claude au pas de course, et celui-ci, comprenant que la visite avait pris fin, redémarra avec allant.

Tout autour d'eux, les cours et les vérandas étaient désertes.

Où se sont-ils tous cachés ? se demanda Cardiff.

Il obtint sa réponse à l'arrêt suivant.

Ils stationnaient devant un grand bâtiment en briques plutôt élégant, à l'entrée flanquée de deux sphinx égyptiens, moitié lions moitié dieux. Leurs visages lui rappelaient quelque chose.

Cardiff déchiffra les mots suivants : *Bibliothèque du Souvenir de l'Espoir.*

Et, en caractères plus petits : *Vous qui entrez ici, reprenez espoir.*

Il monta l'escalier menant à l'immense portail à double battant. Elias Culpepper semblait l'attendre devant l'entrée. Le vieil homme vint à sa rencontre et s'assit sur les marches de la bibliothèque.

« Nous vous attendions.

— Qui ça, "nous" ?

— La ville tout entière, ou presque. Où étiez-vous ?

— Au cimetière.

— Vous y passez trop de temps. Un problème ?

— Il est résolu, si vous pouvez m'aider à envoyer quelque chose chez moi. Quand passe le prochain train ?

— Normalement, aujourd'hui. Pas certain qu'il s'arrête. Ce n'est plus arrivé depuis…

— Serait-il possible de le stopper ?

— En se servant des signaux ferroviaires, peut-être.

— Si vous parvenez à l'arrêter, je veux expédier un colis.

— Je me chargerai des fusées, promit Culpepper. Où envoyez-vous ce colis ?

— À Chicago, chez moi. »

Cardiff écrivit un nom et une adresse sur une feuille

arrachée à son carnet, puis tendit le papier à Culpepper.

Ce dernier se leva. « Considérez que c'est fait. Je pense que vous devriez entrer, maintenant. »

Cardiff se retourna, poussa les imposants battants et franchit le seuil de la bibliothèque.

Au-dessus du comptoir de l'accueil, sur un panneau, on lisait : *Carpe diem, cueille le jour présent.* Et pourquoi pas *Ouvre un livre, trouve une vie, la naissance est une métaphore*, tant qu'on y était ?

En laissant dériver son regard, Cardiff découvrit une grande partie des habitants de la ville assis à deux douzaines de tables. Tous lisaient les livres ouverts devant eux en respectant la consigne affichée sur d'autres panneaux : *Silence.*

Comme un seul homme, ils se retournèrent vers lui, lui adressèrent un signe de tête et retournèrent à leur lecture.

La jeune femme de l'accueil était incroyablement belle.

« Mon Dieu, c'est toi, Nef ? » murmura-t-il.

Elle pointa un index vers lui et lui fit signe de la suivre.

La jeune femme qui le précédait aurait tout aussi bien pu tenir une lanterne tant son visage irradiait, éclairant les rayonnages plongés dans l'ombre. Partout où son regard se posait, les ténèbres reculaient et une douce clarté frôlait l'or des reliures.

Le premier rayonnage était dénommé *Alexandrie Un*, le second *Alexandrie Deux*, et le dernier *Alexandrie Trois*.

« Ne me dis rien. Laisse-moi deviner, proposa calmement Cardiff. Vers cinq cents ou mille ans avant

Jésus-Christ, la bibliothèque d'Alexandrie a subi trois incendies, voire davantage, et tout a brûlé.

— Effectivement, reconnut Nef. Le premier rayonnage contient tous les livres — ou presque — détruits au cours du premier incendie. Un incendie accidentel.

« Le second correspond au deuxième sinistre — accidentel lui aussi ; il abrite tous les ouvrages perdus, tous les textes détruits au cours de cette terrible année.

« Et le dernier regroupe tous les livres du troisième désastre, en 455 avant Jésus-Christ : un incendie criminel déclenché par une clique visant l'anéantissement de l'histoire, de l'art, de la poésie et du théâtre.

« En 455 avant Jésus-Christ, répéta-t-elle doucement.

— Mon Dieu, comment ont-ils été sauvés ? Comment sont-ils arrivés *ici* ?

— C'est nous qui les avons amenés ici.

— Que veux-tu dire ??

— Nous sommes des pilleurs de tombes. » Nef fit courir son doigt le long des rayonnages. « Mais pour le bien de l'intelligence et de l'enrichissement de l'âme, quoi qu'on entende par “âme”. Je peux seulement tenter de te décrire ce mystère. Longtemps avant Schliemann, l'homme qui a découvert non pas une mais vingt Troie, nos ancêtres se sont mis à jouer à “qui-trouve-garde” pour la plus grande bibliothèque de tous les temps, un lieu éternel et indestructible, un lieu où chacun pourrait toucher et consulter tous les ouvrages du monde, et se trouver ainsi une nouvelle raison de vivre. Cette bâtisse est entièrement à l'épreuve du feu. Sous une forme ou une autre, notre projet a connu Moïse, César et le Christ, et il connaîtra la Lune et le nouvel Apollon quand son char-fusée s'y posera.

— Mais les bibliothèques d'Alexandrie ont été réduites en cendres ! Ces livres sont-ils des copies de copies ? Qu'on ait remis la main sur les œuvres perdues, d'accord, mais comment ? » insista Cardiff.

Nef riait doucement. « La tâche fut rude. Tout au long des siècles, nous avons retrouvé tel livre ici, tel autre là-bas, telle pièce à tel endroit, tel poème à tel autre. C'est comme un gigantesque puzzle, reconstitué pièce par pièce. »

Caressant des doigts titres et noms d'auteurs, elle se déplaçait dans l'agréable demi-jour que répandaient les hautes fenêtres de la bibliothèque.

« Tu te rappelles quand la femme d'Hemingway a oublié le manuscrit d'un de ses romans dans un train ? Un manuscrit égaré à jamais…

— Il a divorcé ou il l'a tuée ?

— Le mariage a survécu quelque temps. En tout cas, le manuscrit est ici. »

Il contempla la boîte en carton délabrée, avec son étiquette : *Contreforts, Kilimandjaro.*

« Vous l'avez lu ?

— Nous hésitons. Si ce roman est du niveau de certains de ses autres livres, le savoir perdu à jamais (parce qu'il le faut) nous briserait le cœur. Mais s'il est mauvais, nous risquons de le vivre plus mal encore. Hemingway savait peut-être qu'il valait mieux ne pas le retrouver. Il a écrit un autre *Kilimandjaro* avec des *Neiges* à la place des *Contreforts*.

— Mais bon sang, comment vous y êtes-vous pris pour mettre la main dessus ?

— La semaine où il a été perdu, nous avons passé une petite annonce. Hemingway n'avait même pas pris la peine de le faire. Nous lui avons envoyé une copie du manuscrit retrouvé, mais il n'a jamais répondu et les *Neiges* sont sorties un an plus tard. »

Elle s'attarda ensuite sur d'autres volumes.

« Le dernier poème d'Allan Poe, refusé. Le dernier conte d'Herman Melville, passé inaperçu.

— Comment faites-vous ?

— Nous sommes allés les voir sur leur lit de mort, nous avons assisté à leurs derniers instants. Les mourants s'expriment parfois dans des langues inconnues. Si on connaît la langue de leurs délires, on peut retranscrire leurs révélations étranges et tristes. Nous sommes des gardiens privilégiés. Nous les veillons tard dans la nuit, nous recueillons leur dernière étincelle vitale, nous les écoutons attentivement, nous préservons leurs paroles. Pourquoi agir ainsi ? Parce que nous sommes les passagers du temps ! Il nous semble donc de notre devoir de sauver ce qui peut l'être sur notre route vers l'éternité, ce qui risque de se perdre ou d'être négligé, en y ajoutant un peu de notre expérience et de notre longue existence. Nous n'avons pas seulement veillé sur Troie et ses ruines ou passé au crible les sables d'Égypte pour y découvrir des pierres de sagesse qui clarifient le discours quand on les garde sous la langue. Comme le font les chats, nous avons également aspiré le souffle des mortels, nous avons siphonné puis édité leurs chuchotements. Et parce qu'il nous a été accordé de vivre très longtemps, le moins que nous puissions faire est de transmettre ce don par l'intermédiaire d'objets inanimés : romans, poèmes, pièces de théâtre, livres qui prennent vie lorsqu'un regard les parcourt. Quiconque reçoit un cadeau se doit de le rendre au centuple, toujours. De Jésus de Nazareth à demain midi, nous avons emporté et nous emporterons toujours en bagage cette bibliothèque et ses discours muets. Chaque livre est Lazare, tu comprends ? Toi, le lecteur, en ouvrant un livre, tu invites ce Lazare à ressortir de sa cachette. Et il vit à nouveau, *ils* vivent à nouveau, ces mots inanimés que réchauffe ton regard.

— Je n'avais jamais réfléchi…

— Il n'est jamais trop tard. » Elle souriait. « Je crois qu'il va y avoir un pique-nique, pour fêter je ne sais pas quoi. En tout cas, il faut fêter quelque chose. »

25

Derrière la pension, sur la pelouse, le pique-nique les attendait.

« Un discours ! Un discours ! s'écria quelqu'un.

— Je ne sais pas par quoi commencer, protesta Cardiff.

— Par le commencement ! » Il y eut un rire poli.

Cardiff respira un grand coup et se lança :

« Comme vous n'êtes pas sans l'ignorer, le ministère de l'Équipement mesure en ce moment la distance entre le nord-est de Phénix et le sud-ouest de Gallup. Une nouvelle voie rapide croiserait la latitude 89, très exactement à soixante-cinq kilomètres de la longitude 40. »

À l'autre bout de la pelouse, un pique-niqueur laissa tomber son sandwich. « Mon Dieu, mais c'est nous ! s'exclama-t-il.

— Nom d'un chien ! » s'écria un autre. Et une douzaine de personnes chuchotèrent en chœur : « Quelle horreur !

— Ce n'est pas possible, ajouta quelqu'un.

— Rien n'est impossible pour le gouvernement, leur dit calmement Cardiff.

— Ils n'ont pas le droit de faire faire ça ! protesta l'une des dames.

— Mais si, ils ont le droit. Dans votre État, aucune voie rapide n'a jamais fait l'objet d'un scrutin. Les hommes de l'Équipement, que Dieu m'en soit témoin, ces hommes n'écoutent que leur propre conscience.

— Et vous êtes venu nous en avertir, c'est cela ? » lui demanda Elias Culpepper.

Cardiff piqua un fard. « Non.

— Vous comptiez nous le cacher !?

— Je voulais voir votre ville. Je n'avais aucun plan en tête. Je vous croyais au courant.

— Nous ne savons rien, se lamenta Elias Culpepper. Dieu tout-puissant ! C'est comme si vous nous annonciez une éruption du Vésuve aux frontières de la ville !

— Je dois avouer qu'après avoir vu vos visages, après avoir partagé votre petit déjeuner, votre déjeuner et votre dîner, j'ai compris que je ne pouvais pas partir sans vous mettre au courant.

— Répétez-nous tout ça », dit Elias Culpepper.

Cardiff regarda Nef, qui lui fit discrètement un signe du menton.

« La commission de l'Équipement... »

Un éclair frappa le sol. Le monde trembla. Une comète entra en collision avec la Terre. Les chats déguerpirent des toits. Les chiens se mordirent la queue et crevèrent.

Le pique-nique, la pelouse accueillante, tout était désert.

Doux Jésus, c'est moi qui ai fait ça ? se dit Cardiff.

« Fou, idiot, espèce d'abruti demeuré », grommela-t-il.

Il ouvrit les yeux et vit Nef qui l'appelait, debout sur une petite butte verdoyante : « Viens vite à l'ombre ! Tu vas mourir d'une insolation ! »

Et il rejoignit le couvert.

26

Mon Dieu, même les tournesols se détournent! pensa Cardiff. Il ne voyait pas les visages des habitants, mais il était sûr que tous le fixaient avec fureur.

« Je n'ai plus rien à cacher. J'ai dévoilé tous mes secrets. Maintenant, Nef, à toi de me révéler les tiens, dit-il à la jeune femme.

— D'accord. » Elle sortit des sandwiches d'un panier, puis se mit à couper du pain qu'elle beurrait et lui offrait en parlant.

« Tous les habitants de cette ville ont d'abord vécu ailleurs. Nous nous sommes trouvés un par un. Dans un passé reculé, à Rome, Paris, Athènes, Dallas ou Portland, nous avons dû nous débrouiller comme nous le pouvions, mais un beau jour, il y a relativement peu de temps, nous avons découvert en Arizona un endroit où nous rassembler. Nous avons d'abord pensé à nommer ce lieu "Sanctuary", mais c'était une idée ridicule. "Summerton", c'est sans doute tout aussi stupide, mais cela marche. En lien avec les fleurs, la survie… Nous avons tous grandi à Madrid, Dublin ou Milwaukee, voire pour certains en France ou en Italie. Il y a longtemps, au tout début, nous avions quelques enfants parmi nous, mais leur nombre a diminué avec le temps. Rien à voir avec le vin, les fleurs, l'environnement ou les familles, même s'il semble s'agir d'une particularité génétique. Tu peux nous considérer comme des "aberrations", en quelque sorte. Le terme scientifique qui désigne les phénomènes inexplicables. D'après Darwin, l'évolution est une succession de sauts, de bonds, de cabrioles génétiques non reliés entre eux. Tout d'un coup, les membres de certaines familles ont vu leurs vies s'allonger jusqu'à quatre-vingt-dix ou cent ans, alors que leurs ancêtres décédaient autour de soixante-dix ans. D'autres vivaient encore plus longtemps. Mais le plus étrange, c'était que certains d'entre nous, hommes ou femmes, changeaient à peine, voire pas du tout. Tous nos amis devaient faire face à la maladie et à la vieillesse, mais pas nous, les cas bizarres. La vie était un interminable pique-nique dans toute l'Europe et l'Amérique du Nord. Et nous, les solitaires, nous faisions exception à la règle du "Grandir, vieillir et, à coup sûr, mourir". Pendant un temps, nous remarquions à peine notre exceptionnelle longévité, si ce n'est pour nous étonner de notre bonne forme et de notre bonne mine, alors que nos amis plongeaient tête la première dans la tombe. Nous, les phénomènes, nous nous attardions au printemps ; l'été nous attendait au coin de notre vie et la rumeur de l'automne, encore bien loin, ne nous atteignait même pas. Est-ce que tu comprends ce que je veux dire ? »

Cardiff lui fit signe que oui, fasciné par ce récit. D'une certaine façon, la fluidité et la beauté du discours le rendaient crédible.

« La plupart de nos rencontres sont dues au hasard. Une excursion en ferry, une croisière, un ascenseur partagé, une collision sur un seuil, une place à table, des regards qui se croisent dans une rue au dix-septième siècle, toujours est-il que lorsque nous parlions de nos origines, de ce que nous faisions dans la vie, de l'âge que nous avions, nous finissions par percevoir le mensonge sur le visage de notre interlocuteur.

« "J'ai vingt ans, j'ai vingt-deux ans, j'ai trente ans", voilà ce que nous prétendions autour d'un thé ou d'un verre dans un bar, mais la vérité était tout autre. Nous étions nés pendant le règne de Victoria, ou l'année de l'assassinat de Lincoln. Ou celle où Henry VIII avait forcé sa reine à poser la tête sur le billot. De nombreuses années s'écoulaient avant que la vérité n'éclate, ici ou là, le jour où nous révélions notre vraie date de naissance. "Nous sommes les jumeaux du Temps ! nous exclamions-nous alors. Toi, tu as quatre-vingt-quinze ans, et moi cent dix !" Et en scrutant le visage de l'autre comme notre reflet dans un miroir, nous découvrions un mois d'avril arrosé d'une pluie douce ou un mois de mai gorgé de soleil, au lieu d'un octobre pluvieux, d'un lugubre novembre ou d'un Noël sans lumière. Nous sanglotions, et une fois nos larmes taries, nous comparions nos enfances lointaines, nous parlions des brutes qui nous avaient tourmentés parce que nous étions différents et que nous ignorions pourquoi. Nos amis nous laissaient tomber lorsqu'ils atteignaient la cinquantaine ou la soixantaine, parce que nous avions toujours l'air de sortir du lycée. Les mariages échouaient et la mort mettait un terme aux autres types de relations. Et nous nous retrouvions comme perdus dans un vaste mausolée résonnant des rires de nos camarades d'école maintenant incinérés ou, s'ils vivaient encore, maniant la béquille ou les commandes d'un fauteuil roulant. D'instinct, nous avons vite compris qu'il valait mieux pour nous, âmes anciennes dans des corps neufs, changer sans cesse de ville et reprendre notre vie de zéro. Nous mentions sur notre passé. Nous n'étions pas heureux, à cette époque. Nous le sommes devenus. Comment, te demandes-tu ? Après quelques centaines d'années, la rumeur d'une nouvelle ville a commencé à circuler parmi nous. Voici ce que disait le mythe : un homme qui traversait à cheval un immense désert s'était arrêté en plein milieu de nulle part et avait construit une hutte en ce lieu. Depuis, il attendait l'arrivée de ses congénères. Un jour, il a fait paraître une petite annonce qui vantait la *jeunesse* du climat, une époque *nouvelle* et une conjoncture *inédite*. Cette annonce grouillait d'allusions claires comme de l'eau de roche pour les monstres dans notre genre à Oswego ou à Peoria, les solitaires qui voyaient tomber leurs amis autour d'eux et entendaient la terre marteler trop de cercueils. Car même si leurs membres restaient aussi souples qu'au jour de la remise des diplômes, ils s'interrogeaient sur leur désespoir. Alors ils ont lu et relu cette étrange annonce qui promettait un havre au bout du voyage, une destination si neuve qu'elle n'avait pas encore de nom. Une ville "petite mais en expansion". "Ne peuvent postuler que les moins de vingt et un ans..." Tu vois ? Encore une allusion ! Aucune affirmation directe. Mais partout, de Deadfall, dans le Dakota, à Wintershade, en Angleterre, les âmes esseulées ont préparé leurs sacs en sentant les poils se dresser sur leur nuque. Le temps passé et la distance parcourue en vaudraient peut-être la peine, se disaient-elles. Par la suite, ce qui n'était qu'un simple arrêt en bord de route s'est transformé en bureau de poste, en agence de la Pony Express puis en arrêt de train insignifiant. Des étrangers se dévisageaient et découvraient chez leur vis-à-vis un coucher de soleil tout récent au lieu de la promesse d'une nuit noire. Ce n'était pas leur âge hors du commun qui les motivait, mais la terrible réalité qu'ils devaient affronter : personne parmi eux ne pouvait concevoir ou donner naissance à un enfant.

— C'est donc de cela qu'il s'agit ? murmura Cardiff.

— Oui. C'était arrivé, finalement. Nous vivions plus longtemps, mais il nous fallait en payer le prix. Et puisque nous ne pouvions avoir de descendance, nous devions être nos propres enfants. Et donc, tous les ans, des étrangers arrivaient, certains en train sans billet retour, d'autres à cheval et d'autres à pied sans un regard en arrière. Vers 1900, à Summerton, les moissons se succédaient, les jardins débordaient de fruits ; il y avait des belvédères, une vie sociale bien établie, et des communications possibles vers l'extérieur, mais pas l'inverse. Aucune radio, aucune télé, pas de journaux ou presque… On trouvait — on trouve toujours — les *Nouvelles Culpepper de Summerton*, mais elles ne sont pas fréquentes, ces nouvelles, car nous n'avons jamais de naissance à signaler et presque aucun décès. Parfois, quelqu'un fait une chute dans l'escalier, ou tombe d'une échelle, mais nous guérissons assez vite. Pas de voitures, donc peu d'accidents mortels. Par contre, nous sommes toujours occupés : occupés à produire notre nourriture, occupés à nous fréquenter, à écrire, à rêver. Et bien sûr, il y a les histoires d'amour. Car l'impossibilité de procréer n'empêche pas la passion. Le tout forme une population idéale venue des quatre coins de la création, un puzzle magnifiquement conçu, sans irrégularités. Tout le monde s'adonne à sa tâche : pour les uns la poésie, pour les autres le roman. Tous ces textes, des fictions fantaisistes décrivant pour la plupart des villes improbables, sont publiés loin d'ici. Les lecteurs les croient issus d'une imagination débridée, mais nous, nous les *vivons*. Car les voici. C'est ici. Un climat parfait, une ville parfaite, des vies parfaites. De longues vies. La plupart d'entre nous ont serré la main de Lincoln, ont assisté aux obsèques de Grant, et maintenant…

— Maintenant ? répéta Cardiff.

— Tu es un messager du destin, tu viens détruire tout cela.

— Je ne suis pas le message, Nef. Je me contente de l'apporter, ça oui.

— Je sais. Mais je voudrais tellement que tu t'en ailles pour revenir avec une vérité meilleure.

— Si je le pouvais, je te la ramènerais avec joie, Nef, que Dieu m'en soit témoin.

— Va-t'en. S'il te plaît. Trouve-la et ramène-la. »

Mais il ne put que laisser couler ses larmes, assis sur l'herbe toujours verte d'un éternel été.

27

« Et maintenant, dit Nef.

— Et maintenant ? répéta Cardiff.

— Je dois prouver que je ne veux pas tuer le porteur de mauvaises nouvelles. Suis-moi. »

Elle le précéda sur la pelouse où les couvertures de pique-nique, jetées en vrac ici et là, semblaient rescapées d'une tempête. Sous le regard attentif de plusieurs chats qui guettaient leur départ, quelques chiens avaient investi les lieux en même temps que les fourmis rouges. Nef dut passer parmi eux pour rejoindre la pension dont elle ouvrit la porte. Tête baissée, rougissant, Cardiff se hâtait à sa suite, mais la jeune femme avait déjà gravi toute une volée de marches lorsqu'il aborda la première. Ils se retrouvèrent en haut de la tour, dans la chambre de Nef, avec le vaste lit défait, les fenêtres grandes ouvertes, les rideaux agités par le vent. Le clocher de la ville sonnait quatre heures de l'après-midi lorsque Nef leva les bras : la grande fleur douce d'un drap s'éleva au-dessus du lit tel un nuage d'été. Cardiff en attrapa un bord, et tous deux déposèrent sur le lit un océan de blancheur qui en dissimula la surface. Ils se redressèrent et contemplèrent le souffle de cette fin d'après-midi dans la dentelle des rideaux poussés vers l'intérieur, comme la menace d'une chute de neige. Il y avait un verre de limonade sur chacune des tables de chevet. Il la questionna du regard, mais elle éclata de rire en secouant la tête. De la limonade, rien de plus.

« Parce que c'est moi qui vais t'enivrer », lui précisa-t-elle.

La chute vers le lit dura longtemps. La jeune femme le rejoignit au bout d'une éternité. Il sombra sous des draps blancs comme la neige, les souvenirs le foudroyèrent et sa vie entière défila derrière ses paupières.

Longtemps, longtemps plus tard, il l'entendit crier : « Dis-le !

— Oh, Nef, Nef, je t'aime ! »

Le crépuscule s'installa. Au-dessus d'eux, les rideaux de dentelle mimaient toujours la chute des neiges. Les cristaux du carillon chinois tintinnabulaient dans la véranda. Couchés main dans la main comme des amis très chers, ils dégustaient le silence, les yeux fermés, seulement vêtus des rayons du soleil couchant. Elle finit par lui demander : « Aimerais-tu vivre quelques centaines d'années ? Ou pour l'éternité ? Dis-moi ce qui te tente le plus.

— L'éternité, je pense.

— Bien. » La main de la jeune femme pressa celle de Cardiff. « Tu me fais confiance ?

— Oui. Non. Oui.

— Décide-toi.

— Je n'y comprends rien. Je ne suis pas un de tes miraculeux vieux copains de toujours. Peux-tu me transformer en l'un d'eux ?

— C'est toi qui es venu à nous, ne l'oublie pas.

— Certes, mais pour deux raisons précises : voir votre ville avant que le ciment ne l'engloutisse et vous apporter la nouvelle de votre disparition. Vous l'ignoriez, donc il fallait que je vous informe. Deux raisons.

— Trois, le corrigea-t-elle. À l'instar de la plupart d'entre nous, un sixième sens t'a guidé, comme un pigeon voyageur, quelque chose qui est imprimé dans ton sang ou derrière ton apparence, un fantôme dans ta tête. Pourquoi pas, après tout ? Le fantôme d'une nécessité, comme ceux qui nous ont fait agir, qui nous ont permis de nous reconnaître les uns les autres lorsque nous nous rencontrions au coin d'une rue ou dans un train. La troisième raison de ta venue ici est aussi naturelle que le besoin de respirer. Tu es venu parce que tu recherchais ce lieu entre tous, mais comme tu ne pouvais l'admettre, tu t'es trouvé d'autres motifs. Tu es comme nous, ou presque. Tu as hérité de la même prédisposition. Tu pourrais vivre quatre fois plus longtemps que ce que tu as vécu jusqu'à présent, parce que la recette est inscrite dans tes gènes. Nous, nous pouvons seulement t'y encourager par notre compagnie, avec bien sûr l'aide du climat, de la nourriture et du vin.

— Vous avez mis la fontaine de jouvence en bouteille, si je comprends bien ?

— Non, bien sûr ! » Elle riait doucement. « Il n'existe pas de médicament de ce genre, pas de traitement. Nous ne faisons que compléter ce dont Dieu t'a gratifié au départ. Certaines personnes n'attrapent jamais de rhume, ne se cassent jamais le bras, n'ont jamais mal à la tête, boivent sans jamais connaître la gueule de bois, escaladent des montagnes sans éprouver le besoin de se reposer, ou restent incroyablement passionnées ; tout cela est un don de Dieu. Notre don à nous — que nous le devions à Dieu ou à Darwin — consiste simplement à participer à la course joyeuse de l'hérédité luttant contre le courant de la mort. Oh, Seigneur — elle souriait — comment l'hérédité pourrait-elle participer à une course ? Mais tu comprends ce que je veux dire, n'est-ce pas ? Toi aussi, tu refuses cet obscur courant qui t'entraîne vers la nuit. Sinon, tu ne serais pas ici, à écouter les propos d'une folle.

— Ma folle bien-aimée, ma lady cinglée, ma belle démente, murmura-t-il.

— Pour finir, je dois t'expliquer ce qui est en jeu en ce lieu, pour moi et tous ceux que tu as rencontrés. Notre grande “découverte médicale” a été de constater que nous sommes vivants et que nous aimons la vie. Pour nous, chaque jour est une célébration. La célébration, l'ivresse que nous éprouvons à vénérer ce cadeau de la vie, préserve notre jeunesse. Ça te semble impossible ? Il suffit de réaliser que l'on est en vie, de regarder le soleil, de profiter de la douceur du climat et d'exprimer ce plaisir à chaque moment de l'existence. Voilà ce qui nous garantit cette longévité. Nous vivons pleinement chaque instant de notre vie et ça, c'est une médecine merveilleuse. De cette façon, nous refusons les ténèbres. À présent, réfléchis à ce que je viens de te dire et parle-moi de ton avenir. »

Étendu de tout son long, il cherchait des réponses au plafond. « Grands dieux ! Je ne sais pas. J'ai des obligations, beaucoup d'amis… Mes parents sont encore en vie. Et depuis deux ans, je suis quasiment fiancé — deux ans, tu te rends compte ! J'ai traîné des pieds, j'en ai bien profité, bref, le mâle dans toute sa splendeur ! Il y a tant de choses en suspens, de liens à resserrer, d'adieux à faire… Je commence à peine à y penser et je ne sais pas quoi penser. Je sais que j'aime cette ville, ses habitants et toi. Bon Dieu… Je suis complètement amoureux, mais j'ai peur d'aller plus loin. C'est trop en quelques jours. »

Elle attendit quelques instants. Elle aussi voyait son avenir se dessiner au plafond. « Je ne serai pas le chat blotti contre toi qui vit de l'air que tu respires. Mais tu dois prendre une décision. Et j'ai gardé un dernier détail pour la fin. Si tu restes, tu deviendras de bien des façons le centre de nos existences. En tout cas, tu seras le centre de la mienne. Parce que, comme tu le sais, aucun enfant n'est né dans cette ville depuis très, très longtemps.

— Et bientôt, reprit-il enfin, un nouvel enfant naîtra pour la première fois depuis longtemps et il aura un père. Qui sera peut-être moi.

— Peut-être l'es-tu déjà. » Elle posa ses mains sur son ventre, comme pour tenter d'y déceler une présence. « Qui sait.

— Ce serait une sacrée responsabilité.

— Je t'impose un lourd fardeau. Je dois te laisser partir et espérer ton retour, mais toi, il va falloir que tu prennes ta décision très vite. Nous n'allons plus rester très longtemps. Bientôt, la ville aura disparu. Nous sommes sur le départ.

— Comment est-ce possible ?

— Cela nous est arrivé à plusieurs reprises, avant même la fondation de Summerton. Nous emportons nos foyers dans nos têtes. Partout à travers le pays, de Providence au Kansas et plus loin vers l'ouest. Si nous ne pouvons pas sauver cette ville, nous l'incendierons et disperserons ses cendres. Personne ne nous retrouvera. Les tyrans ne doivent jamais apprendre notre existence.

— Oh mon Dieu, c'est un fardeau, tu as raison, murmura-t-il. Laisse-moi dormir. Parfois, je trouve des réponses en rêvant.

— Alors endors-toi.

— C'est toi. Ce n'est ni le climat ni les gènes, c'est toi, ma fontaine de jouvence, Nef chérie.

— Laisse-moi te rendre ta jeunesse. » Et d'un baiser, elle scella la bouche de Cardiff.

Il s'endormit et rêva.

Il était dans un train qui roulait vers l'est, et soudain il se retrouvait à Chicago, puis, plus brusquement encore, devant l'Institut des Arts dont il montait l'escalier et parcourait les couloirs pour aller contempler la grande toile *Un dimanche après-midi sur l'île de la Grande Jatte*[1].

La femme qui se tenait devant la peinture se retourna. Sa fiancée.

Elle se mit à vieillir sous ses yeux et lui dit : « Tu as changé.

— Non, pas du tout.

— Ton visage n'est plus le même. Tu es venu me dire adieu.

— Non, juste prendre de tes nouvelles.

— Tu es venu me dire adieu. »

Elle vieillissait toujours et lui se sentait tout petit, debout devant la peinture, et il cherchait quoi lui dire.

Et soudain, elle avait disparu.

Il sortit du bâtiment et là, au pied des marches, il aperçut sept ou huit de ses amis.

1. Célèbre tableau de Seurat. *(N.d.T.)*

Sous ses yeux, ils se mirent à vieillir eux aussi en lui tenant le même discours :

« Tu es venu nous dire adieu.

— Non, pas du tout », protesta-t-il.

Ensuite, il fit demi-tour et se rua dans le bâtiment, ce jeune homme soudain vieux au milieu des vieux tableaux.

C'est à ce moment-là qu'il se réveilla.

29

Il resta longtemps assis à écouter les hurlements du vent dans la cheminée et la pluie qui redoublait dehors.

Loin de la terre ferme, loin de toute lumière, la vieille demeure plongea en grinçant dans la profonde houle nocturne, puis recula et se redressa.

Les rats ornaient les murs de graffitis et les araignées harpistes lui chatouillaient les oreilles avec leurs petites notes.

Qu'ai-je à y perdre, et qu'ai-je à y gagner ? se demanda-il. *Partir ou rester ?*

Quel est le bon choix ?

Très bien. Que faire ? s'écria-t-il mentalement.

Rien ne remuait dans sa tête. Pas le moindre écho.

Juste un murmure : *Dors.*

Derrière ses paupières, il éteignit la lumière. Il se rendormit.

Il entendit une locomotive traverser ses rêves en sifflant.

Le train glissait, il fonçait dans la nuit, il épousait les courbes de la lune, se déchaînait dans les longues lignes droites, soulevait la poussière au milieu d'une pluie d'étincelles, semait des échos derrière lui. Entre éveil et rêve, des mots familiers revinrent hanter Cardiff :

Un seul baiser et te voilà maître du temps
Une seule caresse et la mort s'éloigne.
Une seule nuit chasse le deuil
Une seule heure et jamais tu ne vieilliras.
Enivre-toi du vin de l'immortalité
Absorbe la drogue de l'éternité
Où tous ont l'intelligence en partage,
Où deux milliards d'amours suffisent à peine.

Dans son rêve, il poussa un hurlement : *Non !* Puis, de nouveau : *Oh Seigneur, oui.*

Les derniers mots qui peuplèrent ses rêves furent :

Quelque part joue une fanfare
Interprétant des airs étranges,
De tournesols et de marins
Emportés sous des lunes bizarres.

Il se réveillait. Il dit, dans un soupir :

Quelque part joue une fanfare,
Oui, écoutez cette mélodie !
Quiconque l'apprend danse à jamais,
En juin…
Encore en juin…
Et pour toujours en juin.

Tout proche à présent, le train contournait des collines. Le soleil se levait et Cardiff comprit qu'il avait changé d'avis.

Il contemplait une aube sanglante, une ville inondée de la lumière des adieux, sous un climat si étrange qu'il mettrait sans doute bien longtemps à l'oublier.

En se voyant dans le miroir de la salle de bains pendant qu'il se rasait, il constata que ses yeux exprimaient une immense tristesse.

Il descendit prendre son petit déjeuner et s'assit devant un monceau de gâteaux tout chauds. Il ne toucha à rien.

En face de lui, Nef vit la même chose que lui dans le miroir. Elle croisa les bras, et lui demanda :

« Tu as réfléchi ? »

Il prit une profonde inspiration. Jusqu'à cette toute dernière minute, il ignorait quels mots il allait prononcer.

« Reste, lui dit-elle sans lui laisser le temps de répondre.

— Si seulement je le pouvais.

— Reste. »

À cet instant, elle lui prit la main.

Celle de la jeune femme était chaude, celle de Cardiff, glacée. Nef ressemblait à une déesse penchée au-dessus de la tombe de son amant pour l'aider à en sortir.

« Je t'en prie, insista-t-elle.

— Oh Seigneur, oh mon Dieu, donne-moi la force ! » Il sanglotait intérieurement. « Tu ne comprends pas, Nef. Je ne suis pas fait pour ne pas vieillir.

— Comment le sais-tu ?

— Nous le savons tous. Je suis né pour mourir à soixante-dix ans. J'aurai eu une vie bien pleine. La flamme de l'existence, les bonnes choses de la vie s'envolent tout droit par la cheminée. Ce sont les fautes, la tristesse et tout le reste qui restent collés comme la suie aux parois du conduit. On peut accumuler tant de noirceur ! J'en ai déjà amassé trop. Comment faire tomber toute cette suie des parois de l'âme ?

— Engage un ramoneur. Laisse-moi faire tomber toute cette suie et je te rendrai ton sourire. Si tu m'y autorises, j'y arriverai.

— Je ne peux pas te laisser faire.

— Je suppose que non, constata-t-elle calmement. Ah Seigneur, j'ai envie de pleurer, mais je ne veux pas. Adieu, alors.

— Je ne suis pas encore parti !

— Mais moi, je m'en vais. Je ne pourrais pas assister à ton départ. Reviens un de ces jours.

— Tu penses que je ne reviendrai jamais ? »

Les yeux clos, elle acquiesça.

« Je suis désolé. C'est si dur. Je ne sais vraiment pas si je suis prêt à vivre cent trente ans. Je me demande d'ailleurs si quelqu'un l'est ou peut le devenir. Cela implique une telle… solitude ! Laisser les autres derrière soi. Assister un jour à l'enterrement de son dernier ami.

— Tu t'en feras de nouveaux.

— Peut-être, mais ce ne serait pas la même chose. Les vieux amis sont irremplaçables.

— Oui, c'est vrai. »

Elle regarda la porte.

« Si tu pars mais que tu décides de revenir, n'attends pas trop longtemps, si tu veux nous retrouver.

— Sinon je n'y parviendrai pas ? Je sais. Je serai

trop vieux. Dois-je me décider… avant mes cinquante ans ?

— Reviens-nous, c'est tout. »

Et soudain, la chaise de Nef fut vide.

30

À la gare, la voie était jonchée de tournesols. Quelqu'un l'avait précédé, mais si c'était Elias Culpepper, Cardiff ne le sut jamais.

Cette fois-ci, le train s'arrêta. Une fois à bord, en achetant son billet, le jeune homme demanda au contrôleur s'il le reconnaissait.

L'homme le dévisagea avec attention, fronça les sourcils, s'y reprit une deuxième fois.

« Je ne crois pas », répondit-il.

Le train redémarra dans un jet de vapeur et s'éloigna en haletant, abandonnant derrière lui la gare de Summerton, Arizona.

31

Volant à travers champs, engloutissant l'horizon, le train arriva dans la grande ville turbulente qui se dressait au bord du lac. Cardiff gravit quatre à quatre les marches du musée et déambula au milieu des peintures, choisissant de s'asseoir devant cette intrigante toile de Seurat où des promeneurs du dimanche hantent un parc éternel.

Stupéfaite, Laura s'assit à côté de lui. Son regard perplexe passait tour à tour du parc verdoyant au jeune homme.

Elle se lança enfin.

« Que t'est-il arrivé ?

— Pardon ?

— Ton visage, il a changé.

— Je n'y ai pas touché.

— Que s'est-il passé, alors ?

— Des choses. Des choses qui l'ont changé.

— Tu peux redevenir comme avant ?

— Je vais essayer. »

Puis, comme dans le rêve, sauf que maintenant c'était réel, il redescendit l'escalier du musée et, au pied des marches, tous ses amis l'attendaient.

Tom, Pete, Willk, Sam et tous les autres étaient là.

« Allons fêter ton retour au restaurant, lui suggérèrent-ils.

— Je n'ai pas le temps.

— Tu nous as à peine dit bonjour !

— Ce n'est pas facile. Je vous connais tous depuis des années, mais j'ai changé, c'est vrai. Il faut que j'y aille. »

Il jeta un coup d'œil derrière lui et aperçut Laura en haut des marches. Sur sa joue, une seule larme roulait. Elle fixait son visage si familier mais ô combien changé.

Il sourit, se retourna et descendit la rue vers la gare.

32

Sans tenir compte du lieu ni de l'heure, le train venu de l'est longea à faible allure un endroit qui ne se caractérisait que par la poussière, le vent, les cactus, les feuilles mortes et une profusion de confettis de poinçonnage voletant gaiement dans les airs et qui se reposèrent dès qu'il eut disparu.

Entre-temps, une valise bien connue s'arrêta après une glissade sur les vestiges branlants d'un quai, quelques planches sur un lit de sable. L'homme vêtu d'un complet d'été froissé qui la suivit se reçut en se livrant à quelques acrobaties. Chancelant mais en un seul morceau, il poussa un cri de fierté :

« Bon sang, j'ai réussi ! »

Il souleva son pauvre bagage, contempla autour de lui le paysage désolé, s'essuya le front et repéra au bout du quai le dispositif destiné aux sacs de courrier. Il alla retirer l'enveloppe blanche qui était coincée. Son nom y figurait. Perdu au milieu de cent vingt kilomètres carrés de poussière sans aucune route pour s'y rendre ou en revenir, il pensa :

Ça y est, je suis de retour. Donc… Il ouvrit l'enveloppe et lut :

Mon cher James. Ainsi, te revoilà. C'était plus fort

que toi ! Il s'est passé des tas de choses depuis ton départ.

Il fit une pause pour contempler la zone désertique où jadis se dressait Summerton, Arizona.

Il revint à la lettre.

Quand tu liras ceci, nous serons partis. Il ne restera rien si ce n'est du sable et quelques traces de pas bien vite effacées par le vent. Nous n'avons pas attendu l'arrivée des engins et de leurs conducteurs. Nous avons arraché toutes nos racines avant de disparaître. As-tu entendu parler de ces vergers qui prospéraient dans le temps près des petites villes californiennes ? Quand ces bourgades se sont transformées en grosses agglomérations, les orangers ont mystérieusement disparu. Et pourtant, les automobilistes de passage qui jettent un coup d'œil vers les montagnes s'aperçoivent que, Dieu seul sait comment, les vergers y ont dérivé. Verdoyants et prospères, ils y ont repris racine et fleurissent sur leurs contreforts, loin des vapeurs d'essence.

Eh bien, mon cher James, c'est exactement ce qui nous est arrivé. Nous sommes comme ces vergers. Pendant des années, au cœur de la nuit, nous avons écouté l'énorme boa constrictor, le terrible et interminable serpent de béton qui fonçait sur nous presque sans bruit, sans cri ni juron, sans le vacarme des tracteurs ou des gros camions poussés à fond. Nous ne percevions que son horrible crissement bien huilé, celui qu'émettent les reptiles qui sinuent dans l'herbe ou le sable, celui d'un serpent sans personne aux commandes pour lui dicter ses boucles et ses plis, un serpent concentré sur son but, incapable de réflexion mais attiré par la chaleur des corps humains. Oui ; attiré par la chaleur comme le sont les reptiles, il gâchait notre sommeil, nous chassait de nos foyers. Tout cela, nous le rêvions déjà bien avant ton arrivée, bien avant ton affreux fardeau de nouvelles. Ne laisse pas trop ce fardeau peser sur ton âme. Nous savions déjà que ce jour arrivait ; ce n'était qu'une question de temps.

Cher James, cela faisait des années que nous nous préparions à la mort de notre ville et à l'exode de ses habitants. Nous avions rapporté des centaines de roues de bois géantes, ainsi que toute une réserve de madriers bien lourds et de fixations métalliques pour le jour où nous les assemblerions. Pendant des années, les roues ont attendu aux lisières de la ville, les madriers ont séché au soleil

Puis la trompette du Jugement dernier a retenti au pique-nique de l'Apocalypse, comme tu le dirais en riant. Ce jour-là, tu as pu constater notre pâleur croissante à chacune de tes révélations. À un moment, au milieu de ton intervention, j'ai bien cru que tu allais abandonner, que tu allais craquer et prendre tes jambes à ton cou, paniqué par notre panique. Et pourtant, tu es resté. Accablée, je t'ai cru prêt à mourir, si cela pouvait t'éviter d'assister à notre mort.

Et quand tu as levé les yeux, nous étions partis.

Nous savions que tu avais la mort dans l'âme, c'est pourquoi je t'ai offert le peu que j'avais à t'offrir : mon attention et quelques paroles de consolation. Et au moment même où tu prenais le train de midi, où tu sautais à bord sans attendre son arrêt complet, nous, à l'autre bout de la ville, nous contemplions toutes ces roues de fer et de bois, avec les madriers des plates-formes sur lesquelles nous déplacerions nos maisons, nos granges, nos vergers… Pour les emporter loin, très loin. Que cet endroit ait un jour grouillé de vie, personne ne le soupçonnerait jamais ; ce serait bien fini, désormais.

As-tu déjà assisté à la parade esseulée d'une maison hissée sur une plate-forme de bois et remorquée dans les rues comme un jouet pour être « replantée » dans une zone constructible tandis que son ancien terrain retourne à la poussière ? Multiplie cette vision par trois cents et tu obtiendras le défilé de mastodontes d'une ville entière glissant vers les contreforts, escortée par ses vergers.

Tu te dis que c'est impossible… Mais pense à la guerre et à ce qu'elle implique : l'intendance, les plans, leur exécution finale, les milliers de navires, les dizaines de milliers de tanks et de canons, sans compter les fusils et les cartouches en plus grand nombre encore, les millions de casques, les dizaines de millions de chemises et de vestes. Extrêmement compliqué mais tellement nécessaire quand la guerre fait rage. Déraciner notre ville et lui donner une seconde vie en la dotant de roues a été infiniment plus facile.

À l'heure dite, notre excitation a transformé la marche funèbre en une fête triomphale. La menace de cet orage imaginaire, le crissement hostile de la nouvelle route à l'est de notre ville, nous avaient contraints à agir. Car la nuit, nous entendions la route fonçant vers nous à toute vitesse, pressée de nous piéger avant notre disparition.

Les bétonneuses et les pelleteuses ont échoué. Le dernier jour de notre fuite, à l'endroit où tu te tiens, ne restait que la gare en ruine cernée d'une jungle d'orangers et de citronniers. Embarqués dans une splendide randonnée, ces vergers ont fermé notre marche, avec leurs arbres fruitiers aux doux parfums dérivant quatre par quatre dans le désert pour aller nourrir notre nouvelle ville à l'abri du monde.

Voilà, mon cher James, tu sais tout. Nous sommes partis sans laisser le moindre caillou derrière nous, le moindre moellon, le moindre garde-manger en sous-sol, la moindre pierre tombale. Nous avons tout emporté, absolument tout.

Et quand la grand-route arrivera, que découvriront-ils ? Y a-t-il jamais eu une Summerton en Arizona ? Avec un tribunal, un hôtel de ville, une aire de pique-nique, une école déserte ? Non, jamais. Vous n'avez qu'à voir cette poussière…

Je vais déposer cette lettre à la gare en espérant que tu la trouveras, si tu reviens. Quelque chose me dit que tu reviendras. Je crois même sentir ta main sur l'enveloppe à l'instant où je la signe et où je la cachette.

Quand tu auras lu ceci, cher ami, cher amour, confie-le à la brise.

Et au bas de la lettre, sa signature : *Nef.*

Il déchira la feuille en quatre, puis chaque morceau et chaque fragment, et finalement, sema les confettis aux quatre vents.

Quelle direction prendre ? se demanda-t-il.

Il jeta un coup d'œil vers le nord : une rangée de collines basses plutôt verdoyantes bordaient le désert. Il crut y déceler les vergers.

Celle-là.

Il fit un pas puis regarda derrière lui.

Tel un vieux toutou brun, sa valise gisait sur le quai poussiéreux balayé par le vent.

Tu appartiens à une autre époque, pensa-t-il.

Le bagage attendait toujours.

« Tu restes », dit-il tout haut.

Le bagage lui obéit.

Cardiff reprit sa marche.

33

Le crépuscule était tombé lorsqu'il parvint à la première rangée d'orangers.

La pénombre s'était épaissie quand il aperçut dans les cours la cohue familière des tournesols puis l'enseigne *Aux Armes d'Égypte* qui se balançait au-dessus de la véranda.

Le soleil avait presque disparu quand il remonta la dernière allée, gravit les marches, se retrouva devant la contre-porte et appuya sur la sonnette, qui carillonna doucement. Une ombre élancée apparut dans l'escalier.

« Nef… », dit-il enfin, tranquillement.

« Nef, je suis rentré. »

Léviathan 99

INTRODUCTION

Rêve de radio

En 1939, à l'âge de dix-neuf ans, je suis tombé amoureux des pièces radiophoniques de Norman Corwin.

Plus tard, quand je l'ai rencontré — j'avais alors vingt-sept ans —, il m'a encouragé à écrire mes récits sur Mars, et c'est ainsi que sont nées les *Chroniques martiennes*.

Tout au long des années, je rêvais qu'un jour Norman Corwin mette en scène l'une de mes nouvelles à la radio.

Puis j'ai passé un an en Irlande pour rédiger le scénario du *Moby Dick* de John Huston, et j'en suis revenu hanté par Herman Melville et sa baleine géante. Parallèlement, Shakespeare, qui était entré dans ma vie au cours de mes études secondaires, m'ensorcelait toujours.

Après mon retour, au bout de quelque temps, l'idée m'est venue de m'approprier la mythologie de Melville en la situant dans l'espace.

La NBC venait de nous proposer, à Norman Corwin et moi-même, de collaborer sur un projet radiophonique d'une heure.

Une fois bouclé le premier jet de *Léviathan 99*, j'ai

envoyé mon scénario à Norman, qui l'a ensuite transmis à la NBC : les grands voiliers s'étaient mués en vaisseaux spatiaux, le capitaine au long cours en astronaute cinglé, et la grande baleine blanche en aveuglante comète immaculée.

C'était l'époque où la télévision gagnait en popularité au détriment de la radio. Voici donc comment la NBC a accueilli mon script : « Pouvez-vous nous le diviser en épisodes de trois minutes à diffuser sur plusieurs jours ? »

Estomaqués, Norman et moi avons rempoché notre script. Plus tard, je l'ai envoyé à la BBC, à Londres, qui en a assuré la production, avec Christopher Lee dans le rôle principal, celui du capitaine cinglé du vaisseau spatial le *Cetus*.

Quoique excellent, le résultat n'exauçait évidemment pas mon rêve d'une production radiophonique signée Corwin. Au cours du printemps 1972, victime de ce que je qualifie à présent de « fantasmes shakespeariens », je me suis risqué à doubler la longueur du scénario de *Léviathan 99* et à le mettre en scène moi-même dans l'un des studios d'enregistrement de Samuel Goldwyn. Malheureusement, les quarante pages rajoutées au scénario d'origine avaient détruit mes intentions de départ. J'avais perdu de vue l'essence même du récit. Les critiques au vitriol ont déferlé.

Dans les années qui ont suivi, j'ai produit ici ou là *Léviathan 99* en le débarrassant peu à peu des pages superflues ; j'espérais le ramener à la version d'une heure prévue pour la radio.

Trente ans plus tard, je tente une dernière fois de

redonner vie à ce qui fut d'abord un rêve de radio destiné à Norman Corwin.

Ce texte méritait-il de réapparaître dans cette version ? À vous d'en décider.

À Herman Melville, avec toute mon admiration.

1

Appelez-moi Ismaël.

Ismaël ? En 2099, alors que d'étranges et inouïs vaisseaux se lancent par-delà les étoiles plutôt que de s'en contenter ? Ou s'en prennent à celles qu'ils devraient redouter ? Ismaël ? Allons donc !

Et pourtant.

Mes parents comptèrent parmi les premiers conquérants de Mars. Découragés, victimes du mal de la Terre, ils finirent par retourner sur leur monde d'origine. Conçu pendant le trajet, je suis né dans l'espace.

Mon père connaissant la Bible, il avait en tête l'histoire d'un certain paria ayant navigué sur des mers mortes longtemps avant la naissance du Christ.

Et parce que j'étais à cette époque le seul enfant né dans l'espace, quel meilleur prénom pour moi que celui dont il me baptisa ?

Et il me baptisa… Ismaël.

Voici quelques années, j'ai décidé de chevaucher toutes les mers de vent qui parcourent l'univers. Et dès qu'un novembre humide s'abat sur mon âme, je sais qu'il est grand temps pour moi de repartir à la conquête des cieux.

Donc, cette année même, à la fin de l'été, je m'élançai un samedi au milieu des cris d'oiseaux, des cerfs-volants bariolés et des nuages d'orage, équipé de mon propulseur dorsal. Suspendu dans les turbulences tel un oisillon perdu dans les souvenirs des engins aériens rêvés par le vieux Vinci, je volai jusqu'à Cap Kennedy. La combustion bien réelle des grands oiseaux d'acier me réchauffait, et je sentais s'ouvrir, libérant mon âme, les écluses de l'immense univers qui m'attendait.

Je perçus de grandes secousses au loin : la fournaise brûlante de Cap Kennedy et des milliers de fusées mises à feu sur leurs aires de lancement. Puis les feux se turent enfin, et ne me parvint plus que le murmure du vent.

Promptement mais sans nervosité, je me posai en ville, là où coulait un fleuve qui m'accueillit comme une sorte de trottoir roulant.

Cerné d'ombres mouvantes, je franchis sur l'eau plusieurs arches et portes. Quel était donc ce lieu où je me rendais ? Il ne s'agissait aucunement d'une froide caserne d'acier destinée aux cosmonautes fatigués, mais d'un splendide Jardin d'Éden technologique, programmé dans la douceur. J'allais intégrer une école pour astronautes, un centre d'entraînement aux grands voyages intersidéraux, en prévision d'une mission qui m'était pour l'instant totalement inconnue.

Entièrement tourné vers les cieux, ce genre d'endroit est un monde à part, à la fois pâture pour la pensée, gymnase pour le corps et séminaire théologique pour l'âme. Car l'espace n'évoque-t-il pas une gigantesque cathédrale ?

Cheminant parmi les ombres, j'entrai enfin dans le foyer d'accueil du dortoir de l'école. Pour m'enregistrer, j'appuyai ma main contre un capteur d'identité qui, telle une sorte de chiromancienne moderne, déchiffra mes empreintes et me choisit aussitôt un compagnon de chambre pour la mission à venir.

Un bourdonnement, un vrombissement, un son de cloche, puis, au-dessus de moi, une voix féminine, sifflante et mécanique : « Ismaël Hunnicut Jones, vingt-neuf ans, un mètre quatre-vingt, yeux bleus, cheveux bruns, ossature légère, votre attention s'il vous plaît : premier étage, chambre neuf. Compagnon de cabine : Quell. »

Je répétai : « Quell. »

Dans mon dos, quelqu'un s'écria : « Quell ? Mon Dieu, mais quelle horreur !

— Que Dieu vous vienne en aide, monsieur Jones », ajouta quelqu'un d'autre.

Je me retournai ; trois astronautes m'observaient. Un peu plus âgés que moi, de tailles et d'allures diverses, tous trois avaient un verre à la main, et ils m'en tendirent un.

« Prenez ça, Ismaël Jones. Vous allez en avoir besoin si vous montez rencontrer ce monstre », me dit le premier, un jeune homme grand et mince. « Allez-y, buvez ! »

Le second me retint par le bras. « Mais d'abord, à quelle sorte de vol vous destinez-vous ? Les courtes distances ou bien… le grand saut dans l'espace ?

— Le grand saut, je crois, répondis-je. L'espace lointain.

— Vitesse d'escargot ou de la lumière ? »

De la lumière, bien sûr, pensai-je avant d'exprimer cette pensée à haute voix.

« Vous pouvez trinquer avec nous, alors ! »

Le troisième compère, qui n'avait pas encore ouvert la bouche, prit la parole à son tour. « Je m'appelle John Redleigh. Lui — il fit un signe de tête vers le grand — c'est Sam Small, et lui — en me désignant le deuxième — Jim Downs. »

Nous bûmes nos verres ensemble. Sam Small s'adressa à moi : « Nous vous autorisons à partager notre espace, si telle est la volonté de Dieu. Pourquoi partez-vous ? Pour démêler la queue d'une comète ?

— Je crois que oui.

— Avez-vous déjà chassé la comète ?

— Non, mais le moment est venu.

— Bien dit. Regardez ! »

Tous trois se retournèrent vers le grand écran vidéo, au fond de l'entrée. Comme conscient de l'intérêt que nous lui portions, l'écran s'anima pour afficher l'immense photo d'une comète d'un blanc aveuglant qui entraînait des planètes dans son sillage.

« La charmante destructrice d'univers, dévoreuse de soleils, conclut Small.

— Les comètes peuvent dévorer un soleil ? m'étonnai-je.

— Bien sûr, et plus encore. Surtout celle-ci. »

Downs ajouta : « Si Dieu devait se manifester, il prendrait l'apparence d'une comète, voyons ! Alors, mon ami, vous sentez-vous capable de saisir à la gorge cette sainte apparition et de danser dans ses boyaux brillants ?

— Oui, concédai-je à contrecœur. À condition qu'il n'y ait vraiment aucun moyen de faire autrement.

— Alors trinquons à sa santé, d'accord, les gars ?

Levons nos verres à la santé du jeune Ismaël Hunnicut Jones ! »

Au même instant, j'entendis un petit bruit électronique, une sorte de pulsation. Je tendis l'oreille : le bruit enflait à chaque vibration, comme si la chose qui l'émettait se rapprochait.

« Et ça, qu'est-ce que c'est ? leur demandai-je.

— Ça ? Ce bruit d'essaim de sauterelles ? » dit Redleigh.

J'opinai du chef.

« Un essaim de sauterelles ? Jolie façon de décrire notre capitaine ! s'exclama Small.

— Votre capitaine ? Qui est-ce ?

— Restons-en là pour le moment, monsieur Jones, me répondit Redleigh. Vous devriez localiser votre chambre et faire la connaissance de Quell. Mon Dieu, c'est cela ! Allez donc rencontrer M. Quell. »

Downs intervint, sur le ton de la confidence : « Il vient d'un monde plus lointain qu'Andromède. Il est grand, énorme, immense et…

— C'est une araignée, le coupa Redleigh.

— Exactement… Une araignée géante, et verte, insista Downs.

— Mais tout à fait bienveillante, fit remarquer Small en fronçant légèrement les sourcils à l'intention de ses compagnons. Vous allez l'apprécier, monsieur Jones.

— Vraiment ?

— Allez-y. Nous nous reverrons. Partez rencontrer votre compagnon arachnide. Bonne chance ! » me dit Redleigh.

Je bus une dernière gorgée avant de faire demi-tour. Les yeux fermés, je pensai : *Pourquoi me souhaite-t-il bonne chance ? Mon Dieu !*

J'appuyai sur un bouton à côté d'une porte à glissière et m'engageai dans un couloir mal éclairé jusqu'à la chambre numéro neuf. Je touchai le capteur numérique et la porte me céda le passage.

Une seconde… Je ne peux pas entrer ! Seigneur, mes mains ! Elles tremblent…, me dis-je.

Je me figeai sur le seuil. Mon compagnon de chambre se trouvait dans la pièce, je le savais. Une araignée géante, venue d'un monde lointain, c'est du moins ainsi que me l'avaient décrit les autres. *Vas-y, merde ! Entre !*

Je fis trois pas puis me raidis.

Car au fond de la cabine planait une ombre immense. Quelque chose était là… sans y être.

« Ce n'est pas possible, murmurai-je, c'est tout simplement impossible.

— Une araignée », chuchota la chose au fond de la pièce.

La grande ombre tremblotait.

Je reculai jusqu'au seuil.

Le chuchotement reprit : « Et l'ombre d'une araignée ? Non. Ne partez pas. »

Je restai sur place, comme elle me l'avait demandé ; les lumières s'allumèrent et l'ombre s'évanouit. Devant moi se dressait la silhouette d'une créature haute de plus de deux mètres et d'un vert des plus déroutants.

« Bien », chuchota-t-elle.

D'un ton aussi ferme que possible, je répliquai : « Je ne sais que vous dire… »

Un souffle : « Dites-moi ce que vous voulez.

— Un jour, je suis allé voir le *David* de Michel-Ange. Comme il était très grand, j'ai dû en faire le tour.

— Et ?

— Vous êtes aussi imposant que ce chef-d'œuvre, il me semble. »

Je m'approchai de la créature immobile et commençai à tourner autour, mais je tremblais.

Les ombres s'estompant toujours, la forme de la créature devenait plus distincte.

Le murmure, de nouveau : « Quell, je m'appelle Quell. Je viens de loin : environ dix millions de kilomètres et cinq années-lumière. Ici, sur votre monde, et à en juger par votre taille, je dirais que votre créateur n'avait pas les yeux en face des trous quand il vous a conçus. Sur notre planète, par contre, Dieu s'en est donné à cœur joie, ce qui explique notre haute stature. »

Et la créature se redressa, encore plus imposante.

Je la fixai du regard. « Vous… votre bouche, elle ne bouge presque pas, bégayai-je.

— Mais je pense aussi vite que vous, me répondit la chose nommée Quell. Alors dites-moi, Jack, vous plairait-il d'abattre le géant ?

— Je…

— J'aperçois dans votre esprit la tige du haricot.

— Ça alors ! m'exclamai-je. Pardonnez-moi, vous êtes le premier télépathe que je rencontre !

— Laissez-moi vous éviter la damnation. Je répète : je m'appelle Quell. Et vous ?

— Vous connaissez mon nom. Vous lisez dans les pensées.

— Je prétends toujours le contraire. Simple politesse. »

Le géant me tendit l'un de ses appendices. J'avançai une main et nous nous frôlâmes.

« Ismaël Hunnicut Jones, dis-je.

— Un nom qui a quitté les pages de votre Bible pour entrer dans cette ère spatiale.

— Un peu comme vous.

— Il y a cinq années-lumière, j'ai été cryogénisé pour de longues années, et pendant cinq ans, j'ai dormi dans un froid mortel. Comme il est bon d'être réveillé à nouveau ! Ces réflexions vous semblent étranges ?

— Pas du tout !

— Mais si, voyons ! protesta Quell, secoué par une sorte de rire. Quand les pensées s'envolent, je les attrape, ce qui doit vous sembler bizarre. Et vous vous dites sans doute que j'ai trop d'yeux, trop d'oreilles et beaucoup trop de doigts. Et cette peau verdâtre, c'est un peu bizarre, ça aussi. Eh bien moi, quand je vous regarde, je constate que vous n'avez que deux yeux, deux oreilles minuscules, cinq petits doigts sur chacune de vos deux uniques mains. Regardez-nous : nous sommes vraiment amusants ! Et pourtant, en fin de compte nous sommes tous deux… humains.

— Oui. Tout à fait, c'est cela, la nature humaine », reconnus-je.

Il faut croire que Quell était d'humeur malicieuse. « Alors à ton avis, vais-je moudre tes os pour en faire du pain ou sommes-nous amis, Ismaël ? »

Je tressaillis, de nouveau prêt à reculer, mais je me repris et j'éclatai de rire. « Soyons amis, oui, c'est une bonne idée ! »

Et Quell répéta : « Amis. »

Plus tard, nous quittâmes notre cabine pour explorer les étages inférieurs de l'immense académie.

Nous déambulâmes parmi les robots-philosophes

aux silhouettes soulignées par la lumière des lucioles, des robots assis qui dissertaient dans d'antiques langages.

« Platon ! » m'exclamai-je. Et plus loin : « Aristote ! Regardez-nous ! Que voyez-vous ? »

Et le robot Platon nous répondit : « Deux enfants de la nature, à la fois beaux et laids, redoutables et plaisants.

— Mais qu'est-ce que la *nature* ? » voulut savoir Quell.

Dans une averse d'étincelles, Socrate prit la parole. « Dieu s'étonnant lui-même des surprises étranges de l'incarnation. »

Aristote, un drôle de petit robot en plastique, intervint alors : « Mais voyez ces deux-là, quoi de plus bizarre ou miraculeux ? »

Quell tendit l'une de ses longues jambes-doigts couverte de poils fins et frôla mon front en prononçant mon nom : « Ismaël. »

Je lui rendis chaleureusement la pareille : je touchai la poitrine duvetée de mon nouvel ami. « Quell, des îles lointaines de la grande nébuleuse d'Andromède. Quell.

— Nous allons étudier ensemble, constata-t-il.

— Écouter ensemble, apprendre ensemble, explorer ensemble… », ajoutai-je.

Et comme prévu, pendant les jours, les semaines et les mois qui suivirent, nous écoutâmes l'enseignement que nos professeurs de philosophie nous prodiguèrent dans des langues étranges et variées. On ne nous apprit rien sur notre destination, notre future mission ou la durée de notre séjour sur Terre dans les vastes cavernes de la connaissance.

Le jour vint enfin où les discours, les bavardages et les chuchotis de nos robots instructeurs se tarirent. Nous nous rendîmes un matin en salle de conférences, où régnait un silence absolu. L'écran vidéo affichait nos noms suivis des mots suivants : « Consignes fixées. Au rapport. »

« Il semblerait que nous ayons terminé nos études, me fit remarquer Quell.

— Si tu as raison, c'est la vraie vie qui commence, répliquai-je. Partons à la recherche de notre fusée. »

Nous retournâmes dans notre chambre où les ordres nous attendaient. Une fois notre équipement rassemblé et nos propulseurs endossés, nous prîmes notre envol. Nous fendions les nuages, les oiseaux s'écartaient sur notre passage... Nous finîmes par nous poser sur la grande aire de lancement de Cap Kennedy, cernés par les tours hautes comme des gratte-ciel, les fusées rutilantes et le bruit de fond permanent d'une intense activité.

Ébahi par l'échelle du spectacle, je contemplais tout ce qui m'entourait.

« Regarde, Quell ! Là, et là ! Des fusées ! Au moins deux douzaines ! Et leurs noms ! L'*Apollo 149*, le *Mercury 77*, le *Jupiter 215* ! Et là... »

Quell termina ma phrase : « Le *Cetus 7*. »

Je fixai du regard ce cylindre étincelant qui dominait le reste de la flotte. « Le plus grand vaisseau intersidéral de tous les temps, lui fis-je remarquer avec un respect mêlé de crainte.

— Je me demande si ton Bach et ton Beethoven ont conçu de tels engins en rêve... », dit Quell d'un air songeur.

Quelqu'un interrompit nos divagations : « Oui, bien sûr que oui, ils les ont rêvés ! »

Nous nous retournâmes. Surgissant de l'ombre d'une passerelle, un vieil homme vêtu d'un costume d'astronaute défraîchi nous salua d'un simple : « Bonjour, les amis. »

Quell venait sans doute de scanner le cerveau de l'étranger, car il répliqua : « Nous ne sommes pas vos amis. »

Le vieil homme gloussa sans gaieté : « Tu es bien prompt à me juger, le télépathe. Montre-toi donc plus rapide encore. Vous êtes-vous enrôlés sur le *Cetus 7* ?

— Effectivement, répondis-je.

— Alors vous êtes au bord de l'Abîme. Reculez, si vous savez ce qui est bon pour vous », grommela le vieillard.

Quell émit un juron dans la langue de sa lointaine planète et me saisit par le coude. « Allons-y, Ismaël. Inutile d'écouter ces recommandations mensongères. »

Le vieillard nous emboîta le pas. « Vous, jeune homme, avez-vous vu le capitaine de ce vaisseau ?

— Je n'ai jamais eu l'occasion de croiser son regard », répondis-je en me retournant vers lui, intrigué.

« Mon Dieu, en plein dans le mille ! Un conseil : ne le regardez pas dans les yeux quand vous le rencontrerez. Autant vous prévenir tout de suite : il n'en a pas.

— Ah bon ? il est aveugle ?

— "Aveuglé" me semble un terme plus approprié. Le regard brûlé dans l'espace il y a quelques années. Mais vous, vous le saviez, dit le vieillard en se tournant vers Quell.

— Non, pas du tout. Et nous ne voulons pas en savoir davantage », protesta mon ami en me tirant de nouveau par le bras.

Mais le vieux refusait de se taire. « Vous êtes déjà au courant, mon ami, car vous venez de lire dans mon esprit tout ce qu'il y a à savoir. Vous avez vu. À présent, dites à votre jeune ami ce que vous avez appris. Tout ce qui vous attend. »

Je repoussai la main de Quell. J'attendais.

Le vieil astronaute s'approcha de nous en parlant très distinctement. « Pourquoi le capitaine est-il devenu aveugle ? Où cela s'est-il passé ? Quand ? De quelle manière ? Posez-vous la question ! Est-il un prêtre de l'espace parti à la poursuite de Dieu, et que Dieu affolé, d'un seul coup, aurait condamné à l'obscurité ? Est-il encore fait d'une seule pièce, ou bien peut-on apercevoir les endroits où il a été recousu à travers le tissu élimé ? Est-ce la nuit qui hante ces trous à vif que la médecine n'a pu cicatriser ? Est-il albinos de naissance ou l'épouvante l'a-t-elle enseveli sous une horrible neige ? »

Je voulus voir comment Quell réagissait à ces propos : son ombre immense tremblait à la lumière du soleil mais il gardait le silence.

Triomphant, le vieil astronaute se rapprocha encore. « À présent, écoutez-moi bien : à bord de ce vaisseau, bien loin dans l'espace, viendra le moment où vous apercevrez une terre — un monde à l'horizon — là où il n'y en a pas, où vous découvrirez le temps là où il n'existe pas, où d'anciens rois se réincarneront et recoifferont leurs couronnes. Alors, oui, alors, vaisseau, capitaine, équipage, tous, oui, tous seront détruits ! Tous sauf un. »

Furieux, les poings serrés, je fis un pas vers le vieillard, mais il recula en terminant son discours.

« Croyez-moi : le *Cetus 7* n'est pas un bon vaisseau. C'est le vaisseau de son capitaine et le capitaine est perdu à jamais. » Il se retourna enfin en faisant mine de s'éloigner.

« Un instant ! Comment vous appelez-vous ? » m'écriai-je.

Le vieux s'arrêta, comme pour réfléchir à sa réponse. « Elie. Je me prénomme Elie. Bien le bonjour, mes amis, bien le bonjour… »

Il écarta les bras, et quelques instants plus tard les ténèbres avaient pris sa place.

Un sentiment d'abandon nous avait envahis, Quell et moi, quand soudain une ombre véloce nous survola, et la voix du vieillard tomba du ciel, affaiblie : « … bonjour, bien le… »

Nous n'eûmes même pas le temps de prononcer un mot qu'un fracassant bruit de tonnerre nous déchirait les oreilles : à une dizaine de kilomètres, une fusée décollait, zébrant le ciel des éclairs blancs et cramoisis de son ascension. Une fois le vacarme apaisé, nous prîmes conscience de l'agitation ambiante : au rythme des impulsions radios et informatiques, techniciens, robots et astronautes s'affairaient à l'ombre des fusées qui se connectaient aux tours de lancement, prêtes à s'arracher du sol pour s'élancer dans l'univers.

Quell finit par déclarer : « Il est temps de partir. Le vaisseau nous attend. Écoute-moi, Ismaël : le moment est venu d'embarquer. »

Nous nous dirigeâmes vers le *Cetus 7*.

2

Ah, la logistique d'une fusée ! Un milliard de décisions à numériser, dix mille bouteilles d'une substance ultra-homogénéisée peu ragoûtante à embarquer pour nourrir les enfants de l'espace… L'air est produit dans des jardins botaniques sous serres, et des machines recyclent la sueur pour fournir l'eau à l'équipage.

Faites sonner cloches et sirènes ! Allumez les projecteurs, préparez les réacteurs ! Hommes et femmes courent en tous sens.

Les yeux levés au pied de la tour de lancement, Quell et moi contemplions le vaisseau géant. Une semaine s'était écoulée depuis notre curieuse rencontre avec Elie, sept jours d'intense activité au sein de l'équipage que nous avions intégré pour préparer le *Cetus 7* à sa mission.

« Quell, pas une seule fois au cours de cette semaine de travail acharné nous n'avons aperçu le fameux capitaine du *Cetus 7*, aveugle ou non. Ni dans le vaisseau ni aux alentours », fis-je remarquer à mon ami.

Quell ferma les yeux et redressa sa tête étrange.

« Lui, murmura-t-il.

— Eh bien quoi, lui ?

— Il est tout proche », me souffla Quell, qui se retourna pour me désigner la tour. Dans l'ascenseur qui s'élevait lentement, on distinguait une silhouette sombre et solitaire.

« Le voici, notre capitaine », conclut mon ami.

La chapelle des cosmonautes. J'étais venu prier avant le décollage prévu le lendemain matin. Quell m'accompagnait. J'ignorais quel dieu il vénérait, voire même s'il en vénérait un. Après l'éclat aveuglant de l'aire de lancement, la lumière tamisée nous soulagea les yeux. Dans cet espace tranquille et sacré, nous contemplions le plafond panoramique incurvé, où flottaient les formes translucides d'hommes et de femmes depuis longtemps disparus dans l'espace. De doux murmures leur échappaient, une multitude de chuchotements.

« Et ceux-là ? Pourquoi ? » s'étonna Quell.

Avant de lui répondre, je considérai quelques instants ces formes flottantes. « Ce sont les souvenirs, images et enregistrements de ceux qui, ayant trouvé la mort dans l'espace, y reposent pour l'éternité. Ici, à l'aube et au crépuscule, sous les voûtes de la cathédrale, on projette leurs âmes et on diffuse leurs voix en leur mémoire. »

Nous écoutions et observions.

Une voix perdue récita : « David Smith, disparu près de Mars en juillet 2050. »

Une autre, plus aiguë et plus douce : « Elisabeth Ball, perdue dans l'espace au large de Jupiter en 2087. »

Et une troisième, sonore, répétant sans cesse : « Robert Hinkston, tué par une pluie de météores en 2063. L'espace est sa dernière demeure. »

Un murmure : « Inhumé… »

Un autre : « Perdu… »

Et tous ensemble : « Dans l'espace… dans l'espace… dans l'espace… »

Je pris Quell par le bras pour lui désigner l'autel. « Là-bas, en chaire, nous allons voir d'un instant à l'autre un homme décédé depuis presque un siècle, ai-je expliqué à mon ami. Un homme si admirable qu'on a numérisé son âme puis reconverti sa voix et son souffle en circuits électroniques. »

À ces paroles, les projecteurs se braquèrent vers la silhouette qui s'élevait en chaire.

« Je te présente le pasteur Ellery Colworth, chuchotai-je.

— C'est un robot ? me demanda Quell d'un ton calme.

— Oui, mais pas seulement. Devant nous se tient l'essence même de cet homme. »

Les lumières diminuèrent un peu d'intensité lorsque la stupéfiante réplique tridimensionnelle du pasteur Colworth commença son sermon.

« Dieu est-il mort ? Question souvent posée. Mais un jour, en entendant quelqu'un l'exprimer, j'ai ri et répliqué : mais non, il n'est pas mort ! Il dort, voilà tout ! Et tant que vous autres, les raseurs, ne cesserez pas vos caquetages, il ne se réveillera pas ! »

Un rire étouffé s'éleva autour de nous puis s'évanouit à l'instant où le père Ellery Colworth reprit :

« Il existe une réponse plus satisfaisante, mais c'est également une question : et vous, êtes-vous morts ? Le sang circule-t-il dans vos mains ? Pouvez-vous les bouger pour effleurer le métal, et ce métal peut-il se déplacer pour effleurer l'Espace ? Êtes-vous émus jusqu'au tréfonds de votre âme lorsque des pensées de voyages et de migrations se déchaînent dans votre esprit ? Si oui, vous êtes vivants. Et par conséquent, Dieu aussi. Vous formez le mince épiderme de la vie sur une Terre insensible, vous êtes les prémices de Dieu se manifestant dans son ardent désir d'Espace. Chez Dieu, tant de choses sont encore assoupies. La matière même des galaxies et des planètes ne se connaît pas elle-même. Mais voilà, Dieu bouge dans son sommeil. Et ce qui l'agite, c'est vous. Dieu se réveille, et ce réveil, c'est vous. Dieu veut toucher les étoiles, et vous êtes Sa main. Création incarnée, vous partez en exploration. Quand Dieu veut découvrir, vous le voulez aussi. Par conséquent, tout ce que vous frôlerez dans votre quête deviendra sacré. Sur des mondes lointains, vous rencontrerez votre propre chair, étrange et terrifiante, et pourtant, ce sera la vôtre, alors traitez-la bien. Car par-delà la forme, vous partagez une commune Divinité.

« Vous, les Jonas voyageant dans le ventre de métal des baleines modernes, vous, nageurs des mers lointaines aux confins de l'Espace ! Ne blasphémez jamais contre vous-mêmes ou contre les effrayants jumeaux que vous croiserez au milieu des étoiles ! Cherchez plutôt à comprendre les miracles qui fondent l'Espace, le Temps et la Vie dans les combles et les pouponnières perdues de l'Éternité ! Malheur à ceux à qui toute vie n'apparaît pas sacrée ! Malheur à ceux qui, prosternés devant Lui, ne peuvent dire : “Oh seigneur Dieu, tu m'as réveillé et je t'ai réveillé ! Ensemble, immortels, nous marchons sur les eaux de l'Espace profond, en cette aube nouvelle nommée *À jamais* !” »

En haut, en bas, l'assemblée des fidèles reprit ces mots en chœur : « À jamais, à jamais… »

Une vague de douce musique céleste déferla sur nous lorsque le père Ellery Colworth se tut. Sa silhouette s'assombrit et tous la virent redescendre sans un bruit derrière l'autel.

Dans le long silence qui nous submergea, je pleurai.

Cette nuit-là, allongé sur ma couchette à bord du *Cetus 7*, je ne dormis pas.

Quell, lui, s'était très vite assoupi. Des motifs de pluie censés favoriser notre sommeil tombaient sur nos visages et ruisselaient sur le mur.

Une horloge susurrait très doucement : « Tic tac, deux heures… Tic tac, deux heures. »

« Quell, tu es réveillé ? » dis-je finalement.

Du fond de la chambre, il me répondit silencieusement en esprit :

« Oui, mais seulement en partie. Je rêve du vieillard qui nous a avertis.

— Elie ? Tu crois qu'il disait vrai ? Notre capitaine est aveugle ?

— Oui. C'est de notoriété publique.

— Et il est fou ?

— Ça, nous devrons le découvrir par nous-mêmes.

— Mais quand nous le découvrirons, ce sera peut-être déjà trop tard. Tu ne crois pas, Quell ? »

L'apaisante pluie simulée baignait toujours mes joues et les murs. Je percevais au loin un léger grondement de tonnerre.

« Quell ? Tu dors vraiment, là ? Repose-toi, brave compagnon. Ton corps a l'étrange couleur d'un monde que je ne connaîtrai jamais, ton sang est froid, mais ton cœur est chaud. Ta bouche est muette, mais même endormi, ton esprit respire l'amitié. »

Dans ma tête, Quell murmura mon nom d'un ton somnolent : « Ismaël. »

« Quell, je remercie Dieu de t'avoir placé à mes côtés pour affronter les jours à venir. »

Tout autour de moi, Quell répéta : « Ismaël… Ismaël. »

3

Une voix retentit dans les haut-parleurs : « Le capitaine est aux commandes. Préparez-vous au compte à rebours. »

Tous les membres de l'équipage se précipitèrent à leur poste, enfilèrent leur combinaison et se sanglèrent. Les grandes portes se refermèrent hermétiquement. On retira les passerelles et les moteurs furent mis à feu.

« Une minute avant le décompte. »

Nous attendions allongés le vent de feu qui allait nous propulser dans le ciel.

Et le fit.

Oh, mon Dieu ! Aidez-moi à crier « Nous montons, nous montons ! » me dis-je.

Mais le silence s'empara de nous et nous emporta en son sein comme des moines pénitents.

Car la fusée assourdissante qui vous déchire l'âme sur Terre se tait quelques kilomètres plus haut pour marcher sans un bruit entre les étoiles ; on la dirait impressionnée par la grande cathédrale de l'espace.

Je pensais : *La liberté ! Plus de gravité. Plus de gravité ! Nous sommes libres ! Oh, Quell, comme il est agréable d'être… vivant !*

Une fois arrivés sans dommage en orbite et libérés de nos contraintes, je demandai : « Et maintenant, que faisons-nous ?

— Nous collectons des données, me répondit l'un des membres d'équipage.

— Nous additionnons et soustrayons des constellations, précisa quelqu'un d'autre.

— Et nous photographions des comètes, ajouta un troisième. Autrement dit, nous radiographions le squelette de Dieu. »

Un autre homme d'équipage prit la parole à son tour : « J'ai piégé des éclairs de ces comètes de passage. Pour alimenter notre vaisseau, j'emprunte de l'énergie à ces gigantesques fantômes de soleils. Une douce alchimie, mon gibier, mais ce genre de distraction me réchauffe le sang. Tout n'est que mort autour de nous, mais même la mort, je la salue et lui souris ainsi. »

C'était le premier maître John Redleigh. J'effleurai un écran d'ordinateur qui murmura son nom et afficha l'entrée de son journal consacrée aux premières heures de notre voyage :

Le 22 août 2099. On ne voit plus la terre, notre terre bénie, c'est-à-dire la Terre tout entière et tous nos êtres chers. Tous ces visages, ces noms, ces âmes, ces souvenirs, les rues, les maisons, les villes, les prairies, les océans — disparus. Les longitudes, les latitudes, les méridiens, les heures, les nuits et les jours, oui, et le temps lui aussi — disparus. Seigneur Jésus, veille sur mon âme. Je me sens si seul.

Quell libéra ses pensées à mon intention. « Mon ami, je lis les esprits, pas l'avenir. L'Espace est vaste, et on le prétend courbe. Notre fin rejoint peut-être notre commencement. Nous partons loin, très loin. Nous devons découvrir trois mystérieuses comètes dans une seule constellation, puis les porter sur la carte, déterminer leurs itinéraires, relever leurs températures.

— Et combien de temps durera notre voyage ?

— Dix ans.

— Oh mon Dieu, quel ennui, lâchai-je.

— Mais non, protesta Quell. Regarde ces météores que ton Dieu nous envoie pour nous distraire ! »

« Pluie de météores ! s'écria quelqu'un. Tous au pont sept ! Tout le monde à son poste ! »

Nous nous élançâmes à l'appel des cloches et des sirènes pour nous atteler à la réparation de la coque.

Après quoi, de retour dans la cale, je retirai mon casque comme tous mes camarades.

Ainsi se déroulaient nos journées. Notre vaisseau fendait l'espace et chacun de nous se consacrait à sa tâche : mesurer, scanner, calculer, déterminer un itinéraire sûr au milieu des débris d'étoiles.

Et pourtant, après quarante jours dans l'espace et malgré quelques incidents, nous n'avions pas encore vu notre capitaine, pas une seule fois. Il restait enfermé dans sa cabine. Parfois, pourtant, en plein milieu de la nuit, vers trois heures du matin, j'entendais grincer la cabine d'ascenseur, comme un soupir interminable, et je savais qu'il passait, qu'il remontait des quartiers d'habitation et de travail vers le pont supérieur de son énorme vaisseau, un pont exclusivement réservé au fantôme qui nous commandait.

Tous, nous tendions l'oreille et nous l'écoutions.

« Qu'est-ce qu'il peut bien fabriquer là-haut ? Il

enfile sa combinaison, je l'entends. Il va faire une sortie tout seul, retenu par un unique filin, nous fit remarquer Downs à voix basse.

— Cet imbécile joue avec les météores comme s'il voulait les attraper, alors qu'il ne les voit même pas arriver », répondit quelqu'un.

Quell ajouta : « Il ne se fie pas à nos écrans radars. Comme il est aveugle, il croit voir plus clair et plus loin que l'œil humain.

— Et que croit-il voir ? Quell, toi qui lis les pensées, que croit-il voir ? » insistai-je.

Quell resta muet pendant quelques instants, puis répondit : « Mon esprit l'entend mais c'est par sa bouche que nous l'apprendrons. Ce n'est pas à moi de te le dire. Quand il trouvera ce qu'il cherche, il nous le dira. Il… »

Soudain, Quell plaqua ses drôles de mains sur son visage, et par l'intercom le cri lointain du capitaine tomba jusqu'à nous.

« Non, non ! » hurla mon ami en tombant à genoux devant nous. Les yeux clos, il s'effondra, doigts recroquevillés.

Comme possédé, il agita les poings vers les étoiles invisibles. Il cria : « Non, pas ça ! Ça suffit ! »

Le calme se rétablit brutalement. L'intercom se tut et le bras de Quell retomba sur le pont. Affaibli, secoué par cet incident étrange, il se releva enfin.

Je m'approchai de lui. « Quell, dis-moi ce qui s'est passé ! Ce n'était pas toi, n'est-ce pas ? C'était le capitaine ! Son esprit te possédait, et tu t'es comporté comme lui !

— Non, répliqua-t-il d'un ton calme.

— Bien sûr que si ! Tu n'as aucune raison de défier

les étoiles, toi ! C'était lui qui menaçait l'univers du poing ! »

Mais Quell leva les yeux au ciel, refusant d'en dire davantage.

Journal du premier maître John Redleigh :

Cinquantième jour de vol. Rectification : cela fait mille deux cents heures que nous avons quitté la Terre. Étudiant, fais ton bilan. Ordinateur, électro-psychanalyse mon âme. Premier maître Redleigh, branche-toi à l'ordinateur. Que vas-tu découvrir ? John Redleigh, né en 2050, à Redwater, dans le Wisconsin. Père fabricant de moteurs hors-bord. Mère pondeuse, une douzaine de gosses en tout, dont ce vieux John Redleigh, le plus quelconque d'entre eux. Je dis « vieux », parce que vieux, je l'étais déjà à dix ans. À treize, j'étais sénile depuis longtemps. Marié à vingt-deux ans à une jolie fille toute simple. À vingt-cinq ans, j'avais peuplé la chambre d'enfants. Il m'est arrivé de lire des livres, voire même de réfléchir. Ah, bon Dieu, Redleigh, n'as-tu vraiment rien de mieux à entrer dans cette foutue machine ? Es-tu vidé, plat, dégonflé, et indifférent à ce point ? As-tu si peu vécu et si peu ressenti ? Ton âme ne dissimule-t-elle aucun cauchemar, aucun crime impuni, aucune prise de drogue, aucune beuverie ? As-tu encore un cœur qui bat ? As-tu renoncé à trente ans ou bien n'as-tu jamais été qu'un biscuit sec, une brioche sans beurre, un vin éventé ? Agréablement sensuel, mais jamais passionné. Un bon mari, un ami fidèle, un voyageur au long cours, pas bilieux, aux allées et venues si tranquilles que Dieu lui-même ne les a jamais remarquées. Et quand tu mourras, Redleigh, crois-tu qu'une seule trompette retentira pour toi ? Qu'une main tremblera ? Qu'une bonne âme se lamentera, qu'une larme tombera ? Qu'une porte claquera ? Quel est ton bilan ? Finissons-en. Ah tiens, le voici : c'est zéro. Est-ce mon moi profond qui a introduit ces chiffres ? Zéro à l'entrée, zéro à la sortie ? Tel est le bilan que moi, John Redleigh, je tire de ma vie.

Redleigh m'interpella en me voyant passer près de lui devant la porte du capitaine : « Vous, là !

— Monsieur ?

— Inutile de sursauter. Qu'est-ce que vous faites ici ? Ne devriez-vous pas être à votre poste ? »

Je lui indiquai la porte de notre supérieur. « Monsieur, le capitaine est enfermé depuis six jours. C'est long, vous ne trouvez pas ? Je ne peux pas m'empêcher de me demander... Est-ce qu'il va bien ? Quelque chose me pousse à frapper à sa porte. »

Redleigh me considéra pendant quelques instants, puis : « Eh bien, dans ce cas... »

Je m'avançai jusqu'à la porte et frappai doucement.

« Non, non, je vais vous montrer », me dit le premier maître.

Il avança d'un pas et cogna violemment la porte avec son poing.

Il attendit un instant, puis répéta son geste.

« Il ne répond jamais, alors ? hasardai-je.

— Si Dieu en personne se tenait à ma place, il se déciderait peut-être à venir tailler une bavette. Mais pour vous ou moi ? Certainement pas. »

Soudain, une cloche ou une sirène se déclencha et l'intercom diffusa le message suivant : « Votre attention, s'il vous plaît ! Inspection du capitaine. Tous les hommes sur le pont principal ! À tout l'équipage, inspection du capitaine ! »

Demi-tour et au trot.

Et nous voilà tous rassemblés sur le pont, au moins cinq cents personnes.

« Tous en rang, exécution ! » s'écria Redleigh qui avait pris la tête de la troupe.

« Le capitaine arrive, le voici ! Attention ! »

Un léger murmure s'éleva, un vague bruit électrique qui dérivait comme une nuée d'insectes.

La porte d'accès au pont s'ouvrit, et le capitaine entra. Trois pas lents, assurés, puis il s'arrêta.

Grand, bien proportionné, il portait un uniforme complètement immaculé. Sa grande tignasse était blanche elle aussi, à l'exception de quelques rares traces de gris.

Il avait sur le nez des lunettes opaques à vision radar, et sur ses verres dansaient des sortes de petites lucioles électriques.

Nous retenions tous notre souffle.

Il s'adressa enfin à nous.

« Repos ! »

Et tous ensemble, nous laissâmes échapper l'air de nos poumons.

« Redleigh ?

— Équipage au complet, monsieur. »

Le capitaine traça un trait en l'air : « Oui, la température a monté de dix degrés. Ils sont tous là, en effet. »

Alors qu'il passait le premier rang en revue, il s'arrêta, une main tendue vers mon visage.

« Tiens, celui-ci pète le feu de la jeunesse. Votre nom ?

— Je m'appelle Ismaël Hunnicut Jones, monsieur.

— Seigneur, Redleigh, ce nom résonne comme ceux des Blue Ridge ou des collines rouges et tourmentées de Jérusalem, vous ne trouvez pas ? » s'écria notre chef.

Sans attendre la réponse, il ajouta : « Eh bien, Ismaël, que voyez-vous que je ne puis voir ? »

Regard braqué sur lui, je reculai et, du fond de mon esprit, j'appelai tout bas mon ami, paniqué : « Quell ? »

Et soudain je sus que si j'arrachais les verres noirs de cette prothèse électrique, je verrais derrière eux des yeux aux reflets d'argent semblables à ceux d'un poisson mort-né. Des yeux tout blancs. *Oh mon Dieu, cet homme est blanc, intégralement blanc.*

Et dans ma tête j'entendis Quell, telle une ombre : « Il y a quelques années, l'univers a décoché un éclair gigantesque d'une année-lumière de longueur. Dieu a cillé et le capitaine a pris la couleur des insomnies et de la terreur.

— Que dites-vous ? me demanda le capitaine, qui avait perçu nos pensées.

— Rien, monsieur, et tout ce que je vois, vous le voyez aussi », mentis-je.

J'attendis sa réponse mais il ne m'en livra aucune, se contentant de faire demi-tour pour reprendre sa place devant la troupe. « Hommes, comment fait-on voyager un vaisseau dans l'espace ? »

Des chuchotements s'élevèrent dans l'équipage et quelqu'un répondit : « Il lui faut de solides soudures, et les combinaisons étanches doivent être toujours prêtes, monsieur.

— Bien, approuva le capitaine. Et que faites-vous lorsque vous voyez un météore ? »

Cette fois-ci, c'est moi qui donnai la réponse : « Une correction de sept secondes et tout le monde s'en sort, monsieur. »

Le capitaine marqua une pause puis nous demanda gravement : « Mais que faites-vous pour éviter toute une comète en flammes, hommes ? »

Silence.

« Pas de réponse ? » tonna-t-il.

Quell écrivit en l'air sa remarque invisible : « Ils n'ont jamais vu ce genre de comètes, monsieur.

— Effectivement. Et pourtant, ce genre de comètes, on en croise parfois. Redleigh ? »

Ce dernier activa une commande, et devant nous une carte du ciel descendit du plafond, une œuvre d'art tridimensionnelle, un univers multitextuel, un rêve de géographe.

Le capitaine tendit la main à l'aveuglette.

« Donc, voici l'univers en miniature. »

La carte clignotait.

« Vos yeux accompliront-ils ce dont les miens, privés de vie, sont désormais incapables ? Parmi un milliard d'autres, une lumière particulière brûle au cœur de la nébuleuse de la Tête de Cheval. Et j'ai beau être aveugle, je ressens sa présence. »

Il effleura le centre de l'écran. À l'instant même, une comète immense s'embrasa sous nos yeux dans toute sa splendeur.

« À votre avis, Redleigh, suis-je au bord du maelström ?

— Effectivement, monsieur », répondit le premier maître. L'équipage chuchotait, ébloui par cette vaste beauté dévoilée.

« Plus près, plus net », ordonna le capitaine.

L'image de la comète s'éclaircit et se mua en fantôme gigantesque.

« Donc, ce n'est ni un soleil, ni une lune, ni une planète. Qui connaît le nom de cette chose ?

— C'est une simple comète, monsieur, lui répondit doucement Redleigh.

— Non ! Ce n'est pas une simple comète ! hurla le capitaine. C'est une pâle épousée au voile gracieux qui revient faire l'amour avec le promis ayant déserté sa couche ! N'est-elle pas adorable, messieurs ? Une sainte terreur pour les yeux ! »

Nous attendîmes la suite en silence.

Redleigh s'approcha de son supérieur. « Mon capitaine, n'est-ce pas celle qui est passée tout près de la Terre il y a une trentaine d'années ? »

Et moi, parce que je m'en souvenais à moitié, je prononçai son nom : « Le Léviathan !

— Oui ! s'exclama le capitaine. Allez-y ! Redites-le !

— Le Léviathan. La plus grande comète de l'Histoire », précisai-je. Je me demandais où il voulait en venir.

Le capitaine se détourna vivement de l'écran et posa sur nous son regard aveugle. « La chimie brute de l'univers, en pleine lumière. Un vrai cauchemar ! Le Léviathan !

— Mon capitaine, ne serait-ce pas ce Léviathan qui vous a rendu aveugle ? » lui demanda doucement Redleigh.

Les hommes murmuraient en détaillant ce monstre magnifique.

« Oui, mais seulement pour me gratifier d'une vision plus profonde. Le Léviathan ! Je l'ai vu de très près. J'ai frôlé l'ourlet de son immense voile nuptial, long de millions de kilomètres. Et cette vierge immaculée, jalouse de mon regard amoureux, m'a ôté la vue. Il y a trente ans, trente ans, il y a trente ans de cela. Et chaque nuit, sous mes paupières, je vois encore passer cet orage étrange et divin, énorme et blanc, fourmillant d'aurores boréales. J'ai couru lui offrir mon âme enfiévrée, et *il m'a repoussé* ! Puis il a fui, il m'a abandonné. Mais regardez ! »

Il toucha la carte tridimensionnelle. La comète s'illumina et s'agrandit encore davantage, menaçante.

« C'est le retour du Léviathan ! reprit-il. J'ai attendu trente longues années et, enfin, le moment est arrivé ! Vous, mes hommes, je vous ai choisis pour m'accompagner à bord de ce vaisseau et affronter cette lumière déchue qui jadis me perdit et aujourd'hui se précipite vers sa propre ruine. Bientôt, je lèverai mes mains — vos mains — pour frapper ce grand coup. »

Il y eut une certaine agitation mais personne ne parla.

« Comment ? Vous ne dites rien ? » s'exclama le capitaine.

Redleigh prit la parole. « Monsieur, ce n'est ni la mission ni la destination qui nous ont été assignées. Et que faites-vous de nos proches, sur Terre ?

— Ils seront informés de ce changement de cap ! Et lorsque nous aurons saigné ce monstre, lorsque nous l'aurons enfoui dans le cimetière de la nébuleuse du Sac à Charbon, ils nous célébreront !

— Mais on nous posera des questions, monsieur !

— Et nous y répondrons. Et nous mènerons également à bien notre mission. Après avoir réglé son compte au Léviathan. Nous devons nous familiariser avec la destruction pure. Observez-le ce Léviathan !

Que voyez-vous ? Une chose effroyable vomie par un Dieu abandonné au sommeil des ténèbres ? Le temps l'ayant rendu mauvais, la création l'ayant épuisé, Dieu a-t-il épouvanté ses os, son esprit et ses entrailles pour évacuer cette chose écœurante au cours d'une titanesque crise de toux ? Qui peut le savoir, le deviner ? Qui peut le dire ? Je sais seulement que cette antique malédiction, cette plaie ouverte qui s'est ruée à notre poursuite, sème la terreur dans l'espace.

« À présent, parlons calmement. Partout où Dieu réside soufflent de doux vents printaniers. En présence du Léviathan, par contre, nous ne découvrons que mort et souffrance. Ô Dieu, je te vénère, mais ton antique malédiction vient me mettre à l'épreuve, me fissurer les os et baigner mes yeux éteints d'une clarté obscène. C'est la folie qui me donne la force d'affronter cette ultime nuit, la démence qui assure sur moi une prise démesurée. Léviathan, dès que je t'aurai empoigné et tué, je retournerai auprès de mon Dieu ! »

Nous nous sentions comme envoûtés.

Redleigh hasarda : « Cet enfer dont vous parlez… c'est bien de l'Enfer qu'il s'agit ?

— C'est la Mort elle-même venue régler ses comptes. Sur Terre, Dieu dispose de quatre milliards d'alliés. Mais voici le monstre qui réduira tous ces calculs à néant. Dans moins d'un mois, cette créature longue d'une année-lumière va s'écraser en plein Pacifique, submergeant et annihilant tout ce qui vit sur Terre.

— Mais monsieur, nos scientifiques…, hasarda Redleigh.

— Ils sont aveugles ! hurla le capitaine. Non, c'est pire ! Car moi, malgré ma cécité, je vois ! Lors des précédents passages du Léviathan, la Terre se trouvait au moins à un million de kilomètres.

— Et cette fois-ci, d'après tous leurs calculs, elle passera à une distance six fois supérieure ! insista Redleigh.

— Vos savants prédisent la Survie ? Eh bien moi, je prédis la Mort ! rugit le capitaine. Ce sera notre fin ! Dévié par des mondes obscurs et lointains dont nous ne soupçonnons même pas l'existence, par leur force de gravité criminelle, le Léviathan se rue désormais droit vers nous ! Nous sommes perdus ! N'y a-t-il vraiment personne pour le comprendre ou s'en soucier ? »

Dans les rangs, nous perdions contenance. Les propos de notre capitaine nous semblaient pure folie, et pourtant il dégageait tant de force et d'assurance…

« Si ce que vous nous dites est vrai, nous devons dès à présent ouvrir l'œil, admit Redleigh.

— À vos ordres ! hurlâmes-nous comme un seul homme.

— Je vous remets mes cartes, Redleigh. C'est la preuve de ce que je vous avance », dit le capitaine. Il sortit une disquette de sa veste et la tendit vers l'endroit où il croyait situer le premier maître. « Entrez ces données dans l'ordinateur. Exploitez-les le mieux possible, voire au-delà.

— Je vais m'en charger, monsieur », déclara gravement Redleigh, qui tournait et retournait la disquette entre ses doigts.

« Faites vite. Examinez-les, étudiez-les, *comprenez-les*. Car vous y trouverez la Désolation. Mais si jamais vous n'y découvrez que sérénité, douce quiétude et expéditions tranquilles, si vous y découvrez le Paradis et les vertes prairies de l'Éden, eh bien soit, va pour ces données bienvenues ! Interrogez cet ordinateur. S'il ne vous chante que la mélodie du bonheur, je m'inclinerai et nous mènerai de bon cœur gambader gaiement dans les verts pâturages. Sans aucun regret.

— C'est un marché honnête, monsieur.

— Où est votre main ? lui demanda le capitaine en tâtonnant autour de lui.

— La voici, monsieur. »

Le capitaine s'en empara. « Maintenant, votre attention à tous, s'il vous plaît. Cet homme me serre la main pour sceller notre alliance. Puis-je en appeler à vos cœurs et à vos âmes ?

— Ils sont à vous ! clamâmes-nous en chœur.

— Et le reste également ! ajoutai-je.

— Oui ! Oui ! » s'écrièrent beaucoup d'entre nous.

Le capitaine tenait toujours fermement la main de Redleigh pour s'assurer son allégeance au moment de lancer un dernier serment. « Les blessures du Christ avalent les comètes ! Merci pour ces douces paroles. Membres de cet équipage ! Cette mission est sacrée ! Il n'y en aura pas de plus grande dans l'histoire de l'humanité, même si nos sables s'écoulent à jamais dans un sablier aussi grand que le terrain d'atterrissage de la Création dans la lointaine Centauri ! Nous allons sauver notre Terre ! Techniciens, tenez-vous prêts ! Mes hommes, le Léviathan est une grande plaie blanche ouverte dans l'espace, une lumière qui éteint toute lumière. Guérissons-la pour toujours. Sonnez l'alarme ! Le premier d'entre vous qui repérera la comète recevra double solde au terme de ce voyage ! Escadrons, dispersez-vous ! Rompez ! »

Les hommes d'équipage se précipitèrent à leurs postes, tous sauf un : Quell. Soudain conscient de l'absence de mon ami à mon côté, je m'arrêtai net et me retournai. Il regardait fixement le capitaine, comme sous le coup d'une terrible révélation. Redleigh, qui avait lui aussi remarqué l'expression de Quell, restait tranquillement posté près du capitaine.

« Rompez, Redleigh, insista ce dernier, alerté par son silence.

— Monsieur. » Redleigh tourna les talons et s'éloigna.

« Ismaël ? Rompez ! s'exclama sèchement notre chef.

— Monsieur ! » J'adressai un salut à ces yeux aveugles et fis mine de m'éloigner, hésitant. Je jetai un coup d'œil en arrière.

Quell se rapprochait du capitaine sans le regarder, mais ce dernier le sentit arriver. Il leva la main pour palper l'air auprès de l'étrange visage vert, puis la retira brusquement comme s'il l'avait plongée dans le feu. Il quitta le pont principal, et la porte se referma doucement sur lui.

Un long moment s'écoula. Sur le visage de Quell passaient les ombres de son propre avenir, et en être le témoin était au-dessus de mes forces.

Soudain, j'entendis parler l'équipage. Les voix arrivaient de partout, l'une après l'autre.

« La comète de Francis…

— La comète de Halley…

— La comète du pape Innocent III…

— La Grande Comète indienne de 88…

— La comète d'Alcide… »

Et sur le grand écran, je vis se succéder d'immenses représentations de comètes, de météores, de constellations, se détachant sur fond noir.

« De toute façon, qu'est-ce qu'une comète ? » m'entendis-je dire. Et je répondis : « Qui le sait vraiment ? Les vapeurs de l'univers, peut-être. Une puissante indigestion de notre Créateur… Quell ? »

Il m'envoya ses pensées :

« Sur ma planète, ces comètes sont appelées "pèlerins", "spectres au long cours", "esprits du festin". Tu vois ? Notre histoire est aussi romantique et absurde que la vôtre.

— Très bien, alors. Le capitaine a ses raisons de poursuivre sa comète et nous avons les nôtres. Je n'y vois rien de bien mystérieux.

— Ah, le mystère…, répéta Quell. Allons dormir, la nuit porte conseil. Nous trouverons peut-être en rêve la réponse à ce mystère. Le mystère… Le mystère… »

En pleine nuit, un bruit me tira du sommeil. Quell s'agitait. D'abord, je sentis son esprit envahir le mien, puis sa voix : « Que l'équipage se lève et m'écoute. »

Puis, tout haut, mon ami prononça les syllabes qui composaient le prénom « Elie ».

« Quell », murmurai-je.

Au cœur de la nuit se produisit un phénomène des plus étranges : je n'entendais plus la voix de Quell, mais celle qu'il entendait, lui. Celle d'Elie.

Du ton du prêcheur que nous avions vu dans la cathédrale sur Terre, il déclama : « À présent, écoutez, écoutez-moi bien ! À bord de ce vaisseau, bien loin dans l'espace, viendra le moment où vous apercevrez une terre là où il n'y en a pas, où vous découvrirez le temps là où il est absent, où d'anciens rois se réincarneront et recoifferont leurs couronnes ! »

Une question me parvint d'une cabine voisine, dans notre couloir : « Que se passe-t-il ?

— Faites-le taire ! cria quelqu'un d'autre.

— Non, attendez, attendez... » chuchotai-je.

Et Quell reprit, avec la voix d'Elie : « Alors, alors, oui, alors, le navire, le capitaine de ce navire et l'équipage de ce navire, tous, tous seront annihilés ! Tous sauf un !

— Tous ? dit quelqu'un.

— Sauf un, répéta un autre.

— Tous seront annihilés ! » répéta Quell avec la voix d'Elie.

Puis il replongea dans le silence et le sommeil.

Je me tournai en tous sens dans mon lit sans parvenir à me rendormir. Dans leurs quartiers ou dans le couloir, mes compagnons passèrent une nuit blanche, jusqu'à l'aube.

Dans chaque cabine, l'horloge vocale égrenait les heures. Finalement, avant le « lever du soleil », nous eûmes la vision du fantôme d'une comète désolée planant au-dessus de la couchette du capitaine tandis que celui-ci, dans son sommeil, se lamentait sur sa mort à venir.

Extrait du journal du premier maître John Redleigh :

Des rumeurs assurent que la mort d'Alexandre le Grand, en 323 avant Jésus-Christ, fut annoncée par l'apparition de la comète Perséphone. La comète Palestrina, observée en l'an un, est peut-être l'étoile de Bethléem. Nous n'en savons pas beaucoup plus. Les comètes sont composées principalement de méthane gazeux et de glace, de glace.

Incapable de dormir, je me redressai et quittai ma couchette. La cabine du capitaine m'attirait. À travers sa porte close, je l'entendis cauchemarder. « Non, grognait-il, non, non, je vous dis non. Allez-vous-en. Partez ! »

Une silhouette arriva dans le couloir : Redleigh. J'étais caché dans l'ombre lorsque le premier maître frappa à la porte de notre chef.

« Mon capitaine ?

— Quoi ? Que voulez-vous ? cria l'homme à l'intérieur.

— Vous avez fait un cauchemar, monsieur. »

La porte s'ouvrit. Le capitaine se tenait sur le seuil, sa tête blanche échevelée.

« Mon Dieu, j'ai rêvé que je tombais, que je tombais pour toujours dans l'espace. Laissez-moi retrouver mes esprits.

— Vous devez signer le journal de bord, monsieur.

— À quatre heures du matin ? Très bien, Redleigh, ça m'évitera les cauchemars. Je vais le signer. Je vous suis. Comment se portent les calculateurs stellaires ?

— Ils sont tellement surmenés qu'ils fument, monsieur.

— Vous voulez me prouver que j'ai tort ?

— Vous nous avez dit que vous aviez raison, monsieur, et je le prouverai. »

Le capitaine sortit de sa cabine et je me rencognai de mon mieux, malgré le fait qu'il ne puisse pas me voir. Les deux hommes s'engagèrent dans le couloir en direction du pont et je leur emboîtai le pas.

« Je vous connais, Redleigh. Vous n'avez pas le cœur à cette chasse, n'est-ce pas ?

— Si par *chasse* vous entendez notre travail de cartographie d'étoiles et d'exploration de planètes…

— Non ! Non ! Venez voir ! » s'exclama le capitaine en émergeant sur le pont, presque désert à cette heure. Il désigna l'écran, dont l'affichage tridimensionnel brillait dans la salle.

« Que savez-vous du passage des planètes noires et des comètes lumineuses ?

— Je compte sur vous pour tout m'apprendre, monsieur.

— Et vous avez raison ! Tenez, voici un million de cartes stellaires, toutes poinçonnées, cannelées, bosselées. Passez la main sur leur surface. Sentez la longue empreinte de la comète de Halley, la chaleur d'Alliostro Minor. Voici les plans détaillés des circonvolutions et des errements nocturnes de la pensée divine. Dieu rêve de bonheur ? De vertes Terres apparaissent. Dieu se tourmente ? Le Léviathan jaillit du vaste portail de son masque de folie. Et la comète se rue vers nous ! Je connais un moyen de foncer droit sur elle, de la rejoindre six semaines avant qu'elle ne détruise la Terre. Nous devons nous hâter si nous voulons la surprendre.

— La surprendre ? » Redleigh se détourna des cartes scintillantes suspendues en l'air. « Il est impossible de surprendre une comète, monsieur. Car il n'y a en elle ni vie ni raison.

— Moi, par contre, je vis et je réfléchis », répliqua le capitaine.

Redleigh haussa les épaules. « Vous semblez vouloir vous délester du fardeau de votre savoir en l'attribuant à une sorte de grand enfant vagabond, un accident de l'univers qui rôde entre les mondes, condamné à une errance éternelle. Je…

— Continuez.

— Monsieur, si comme l'affirme le révérend Colworth, nous ne faisons qu'un avec tout l'espace, si toutes les planètes, tous les soleils, tous les êtres sont issus du même moule et résultent d'une volonté universelle, alors ce fantôme que vous évoquez, cette comète, ce monstre gigantesque et terrifiant n'est que l'expression de la volonté de Dieu lui-même. Il ne s'agit donc pas d'une manifestation de Son malaise et de Son désespoir, mais de Sa lumineuse envie d'éclairer la nuit de l'univers. Vous voulez vous dresser contre un souffle pareil ?

— Si c'est lui qui a malmené mon âme et brûlé mes yeux, oui ! Écoutez le bruit qu'il émet en ce moment même, là, dehors. »

Le capitaine effleura un écran. Un métier à tisser l'énergie tressa des sons puissants dans tout le vaisseau.

Avec un hochement de tête, le capitaine reprit : « Ce souffle que vous avez évoqué… Il est glacé. C'est comme si on avait largué dans l'espace tous les cimetières de l'histoire, comme si dans leurs linceuls interminables dix milliards d'âmes perdues suppliaient qu'on les libère ! Je — nous partons à leur secours !

— Ce bruit est un phénomène très banal, dû à la chimie du chaos provoqué par l'attraction de telle ou telle étoile, monsieur. Vous prétendez interrompre ce grand battement léger ? Autant vouloir arrêter votre cœur !

— Et si les deux s'arrêtaient en même temps, ma victoire sur lui ne serait-elle pas aussi éclatante que sa victoire sur moi ? Un homme insignifiant, une grande malédiction errante — tous deux font le même poids là où toute échelle a disparu.

— Mais en la déchirant, c'est votre propre chair que vous déchirez, capitaine, celle que Dieu vous a accordée, insista Redleigh d'un ton calme et désespéré.

— Pour moi, cette chair est une insulte ! Si tout ne fait qu'un, si Dieu se manifeste dans les pierres, la lumière, le mouvement, l'obscurité ou l'homme doué de raison, si cette comète est ma sœur venue tester ma patience comme celle de Job fut testée, ce que j'ai dû subir, n'est-ce pas un blasphème ? Si je suis l'incarnation de Dieu, pourquoi ai-je été frappé ainsi ? Rendu aveugle ? Non ! Non ! Cette chose s'est perdue dans le Mal. Sa figure démesurée erre dans les abîmes, et dans son regard insensé je devine le sang qui huile les rouages des cauchemars et des pièges. Quelle importance si ces choses, je les perçois chez un prédicateur, chez un requin mangeur d'hommes assoiffé de sang ou dans cet immense masque aveuglant tapi entre les étoiles pour terroriser les hommes et les pousser à se comporter en moins qu'humains ? C'est plus que ne peuvent en supporter les corps et les âmes, et je dois attaquer. Ne me parlez pas de blasphème, monsieur. Le Léviathan m'a mis à l'épreuve en guise d'apéritif, j'en ferai donc mon repas de *ce soir*.

— Dieu me garde ! Qu'Il nous garde tous…, murmura Redleigh.

— Il nous aide, répliqua le capitaine. Si, êtres vivants, nous sommes Ses choses, alors nous serons Son bras armé, celui qui arrêtera cette bête gigantesque. Et vous voudriez renoncer à la plus grandiose des parties de chasse ?

— Oui. Je retourne à mes ordinateurs, monsieur. »

Le premier maître fit mine de s'éloigner mais s'arrêta lorsque le capitaine reprit : « Vous êtes aussi fou que moi. Non, vous êtes plus fou que moi. Car moi, je me méfie de la "réalité" et de son idiote de mère qu'on appelle "l'univers", alors que vous, naïf que vous êtes, vous faites confiance à des machines peu fiables qui vous prédisent des fins heureuses. Couchez avec elles et vous vous relèverez impuissant ! Doux Jésus, vous êtes vraiment un enfant de chœur ! Une telle innocence me bouleverse.

— Monsieur, je ne suis pas du tout d'accord avec vous, mais ne me redoutez pas, lui répondit Redleigh. C'est au capitaine de se méfier du capitaine. Méfiez-vous de vous-même… monsieur. »

À nouveau, Redleigh fit demi-tour, mais cette fois-ci il s'éloigna pour de bon.

4

Je n'insistai pas et retournai à ma cabine, en proie à un profond désespoir. Jusqu'à l'aube, je m'agitai sur ma couchette. Je pus à peine fermer l'œil, contrairement à Quell qui, lui, se reposait tranquillement, rêvant Dieu seul sait quels rêves extraterrestres.

Dès la première sonnerie, je me levai et me rendis sur le pont des communications. J'y retrouvai le membre d'équipage Small, penché sur sa console.

« Saviez-vous que les fusées se nourrissent dans l'espace ? me demanda-t-il.

— Qu'entendez-vous par "se nourrissent" ?

— Elles se vautrent comme des grands poissons dans des courants de vibrations solaires, de rayons cosmiques, de rayons X interstellaires. Constamment affamé, notre vaisseau — nous — guette les cris, les stridences et les échos, pour s'en repaître. Et moi, jour après jour, je reste assis ici, branché sur les déferlements puissants de l'espace qui nous entoure. La plupart du temps, je ne perçois qu'un banal bruit de fond, bourdonnement, électricité statique ou vibration. Et parfois, de temps à autre, par accident… ceci ! »

Il frôla une commande et du haut-parleur se déversèrent des voix… manifestement humaines. D'un air étrangement illuminé, il tourna la tête pour me dévisager.

Nous entendions des émissions destinées aux Terriens, aux oreilles attentives de gens ayant vécu deux cents ans auparavant. La voix de Churchill, les hurlements d'Hitler, les questions de Roosevelt, les grondements de la foule. Je reconnus aussi des matchs de foot et de base-ball s'étant déroulés bien longtemps auparavant. Le bruit montait et descendait, allait et venait comme les vagues sonores d'un océan.

« Une fois diffusé, aucun son ne se perd vraiment, m'expliqua Small. Tous sont piégés et préservés dans des nuages électriques. Et lorsque nous tombons dessus, nous pouvons récupérer d'un seul clic les tristes échos de guerres oubliées, d'étés interminables et de tièdes automnes.

— Monsieur Small, il nous faut enregistrer ces émissions si nous voulons les écouter à volonté. En avez-vous d'autres ? Qu'avez-vous découvert ?

— Nous avons localisé une source datant de la jeunesse de la Terre. Des voix venues des siècles passés, des reportages bizarres, des rires fantomatiques, des charades politiques. Écoutez. »

Small pianota de nouveau sur sa console. Nous entendîmes l'incendie du *Hindenburg*, l'atterrissage de Lindbergh à Paris en 1927, la victoire d'un certain Dempsey sur un dénommé Tunney en 1925. Des foules hurlant d'horreur, d'autres clamant leur joie. Puis les bruits s'estompèrent.

« On les a dépassés, me précisa Small.

— Essayez encore ! C'est de notre Histoire qu'il s'agit ! » m'écriai-je.

Une nouvelle voix s'éleva de la console : « Cet

après-midi, au 10 Downing Street, le Premier ministre sir Winston Churchill… »

Le capitaine entra à grands pas sur le pont.

« Monsieur, nous avons découvert une source remontant à la jeunesse de la Terre ! s'exclama Small à son adresse. Des voix de siècles passés ! Des reportages bizarres, des rires fantomatiques, des charades politiques ! Écoutez !

— Oui, oui, bien sûr », soupira son supérieur. Et puis, sans transition : « Small, Jones, arrêtez. C'est un dialogue de sourds. Nous ne pouvons pas leur répondre. Nous ne pouvons ni rire ni pleurer avec eux. Ces gens sont morts. Nous, nous avons rendez-vous avec le réel. »

Small s'apprêtait à se remettre à sa console lorsqu'une dernière voix retentit : « Balle directe ! Mantle s'en tire du premier coup ! »

Ensuite, le silence.

Je m'essuyai la joue pour en chasser une larme. Je me demandai pourquoi je pleurais. Ces voix n'appartenaient ni à mes proches, ni à mon époque, ni à mes fantômes. Et pourtant un jour, ces gens avaient vécu. Leur poussière me chatouillait les oreilles, et je ne pouvais m'empêcher de pleurer.

Soudain, une voix tonna dans l'intercom : « Alerte bleue ! Tous à vos postes ! Contact visuel ! Secteur stellaire CV7 ! Contact visuel ! Alerte bleue ! »

Abasourdis, Quell et moi contemplions sur son écran de contrôle l'image qui s'y étalait.

« Mon Dieu, mais qu'est-ce que c'est ? m'écriai-je.

— Une lune, me répondit Quell.

— Oui, mais quelle lune ! Elle a l'air si vieille,

avec ses villes, ses cités et ses jardins antiques ! Bien plus vieille que la nôtre ! À ton avis, depuis combien de temps cette lune-ci tourne-t-elle toute seule dans l'espace ? »

Quell, qui consultait ses instruments, zooma sur l'image.

« Dix mille fois un million d'années, constata-t-il. Oh, que c'est joli ! Ces flèches, ces fenêtres ouvragées, ces cours désertes toutes poussiéreuses ! »

La voix de Redleigh retentit alors : « Tenez-vous prêts ! Réduisez la vitesse… »

Le capitaine le coupa : « Monsieur Redleigh !

— Mais monsieur, cette lune magnifique ! Elle est très ancienne ! Notre mission consiste à explorer, découvrir, répertorier…

— Redleigh, votre ton en dit long. Certes, ce monde oublié est charmant, c'est une beauté errante, une énigme insondable, mais nous devons passer notre route. Reprenez l'itinéraire prévu. »

Dans l'intercom, l'ordre tomba : « Accélération maximale. Alerte bleue annulée. »

L'image de la lune oubliée, visible jusque-là sur tous les écrans du vaisseau, commençait déjà à s'estomper.

« Oubliée encore une fois », nous fit remarquer Quell.

La nuit spatiale enveloppa de nouveau le vaisseau.

5

De la console de Small s'élevaient des voix ténues, brouillées par l'électricité statique, car une énorme distance nous séparait de ces hommes. « Lightfall 1 *appelle le* Cetus 7. *Ici le* Lightfall 1, *dans l'espace depuis douze ans.* Cetus 7, *vous me recevez ?* »

Mon Dieu, un autre vaisseau ! me dis-je.

Quell frôla mes pensées. « Impossible. Des milliards de kilomètres d'espace… Quelles sont nos chances de croiser…

— Un autre vaisseau ? » J'avais complété sa question à voix haute.

« *Ici le* Lightfall 1, *insista la voix. Devons-nous nous mettre en attente,* Cetus 7 ? »

Les hommes, qui arrivaient de partout, se précipitaient vers le pont de commandement et s'agglutinaient autour des moniteurs.

« Cetus 7, *demandons autorisation d'approcher, d'accoster et de monter à bord.*

— Hourrah ! brailla tout l'équipage.

— Pas question ! rugit le capitaine.

— Cetus 7, *répondez s'il vous plaît.* »

Le capitaine donna l'ordre à Small d'établir la

communication avec l'autre vaisseau, puis prit la parole : « *Lightfall 1*, ici le *Cetus 7*. Autorisation refusée.

— Cetus 7… *Pouvez-vous confirmer ? Autorisation refusée ? Ai-je bien entendu ?*

— Tout à fait, répondit notre capitaine.

— *Mais monsieur, mes hommes, écoutez-les !* »

Et, par le canal de communication, nous perçûmes l'immense clameur provenant de l'autre vaisseau, à quelques milliers de kilomètres du nôtre.

« Ce ne sont que des enfantillages ! Nous n'avons pas le temps ! Pas le temps ! assena notre chef.

— *Comment ça, "pas le temps" ?* s'étonna la voix du Lightfall 1. *Mais pourquoi, pour l'amour de Dieu ? Dieu et l'éternité, c'est tout ce qu'on peut trouver dans l'espace ! J'en ai ma claque des longues années d'errance, des étoiles inconnues et des comètes horribles, moi !*

— Des comètes ? De quoi parlez-vous ? rugit le capitaine.

— *De la plus grande comète de l'univers, monsieur !* s'exclama le commandant du *Lightfall 1*.

— Alors tenez-vous prêt… Permission d'accoster ! »

Nous surveillâmes l'approche du *Lightfall 1* sur nos écrans de contrôle. Les vaisseaux tendirent l'un vers l'autre leurs bras mécaniques pour se donner l'accolade comme deux vieux amis, puis un bruit sourd signala la réussite de l'accostage. Moins d'une heure plus tard, le capitaine du *Lightfall 1* posait le pied à bord du *Cetus 7* et nous gratifiait d'un salut militaire.

« Jonas Enderby, du *Lightfall 1* ! »

Il quitta le sas avec à sa suite une douzaine de membres d'équipage du *Lightfall 1* : peau claire ou sombre, hommes ou femmes, grands ou petits, humains ou extraterrestres, tous curieux de ce qui les entourait. Nous les accueillîmes avec de grands sourires, pressés d'entendre leur récit.

Plus tard, à la cantine, le commandant Enderby leva son verre à la santé de notre capitaine assis près de lui à la table d'honneur. « À votre santé, monsieur ! Ou plutôt, à la mienne ! Seigneur, cela fait neuf mois que je n'ai pas bu une boisson digne de ce nom ! J'ai un enfant, et cet enfant, c'est la soif ! »

Sur ce, le commandant du *Lightfall 1* vida son verre, puis :

« Encore !

— Très bien, un autre, mais ensuite nous parlerons, lui dit le capitaine.

— Vous avez envie d'en savoir plus sur les comètes, c'est bien cela ?

— Effectivement, je suis tout ouïe », répliqua notre chef, l'œil allumé.

Nous nous penchâmes vers eux autant que nous l'autorisait le protocole pour entendre ce qu'ils allaient dire.

« Dieu m'a vomi au visage, et je n'en suis pas encore lavé, commença Enderby. C'était la plus grande, la plus longue, la plus brillante… »

Notre capitaine l'interrompit : « Le Léviathan ?

— Vous le connaissez ? s'étrangla Enderby.

— L'avez-vous pris en chasse ?

— Pris en chasse ! Enfer et damnation, il m'a saigné, il m'a rompu les os ! J'ai failli y laisser ma peau.

— Ah ! Vous entendez, Redleigh ? » s'écria le capitaine.

Enderby reprit : « Je n'exagère pas. Il m'a mis à l'épreuve, monsieur. Il était affamé et il nous a englouti d'un seul coup, moi, mon vaisseau et tout mon équipage ! Nous avons vécu *à l'intérieur* du Léviathan !

— À l'intérieur ? Vous entendez, Redleigh ? À l'intérieur… !

— Vous semblez croire que ce fut un séjour plaisant, monsieur », lui fit remarquer le commandant du *Lightfall 1*.

Notre capitaine garda un silence glacial pendant quelques instants, puis : « Je ne voulais pas vous offenser. Je suis bien placé pour savoir…

— Tout à fait, ce fut plaisant ! s'exclama Enderby. Quand on est prisonnier dans le ventre de la bête, quel autre choix a-t-on ? Nous avons donc dansé la polka dans les entrailles du Léviathan !

— Et pourtant, vous voici…

— Oui, monsieur ! Le Léviathan n'a pas réussi à nous digérer ! Nos rires l'ont empoisonné. Nous nous levions sans cesse, nous tombions et nous relevions, hystériques, mystifiés par ce coup du Destin… Nos rires étaient comme des boulets de canon tirés droit dans son cœur ! »

Secoué, le capitaine s'étonna. « Des rires ? Des danses ? »

Et Enderby, du *Lightfall 1*, se toucha l'œil droit. « Exactement ! Mais avant de ne faire qu'une bouchée de nous, elle m'a abîmé la vue et ôté cet œil. Vous voyez ? C'est du pur cristal de fabrication irlandaise. Du verre ! Je le jure. Je peux l'enlever pour une partie de billes, si vous le souhaitez…

— Non, non, laissez. Je vous crois, soupira le capitaine.

— J'en suis sûr. Le Léviathan m'a éborgné ; il n'a fait que la moitié du travail. Il aurait détruit l'autre œil s'il en avait eu l'occasion. Nous avons semé une telle pagaille en lui qu'il a eu une indigestion et nous a recrachés au milieu des étoiles ! »

Le capitaine empoigna le bras d'Enderby. « Où ?

— À dix millions de kilomètres au-delà du point le plus éloigné de l'orbite de Saturne.

— Vous entendez, Redleigh ? Elle poursuit sa route ! tonna notre capitaine.

— Sa route ? » Le capitaine du *Lightfall 1* éclata de rire. « Quelle route ? Vous croyez qu'elle sait ce qu'elle fait, qu'elle sait où elle va ? Comment le chaos pourrait-il prévoir, planifier, décider d'une route à suivre ? Où est ce gin ? Il me faut un autre verre. »

Redleigh s'approcha pour le resservir.

« Mes cartes sont exactes ! Elles ne mentent pas ! J'irai à la rencontre de ce fantôme ! » mugit le capitaine en agrippant le bras de Redleigh, renversant du gin au passage.

« À cause de moi ? Mon récit a-t-il été si flatteur ? Ça alors ! » s'exclama Enderby, stupéfait. Il hocha la tête.

« À la santé de tous les joyeux drilles ! À la santé du Léviathan, et à la vôtre, monsieur ! Puissiez-vous vaincre sa bile quand il vous recrachera ! Et prions Dieu qu'il vous recrache !

— Nous devons nous remettre en route, et tout de suite, conclut le capitaine, le front soudain luisant de transpiration. Tous les hommes à leur poste ! »

Enderby se leva. « Capitaine, nous aimerions rester encore un peu ! Mon équipage voudrait passer un moment avec ces nouveaux visages, ces nouveaux amis, des nouvelles fraîches de la maison... Nous sommes épuisés, et assoiffés comme une terre aride !

— Ma soif est plus grande encore ! tonna le capitaine. Nous devons reprendre la route ! »

Enderby but son verre jusqu'à la dernière goutte, puis le reposa brutalement sur la table.

« Allez au diable, monsieur ! Poursuivez votre quête idiote, si c'est ce que vous voulez ! »

Il se leva en faisant signe à ses hommes de le suivre. Ils remontèrent les passerelles jusqu'au sas, enfilèrent leurs combinaisons et quittèrent notre bord.

Quelques instants plus tard, le *Lightfall 1* et tout son équipage avaient disparu, à nouveau perdus dans le silence de l'espace.

6

Au cœur de la nuit artificielle, nous entendîmes notre capitaine arpenter les couloirs endormis. Quell scanna son esprit et, dans un murmure, me répéta son monologue en adoptant son ton : « Vous faites semblant de dormir ? Grand bien vous fasse, mais épargnez-moi vos pensées amères ! Vous me haïssez parce que je néglige des proies. Et si cette nuit, c'était le Christ en personne qui marchait dans l'espace… »

Et Quell, reprenant sa propre voix, ajouta : « Ce n'est pas le Christ, c'est l'un de ses bergers égarés. »

Le lendemain matin, Redleigh nous convoqua, Quell et moi, devant le poste de Small. Notre camarade Downs était là, lui aussi.

« Cet échange s'est déroulé la nuit dernière », nous déclara Redleigh en faisant signe à Small, qui effleura une commande sur sa console. Nous tendîmes l'oreille. Tout d'abord, ce fut l'habituel bruit de fond de l'espace, puis une voix ténue s'en détacha.

« *Ici le vaisseau interstellaire* Rachel », disait quelqu'un dans le lointain. « *Le vaisseau théologique* Rachel, *engin spatial de Pius le Vagabond, appelle le* Cetus 7. *Répondez,* Cetus 7. »

Le capitaine prit la communication. « Ici le *Cetus 7.* »

La voix lugubre du dénommé Pius nous enveloppa. « *Avez-vous croisé une petite fusée de sauvetage en perdition ? Une tempête l'a entraînée dans l'espace. Il y avait à son bord des hommes de valeur, des prêtres qui traquaient cette comète…*

— Le Léviathan ? s'exclama notre chef.

— *Exactement !* répondit le capitaine de la *Rachel. Mon fils, mon fils unique, un bon enfant aimé de Dieu, curieux, intrépide, est avec l'équipage ! Il a surnommé cette comète la Grande Fiancée Blanche. Il s'est lancé dans son sillage avec deux autres hommes de bien. Je suis à leur recherche. Acceptez-vous de m'aider ?*

— Je n'ai pas de temps à perdre, monsieur, rétorqua notre capitaine.

— *De temps à perdre ! hurla le capitaine de la* Rachel. *Mais bon sang, j'ai perdu tout ce qui faisait ma vie ! Vous devez m'aider !*

— Arrière ! Je pars racheter votre fils. Dieu vous bénisse ! »

D'une voix de plus en plus inaudible, le capitaine de la *Rachel* déclara : « *Que Dieu vous pardonne, maître du* Cetus 7. »

L'enregistrement s'interrompit. Nous nous dévisageâmes tous les cinq, pétrifiés par cet échange, et je conclus : « Ainsi, la *Rachel* pleurant ses enfants perdus est repartie. Et nous, vers quoi nous dirigeons-nous ? Vers notre extermination ? »

Mes compagnons, mal à l'aise, détournèrent le regard.

« Monsieur Redleigh, vous nous avez demandé de venir ? » lui demanda Quell.

Au loin, un sas s'ouvrit, et quelque part là-haut,

hors de vue, nous parvint le bruit étrange et magnétique des pas du capitaine.

Downs leva les yeux vers le plafond. « Est-ce à son propos ?

— À son propos et à un autre, approuva Redleigh. Je parle de ces anciennes émissions de radio, dans toutes sortes de langues, que nous n'avons pas enregistrées. Des voyageurs de l'espace épuisés et solitaires que nous avons croisés. Des navires religieux que nous refusons de secourir. Des missions négligées… »

Downs intervint : « Le capitaine nous a affirmé que notre mission, c'est cette comète, monsieur !

— Très bien. Voici les cartes du capitaine. Le Léviathan va percuter la Terre, n'est-ce pas ?

— Oui. Oui, évidemment. » Nous étions tous d'accord là-dessus.

« La Terre se trouve ici. » Redleigh nous désigna un point sur la carte, puis : « Downs, éclairez-la. Et maintenant, faisons de même avec le Léviathan. Simulons les deux trajectoires, et voyons comment se comportent notre planète et cette lumière blanche. L'ordinateur se charge de tous les calculs. Et voilà ! »

La grande carte stellaire s'embrasa. Nous avions sous les yeux notre planète Terre et plus loin la comète, toutes deux en mouvement. L'Univers tournait sur lui-même, le Léviathan fonçait dans l'espace et la Terre effectuait sa révolution autour du soleil.

« Vous voyez ? On va tout droit à la collision ! s'écria Downs. Cette comète va détruire la Terre ! Exactement comme nous l'a dit le capitaine !

— Non, elle ne détruira pas la Terre », le contra le premier maître.

Dans la gigantesque carte déployée devant nous,

l'énorme comète passa comme un éclair, sans frapper notre planète.

« Regardez, elle s'en va ! La comète continue sa route en épargnant la Terre ! » insista Redleigh.

Nous la vîmes s'évanouir, et notre supérieur éteignit la carte.

« Les capitaines ne mentent jamais ! s'écria Downs.

— C'est vrai, sauf s'ils sont fous. Et le mensonge est la vérité des fous, conclut Redleigh. Quell ? »

Tous les regards se tournèrent vers mon ami, qui s'agita, mal à l'aise.

« Quell sait, dit Redleigh. Ces hommes se noient, Quell. Aidez-les. »

Les yeux fermés, mon ami garda le silence quelques instants, et lorsqu'il se décida à parler ce fut pour lui seul. « Ô pères du temps, pardonnez-moi. » Puis, nous attirant vers lui dans ses bras arachnéens : « Laissez-moi réunir vos intellects. Voilà. Comme ça. »

Nous sentîmes nos esprits se fondre en un seul, et nous levâmes les yeux. Après nous avoir unis, Quell nous reliait au capitaine, à son âme, à son esprit et à sa voix.

Du pont supérieur du navire, juste sous les étoiles, il s'écria : « Je crois que je vois ! »

L'entendre aussi clairement nous ébranla, car la distance nous séparant de lui était trop grande.

Quell nous libéra en secouant la tête, et la voix du capitaine faiblit.

« Quell, continue, s'il te plaît ! insistai-je. Nous devons l'écouter ! »

Quell nous enlaça à nouveau. Ses yeux et ses étranges joues vertes s'étaient enflammés. À travers lui, la voix du capitaine reprit de la puissance :

« Oui, j'y crois presque. Des mondes lointains, morts depuis longtemps, se fracassent contre mes yeux en mille images vivantes, encore, encore, encore et encore, des images qui me disent : "Nous existons ! Souviens-toi de nous ! Oh ! Pense à nous. Pardonne nos péchés. Célèbre nos vertus, même si ont disparu notre chair, notre sang et le doux désir dans nos veines ! Et avec eux, ce désespoir appelé espérance, qui nous réveille à l'aube. Souviens-toi de nous !"

« Je ne vous ai pas connus, mais je me souviens de vous. Votre antique malheur est source d'inspiration, et je n'oublie pas votre cauchemar… Je le conserve en moi, embrasé, près du mien. J'incarne le fantôme des outrages subis, et votre esprit guerrier arme mon bras. Vous faites parler mes jours et enseignez mes nuits.

« Je me comporterai avec les autres mondes comme vous avec moi dans un million d'années, lorsque les événements de cette nuit, les propos échangés sur cette scène solitaire, échoueront et fleuriront sur un rivage lointain où des êtres semblables à vous lèveront les yeux, verront et apprendront notre défaite ou notre victoire, l'éveil de la vie ou le rictus de la mort. »

Et de nouveau, calmement, notre capitaine reprit :

« Et tout comme eux, nous poursuivons notre route, fantômes à jamais, frappant ou écoutant aux portes, racontant nos actions, répétant d'anciennes promesses, bien ou mal accueillis. Envers et contre tout, nous continuons, année-lumière après année-lumière, et là dehors, personne ne le sait. Eux et les leurs, nous et les nôtres, nous ferons de l'éternité un spectacle en ombres chinoises, deux films projetés sur des écrans se faisant face et sans rien entre eux, vraiment rien, le néant.

« Cette nuit, je serai l'assassin ou la victime, mais pour l'instant, piégé et secoué en tous sens dans des tempêtes de lumière, je ne suis pas encore né.

« Oh Seigneur, je voudrais être cet enfant pour tout recommencer, et avec ce nouveau départ, connaître un peu la paix à l'aube limpide de mon baptême. »

Les yeux clos, Quell nous libéra.

« Oh mon Dieu…, murmura Redleigh, ému et angoissé.

— Oui, Dieu, justement… C'en est trop. Il faut mettre un terme à tout cela », dit Small.

Quell inspira profondément et reprit la voix du capitaine :

« Oh Seigneur, je vous ai demandé des jours éternels, et j'en ai été récompensé par une nuit éternelle. Ô toi, grande blancheur ! Mon désir pâle et vagabond ! Ô esprit redoutable, montre-toi ! Cette fois-ci, je ne me déroberai pas. Ma route est déjà tracée par-delà toute gravité ! Comme ces planètes qui s'enflamment près d'un soleil, mon âme se rue sur une seule trajectoire.

« Je suis aveugle mais tout mon corps souffrant est un œil ! Je tisserai l'éclipse qui t'assombrira, toi qui as osé me jeter dans les ténèbres ! Ton voile sera ton linceul ! Tes filandres insensées, je les utiliserai pour t'étrangler, Léviathan ! Léviathan ! »

Nous le sentîmes tendre les mains pour empoigner, serrer, tuer.

Et, pour finir : « Puis-je agir ainsi et contenir mes feux ? »

Tristement et de sa propre voix, Quell répéta : « Feux… »

Nous gardâmes le silence. Le capitaine se tut.

7

Redleigh se résolut à demander : « Qu'en pensez-vous ? »

Downs releva la tête et regarda le premier maître droit dans les yeux. « Nous avons commis une grave indiscrétion ! C'est illégal, anormal et criminel ! Nous n'avions pas le droit !

— Mais le danger qui nous menace est anormal, lui aussi !

— Songeriez-vous à vous mutiner, monsieur ? » lança Small.

Redleigh tressaillit, horrifié. « À me mutiner ?

— Il… il prendrait le dessus », intervint Quell.

Cette perspective nous épouvanta, et notre réaction se lut sur nos visages.

Redleigh insista : « Mais enfin, vous avez entendu ce qu'il a sur le cœur et ce qu'il compte faire ?

— Oui, répondit Downs. Mais ces pensées que nous avons *empruntées* au capitaine… En quoi diffèrent-elles des nôtres ? Au fond, tous les hommes sont des poètes et des meurtriers en puissance, honteux de le laisser paraître.

— Vous nous demandez de juger de simples pensées ! ajouta Small.

— Jugez-le sur ses actes, alors ! répliqua Redleigh. Le Léviathan arrive. Notre trajectoire a été modifiée pour nous lancer à sa rencontre. Quelqu'un a trafiqué l'ordinateur… Il y a vingt-quatre heures, il suivait un programme, et maintenant il en suit un autre !

— Voilà ce que c'est avec les machines. Elles excellent dans tout ce qui est calculs astronomiques, mais pour le reste, rien ne vaut la chair et le sang, l'esprit et la volonté. Et le capitaine les incarne. L'ordinateur ignore que je suis un être vivant. Le capitaine, lui, le sait. Il observe, il comprend, il interprète, il décide. Il me dit où aller. Et parce qu'il est mon capitaine, j'obéis.

— Vous allez droit en enfer, gronda Redleigh.

— Alors va pour l'enfer. » Downs haussa les épaules. « Le berceau de la comète ! Le capitaine a pris la bête en chasse, et moi aussi, je hais les bêtes. Les “Non !” de mon maître me transportent, et je suis son écho le plus fidèle.

— Moi aussi ! s'exclama Small.

— Et vous, Quell ? demanda Redleigh en se tournant vers l'extraterrestre vert.

— J'en ai trop dit, mais c'était le capitaine, répliqua-t-il.

— Ismaël ?

— Moi, j'ai peur », répondis-je.

Downs et Small s'éloignaient. « Vous nous pardonnez, monsieur Redleigh ?

— Non ! cria Redleigh. Doux Jésus, il vous a aveuglés, vous aussi ! Comment vous faire comprendre ?

— Il est bien tard pour cela, Redleigh, dit Small.

— Mais sacré nom d'un chien, vous allez comprendre ! Je vais chez le capitaine. Tout de suite ! Et même si vous ne me soutenez pas, au moins suivez-moi ! Vous l'entendrez de sa bouche !

— C'est un ordre, monsieur ?

— Oui !

— Très bien. À vos ordres, alors, dit Small.

— À vos ordres, je suppose », ajouta Downs.

Les trois hommes s'éloignèrent. Nous partîmes à leur suite en guettant l'étrange signal électronique du capitaine, à la fois proche et lointain.

8

« Monsieur Redleigh, c'est une mutinerie. »

Le capitaine, qui nous avait donné accès à ses quartiers, nous faisait face. Ses étranges yeux blancs semblaient fixés sur nous.

« Monsieur, examinons les faits… », commença Redleigh.

Le capitaine l'interrompit. « Les faits ? La température du Soleil est de vingt mille degrés, donc il devrait brûler la Terre. C'est ce que vous appelez un fait ? Je me méfie des gens qui débarquent avec des faits pour ensuite prédire des calamités. À présent, Redleigh, écoutez-moi bien : je vous cède le commandement de ce vaisseau.

— Capitaine ! s'écria Redleigh, pris de court.

— Il n'y a plus de capitaine. À vous de recueillir les fruits du grand destin qui vous attend.

— Je ne souhaite pas connaître un grand destin.

— Quand vous aurez goûté à la gloire, vous la souhaiterez. Vous me parlez de faits ? En voici un : vous en reviendrez plus riche. Qui a déjà vu une comète de près ?

— Vous êtes le seul, monsieur.

— Qui a déjà touché la chair d'une comète ?

— Encore une fois, personne à notre connaissance.

— Qu'y a-t-il dans une comète qui justifie que nous nous précipitions à sa rencontre ?

— Où voulez-vous en venir, capitaine ?

— Où je veux en venir ? Nous sommes comme des mineurs qui s'apprêtent à descendre dans les profondeurs d'une mine de pierres précieuses splendides à l'état brut, comme des pêcheurs qui tendent leurs filets. Ce banc de poissons dans l'espace qu'est le Léviathan représente sans aucun doute le plus grand trésor de tous les temps. Jetons-y nos filets, et nous en ramènerons une pêche miraculeuse de pure énergie, à faire pâlir les miracles de Galilée. Dans cette vaste grotte aux trésors, nous nous servirons à volonté. Il doit y avoir dix milliards de mines dans cette comète, des mines tellement gigantesques que leur éclat vous brûlerait les yeux. Des pluies de diamants noirs tombant du ciel chaque nuit, toutes les nuits de notre vie, se consumant en vain. À nous de récolter cette manne. Nous ramasserons ses larmes les plus brillantes et les vendrons sur les marchés les plus improbables. Qui refuserait une telle occasion ?

— Pas moi… quoique, reconnut prudemment Redleigh.

— Alors allons capter le souffle de cet énorme spectre. Il est composé d'hydrogène et d'un mélange de gaz inflammables qui pourraient éclairer des civilisations entières et plusieurs générations de nos descendants. Cette énergie, une fois domptée, contrôlée, collectée, stockée, distribuée, accomplira pour notre espèce des merveilles atomiques et vous récompensera au-delà de toute attente. Vous en tirerez tant d'argent que vous pourrez prendre une retraite précoce et folle.

— Folle ?

— Par cela j'entends la folie des plaisirs et d'une vraie douceur de vivre. À vous les profits du Léviathan, de son souffle et de sa chair. Moi, je ne vous demande qu'une seule chose : laissez-moi son âme. Qu'en dites-vous ?

— Eh bien, si c'est le genre de pluie qui tombe de l'espace, je veux bien courir sous cette pluie, fit remarquer Downs.

— Oui ! Comme un enfant qui court sous une averse printanière ! »

Quant à moi, si l'élan poétique du capitaine m'avait conquis, il n'en allait pas de même des faits présentés.

Le capitaine se tourna vers mon ami. « Mon bon Quell, vous qui pouvez lire dans mon esprit, n'y voyez-vous pas le beau temps et une pluie de pièces d'argent sur de grasses prairies ? »

Quell ne répondit pas.

« Redleigh ?

— Allez au diable, monsieur.

— C'est plutôt le salut qui m'attend, répliqua le capitaine. Il m'appelle. Écoutez-le… Small ? Downs ?

— À vos ordres, monsieur ! répondirent-ils ensemble.

— Quell ? Ismaël ? » Une pause. « Votre silence me conforte. » Enfin, il se tourna vers Redleigh. « Où en êtes-vous de votre mutinerie, premier maître ?

— Vous avez acheté ces hommes, monsieur ! répliqua-t-il.

— Allez-y, rachetez-les, faites-moi une offre ! »

Plus tard, dans l'intimité de ma cabine, j'écrivis ceci dans mon journal personnel :

Nous avons fui d'antiques émissions de radio, nous avons évité des lunes et leurs cités perdues, nous avons refusé de trinquer et de rire avec des camarades solitaires, nous avons ignoré d'admirables prêtres à la recherche de leurs fils égarés. La liste de nos péchés s'allonge... Oh Seigneur ! Je dois tendre l'oreille vers l'espace pour y découvrir ce qu'il nous réserve. À quels autres crimes notre ignorance risque-t-elle encore de nous conduire ?

Je reposai mon journal et allumai la radio de la cabine. D'abord, je ne perçus que le bruit froid de l'électricité statique, puis une mélodie s'en détacha. Jamais je n'avais entendu symphonie plus étrange.

Les yeux fermés, je montai le volume.

Le son de la musique parut réveiller Quell. Je coupai la radio, mais la voix tendue de mon ami me parvint de l'autre bout de la cabine.

« Vite, rallume ! »

Je m'exécutai et la musique résonna de nouveau. Elle était belle, comme un requiem pleurant les vivants plutôt que les morts.

Lorsque son esprit pénétra le mien, je compris que ces harmonies obsédaient mon ami.

« Ça alors, écoute ! Tu entends ? chuchota-t-il. Cette musique vient de chez moi, de ma lointaine planète !

— De ta planète ? m'étonnai-je. À des milliards de kilomètres ? Seigneur !

— Oui, Seigneur, en vérité, dit Quell. Cette mélodie, qui a traversé tout l'espace depuis ma galaxie et plus loin encore, célèbre la souffrance et la mort du père de mon père. »

La musique se poursuivait, sombre et funèbre.

Des larmes me piquèrent les yeux sans raison, et Quell ajouta : « C'est le chant funèbre, la grande complainte que mon grand-père a composée pour ses propres funérailles.

— Pourquoi est-ce que je pleure sur moi-même en l'écoutant ? » m'étonnai-je à voix haute.

Quell tendit alors vers Downs sa main discrète et son esprit invisible.

« Downs, pouvez-vous vous détourner un moment de vos tâches habituelles pour me fabriquer une combinaison spatiale un peu particulière ?

— Je le ferais si je savais comment, monsieur, répondit Downs.

— Je vais vous la dessiner. Venez me rejoindre.

— Quell ! De quoi parles-tu ? » m'exclamai-je, alarmé.

Je m'assis et vis Quell à son bureau ; son étrange main traçait une forme bizarre sur l'écran de l'ordinateur, devant lui.

« Voilà. C'est la combinaison qu'il me faut, ornée des symboles de mon monde perdu, conclut-il.

— Comptez-vous l'utiliser comme cercueil ? lui demanda Downs lorsqu'il vit les croquis de Quell en entrant dans notre chambre.

— Tous les astronautes en combinaison spatiale occupent de futurs cercueils confortables et convenant à leurs tâches. Celui-ci est plus sombre, voilà tout. Taillez-le à même la nuit, soudez-le avec des ombres.

— Mais pourquoi ? insista Downs. Pourquoi voulez-vous une combinaison mortuaire ?

— Taisez-vous », leur intimai-je d'un ton pressant.

J'augmentai le volume de cette musique surnaturelle. Downs écoutait, le regard frémissant, et ses mains s'animèrent.

« Seigneur, regardez mes doigts ! On les dirait dotés d'une vie propre ! Ce chant funèbre en est la cause. Oh, Quell, mon bon Quell, je n'ai pas le choix, je suppose ! Je dois vous confectionner cet affreux costume.

— Quell, intervins-je, cette musique est allée jusqu'au bout de l'univers avant de nous revenir. Mais pourquoi résonne-t-elle ici *aujourd'hui* ?

— Parce que le moment est venu.

— Quell ! »

Silencieux, toujours assis, il regardait fixement le néant.

« Quell, le pressai-je, écoute-moi ! »

Downs posa une main sur mon épaule. « Il ne vous entend pas.

— Il perçoit sûrement mes pensées !

— Non. J'ai déjà vu ce genre de comportement. Chez les indigènes, que ce soit ceux des océans perdus de la Terre ou du fin fond de l'espace, c'est à peu près la même chose. La Mort lui parle.

— Ne l'écoute pas, Quell ! » m'exclamai-je en lui mettant les mains sur les oreilles. Un geste stupide, comme me le fit remarquer Downs.

« Son corps tout entier entend. Comment comptez-vous l'en empêcher ?

— Comme ceci ! » m'écriai-je.

J'enlaçai Quell et le serrai étroitement contre moi, très étroitement.

« Laissez tomber. Autant vouloir insuffler la vie à la statue en marbre d'une tombe, me dit Downs d'un ton doux.

— J'y arriverai ! protestai-je. Oh, Quell, c'est moi, Ismaël ! Ton ami ! Nom de nom ! Quell, je te demande, non, je t'ordonne… de renoncer ! Arrête tout de suite ! Sinon, je vais vraiment me mettre en colère ! Je ne t'adresserai plus jamais la parole ! Je… je… » À cet instant, je dus m'interrompre car je n'arrivais plus à respirer. « Je vais pleurer », conclus-je.

Mes propres sanglots me surprirent, et en m'écartant je les vis tomber sur mes paumes engourdies. Je tendis les mains vers Quell pour lui montrer mes larmes.

« Quell, je t'en prie, regarde ! Regarde », le suppliai-je.

Mais Quell ne voyait rien.

Je m'efforçai de réfléchir à ce que je devais faire.

Brusquement, j'éteignis la radio sur la console, et la lointaine mélodie funèbre se tut.

J'observais Quell, j'attendais. Un écho de cette musique s'attardait dans la pièce.

« Il l'entend encore », me fit remarquer Downs.

Soudain, rompant le silence, une sirène, une alarme, une cloche et une voix retentirent : « Alerte rouge ! Tout l'équipage à son poste ! Alerte rouge ! »

Je me précipitai dans le couloir derrière Downs, en direction du pont principal.

Arrivé à mon poste, j'allumai mon écran multiniveaux. Une lumière atomique dansait sous mes yeux en suivant un certain motif.

« Qu'est-ce que c'est ? » me demandai-je tout haut.

Redleigh, venu se poster derrière moi, suggéra : « Le Léviathan ? »

En émettant son bruit de pulsation électrique, le capitaine s'approcha.

« Non. La grande comète est encore à une certaine distance, par-delà cet objet. Comme elle veut nous dissuader, elle nous envoie un messager qui déclenche sur son passage une tempête gravitationnelle, des tourbillons atomiques, des tempêtes de poussières de météores, des bombardements cosmiques, des explosions solaires. N'y prenez pas garde. Comparé au Léviathan, ce n'est qu'un grain de poussière. »

Je me penchai sur ma console qui me confirma les propos du capitaine : presque hors de portée des capteurs du vaisseau, très loin mais en approche rapide, un monstre gigantesque, d'une taille et d'une puissance inimaginables, fonçait dans l'espace.

Notre vaisseau trembla.

9

Le tremblement s’intensifiait, et la lumière sur mon écran se comportait d’une façon de plus en plus erratique. Le bruit qui s’amplifiait n’était sans doute rien, nous le savions, comparé à celui que produirait le Léviathan à son arrivée.

« Capitaine, permission de faire demi-tour ? Nous allons droit à la destruction, dit Redleigh.

— On continue, monsieur Redleigh. Il nous met à l’épreuve, voilà tout », lui rétorqua son supérieur.

À l’écran, la tempête enfla puis s’apaisa pour reprendre de plus belle. Puis, brusquement, le silence.

« Que se passe-t-il ? » s’inquiéta Redleigh.

Et le capitaine : « Que se passe-t-il, en effet !

— Elle est passée, constatai-je, incrédule, en scrutant mon écran. La tempête précédant la comète a disparu. Mais le Léviathan, qu’est-il devenu ? »

Je scannai à nouveau l’espace à la recherche d’entités hostiles dans la vaste étendue cernant notre vaisseau. « La comète ! Elle a disparu, elle aussi ! Les capteurs l’ont perdue !

— Impossible ! s’exclama le capitaine.

— Si, je vous l’assure. Selon les données recueillies, l’espace est vide autour de nous, constatai-je.

— Dieu merci », soupira Redleigh, presque pour lui seul.

« Je vous dis que c'est impossible ! hurla le capitaine. J'ai beau être aveugle, je sais que… Qu'elle est là, forcément ! Je peux presque la toucher ! Je la sens. Elle est… »

Une voix familière résonna soudain : « Partie. » Quell fixait le vide de l'espace à l'écran. « Partie, répéta-t-il calmement.

— Quell ! Tu es revenu, Dieu merci ! » m'écriai-je.

Quell resta muet.

« Dis-moi, que s'est-il passé, là-dehors ? » lui demandai-je.

Quell s'avança lentement. « La musique funèbre, elle a disparu. Notre cimetière spatial errant, disparu lui aussi. La comète, le cauchemar, tout a… disparu.

— Oui, mais pourquoi ? » insistai-je.

Quell garda le silence.

« Dites ce que vous avez à dire ! » rugit le capitaine.

Finalement, Quell se détourna de l'écran pour s'adresser à nous. « Cette tempête a blessé le Temps. Nous avons pris un virage dans l'Éternité. La matière même du vide, l'abîme… ont été retournés sens dessus dessous… atome par atome… molécule par molécule… particule par particule… Je… je le *sens*. »

Quell tendit la main comme pour rattraper son esprit.

« Ce n'est pas possible ! m'entendis-je dire.

— Je suis d'accord ! renchérit le capitaine, sceptique.

— Mais l'espace m'affirme le contraire, reprit Quell, calmement. Après s'être emparée de nous, la tempête nous a précipités deux mille ans en arrière. Le passé est devenu notre présent.

— Si ce que vous dites est vrai, en quelle année sommes-nous ? » lui demanda Redleigh.

Quell réfléchit pendant quelques instants. « Avant Christophe Colomb, peut-être ? Oui, sans doute. Avant la naissance du Christ ? Très probablement. Avant la construction par votre César de ses routes romaines dans les landes anglaises, avant les discours de Platon devant son élève Aristote ? Qui sait ? Cette étoile gigantesque, cette bête féroce, a eu pitié de nous.

— “Pitié” ? Comment pouvez-vous parler de “pitié” ? » protesta le capitaine.

Quell balaya l'espace du regard et de l'esprit. « Elle n'a pas voulu nous combattre. Au contraire, elle nous a bien cachés, pour ne pas avoir à nous combattre. Elle nous offre une chance, un moyen de la fuir. Cela, monsieur, c'est de la pitié.

— Je n'en aurai aucune !

— Elie, murmurai-je.

— Que dites-vous ? » Le capitaine se tourna vers moi.

« Elie. La veille de notre décollage, Elie a dit…

— Dit quoi ? répéta-t-il impatiemment.

— *Bien loin dans l'espace, viendra le moment où vous apercevrez une terre là où il n'y en a pas, où vous découvrirez le temps là où il est absent, où d'anciens rois se réincarneront et recoifferont leurs couronnes.*

— Et ce moment est-il venu ? » me demanda Redleigh.

C'est Quell qui répondit : « Oui, il est venu. Regardez. Et… sentez. »

Je citai de mémoire les derniers mots d'Elie : « *Alors, oui alors, vaisseau, capitaine, équipage, tous, oui, tous seront détruits ! Tous sauf un.* »

Tous sauf un, pensai-je devant le capitaine qui explosait de rage. « Crétins, maudits crétins ! Nous refusons ce passé, ces années révolues ! Nous ne nous cacherons pas dans une pyramide ni ne fuirons les invasions de sauterelles, comme des couards prêts à s'abriter sous les robes du Christ ! Nous continuons ! »

Il fit demi-tour et se dirigea d'un pas énergique vers l'ascenseur menant au niveau supérieur.

« Le sas, ouvrez-le ! J'ai beau ne pas y voir, j'irai déloger ce monstre moi-même ! »

10

L'esprit de Quell quitta le vaisseau et retrouva le capitaine, seul dans l'espace.

Je ne pouvais pas le voir, mais je l'entendais, et voici les paroles qu'il prononça alors : « Quoi ? Rien ? Le calme plat ? Tout est donc fini, révolu ? Est-ce la fin ? Plus de chasse, plus de voyage, plus de but à atteindre ? C'est ce qui me terrifie le plus : plus de but à atteindre ! À quoi sert le capitaine, désormais ? Quel est son rôle si le temps et les circonstances transforment les montagnes en morne plaine à perte de vue par un long et fade après-midi d'hiver, sans même un peu de thé ou de pain pour l'égayer ?

« Oh Seigneur, à la pensée de ces journées idiotes et interminables, ou se terminant en radotements au-dessus d'une tasse de thé insipide qui ne laisse augurer ni de meurtres ni de sang, mais seulement de l'absence de vie… à cette pensée, je me sens crucifié. Le bruit d'une page qu'on tourne et ma colonne vertébrale se lézarde. Des grains de poussière flottant au soleil et mon âme suffoque. Choses simples et douillettes bien installées dans des pièces trop propres et trop tranquilles, lits au carré, sourires béats, allez-vous-en !

Une telle sérénité peut vous broyer l'âme comme une presse broie le raisin.

« Et pourtant… Mon Dieu, sentir… à cette heure, l'univers lui-même me comble d'une joie tranquille. À mon insu, une petite flamme s'éteint, mais déjà une autre s'annonce, prête à naître. Mon cœur vit son minuit, mais un soleil de rencontre me rappelle que, quelque part, à des millions d'années-lumière, un garçon se lève par un matin froid et pluvieux : le cirque arrive et une vie nouvelle commence, regorgeant d'animaux, de drapeaux, de banderoles et de lumières. Devrais-je lui refuser le droit et le bonheur de se réveiller, de se précipiter à la rencontre de ce spectacle ? Oui, je le devrais !

« Mais mon Dieu non, je ne le ferai pas ! Imaginer l'épave que l'âge fera de lui me fend le cœur, mais le dissuader de parcourir le livre de la vie ?

« Il le faudrait, pourtant ! Notre vie même est un péché contre elle-même !

« Encore une fois, cependant, je me tairai et le laisserai à ses jeux. Mon garçon, lui conseillerais-je sur ce monde lointain, va ! Commence cette journée, tisse les bonheurs à ta portée. Connais la joie, mon enfant ! Ne fais pas attention à moi. Je reste ici avec ma nuit. »

Dans mon dos, soudain, Small manipula par-dessus mon épaule certaines commandes sur la console. L'écran s'anima et nous vîmes le capitaine arrimé à la coque par son tuyau d'alimentation d'air. Redleigh, lui aussi en combinaison spatiale et relié au vaisseau de manière identique, flottait à quelques mètres de lui. Il tenait une arme, mais derrière sa visière son expression trahissait son indécision. L'esprit tâtonnant de Quell finit par frôler celui du brave Redleigh, et dans ses pensées, je pus lire : « Que dois-je faire, lorsqu'il tient de tels propos ? Le supprimer ou pas ? Et à force de suivre ses allers-retours de la lumière à l'obscurité, ses errements insensés, ma propre santé mentale vacille. Je vais le tuer, mais aussitôt je change d'avis. »

« Léviathan, montre-toi ! hurla le capitaine au néant noir qui l'entourait. Tu es là, *forcément* ! »

J'entendais sa respiration sifflante dans le silence du vide ; il attendait une réponse qui ne viendrait pas.

« Oh Dieu ! Je t'en supplie, rends-moi ne serait-ce qu'un millionième des visions de ma jeunesse ! Redonne-moi la vue ! Juste pour un court instant pendant cette longue nuit, donne-moi la force que confère la vision pour me permettre d'exterminer cette chose, que je voie cette noirceur de mes propres yeux, que je connaisse la blancheur avant ma mort, que je fasse justice de mes mains ! Rends-moi la vue, je t'en conjure, je te le demande humblement, je t'en prie, je t'en *supplie* ! »

À ces mots, le capitaine tournoya sur lui-même comme s'il allait tomber en apesanteur dans l'espace, comme si le poids de ses paroles était trop lourd à supporter.

« Capitaine ! Non ! s'écria Redleigh.

— Mais si… je suis exaucé… » Le capitaine se démena pour se redresser. « Oui, j'ai retrouvé la vue ! Je vois parfaitement ! L'univers est à sa place. Je vois ! Les étoiles ! Mon Dieu, des milliards d'étoiles, les étoiles ! »

Le capitaine fondit en larmes.

En observant ces mêmes étoiles, Redleigh se fit la réflexion suivante. « Merci mon Dieu pour ces miracles qui nous instruisent. Mais lui, retiendra-t-il la leçon ? Je me le demande.

— Qui est là ? Redleigh, c'est vous ? demanda le capitaine. Vais-je enfin voir le visage de mon ami ? »

Il tendit le bras et faillit toucher le casque du premier maître.

« C'est bien le visage d'un ami, répondit Redleigh. Et cet ami vous dit : renoncez ! Il est encore temps. Le temps nous est revenu. Vous avez retrouvé la vue, que demander de plus ? C'est un signe, un miracle ! Un vrai cadeau vous est accordé, monsieur ! Qu'il guide vos actes, désormais !

— J'y penserai, dit le capitaine. Mais d'abord, je veux boire, je veux tout regarder ! Oh, Redleigh, c'est comme l'eau d'une source de montagne ! Ce don d'une nouvelle vue, il est frais et limpide ! Oh Dieu, l'univers, quel mystère adorable ! Je m'en suis langui pendant trente ans, et ma soif est inextinguible. Je dois contempler. Je dois me montrer vigilant pour de bon. Je dois désormais garder les yeux grands ouverts, et de plus en plus ! »

La pulsation légère d'une lumière vert et jaune apparut devant nous sur le moniteur, accompagnée d'un faible tintement de cloches, de vagues de cris étouffés, de bruits de foule.

Je tendis l'oreille.

« Que se passe-t-il, Quell ?

— Le temps se retourne contre lui-même.

— Racontez-nous ce que vous voyez et ressentez ! » lui ordonna le capitaine.

Et Quell s'exécuta. « Le nœud se desserre… Le Temps infini se dénoue. Les années défilent à l'envers. Nous voici revenus à notre point de départ. Le Léviathan nous rend notre époque. Nous sommes de nouveau en 2099.

— En 2099 ! Vous avez entendu, Redleigh ?

— Oui, mon capitaine, oui !

— Nous sommes de retour à notre époque ! Nous avons reçu deux cadeaux, monsieur Redleigh ! La vue, et ces années revenues de loin !

— Dieu est généreux, mon capitaine. Il a rectifié le calendrier et restauré votre vision.

— Si seulement c'était vrai…

— Ça l'est !

— Ne vous fiez pas aux apparences. Ce n'est pas Dieu mais la Bête qui nous a fait ces offrandes. Elle m'achète contre sa liberté ! Ces orgies de visions m'affaiblissent ! Elle veut changer mon âme et me dévoyer ! Tout cela est corrompu, forcément. Je vais me coudre les paupières ou m'arracher les yeux moi-même. Personne ne peut me corrompre. Je ne suis pas preneur. Je ne reste pas. Si du temps m'est accordé, je m'en servirai pour réaliser mes desseins. Si la vue m'est rendue, je m'en servirai à bon escient pour marquer la tombe de mon ennemi. Léviathan, tes cadeaux seront l'épée plantée dans ta poitrine !

— Mon capitaine, la fuite est encore possible !

— Et où voulez-vous fuir ? Vers la Terre ? Pour voir en chemin la course du temps s'inverser à nouveau ? Pour être reçus par les os de Charlemagne ou tomber raides morts, en sang, auprès de César, au Sénat ?

— Par la dépouille du Christ ! Ô fantôme de Dieu, donne-moi la force d'appuyer sur cette détente ! »

À présent, Redleigh pointait son arme droit vers le capitaine.

« Vous n'oserez pas !

— Si seulement..., gémit Redleigh. Je rêve de retourner sur notre planète, même pour partager l'existence des hommes des cavernes ! Cela vaudrait toujours mieux que ce cauchemar que nous vivons ! Doux Jésus, se coucher auprès des tigres à dents de sabre et se reposer un peu...

— Monsieur Redleigh, nous nous reposerons, mais dans le cœur éteint de la comète.

— Je vois. Je suis *déjà* mort. Je vais écarter mon arme. Voici le Léviathan, qui vient chercher mes os. Dois-je l'accueillir à vos côtés, Capitaine ? »

Il y eut une énorme lumière, un son assourdissant, un éblouissement fantastique, une splendeur en approche.

Et comme en écho, Quell répéta : « ... Chercher mes os... »

11

« Monsieur ? »

L'arrivée de Downs sur le pont détourna l'attention de Quell.

« Monsieur, votre combinaison est terminée. » L'ingénieur lui présentait un ensemble taillé dans une sorte de matériau noir et rigide.

« Merci beaucoup. C'est du beau travail », le félicita Quell.

Downs tapota la carapace métallique. « J'ai presque envie de mourir pour pouvoir porter ce maudit truc moi-même.

— Si vous ne vous éloignez pas, votre vœu se réalisera peut-être, rétorqua mon ami.

— Quell ! » m'exclamai-je.

Alarmé, il se raidit et se tourna vers moi.

« Tu as tout entendu !

— Le capitaine a retrouvé la vue mais il est plus aveuglé que jamais, lui dis-je.

— Et nous allons partager sa cécité. Regarde ! »

Par l'intermédiaire de Quell, la tempête de lumière aveuglante se déchaîna dans ma tête comme elle se déchaînait sur tous les écrans du pont.

« À tout l'équipage, combinaisons de survie ! nous

ordonna le capitaine. Tenez-vous prêts à embarquer dans les navettes de sauvetage ! Redleigh, à bord ! À tout l'équipage ! À tout l'équipage ! »

Les hommes partirent en courant, avec des exclamations d'enthousiasme.

Oui, la comète approche ! me dis-je. *Et c'est bien une immense terreur blanche et sacrée qui submerge l'univers en avalant chaque étoile au passage ! Et regarde ! Oh mon Dieu, regarde ! L'équipage ! Ils cavalent comme des enfants pressés de retrouver leurs jeux.*

« Écoute-les penser, me dit Quell en englobant d'un geste ces hommes qui couraient comme des fous autour de nous. Je vais te le permettre. Un sang bouillant coule dans leurs veines. Ils courent *vraiment.* Tu les entends ? »

Il m'effleura le sourcil et le flot de leurs pensées se mêla aux miennes. Je perçus et j'entendis le rugissement, le cri joyeux, la plainte glorieuse et les acclamations de ceux qui se ruaient vers leur perte.

Dès que le capitaine apparut parmi nous, tous les visages se tournèrent vers lui, rouges d'excitation.

« Avez-vous déjà vu quoi que ce soit de semblable ? s'exclama-t-il. Oh Dieu, ce feu, plus brillant que dix millions de soleils ! Tout le monde à son poste !

— À vos ordres, monsieur ! » hurla d'une seule voix l'équipage.

Le capitaine s'adressa ensuite par radio aux hommes en combinaisons. « Vous, dans les navettes de survie ! Prenez en main vos engins de mort ! Partagez ma soif de destruction, faites-la vôtre ! Chaque navette est équipée d'un rayon laser plus puissant que tous les rayons de l'enfer jamais construits jusqu'alors. Avec un champ d'action plus étendu, et un tir plus rapide, plus précis. Utilisez cette puissance ! Découpez la bête ! Réduisez-la à néant. Navette numéro un, Downs aux commandes ?

— Downs présent ! cria l'homme. Navette un prête au lancement !

— Lancement ! »

J'entendis l'explosion du premier départ qui emportait Downs et un autre homme.

« Navette numéro deux ! Matelot Small ! hurla le capitaine.

— Small présent ! répondit une voix. Navette deux… prête au lancement !

— Lancement ! »

Une grande secousse eut lieu. Small, sa voix et son équipier avaient disparu.

« Monsieur Redleigh, dit le capitaine en se tournant vers son second, la troisième navette vous est réservée. Faites-en bon usage.

— À vos ordres ! »

Notre chef s'adressa ensuite à Quell, qui avait enfilé sa combinaison noire. « Vous, vous partez avec Redleigh. Ismaël reste avec moi, sur le vaisseau mère. Préparez-vous au lancement de la navette numéro trois.

— Vous portez votre tenue mortuaire, Quell, lui fit remarquer Redleigh alors qu'ils s'apprêtaient à quitter le pont principal.

— Elle convient tout à fait à notre mission, monsieur Redleigh, croyez-moi.

— Avez-vous un peu de place pour moi ?

— La Mort voit grand, lui répondit Quell. Nous ne nous cognerons pas.

— Très bien. Allons-y, alors ! »

Avant de partir, Quell se tourna vers moi, comme s'il voulait me dire quelque chose.

« Quell, laisse-moi t'accompagner ! m'exclamai-je. Capitaine ? Je vous en conjure... »

Mon ami me coupa. « Non, reste ici. Et vis. Tu vas vivre, tu sais, jusqu'à un âge très avancé. Moi qui vois loin, je te le dis. Vieillis, Ismaël. Sois heureux. Au revoir, mon cher ami.

— Reste près de moi en esprit, Quell. Ainsi, nous serons amis jusqu'au bout », murmurai-je.

Je perçus ses pensées, et son esprit s'attarda dans mes oreilles, dans ma tête.

« Mon esprit est à toi, me dit-il en partant. À toi. »

Quelques instants plus tard, le capitaine s'exclama : « Navette numéro trois ! »

Et la voix de Redleigh résonna dans l'intercom. « Numéro trois prête au départ ! »

Grande secousse. Quell et Redleigh furent catapultés dans l'univers.

« Ismaël, restez près de moi, m'intima le capitaine.

— À vos ordres !

— Ils volent. Vous voyez ? Les navettes progressent. »

En observant l'écran de l'ordinateur, nous pûmes constater que la flotte s'était déjà fort éloignée de nous. Les voix des hommes embarqués nous parvenaient mêlées. Dans ces navettes isolées se trouvaient Quell, Redleigh, Small et Downs. « Navette numéro un, vitesse maximum. Navette numéro deux, accélération maximale. Navette numéro trois, cible en vue », récitèrent les pilotes.

« Regardez, Ismaël ! s'exclama le capitaine. C'est

tout le continent antarctique, dans toute sa blancheur, qu'on a lancé à travers l'univers pour éprouver notre vue ! Le Léviathan !

— Je ne peux pas le supporter ! Je ne vois rien !

— Qu'il vous brûle les yeux comme il a brûlé les miens ! Nous aurons toujours nos mains pour en venir à bout !

— Quell ! » hurlai-je.

Car j'entendais de la musique, celle des aïeux de mon ami, le chant funèbre de son grand-père. Elle hantait l'esprit de Quell et me parvenait je ne sais comment.

Sa voix me parvint malgré les kilomètres qui nous séparaient. « Je t'entends, mon jeune ami.

— Quell, cette musique !

— Oui, le Léviathan a appris cette mélodie… et il la joue bien. »

La mélodie ne résonnait plus seulement dans ma tête ; elle se déversait aussi des haut-parleurs du vaisseau, en vagues puissantes, en déferlantes mélancoliques.

« Je vais faire cesser ce bruit ! Je vais tuer cette chose ! rugit soudain le capitaine. Numéros un et deux… détruisez-la ! Numéro trois… détruisez-la ! Redleigh, détruisez-la ! »

Comme en écho, Redleigh et les autres crièrent tous en même temps : « Destruction ! »

La musique — sons et vibrations gigantesques — allait crescendo… Elle enfla, enfla, puis diminua et s'éteignit.

Détruisez et soyez détruits, pensai-je, envahi par les souvenirs.

Je m'adressai au capitaine : « Monsieur, nos

navettes sont trop petites ! C'est la comète qui les détruit ! Je vois les squelettes de nos hommes, comme s'ils passaient aux rayons X. Leurs lasers ne sont que des allumettes face au gigantesque poing de feu qui se referme sur eux ! »

Les navettes un, deux et trois disparurent sous mes yeux.

« Je les distingue à peine. Ma vision faiblit, murmurai-je. L'une après l'autre, nos navettes coulent, dépiautées, leur infrastructure métallique mise à nu, leurs hommes éjectés et broyés par les radiations. Des météores étincelants… tous engloutis… ils s'évanouissent dans le néant.

— Non, mon bon Ismaël, me susurra Quell. Nous ne sommes plus là, mais chacun de nous a été précipité dans une distorsion du Temps.

— Où sont allés les hommes de la navette numéro un quand leurs armes se sont tues ? »

Dans un souffle, Quell me dit : « Notre ami Downs est envoyé à la mort, peut-être. Il va rejoindre Richard, le roi fou, dans la verte plaine où il gît, avec à ses pieds sa couronne ensanglantée.

— Les hommes de la navette deux tournoient toujours dans l'espace. Ils tombent, désespérés, mais quelle est leur destination ?

— L'Illinois. Comme c'est étrange, me répondit silencieusement Quell.

— L'Illinois ? C'est là où repose Lincoln. Et Redleigh ? Quell, qu'est-il advenu de Redleigh ?

— Nous sommes encore là ! Nous ne savons pas où nous allons. Cette comète nous entraîne, et le Temps est son arme ! »

Je me tournai vers le capitaine. « Le Temps… La

comète les a lancés à travers le Temps ! Quell dit qu'elle s'en sert comme d'une arme !

— Moi aussi, c'est mon arme ! Mon équipage est dispersé, je n'ai plus aucune arme et pourtant, à bord de ce vaisseau, il m'en reste une de taille ! Le Temps ! Le Temps est tout ! J'ai fabriqué un appareil qui, tel le Léviathan, peut faire tournoyer le Temps comme une toupie ! Grâce à cette énorme machine, nous allons retourner la puissance de la comète contre elle-même. Comme on le pratique en Orient, nous entraînerons notre meurtrier dans notre chute en nous servant de tout son poids pour le vaincre. La gueule qui voulait nous engloutir, nous la forcerons à nous recracher et à se détourner de nous. Qu'est-ce qui est plus grand que le Léviathan ? L'éternité ! Le vide ! L'abîme ténébreux ! L'espace intersidéral ! La voilà, ma gueule à moi ! Ma machine va créer une faille dans l'espace et y laisser choir le Léviathan ! »

Immédiatement, le capitaine entra quelques instructions sur le clavier de l'ordinateur central et les moteurs de notre fusée frôlèrent l'hystérie.

« Léviathan, affronte le Léviathan ! gronda le capitaine. Destruction, affronte la destruction ! Comète, contemple ton reflet ! Que l'anéantissement connaisse l'anéantissement ! »

L'univers tout entier trembla autour de nous, et la voix de Quell s'évanouit au milieu des étoiles.

« Ismaël…

— Quell ! »

Celle du capitaine, tonitruante, résonnait dans cet ultime vacarme, et au dernier moment il s'écria : « Quoi ? Mon vaisseau disparaît, lui aussi ? Sa chair est arrachée ? Ses os éparpillés ? Suis-je à nouveau aveugle ? Très bien ! Même aveugle, je m'agripperai à toi ! Même mort, je te saisirai à bras-le-corps ! Où est ton cœur ? Je l'ai trouvé ! Je vais le broyer ! Maudit Léviathan, terrible Léviathan, c'est ainsi que tout se termine ! »

Il y eut une dernière explosion, une pluie fournie de fragments de vaisseaux, d'humains égarés et de faisceaux déchaînés. Moi, projeté au-dessus du naufrage dans ma combinaison de survie, je flottais, perdu dans les mirages, les rêves, les poussières, les ombres, les étoiles.

Tous, oui, tous ont disparu, pensai-je. Et tout au fond de l'insondable puits noir de l'univers, vouée à sa propre gloire, mystérieuse, inconsciente et toujours en mouvement, avec son voile de mariée remorquant le désespoir et le deuil, la comète… mais au fond… a-t-elle vraiment disparu ? Et les navettes, toutes disparues ? Et les hommes ? Grands, petits, insensés ou non, et le capitaine avec eux, au comble de la folie… L'a-t-il ouverte, cette faille ? Ce trou étrange et gigantesque dans l'éternité, qu'il avait évoqué ? Y a-t-il laissé tomber le Léviathan ? Sont-ils perdus à jamais ? Je m'interroge : le Léviathan reviendra-t-il un jour ? Reviendra-t-il dans trente ans en ramenant avec lui tous ceux qui ont voulu sa peau ?

Le monstre et mes compagnons remonteront-ils de l'abîme dans de très longues années ? Reviendront-ils, enfin réunis ? Le chasseur et la proie, celui que l'on redoute et celui qui doute, la folie et le rêve dément de la folie, tous confondus pour toujours, dans les siècles à venir ? Reviendront-ils tous lorsque la Terre âgée voudra repérer le Léviathan, nos vaisseaux, notre équipage et notre capitaine, interminable cortège escortant ce fantôme spectral ?

Tournant doucement sur elle-même, une forme sombre flottait près de moi, et je reconnus la combinaison mortuaire de mon ami.

« Quell ! »

J'empoignai la combinaison et la retournai : elle était vide. Je m'adressai alors à l'espace déserté. « Non, ce n'est que son enveloppe, sa coquille. Mon cher ami n'est plus. Oh, Quell ! »

Je serrai contre moi la combinaison vide, et une fois encore, l'hymne funèbre des ancêtres de Quell retentit à mes oreilles.

Seul avec mes souvenirs de ce cher Quell parti rejoindre les comètes et leurs dieux, je flottais dans l'espace. Je dérivais sans but en agrippant la combinaison, cette étrange bouée de sauvetage. J'allais bientôt manquer d'air, je le savais. Combien de temps me restait-il ? Un jour, peut-être deux... jusqu'à... ?

Au-dessus de moi, j'aperçois une lumière, j'entends une voix qui perce l'électricité statique.

« *Ici le* Rachel, *ici le* Rachel... »

Passant par là, un vaisseau intrigué par les débris vient finalement à mon secours. C'est le *Rachel* qui, en quête de ses enfants perdus, ne trouve qu'un nouvel orphelin. Je lâche le cercueil. Je laisse le souvenir de Quell rejoindre sa sépulture à des années-lumière.

Le drame est joué. Un seul a survécu : moi, Ismaël. Je suis le seul qui puisse vous raconter cette histoire.

« *Vaisseau* Rachel *en attente. Nous vous voyons. Préparez-vous à monter à bord.* »

DU MÊME AUTEUR

Aux Éditions Gallimard

POUR LES CHIENS, C'EST TOUS LES JOURS NOËL (Folio benjamin nº 358)

AVEC UN CHAT POUR ÉDREDON (Folio benjamin nº 345)

UN COUP DE TONNERRE (Folio Junior nº 664)

HISTOIRE DE DINOSAURES

MEURTRES EN DOUCEUR ET AUTRES NOUVELLES, *nouvelles extraites de* ... MAIS À PART ÇA, TOUT VA TRÈS BIEN (Folio 2 € nº 4143)

LE MEILLEUR DES MONDES POSSIBLES, nouvelles extraites de LES MACHINES À BONHEUR (Folio 2 € nº 5062)

L'HOMME ILLUSTRÉ ET AUTRES NOUVELLES/ THE ILLUSTRATED MAN AND OTHER SHORT STORIES (Folio bilingue nº 169)

Aux Éditions Denoël

TRAIN DE NUIT POUR BABYLONE (Folio nº 3572)

LA SOLITUDE EST UN CERCUEIL DE VERRE (Folio nº 2281)

IL FAUT TUER CONSTANCE

LE VIN DE L'ÉTÉ

CAFÉ IRLANDAIS

Dans la collection Présences

... MAIS À PART ÇA, TOUT VA TRÈS BIEN (Folio nº 3182)

LA BALEINE DE DUBLIN (Folio nº 2691)

LE FANTÔME D'HOLLYWOOD (Folio nº 2566)

Dans la collection Présence du futur

FAHRENHEIT 451 (Folio Science-Fiction nº 3)

CHRONIQUES MARTIENNES (Folio Science-Fiction nº 45)

L'HOMME ILLUSTRÉ (Folio Science-Fiction nº 218)

LA FOIRE DES TÉNÈBRES (Folio Science-Fiction nº 262)

LES MACHINES À BONHEUR (Folio Science-Fiction nº 312)

LES POMMES D'OR DU SOLEIL (Folio Science-Fiction nº 401)

UN REMÈDE À LA MÉLANCOLIE (Folio Science-Fiction nº 429)

À L'OUEST D'OCTOBRE

UN DIMANCHE TANT BIEN QUE MAL

LA COLONNE DE FEU

BIEN APRÈS MINUIT

THÉÂTRE POUR DEMAIN... ET APRÈS

JE CHANTE LE CORPS ÉLECTRIQUE

LE PAYS D'OCTOBRE

LA GRANDE ROUE

Dans la collection Lunes d'encre

FAHRENHEIT 451 — CHRONIQUES MARTIENNES — LES POMMES D'OR DU SOLEIL

TROIS AUTOMNES FANTASTIQUES : L'HOMME ILLUSTRÉ — LE PAYS D'OCTOBRE — LA FOIRE DES TÉNÈBRES

DE LA POUSSIÈRE À LA CHAIR (Folio Science-Fiction nº 251)

LÉVIATHAN 99 (Folio Science-Fiction nº 447)

Chez d'autres éditeurs

L'HOMME BRÛLANT

AHMED ET LES PRISONS DU TEMPS
L'HEURE H ET AUTRES NOUVELLES
CELUI QUI ATTEND
L'ARBRE D'HALLOWEEN
THE LAST CIRCUS, *en langue originale*
A STORY OF LOVE, *en langue originale*
THE MARTIAN CHRONICLES, *en langue originale*
MONSTRUEUSEMENT VÔTRE
LES GARÇONS DE L'ÉTÉ

Dans la même collection

227.	Karl Schroeder	*Ventus*
228.	Jack Vance	*La Planète Géante*
229.	Jack Vance	*Les baladins de la Planète Géante*
230.	Michael Bishop	*Visages volés* (INÉDIT)
231.	James Blish	*Un cas de conscience*
232.	Serge Brussolo	*L'homme aux yeux de napalm*
233.	Arthur C. Clarke	*Les fontaines du Paradis*
234.	John Gregory Betancourt	*La naissance d'Ambre* (INÉDIT)
235.	Philippe Curval	*La forteresse de coton*
236.	Bernard Simonay	*Graal*
237.	Philip K. Dick	*Radio Libre Albemuth*
238.	Poul Anderson	*La saga de Hrolf Kraki*
239.	Norman Spinrad	*Rêve de fer*
240.	Robert Charles Wilson	*Le vaisseau des Voyageurs*
241.	Philip K. Dick	*SIVA* (La trilogie divine, I)
242.	Bernard Simonay	*La malédiction de la Licorne*
243.	Roger Zelazny	*Le maître des rêves*
244.	Joe Haldeman	*En mémoire de mes péchés*
245.	Kim Newman	*Hollywood Blues* (INÉDIT)
246.	Neal Stephenson	*Zodiac*
247.	Andrew Weiner	*Boulevard des disparus* (INÉDIT)
248.	James Blish	*Semailles humaines*
249.	Philip K. Dick	*L'invasion divine*
250.	Robert Silverberg	*Né avec les morts*
251.	Ray Bradbury	*De la poussière à la chair*
252.	Robert Heinlein	*En route pour la gloire*
253.	Thomas Burnett Swann	*La forêt d'Envers-Monde*

254. David Brin — *Élévation*
255. Philip K. Dick — *La transmigration de Timothy Archer* (La trilogie divine, III)
256. Georges Foveau — *Les Chroniques de l'Empire,* I *(La Marche du Nord — Un Port au Sud)*
257. Georges Foveau — *Les Chroniques de l'Empire,* II *(Les Falaises de l'Ouest — Les Mines de l'Est)*
258. Tom Piccirilli — *Un chœur d'enfants maudits* (INÉDIT)
259. S. P. Somtow — *Vampire Junction*
260. Christopher Priest — *Le prestige*
261. Poppy Z. Brite — *Âmes perdues*
262. Ray Bradbury — *La foire des ténèbres*
263. Sean Russell — *Le Royaume Unique* (La guerre des cygnes, I)
264. Robert Silverberg — *En un autre pays*
265. Robert Silverberg — *L'oreille interne*
266. S. P. Somtow — *Valentine*
267. John Wyndham — *Le jour des triffides*
268. Philip José Farmer — *Les amants étrangers*
269. Garry Kilworth — *La compagnie des fées*
270. Johan Heliot — *La Lune n'est pas pour nous*
271. Alain Damasio — *La Horde du Contrevent*
272. Sean Russell — *L'île de la Bataille* (La guerre des cygnes, II)
273. S. P. Somtow — *Vanitas*
274. Michael Moorcock — *Mother London*
275. Jack Williamson — *La Légion de l'Espace* (Ceux de la Légion, I)
276. Barbara Hambly — *Les forces de la nuit* (Le cycle de Darwath, I)
277. Christopher Priest — *Une femme sans histoires*

278.	Ugo Bellagamba et Thomas Day	*Le double corps du roi*
279.	Melvin Burgess	*Rouge sang*
280.	Fredric Brown	*Lune de miel en enfer*
281.	Robert Silverberg	*Un jeu cruel*
282.	Barbara Hambly	*Les murs des Ténèbres* (Le cycle de Darwath, II)
283.	Serge Brussolo	*La nuit du bombardier*
284.	Francis Berthelot	*Hadès Palace*
285.	Jack Williamson	*Les Cométaires* (Ceux de la Légion, II)
286.	Roger Zelazny et Robert Sheckley	*Le concours du Millénaire*
287.	Barbara Hambly	*Les armées du jour* (Le cycle de Darwath, III)
288.	Sean Russell	*Les routes de l'ombre* (La guerre des cygnes, III)
289.	Stefan Wul	*Rayons pour Sidar*
290.	Brian Aldiss	*Croisière sans escale*
291.	Alexander Jablokov	*Sculpteurs de ciel*
292.	Jack Williamson	*Seul contre la Légion* (Ceux de la Légion, III)
293.	Robert Charles Wilson	*Les Chronolithes*
294.	Robert Heinlein	*Double étoile*
295.	Robert Silverberg	*L'homme programmé*
296.	Bernard Simonay	*La porte de bronze*
297.	Karl Schroeder	*Permanence*
298.	Jean-Pierre Andrevon	Š*ukran*
299.	Robert Heinlein	*Sixième colonne*
300.	Steven Brust	*Jhereg*
301.	C. S. Lewis	*Au-delà de la planète silencieuse*
302.	Jack Vance	*Les langages de Pao*
303.	Robert Charles Wilson	*Ange mémoire* (INÉDIT)

304. Steven Brust	*Yendi*
305. David Brin	*Jusqu'au cœur du Soleil* (Le cycle de l'Élévation, I)
306. James A. Hetley	*Le Royaume de l'été*
307. Thierry Di Rollo	*Meddik*
308. Cory Doctorow	*Dans la dèche au Royaume Enchanté* (INÉDIT)
309. C. S. Lewis	*Perelandra*
310. Christopher Priest	*La séparation*
311. David Brin	*Marée stellaire*
312. Ray Bradbury	*Les machines à bonheur*
313. Jack Vance	*Emphyrio*
314. C. S. Lewis	*Cette hideuse puissance*
315. Frederik Pohl et C. M. Kornbluth	*Planète à gogos*
316. Robert Holdstock	*Le souffle du temps*
317. Stéphane Beauverger	*Chromozone* (La trilogie Chromozone, I)
318. Michael Moorcock	*Le nomade du Temps*
319. John Varley	*Gens de la Lune*
320. Robert Heinlein	*Révolte sur la Lune*
321. John Kessel	*Lune et l'autre* (INÉDIT)
322. Steven Brust	*Teckla*
323. Mary Gentle	*La guerrière oubliée* (Le livre de Cendres, I)
324. Mary Gentle	*La puissance de Carthage* (Le livre de Cendres, II)
325. Mary Gentle	*Les Machines sauvages* (Le livre de Cendres, III)
326. Mary Gentle	*La dispersion des ténèbres* (Le livre de Cendres, IV)
327. Charles Dickinson	*Quinze minutes*
328. Brian Aldiss	*Le Monde Vert*
329. Elizabeth Moon	*La vitesse de l'obscurité*
330. Stéphane Beauverger	*Les noctivores*
331. Thomas Day	*La maison aux fenêtres de papier* (INÉDIT)

332.	Jean-Philippe Jaworski	*Janua vera*
333.	Laurent Kloetzer	*Le royaume blessé*
334.	Steven Brust	*Les Gardes Phénix*
335.	Isaac Asimov	*Fondation* (Le cycle de Fondation, I)
336.	Isaac Asimov	*Fondation et Empire* (Le cycle de Fondation, II)
337.	Isaac Asimov	*Seconde Fondation* (Le cycle de Fondation, III)
338.	Isaac Asimov	*Fondation foudroyée* (Le cycle de Fondation, IV)
339.	Isaac Asimov	*Terre et Fondation* (Le cycle de Fondation, V)
340.	Jack Vance	*La vie éternelle*
341.	Guillaume Guéraud	*La Brigade de l'Œil*
342.	Chuck Palahniuk	*Peste*
343.	Poul Anderson	*Trois cœurs, trois lions*
344.	Pierre Corbucci	*Journal d'un ange*
345.	Elizabeth Hand	*L'ensorceleuse*
346.	Steven Brust	*Taltos*
347.	Stéphane Beauverger	*La cité nymphale* (La trilogie Chromozone, III)
348.	Gene Wolfe	*L'ombre du Bourreau* (Le livre du Nouveau Soleil, I)
349.	Robert Charles Wilson	*Blind Lake*
350.	Alain Damasio	*La Zone du Dehors*
351.	James Patrick Kelly	*Fournaise*
352.	Joëlle Wintrebert	*Le créateur chimérique*
353.	Bernard Simonay	*La Vallée des Neuf Cités*
354.	James Tiptree Jr.	*Par-delà les murs du monde*
355.	Gene Wolfe	*La Griffe du demi-dieu* (Le livre du Nouveau Soleil, II)

356. Gene Wolfe — *L'épée du licteur* (Le livre du Nouveau Soleil, III)
357. Wayne Barrow — *Bloodsilver*
358. Ted Chiang — *La tour de Babylone*
359. Clive Barker — *Le royaume des Devins*
360. Michael G. Coney — *Péninsule*
361. Theodore Sturgeon — *Un peu de ton sang*
362. Robert Charles Wilson — *Spin*
363. Gene Wolfe — *La citadelle de l'Autarque* (Le livre du Nouveau Soleil, IV)
364. Francis Berthelot — *Khanaor*
365. Mélanie Fazi — *Serpentine*
366. Ellen Kushner — *À la pointe de l'épée*
367. K. J. Parker — *Les couleurs de l'acier* (La trilogie Loredan, I)
368. K. J. Parker — *Le ventre de l'arc* (La trilogie Loredan, II)
369. K. J. Parker — *La forge des épreuves* (La trilogie Loredan, III)
370. Thomas Day — *Le trône d'ébène*
371. Daniel F. Galouye — *Simulacron 3*
372. Adam Roberts — *Gradisil*
373. Georges Foveau — *L'Enfant Sorcier de Ssinahan* (INÉDIT)
374. Mathieu Gaborit — *Bohème*
375. Kurt Vonnegut Jr — *Le pianiste déchaîné*
376. Olivier Bleys — *Canisse* (INÉDIT)
377. Mélanie Fazi — *Arlis des forains*
378. Mike Resnick — *Ivoire*
379. Catherine L. Moore — *Les aventures de Northwest Smith*
380. Catherine L. Moore — *Jirel de Joiry*
381. Maïa Mazaurette — *Dehors les chiens, les infidèles*

382. Hal Duncan *Évadés de l'Enfer !* (INÉDIT)
383. Daniel F. Galouye *Le monde aveugle*
384. Philip K. Dick *Le roi des elfes*
385. Poppy Z. Brite *Contes de la fée verte*
386. Mélanie Fazi *Notre-Dame-aux-Écailles*
387. J. G. Ballard *Le monde englouti*
388. Jean-Philippe Jaworski *Gagner la guerre*
389. Mary Gentle *L'énigme du cadran solaire*
390. Stéphane Beauverger *Le Déchronologue*
391. Robert Charles Wilson *La cabane de l'aiguilleur*
392. Christopher Priest *L'Archipel du Rêve*
393. McSweeney's *Anthologie d'histoires effroyables*
394. Robert Heinlein *Marionnettes humaines*
395. Norbert Merjagnan *Les tours de Samarante*
396. Jean-Philippe Depotte *Les démons de Paris*
397. Stephen Fry *Le faiseur d'histoire*
398. Kelly Link *La jeune détective et autres histoires étranges*
399. J.G. Ballard *Sécheresse*
400. Fabrice Colin *Comme des fantômes*
401. Ray Bradbury *Les pommes d'or du soleil*
402. Laurent Genefort *Mémoria*
403. Maïa Mazaurette *Rien ne nous survivra*
404. Eoin Colfer *Encore une chose… (H2G2, VI)*
405. Robert Charles Wilson *Mysterium*
406. Serge Lehman *Le Haut-Lieu et autres espaces inhabitables*
407. Isaac Asimov *L'homme bicentenaire*
408. Catherine Dufour *L'accroissement mathématique du plaisir*
409. Ian McDonald *Brasyl*
410. James Patrick Kelly *Regarde le soleil*

411. Alfred Bester — *L'homme démoli*
412. Jack Vance — *Les chroniques de Durdane*
413. Alfred Bester — *Terminus les étoiles*
414. Isaac Asimov — *Cher Jupiter*
415. Carol Berg — *L'Esclave* (Les livres des rai-kirah, I)
416. Ugo Bellagamba — *Tancrède*
417. Christopher Priest — *Le Glamour*
418. Catherine Dufour — *Outrage et rébellion*
419. Robert Charles Wilson — *Axis*
420. Nick DiChario — *La vie secrète et remarquable de Tink Puddah*
421. Thomas Day — *Du sel sous les paupières* (INÉDIT)
422. Pierre Pelot — *La guerre olympique*
423. Jeanne-A Debats — *La vieille Anglaise et le continent*
424. Karl Edward Wagner — *Kane* (L'intégrale, I)
425. Karl Edward Wagner — *Kane* (L'intégrale, II)
426. Karl Edward Wagner — *Kane* (L'intégrale, III)
427. Jean-Claude Dunyach — *Le jeu des sabliers*
428. Jean-Michel Truong — *Le Successeur de pierre*
429. Ray Bradbury — *Un remède à la mélancolie*
430. Roger Zelazny — *Seigneur de Lumière*
431. Clifford D. Simak — *Voisins d'ailleurs*
432. Ian McDonald — *Roi du Matin, Reine du Jour*
433. Thomas Day — *Sympathies for the devil*
434. Hal Duncan — *Velum* (Le Livre de Toutes les Heures, I)
435. Hal Duncan — *Encre* (Le Livre de Toutes les Heures, II)
436. Steven Amsterdam — *Ces choses que nous n'avons pas vues venir*
437. Serge Lehman présente — *Retour sur l'horizon*
438. Carol Berg — *L'insoumis* (Les livres des rai-kirah, II)

439.	Henri Courtade	*Loup, y es-tu?*
440.	Lord Dunsany	*La fille du roi des Elfes*
441.	Maurice Leblanc	*Le formidable événement*
442.	John Varley	*Le système Valentine*
443.	Philip K. Dick	*Le dernier des maîtres*
444.	Pierre Pevel	*Les Lames du Cardinal* (Les Lames du Cardinal, I)
445.	George R. R. Martin, Gardner Dozois & Daniel Abraham	*Le chasseur et son ombre*
446.	Loïc Henry	*Loar*
447.	Ray Bradbury	*Léviathan 99*
448.	Clive Barker	*Hellraiser*
449.	Robert Charles Wilson	*À travers temps*
450.	Serge Brussolo	*Frontière barbare* (INÉDIT)
451.	L. L. Kloetzer	*CLEER*
452.	Cédric Ferrand	*Wastburg*
453.	Jean-Claude Marguerite	*Le Vaisseau ardent*
454.	Jean-Philippe Depotte	*Les jours étranges de Nostradamus*
455.	Walter M. Miller Jr.	*L'héritage de saint Leibowitz*
456.	Carol Berg	*Le vengeur* (Les livres des rai-kirah, III)
457.	Philip K. Dick	*Question de méthode*
458.	Leandro Ávalos Blacha	*Berazachussetts*
459.	Alden Bell	*Les faucheurs sont les anges*
460.	Pierre Pevel	*L'Alchimiste des Ombres* (Les Lames du Cardinal, II)
461.	Xavier Mauméjean	*Rosée de feu*
462.	Arkadi et Boris Strougatski	*Stalker*

463. Ian McDonald — *Le fleuve des dieux*
464. Barry Hughart — *La magnificence des oiseaux* (Une aventure de Maître Li et Bœuf Numéro Dix)
465. Serge Brussolo — *Trajets et itinéraires de la mémoire*
466. Barry Hughart — *La légende de la Pierre* (Une aventure de Maître Li et Bœuf Numéro Dix)
467. Jack McDevitt — *Seeker*
468. Glen Duncan — *Moi, Lucifer*
469. Barry Hughart — *Huit honorables magiciens* (Une aventure de Maître Li et Bœuf Numéro Dix)
470. Daniel Polansky — *Le baiser du rasoir*
471. Thomas Geha — *Le sabre de sang*, 1
472. Thomas Geha — *Le sabre de sang*, 2
473. Pierre Pevel — *Le dragon des Arcanes* (Les Lames du Cardinal, III)
474. Alain Damasio — *Aucun souvenir assez solide*
475. Laurent Genefort — *Les opéras de l'espace*
476. Roger Zelazny — *Dilvish le Damné* (L'intégrale)
477. Thomas Day — *Dæmone*
478. Philip K. Dick — *Ne pas se fier à la couverture*
479. Léo Henry — *Le casse du continuum*
480. Frank M. Robinson — *Destination ténèbres*
481. Joël Houssin — *Le Temps du Twist*
482. Jean-Marc Ligny — *La mort peut danser*
483. George R. R. Martin — *Armageddon Rag*
484. Lewis Shiner — *Fugues*
485. Collectif — *Alternative Rock*
486. Arnaud Duval — *Les Pousse-pierres*
487. Christian Léourier — *Le cycle de Lanmeur*, I
488. Lisa Tuttle — *Ainsi naissent les fantômes*
489. Pablo de Santis — *La soif primordiale*

490. Norbert Merjagnan — *Treis, altitude zéro*
491. Robert Charles Wilson — *Julian*
492. Patrick Ness — *La voix du Couteau* (Le Chaos en marche, I)
493. Patrick Ness — *Le Cercle et la Flèche* (Le Chaos en marche, II)
494. Patrick Ness — *La guerre du Bruit* (Le Chaos en marche, III)
495. S.G. Browne — *Comment j'ai cuisiné mon père, ma mère… et retrouvé l'amour*
496. Glen Duncan — *Le dernier loup-garou*
497. Christian Léourier — *Le cycle de Lanmeur*, II
498. Mira Grant — *Feed* (Feed, I)
499. R. Matheson — *Par-delà la légende*
500. Dan Simmons — *L'échiquier du mal*
501. Mira Grant — *Deadline* (Feed, II)
502. Robert Holdstock — *Avilion*
503. Graham Joyce — *Lignes de vie*
504. Mira Grant — *Red Flag* (Feed, III)
505. Jean-Philippe Jaworski — *Même pas mort*
506. Arkadi et Boris Strougatski — *Il est difficile d'être un dieu*
507. Laurent Genefort — *Omale*, 1
508. Laurent Genefort — *Omale*, 2
509. Laurent Whale — *Les étoiles s'en balancent*
510. Robert Charles Wilson — *Vortex*
511. Anna Starobinets — *Je suis la reine*
512. Roland C. Wagner — *Rêves de Gloire*
513. Roland C. Wagner — *Le train de la réalité*
514. Jean-Philippe Depotte — *Le chemin des dieux*
515. Ian McDonald — *La maison des derviches*
516. Jean-Michel Truong — *Reproduction interdite*

Cet ouvrage a été composé par IGS-CP
à L'Isle-d'Espagnac (16)
Impression Novoprint
à Barcelone, le 7 mai 2015
Dépôt légal : mai 2015
1er dépôt légal : mars 2013

ISBN 978-2-07-045053-4./Imprimé en Espagne.

291206